Première édition novembre 2021
Dépôt légal novembre 2021

71-75 Shelton Street, Covent Garden, Londres, UK.

ISBN 9781801161770

Mon boss, sa famille cinglée, mon Noël pourri, et moi…

Lil Evans

Cherry Publishing

Chapitre 1 — Knox

New York est envahie par des nuages bleu-noir menaçants qui s'accrochent aux buildings, comme pour les défier de vouloir s'élever si haut vers le ciel. Le temps est sombre, triste, et une pluie battante tombe sans discontinuer depuis la veille. Quelques degrés de moins, et la neige ensevelissait la ville.

Les gens ont tous l'air tristes et maussades.

Ils râlent. Se pressent. Se bousculent.

Moi, je suis dans mon élément. Rien ne me fait jamais sourire, rien ne me rend jamais heureux. Je suis la putain de tempête qui débarque chaque jour chez *Sullivan Inc.*, la société que j'ai créée, façonnée de mes mains, quand je n'avais plus rien. Plus rien du tout. Pas même un toit sous lequel dormir.

Cette entreprise, c'est ce que je possède de plus cher au monde.

Je lui consacre tout ce que j'ai. Mon temps, mon argent, mon âme, ma vie entière, parce qu'elle est le symbole de ma réussite, le symbole de tout ce qui a mal tourné un jour pour moi, de tout ce qui m'a été volé. Avant que je ne renaisse de mes foutues cendres.

Ce matin, comme à mon habitude, je gare ma Bentley Continental noire et chromée sur l'immense place qui m'est réservée, devant le bâtiment. J'ai à peine le temps d'ouvrir ma portière qu'une de mes secrétaires se précipite vers moi, perchée sur ses immenses talons aiguilles, un parapluie à la main pour qu'aucune goutte de pluie ne s'écrase sur mon costume de luxe.

— Bonjour, monsieur Sullivan, halète-t-elle, saisie par le froid glacial de ce premier jour de décembre.

Elle n'a pas eu le temps de se couvrir avant de me rejoindre, préférant m'éviter d'être trempé.

J'attrape mon manteau sur le siège passager, m'extirpe de l'habitacle et me redresse jusqu'à la surplomber de toute ma hauteur, forçant la jeune femme à tendre le bras pour me protéger. Mes épaules larges et mon corps athlétique, moulé par mes vêtements de luxe, occupent à présent tout l'espace, la forçant à reculer légèrement.

Je lui jette à peine un regard.

Pas même un merci.

C'est à moi qu'elle devrait dire merci. Tous les jours. Pour lui proposer un travail dans une entreprise aussi cotée et prospère que la mienne.

— M-Monsieur ? souffle-t-elle.

— Quoi ?

Mon grondement sauvage fait soudain pâlir ses joues. À moins que ce ne soit ma façon de la dévisager, avec ce mélange de colère, d'agressivité et de supériorité qui me caractérise si bien. Mes yeux sombres se fixent aux siens, pleins de délicatesse et de bonté. Tout ce que je n'aurais jamais.

— V-votre premier rendez-vous de la journée est en retard, Monsieur. Je suis vraiment désolée…

Un rictus agacé déforme mon visage. Sans parler, je continue à lui adresser ce regard si froid, si dur et insistant, comme si elle seule était responsable de cette débâcle. Elle en rougit jusqu'au cou. Ses lèvres entrouvertes de peur laissent échapper un souffle opaque dans l'air glacial. Elle voudrait s'excuser, mais se retrouve incapable de parler, figée comme elle l'est.

Et d'un sens, ça me fait rire, même si je n'en montre rien.

Je continue à l'épingler de cet air dur et cruel qui met à mal tous mes employés et qui devient presque un jeu, pour moi. Sans esquisser le moindre pas vers mes bureaux, j'enfile mon manteau. Lentement. Fourre les mains dans les poches, attendant presque qu'elle parte en courant.

Ma secrétaire rougit davantage. Comme si elle était consciente que le retard de cette personne me rendait fou de rage, et que j'allais passer mes nerfs sur elle. Bordel, il y a quelques années encore, j'aurais adoré voir ses yeux s'humidifier. Sa peur noyer son beau visage. J'aurais adoré qu'elle me craigne assez pour savoir où se trouve sa place, et pour réaliser qu'au moindre problème qu'elle me créerait, je deviendrai son pire ennemi.

Mais à présent, tout ça me fatigue. Sa peur me rassure. Me prouve que je suis capable de dominer tout le monde autour de moi. Elle me laisse juste un goût amer en bouche. Un goût qui me donne de plus en plus souvent la nausée. Il faut simplement que je n'en montre rien.

Lilly Young travaille pour moi depuis deux ans, déjà. Je la considère comme une petite souris. Elle est discrète, se faufile dans les couloirs sans le moindre bruit, et abat un travail de dingue pour moi, sans jamais se plaindre ou hausser la voix.

Comme pour chacun de mes deux cents employés, je connais tout d'elle. Sa situation familiale, professionnelle, ses aspirations, l'état de son compte en banque. Je sais où appuyer pour lui faire mal, si un jour je devais en arriver à de telles extrémités. Et je sais que je serais capable de le faire si on me prenait à nouveau pour un con.

— J'ai essayé d'appeler monsieur Pérez pour savoir où il se trouve, s'il n'aurait pas oublié son rendez-vous, mais je tombe sur sa messagerie à chaque fois. Je suis désolée, monsieur…

— Vous l'avez déjà dit, grondé-je en enfouissant davantage les mains dans mes poches, pour lui masquer mes poings serrés.

Bordel, je déteste les gens qui sont en retard. Qui mettent à mal mon planning chargé et millimétré à la perfection. Le désordre et l'indiscipline ont tendance à m'angoisser. Ma mâchoire se contracte douloureusement, mais je prends sur moi pour ne pas paraître trop furieux, quand Lilly remet une longue mèche blonde derrière son oreille, d'un geste nerveux.

Ce n'est pas de sa faute, après tout.

Je le sais pertinemment. Même s'il est plus facile de l'oublier et de faire porter le chapeau à ceux sur qui je peux passer mes nerfs.

— Continuez à l'appeler, mademoiselle Young, maugréé-je alors.

Ses grands yeux bleu clair s'écarquillent, comme si elle était étonnée que je puisse connaître son nom. En deux ans, je connais même celui de ses parents et de ses frères et sœurs.

Je… ne laisse jamais rien… au hasard.

— S'il débarque et qu'il a une bonne raison d'être en retard, je prendrai ce rendez-vous. Dans le cas contraire, virez ses putains de fesses de mon entreprise, c'est clair ?

— O-Oui, bégaye-t-elle, même si je suis certain qu'elle ne ferait jamais de mal à une mouche.

Je me remets en marche vers l'immense tour de verre et d'acier, qui se trouve devant moi. Mes pas sont vifs et rapides, ce qui fait que ma secrétaire a du mal à me suivre dans ses escarpins. Agacé, je ralentis un peu l'allure, et sors mon téléphone de ma poche pour consulter mes messages, évitant ainsi de lui laisser croire que je ralentis pour elle.

Après tout, pas une seule goutte de pluie ne s'est écrasée sur moi, grâce à elle. Et en plus, ses lèvres sont déjà légèrement bleutées, à cause du froid.

Un sentiment de culpabilité m'étreint la gorge, et je me mets à étouffer, mais je repousse cette sensation, bordel, parce qu'il n'est pas question que je ressente la moindre émotion pour elle. Pour une femme qui pourrait à tout moment se retourner contre moi.

Je ne fais confiance à personne, en ce bas monde. Pas même à ma propre famille et encore moins à des inconnus à qui je ne dois rien.

On m'a trop trahi, trop blessé, trop démoli. Et la cuirasse en acier blindé que je porte à présent en guise de peau me va comme un gant. Je n'ai plus d'âme. Je n'ai plus de cœur. Tout est mort en moi, et j'aime ça, parce que ça me permet aujourd'hui d'avancer sans m'encombrer d'aucune embûche sur mon chemin. Je ne respecte plus rien ni personne. Je ne me préoccupe plus de rien ni personne. À part de ma société.

Lorsque nous arrivons enfin dans le hall de mon immeuble, fait de marbre et d'argent, un sentiment de fierté me prend aux tripes et m'écrase le torse. Je ne souris pas, non. Je ne sais même pas si j'en suis capable. Mais bordel, je suis chez moi, ici. Je suis le roi. Et rien ni personne ne pourra plus jamais me détrôner.

Chapitre 2 — Knox

Le hall de *Sullivan Inc.* est ultra lumineux, même lorsque dehors, les nuages menacent la ville. Les hautes fenêtres de l'entrée offrent ce qu'il faut de lumière naturelle tandis que les lustres modernes qui pendent des hauts plafonds font le reste.

Le sol est de marbre blanc, nervuré du plus pur des gris, tandis que sur les murs immaculés sont accrochées des œuvres d'art magnifiques et luxueuses qui font ma fierté. À l'entrée, deux gardes armés filtrent les arrivées, et ne laissent passer que les membres du personnel et les visiteurs en possession d'un pass.

Je n'ai rien laissé au hasard.

Comme d'habitude.

— Retournez à votre poste, mademoiselle Young.

Mon ordre résonne dans le vaste accueil et après avoir rabattu son parapluie, Lilly se hâte vers son bureau à l'entrée du bâtiment, où deux autres personnes vaquent déjà à leurs occupations, sans même oser lever la tête vers moi.

Je leur inspire la peur. Je leur inspire le respect. Et bordel, ils n'ont pas intérêt à ce que ce soit surjoué.

Satisfait de ce sentiment amer qui se répand dans mes veines, je marche vers le fond du hall, mes pas résonnant sur le marbre. Et lorsque je tourne vers la gauche pour rejoindre les ascenseurs, je remarque une jeune femme au sourire incroyable qui fait soudain… soudain… palpiter mon cœur. Ou du moins, les éclats de cœur qui pendent, en lambeaux, dans ma poitrine.

Elle est belle.

Non, elle est sublime !

J'ai l'impression d'un manque, soudain, et je réalise que je n'avais plus vu personne sourire depuis si longtemps que j'avais oublié la saveur de cette sensation. De ce sentiment étrange qui enfonce quelques épines dans ma peau.

Je suis tenté d'esquisser un sourire, moi aussi. Le sien est tellement contagieux ! Mais je me reprends, je me retiens, parce que ce n'est pas dans mes habitudes d'être heureux. Et je ne veux pas que ça change. Ce serait trop dangereux.

Plus je l'approche, plus je me sens attiré. Plus je veux l'observer.

J'essaye, de toutes mes forces, de fixer mes yeux sur tout ce qui m'entoure, sauf elle, mais c'est impossible.

Même si je le veux plus que tout, je ne parviens pas à détacher mon regard de son visage rond, au sourire éclatant. De ses yeux vert foncé aux pépites dorées qui semblent briller comme un putain de diamant en plein soleil.

Je marche vers elle. Je me rapproche d'elle. Son parfum de sucre et de fleurs me prend aux tripes et commence à faire brûler le sang au fond de mes veines.

Dès qu'elle a fini d'observer le luxe des lieux, elle se met pourtant à me fuir, et ça me fait gronder, bordel. Ça me fait fulminer.

Sans même me remarquer, elle fait volte-face, et se met à trottiner vers les ascenseurs.

Elle porte un bonnet ridicule, d'un écru ponctué de petits points dorés, et ses longues mèches ondulées sont complètement détrempées, à cause de la pluie. Tout comme son petit manteau trop léger pour le froid hivernal, et sa jupe fluide qui se balance à chacun de ses pas sur son postérieur généreux.

J'entrouvre les lèvres, inspire brusquement.

J'ai le regard rivé à ses fesses, bordel, ce qui ne m'était pas arrivé depuis… longtemps. Tout comme le désir que je ressens soudain, tout comme cette adrénaline, cette tension, ce besoin presque cruel de l'agripper par les hanches pour la plaquer au premier mur venu, et l'embrasser jusqu'à ce que son sourire disparaisse sous des gémissements.

Bon sang !

Qu'est-ce qui m'arrive ?

Je me passe une main dans les cheveux, mes doigts s'agrippant soudain à mes mèches noires et un peu trop longues à mon goût. Il faut que je me calme. Il faut que je me calme. Il faut que je me calme.

Je mets un point d'honneur à interdire toute relation avec mes employées.

C'est… presque vital, pour moi. Pour le dingue de contrôle que je suis.

Et il y a *elle*, cette inconnue, qui se pointe chez moi, dans ma propre boîte, en souriant.

Personne ne sourit jamais, ici.

Et…

Et justement, c'est une inconnue, me lance une petite voix intriguée au fond de mes pensées.

Je connais sur le bout des doigts chacune des deux cents personnes qui travaillent pour moi. Ce qui veut dire que cette femme n'est pas une employée.

Un sentiment de pur plaisir se met à irradier dans mon système nerveux, me forçant à serrer les poings pour éviter de m'emporter. Je ne la connais pas, bon sang ! Et je ne veux pas la connaître. Tout ce qui m'est inconnu m'apparaît comme un danger potentiel, et il suffit que je les pose sur elle pour savoir qu'elle constitue la plus grande menace pour moi, à cet instant. Parce qu'il y avait longtemps, tellement longtemps que je n'avais pas ressenti un tel élan de désir pour une femme que j'ai du mal à me contrôler.

La jolie brunette s'arrête au fond du couloir, appelle l'ascenseur et se met à sautiller sur place. Elle est… lumineuse. Tellement lumineuse qu'elle éclipse tout autour d'elle. En fait, elle s'éclipse même elle-même !

— Vraiment ? soupiré-je quand je la vois soudain glisser sur la flaque à ses pieds.

Elle est tellement trempée à cause de la tempête qu'une véritable marre s'est formée sur le marbre, là où elle attendait. Et ça a eu raison d'elle.

L'inconnue s'étale dans un petit cri qui résonne autour de nous, et un grognement animal, dépité et frustré lui échappe, comme si ce n'était pas la première fois qu'une telle catastrophe lui arrivait.

Je me précipite pour l'aider quand je remarque…

Sa petite jupe…

Qui s'est complètement relevée.

Elle me laisse apercevoir ses fesses somptueuses, charnues, bandantes, qui en plus d'être mises en valeur par de la dentelle rouge transparente, ont le toupet d'être parfaites. Et dorée. Et… et merde ! Je ne suis pas près de les oublier !

La gorge nouée par ce désir sans fin qu'elle suscite en moi, j'attrape délicatement les voiles de sa robe pour les baisser, histoire qu'elle ne réalise pas la position compromettante dans laquelle elle s'est fourrée.

— Mademoiselle, vous allez bien ? grogné-je comme un rustre.

Elle bouge un peu. Gémit. Mais reste allongée.

— J'ai mal partout. Qu'est-ce qui s'est passé ?

— Vous avez glissé sur une flaque d'eau. Je vous mets un A+ pour le spectacle, d'ailleurs.

— Ce n'est pas sympa !

— Pourquoi ?

— Parce que c'est radin. Les gens sympas ne donnent pas de bonnes notes, ils offrent des pâtisseries pour apaiser les cœurs brisés, je vous signale. Enfin, les os brisés. Je suis sûre que je me suis pété le coccyx, là.

— Une chance que je ne sois pas sympa, alors. Et je pense qu'il est presque impossible de se casser les fesses en tombant par devant.

Avec douceur, je glisse les mains autour de sa taille voluptueuse, et je l'aide à se relever tandis que les portes de l'ascenseur s'ouvrent près de nous.

Je garde la jeune femme une, ou deux, ou… trois secondes de trop contre moi, appréciant la chaleur qu'elle dégage malgré le fait qu'elle soit trempée. Appréciant ses courbes, et sa chair, et son corps tout contre le mien qu'elle enlace doucement. Puis je la relâche.

— Merci, grommelle-t-elle.

— De rien.

— Mais… mais… oh mon Dieu ! s'écrie-t-elle soudain. Pourquoi est-ce qu'il fait tout noir ? Pourquoi est-ce que je ne vois rien ? J'ai une commotion cérébrale, c'est ça ? Pitié ! Appelez les urgences ! Et commandez-moi des tas de donuts ! Je ne veux pas mourir avant d'avoir eu mon dernier beignet !

Ses paroles se font perçantes, paniquées et sans pouvoir m'en empêcher, j'éclate de rire ! Un rire franc, long, satisfaisant qui me fait un putain de bien fou dans la poitrine.

Je recule dans la cage métallique, et tandis que les portes se referment entre nous, je la regarde une toute dernière fois. Ses escarpins sont hauts, d'un rouge magnifique, et galbent ses jolies petites jambes charnues. Sa jupe détrempée lui colle aux cuisses, laissant entrapercevoir les contours de son shorty de dentelle. Son manteau tout simple, noir, épouse sa taille et moule sa poitrine généreuse à peine masquée par la petite écharpe qu'elle porte autour du cou.

Elle doit être gelée.

J'ai envie de la réchauffer.

Et j'ai également envie de balancer mon poing contre le métal de cette cage pour le simple fait de vouloir lui céder si facilement.

— Votre bonnet vous a glissé sur les yeux, Mademoiselle, ricané-je enfin. L'overdose de chocolat ne sera pas pour aujourd'hui, je le crains.

Un petit soupir soulagé lui échappe, et son sourire splendide réapparaît sur ses lèvres appétissantes où quelques gouttes de pluie étincellent.

Et j'ai envie de les dévorer, bordel. Envie de les boire, de les lécher, et de la déguster jusqu'à plus soif…

D'une main légèrement tremblante, elle attrape son pompon doré et avant qu'elle ne se débarrasse de son couvre-chef, les portes se referment. Me laissant seul ici, sans la possibilité d'apercevoir une toute dernière fois ses beaux yeux verts et brillants.

Une chose est sûre, quoi que fasse cette femme chez moi, il serait dangereux que je la recroise à nouveau. Parce que les sentiments, les émotions, la tendresse, tout ça, ce ne sont que des conneries qui nous poussent à faire des erreurs, et j'en ai fini avec les erreurs.

Avec un peu de chance, il ne s'agit que d'une acheteuse ou d'une vendeuse. Elle traitera avec mes collaborateurs, et je ne la rencontrerai plus jamais.

Même si elle est la seule à avoir rallumé une petite flamme dans ma poitrine, et ce, depuis des années.

Chapitre 3 — Knox

Quand j'arrive au trentième étage — mes quartiers, mon fief —, je suis soulagé d'être enfin seul. J'ai beau travailler en entreprise, ma relation avec les gens, avec les autres, se limite à des regards noirs qui les font fuir, et je n'ai pas besoin de plus. Je préfère le calme, la solitude, être loin des ennuis que représentent ces gens que je ne souhaite pas fréquenter.

Mon pas ralentit, et je déambule dans le long couloir droit où mes chaussures résonnent sur le parquet de bois lustré. Cet étage est aussi luxueux que le hall. Les lustres noirs, modernes, illuminent les murs clairs, et tout est ordonné, étincelant, propre. Il y a juste une ombre au tableau, en fait.

Je jette un œil au bureau vide juste en face du mien. Ses parois vitrées donnent une vue sur un foutoir pas possible qui me crispe les nerfs. Mon ancien collaborateur et bras droit, Mikey, a démissionné la semaine dernière, laissant tous ses dossiers en vrac ici.

Et ça m'énerve de voir ce boxon.

Je suis un instant pris de l'envie d'y mettre un peu d'ordre, mais je dois d'abord me concentrer sur le boulot et appeler quelques-uns de mes clients, pour voir où en sont nos transactions.

Avant toute chose, je ressors mon téléphone de ma poche et appelle Lilly au rez-de-chaussée.

— Monsieur Sullivan ? couine-t-elle.

— Est-ce que monsieur Pérez est enfin arrivé ?

Il s'agit du candidat pour le poste laissé vacant par Mikey.

— Oui, mais…

— Qu'il soit prêt à passer un sale quart d'heure.

— Monsieur, il y a eu un problème et…

— J'espère bien qu'il y en a eu un, mademoiselle Young. C'est d'ailleurs la seule raison pour laquelle j'accepte de le recevoir. Envoyez-le-moi immédiatement, grogné-je avant de raccrocher.

J'entre dans mon propre bureau, ôte mon manteau que je range dans mon dressing, où se trouvent d'autres vestes, d'autres chemises blanches, d'autres pantalons de luxe tous bien alignés les uns à côté des autres.

Comme il fait un temps glacial dehors, les chauffages tournent à fond dans l'immeuble. Aussi, j'ôte ma veste et remonte les manches de ma chemise blanche, le dos bien droit et le menton relevé, pour regarder l'horizon qui se dessine derrière mes fenêtres surplombant la ville. Puis je remets ma cravate en place. Redresse la pince dorée qui y est accrochée. Fais briller mes boutons de manchette. Chacun de mes gestes est maîtrisé, dû à des années de pratique.

J'ai dépassé la trentaine, mais je suis dans ce monde, celui des requins, des proies et de l'argent, depuis que je suis gosse.

Lorsque la sonnerie de l'ascenseur résonne enfin, je m'assois dans mon fauteuil de cuir, m'y adosse négligemment, et j'attends de voir qui va débarquer dans mon bureau.

Manuel Pérez a postulé pour être mon bras droit il y a une semaine. Ce qui m'a laissé sept jours pour l'étudier de près. Il n'est… rien de ce que je veux pour bosser avec moi, malgré tout, j'ai voulu lui laisser une chance. Pourquoi ? Parce que je suis curieux. Il faut du cran pour chercher à travailler à mes côtés, et les hommes qui en ont me plaisent. Je veux absolument savoir ce qui lui permet de croire que je pourrais l'engager.

Cet homme est âgé, proche de la retraite, et a passé sa vie en tant qu'ouvrier dans le bâtiment. Qu'est-ce qu'il pourrait m'apporter ? Qu'est-ce qui lui fait croire qu'il est assez bien pour bosser pour moi ?

Je n'en sais rien et ça m'intrigue.

Je croise les mains devant moi en attendant son arrivée, quand un bruit de talons féminins résonne dans tout l'étage. Je fronce les sourcils, prêt à m'énerver, lorsqu'on frappe enfin à ma porte.

— Entrez !

Ma voix est dure. Grondante.

Mon pouls s'élève si fort que je le sens battre jusque dans ma gorge.

Je déteste les surprises. Je déteste ne pas savoir ce qui m'attend.

Même si c'est la plus belle des créatures qui finit par ouvrir le battant et me sourire comme une putain de déesse qui descendrait des cieux.

— Bonjour, s'exclame-t-elle. J'ai rendez-vous avec monsieur Sullivan. C'est vous ?

— C'est bien moi, oui, mais je n'ai absolument pas d'entretien avec vous, Mademoiselle.

Mon humeur massacrante et ma façon de la transpercer du regard la font gigoter sur place, mal à l'aise. Elle ne me reconnait pas, bien sûr, puisqu'elle ne m'a pas vu tout à l'heure, ce qui sera plus simple pour la virer d'ici le plus vite possible.

— Vous avez cinq secondes pour sortir de ce bureau avant que je n'appelle la sécurité. Ou pire. Avant que je ne vous escorte moi-même dehors…

Ses beaux yeux s'écarquillent, et sa poitrine se met à se soulever à toute allure sous le coup d'une gêne qui couvre ses joues dorées, constellées de taches de rousseur, d'un rosé tendre et délicat.

Comme elle ne bouge pas, je croise les mains sur mes abdos durs et hausse les sourcils, tentant d'avoir l'air furieux et non pas affamé. D'elle.

Bon sang, comment est-ce qu'elle peut avoir l'air si jolie alors que ses cheveux à moitié humides sont emmêlés, et ses vêtements encore tout imbibés ? C'est dingue.

— Hum, l'offre d'escorte est vraiment tentante, glousse-t-elle. Votre petit regard meurtrier pourrait presque être mignon, mais j'ai bien rendez-vous avec vous. Je suis monsieur Pérez.

Elle rougit. Moi aussi…

— Enfin, je ne suis pas un homme !

Son bégaiement est adorable. Beaucoup plus que sa façon de me dire que je suis mignon.

— C'est juste que c'est mon père qui a fixé cet entretien pour moi, en réalité, et…

— Votre père a postulé pour vous ? Mais vous avez quel âge ? maugréé-je.

— Hé ! Ça ne va pas de poser des questions aussi personnelles ? Est-ce que je vous demande la taille de votre pénis, moi ?

— Je… Quoi ? m'étranglé-je.

— Ah, on fait moins le malin, maintenant ? Bref, c'est peut-être un peu pour ça que je suis en retard. On va dire que je n'ai appris pour cet entretien que ce matin. Désolée, Monsieur.

— J'espère que vous l'êtes. Je n'accepte pas les retards chez moi, mademoiselle Pérez. Vous pouvez disposer. Et je vous assure que vous me trouveriez moins mignon si je vous escortais réellement dehors.

— Je veux bien vous croire.

Elle hausse les sourcils, comme si elle me connaissait déjà, bon sang ! Bon, mon caractère brutal et dangereux n'est un secret pour personne. Je fais régulièrement la Une des tabloïdes à cause de mes coups de sang magistraux, mais qu'elle me regarde avec cet air agacé et son petit menton relevé m'énerve.

— Cependant, il n'est pas…

Elle claque la porte derrière elle. Sans daigner sortir.

Avance d'un pas vers moi tout en ôtant un à un les boutons de son manteau. Je la regarde faire. Fasciné. Hypnotisé par chacun de ses gestes, tous aussi sensuels les uns que les autres.

— Question…

Elle avance encore. Je suis en transe. Je veux la plaquer sur mon bureau et retrousser sa jupette humide avant de fourrer la main dans sa dentelle. Bordel !

— Que je parte ! Je viens de braver tout New York sous une pluie battante, avec des talons gigantesques et un fichu parapluie qui n'arrêtait pas de se retourner. J'ai dû prendre une douche en quatrième vitesse en me rasant pendant que je me brossais les dents. Vous savez à quel point il est difficile d'épiler des jambes qui n'ont pas vu un rasoir depuis six mois ? J'ai fait des efforts pour vous ! J'ai failli mourir noyée sous la pluie, j'ai juré comme pas possible si bien que la pauvre bonne sœur que j'ai croisée en chemin m'a balancé son donut à la figure ! Je vous assure que vous allez me faire passer cet entretien, Monsieur, ou… ou…

— Ou quoi ?

Un grand sourire prédateur s'étire sur mes lèvres. Ça me fait presque mal, tellement j'ai l'habitude d'être furieux. Après tout et tout le monde.

— Ou…

Elle se tortille encore, détourne le regard pour réfléchir.

— Ou c'est moi qui vous balance un fichu donut dans la figure. Je suis sûre qu'il doit rester un bout tout imbibé et caramélisé quelque part dans mes cheveux ou les poches de mon manteau.

— Mon Dieu, je suis terrifié.

Frustrée, elle reste sur place sans bouger, et je sais reconnaître quand je suis en échec. Soit je lui accorde son entretien, soit elle va rester là et me forcer à appeler la sécurité. Et étrangement, je n'ai pas envie que l'un de ces hommes pose les mains sur elle. En réalité, ça me foutrait même en rogne.

— Bon, allez-y, installez-vous et dites-moi pourquoi je devrais vous faire confiance pour rejoindre ma société alors que vous venez de me menacer.

Comme je n'ai pas l'air convaincu de ce qu'elle a offrir, surtout après cette débâcle, elle rougit à nouveau et cette fois, ce n'est plus de gêne. Mais de déception. Parce qu'elle sait que jamais, elle ne sera sélectionnée.

Pourtant, fière et motivée, elle ôte sa veste qu'elle pose sur la chaise en cuir face à mon bureau, puis elle s'y assoit le dos bien droit. Et sa chemise blanche complètement transparente, laissant apercevoir un soutien-gorge jaune poussin, en dentelle. Une dentelle qui ne cache rien de ce qu'il y a sous ses vêtements.

Je tousse lourdement, me redresse à mon tour et pose les coudes devant moi, avant de me concentrer. Et de me concentrer encore plus. Sur ses beaux yeux, sa jolie bouche qui me parle de son parcours. Sur tout, sauf sa poitrine presque à nue et rien que pour moi.

— Et donc, je suis diplômée en histoire de l'art, continue-t-elle, et je me suis spécialisée dans l'art moderne du XXᵉ siècle, ainsi que dans l'impressionnisme et plus particulièrement dans les peintres français.

C'est à mon tour de hausser les sourcils, impressionné.

— Ce sont deux genres complètement différents.

— Oui. J'adore les défis, et j'adore apprendre. Je sais que je ne vous ai pas fait forte impression, Monsieur, mais je vous assure que je suis plus qualifiée que ce que vous pourriez penser. Je pourrais être un atout pour vous. Le marché de l'art regorge en ce moment d'acheteurs et de passionnés pour les peintres français, mais aussi pour l'art plus moderne et les vestiges que nous ont laissés des Warhol ou des Liechtenstein. Et moi, je connais ces hommes sur le bout des doigts. D'autant que j'ai déjà un carnet d'adresses bien fourni !

— Expliquez-vous, ordonné-je.

Elle sourit, pensant probablement qu'elle a gagné la partie. Je grogne, furieux contre moi-même parce que bon sang, je suis déjà en train de fantasmer sur elle alors que je m'interdis toute relation avec mes collègues. Comment je vais faire, si je l'engage ? Si elle passe toutes ses journées dans le bureau juste en face du mien ? Comment je vais faire pour ne pas succomber alors qu'elle est déjà en train de me faire cramer les veines ?

Je le sais.

Je… je ne peux pas l'engager, c'est tout.

— J'ai travaillé durant plusieurs années pour les plus grands musées américains, Monsieur. J'y ai rencontré, au fil du temps, des amateurs fortunés et… bon d'accord, peut-être aussi quelques voleurs sans scrupules, mais qui savent dénicher plus ou moins légalement les plus belles œuvres en circulation sur le marché. Mon Dieu, est-ce que je viens d'avouer connaître des malfrats, là ? couine-t-elle.

— Oui.

— Je peux retirer ce que j'ai dit ?

— Non.

— Oh merde… Mais je vous jure que lorsque je les engage, ils font tout ce qu'il y a de plus légal pour moi, bien sûr. C'est tout le reste, tous les… à-côtés qui sont plus ou moins criminels, mais… je m'enfonce, c'est ça ?

— Mademoiselle Pérez, soupiré-je, vous allez atteindre le centre de la Terre si vous continuez à vous enfoncer, en effet.

Elle grimace, ses jolies taches de rousseur dansant sur ses joues, son petit nez adorable, et son front. Je déglutis pour ne pas la trouver plus belle, encore. Pour ne pas réaliser que la température élevée du bureau sèche ses cheveux qui ne sont pas noirs, en réalité, mais du plus foncé des acajou, tirant presque sur le violet et le rubis. Elle est… renversante, bon sang.

Déçue, elle baisse le regard sur ses mains aux poings serrés. Ses doigts fins sont ornés d'une dizaine de bagues argentées, toutes simples, qui portent des pierres de mauvaise qualité. Et pourtant, cette femme a étudié les tableaux français les plus connus au monde, comme me le montre son CV, qu'elle glisse doucement vers moi en dernier recours. Elle a acheté les plus grandes œuvres d'Andy Warhol pour son précédent employeur, elle a eu des millions de dollars de tableaux et de sculptures entre les mains. On pourrait croire qu'elle se parerait de bijoux de luxe, qu'elle ornerait sa longue crinière sauvage de lotions hors de prix, mais elle est là, devant moi. Toute naturelle et mal à l'aise. Dans ses vêtements qui ne sont pas de créateurs, et avec ses bagues toutes cabossées.

Je jette un œil à la première page de son CV. Puis aux deux autres qui l'accompagnent.

Je n'en montre rien, bien sûr, mais je suis impressionné par tout ce qu'il y a d'écrit sur ce fichu papier. Je suis impressionné, et honnêtement, elle ferait plus qu'une bonne collaboratrice pour moi. Elle serait peut-être la personne la plus qualifiée et douée que je n'aie jamais engagée.

Mais ça voudrait dire que je ressentirais quelque chose pour l'une de mes employées. Et ça, c'est hors de question. Ça ouvrirait la porte à trop d'inconnues, trop de soucis, trop de bordel. Je ne peux pas revivre ça.

— Merci de vous être déplacée jusqu'ici, mademoiselle Pérez. Et merci d'avoir bravé la pluie et les bonnes sœurs pour cette entreprise. Malheureusement…

— Non ! Non, s'il vous plaît, ne dites rien, j'ai compris.

Sa voix n'a plus cet enthousiasme, cette douceur, cette impétuosité qu'elle avait quelques minutes auparavant. Elle n'est plus qu'un fin murmure ébréché qui me fait étrangement mal. Sans pouvoir lever les yeux sur moi, elle récupère ses affaires, empoigne sa veste qui a détrempé le parquet de mon bureau, puis elle se dirige vers la porte.

Je… je ne peux pas la faire entrer dans ma vie. Dans mon entreprise.

Je ne peux pas.

Pourtant, avant qu'elle ne sorte, je me lève de ma chaise, me précipite vers elle et pose brusquement la main sur le battant pour refermer la porte.

Elle sursaute, se retourne vers moi et me regarde avec, au fond de ses yeux vert et doré, de la peur. Le premier fragment de peur que je lui vois depuis qu'elle est enfermée ici avec moi. Est-ce ma proximité qui la terrorise ? Mon regard froid ? Mon poing serré trop près de son visage ? Ou est-ce ma façon de me pencher vers elle pour observer ses prunelles écarquillées, alors qu'elle est emprisonnée avec moi ? Étrangement, je suis vexé qu'elle puisse voir en moi un homme qui pourrait la blesser.

Peut-être que pour une fois, je n'ai pas envie de savoir à quel point j'inspire la peur.

Chapitre 4 — Siana

La pluie qui tape contre mes fenêtres depuis deux heures du matin commence à me saouler. Mais alors, bien comme il faut ! Je grommelle, me retourne dans mon lit pour la millième fois avant de prendre sur moi et d'enfouir la tête sous mon oreiller tout chaud.

Alors que je meurs déjà de chaud.

Quelle galère !

Je me suis couchée il y a trois heures à peine, après un marathon *Netflix & chips*, dans mon pantalon de jogging plein de miettes et mon tee-shirt troué à l'effigie d'une créature rose à paillettes, qui proclame que « Je ne suis pas folle. Ma licorne peut même témoigner en ma faveur ». Je ne me suis jamais trouvée aussi sexy de toute ma vie…

Pour être honnête, j'ai des circonstances atténuantes.

Je suis au chômage depuis près de six mois, et même si je vis dans les quartiers travailleurs et pauvres de New York, au cœur du Queens, le loyer coûte une fortune et chaque mois qui passe sans un revenu digne de ce nom me rend un peu plus fauchée. Et plus proche de finir à la rue…

Je suis sur les nerfs, je suis déprimée, je suis… complètement perdue, aussi, parce qu'après les trois premiers mois à pleurer face à l'injustice de ma situation, j'ai passé les trois suivants à être en rage à cause de mes CV restés sans réponse. Des lettres de motivation qui finissaient par ne plus en avoir la moindre goutte, de motivation, justement. Et parce que ma terreur se transformait peu à peu en angoisse de ne plus jamais retrouver de travail.

Andrew m'aura vraiment tout pris. Tout…

Agacée, je finis par me lever, et lance un « oh oh » en apercevant toutes les miettes qui tombent dans mon mouvement. Seigneur, il y a moyen d'avoir un paquet tout entier, avec la quantité de pépites de chips que j'ai accumulées dans mon jogging. Beurk…

Et en plus, je vais à présent devoir passer l'aspirateur. C'est possible de tomber plus bas ?

Il est à peine six heures du matin, mais je n'ai plus envie de rester dans ma chambre. De toute façon, cette pièce est d'une tristesse ! Sans l'ombre d'une guirlande, sans la beauté d'une seule paillette. Je m'en échappe, et pousse un soupir de plaisir en entrant directement dans le salon-salle à manger-cuisine où tout, absolument tout est recouvert de la magie de Noël !

Mes yeux se mettent à briller comme ceux d'un petit chat devant un carton vide. Aussitôt, je lance le vieux poste où, sur une cassette démodée, j'ai enregistré tout un tas de chants. *Jingle Bell Rock*[1] se met à ronronner doucement, et en moins d'une seconde, je me sens mieux. Je me sens bien.

Et super fière de ma décoration digne d'un centre commercial. Ce que je veux dire par là, c'est que j'ai presque autant de matériel qu'eux dans mon quarante mètres carrés. Certes, c'est un peu envahissant, mais Noël, ce n'est qu'une seule fois par an alors pourquoi se priver ?

Mes pieds nus foulent un tapis en faux poils blancs, créant un sol de neige à mes pieds, et je me mets à me déhancher sur *Rockin' Around The Christmas Tree*[2] qui vient juste de commencer. Peut-être même que j'imite le solo de saxophone en balançant du popotin de gauche à droite, manquant de perdre mon jogging trop large et tout moche.

Un mini sourire se dessine sur mes lèvres, et c'est là que je réalise que ce week-end, je me suis vraiment dépassée avec les arrangements de saison. Je compte vingt… ou peut-être trente-six gnomes en train de m'observer depuis les étagères et les divers meubles de l'appartement. C'est carrément flippant. Il faudrait que j'en retourne un ou deux.

— Je te préviens, si tu te retrouves encore les fesses à l'air, je te balance un roulé à la cannelle ! me crie ma colocataire depuis la cuisine.

— Miam !

— Non, pas miam. J'en ai retrouvé un vieux au fond du placard. Il est dur comme une brique.

[1] Jingle Bell Rock est une chanson de Bobby Helms.

[2] Rockin' Around the Christmas Tree est interprétée par Brenda Lee

— Promis, mon jogging n'est pas tombé, cette fois, gloussé-je.

Je rejoins la petite pièce du fond où je trouve ma meilleure amie, Leilani, en train de préparer le café.

— Salut, beauté, me lance-t-elle, tout sourire, en me regardant de haut en bas.

J'ai envie de l'envoyer balader, mais c'est un peu sa façon à elle de prendre soin de moi et de me faire sourire, quand j'ai l'impression d'être au fond du gouffre.

— C'est une tache de ketchup que je vois sur ta licorne, ou tu as bavé toute la nuit ?

— Je ne préfère pas savoir, marmonné-je.

Je la prends dans mes bras et grogne de frustration en la voyant prête à partir. Ça me rappelle que nous ne pouvons plus faire le voyage ensemble pour nous rendre au musée. Que nous ne pouvons plus rire, refaire le monde, et manger des donuts tout chauds couverts de chocolats et de vermicelles multicolores. Ça me rappelle que je n'ai plus de boulot depuis trop longtemps, et que ça me tue, parce que je suis une passionnée, et que mon travail, c'était toute ma vie.

— Allez, je suis sûre qu'aujourd'hui, tu auras un appel. Tu ne peux pas… Ils ne peuvent pas… ça ira, ne t'en fait pas, finit-elle par hasarder.

Je grogne, désespérée. Je n'ai qu'une envie, c'est de m'effondrer sur le sol, de m'endormir, et de ne plus jamais me réveiller. Même Lani, qui y croyait de toutes ses forces au début, a fini par se faire une raison. Personne n'osera plus jamais m'engager. Je suis grillée dans le métier.

— Je te jure que si je croise cet enfoiré d'Andrew, je vais le…

— Le rien du tout, soupiré-je. C'est le petit-fils du directeur du musée, Lani. Ne t'en prends pas à lui, ou tu le regretteras. Comme moi je le regrette.

Nous soupirons en même temps, alors qu'elle nous sert à toutes les deux une tasse de café, et comme à notre habitude, nous allons nous affaler dans le canapé après avoir allumé les guirlandes du sapin de Noël.

Nous sommes le premier décembre. Ce qui veut dire que ça fait déjà deux mois que je ne pense qu'à décorer l'appartement, et un jour seulement que ma meilleure amie et colocataire m'a autorisée à le faire. Comme d'habitude, j'ai tout géré moi-même, tout décoré du sol au plafond. Littéralement.

J'ai glissé sous la table basse un tapis épais et tout poilu, bien blanc, censé représenter un voile de neige, même s'il ressemble davantage à un restant de mue d'ours polaire. Le petit sapin me fait pitié, à vrai dire. Il est décoré à merveille, dans des tons rosés et blancs, mais vraiment, il mesure à peine un mètre cinquante. J'aurais donné un ou deux reins pour avoir un appartement si haut que j'aurais pu en faire entrer un de trois mètres, franchement.

J'ai viré de toutes nos étagères nos livres d'art, d'histoire, et nos bibelots, pour les remplacer par des décorations kitsch, mais de saison. Des gnomes — trop nombreux, je le réalise à présent alors que leurs petits regards noirs sont fixés sur nous —, des cadres vintages, des élans, des rennes, et peut-être un énorme bonhomme en pain d'épice, en plastique, mais pour lequel j'ai craqué uniquement parce qu'il était à un dollar sur *Wish*. Bien sûr, sur la photo, il était mignon. Mais maintenant, j'ai l'impression d'avoir un Chucky dans mon salon.

Il fait peur à Leilani.

Moi ? Il me terrifie.

Mais je suis trop fière pour le lui avouer alors il reste là. Et il y restera jusqu'à… jusqu'à ce qu'un jour, j'oublie de fermer la porte de notre logement en sortant et qu'un affreux cambrioleur l'emporte avec lui.

Mouais, vu ma chance en ce moment, c'est le seul truc qu'il nous laisserait.

Bref, j'ai parlé de ma collection de petits sapins mignons ? Non parce qu'il y en a une cinquantaine, à présent. Ils sont partout. Partout, partout, partout. Même dans les toilettes et la salle de bain. Qui ne forment qu'une seule et même pièce, pour être honnête.

J'ai fixé, au plafond, des tas de guirlandes lumineuses et lorsqu'on les allume, nous avons l'impression d'être sous un ciel étoilé. C'est tout simplement sublime.

Je bois une gorgée de café Lani, une spécialité de ma coloc. Il s'agit d'un café noir et sucré qu'elle assaisonne avec un peu de vanille, de cannelle et d'épices pour tarte à la citrouille. Un régal ! Bon d'accord à la première dégustation, c'était… étrange. Avec un petit relent de vomi. Mais on s'y habitue. De toute façon, c'est loin d'être la pire préparation de Leilani.

Un jour, il faudra qu'on discute toutes les deux de sa soupe à la tomate et aux chamallows. Ou de sa purée de chou-fleur aux dragibus. Ou peut-être que je devrais me mettre moi-même à la cuisine, en fait ?

— Qu'est-ce que tu vas faire aujourd'hui ? me demande-t-elle doucement, me détournant du spectacle des lumières du sapin.

Je me tourne vers elle.

Lani est vêtue de son tailleur classe au logo du Musée Offenheim, où nous travaillions toutes les deux avant mon renvoi. Elle est enjouée, comme à son habitude. Son grand sourire est mon rayon de soleil de toujours.

Grande et mince, là où je suis petite et ronde, elle est mon opposé. Je suis une latina à la peau dorée, elle est afro-américaine au teint sombre, lumineux et aux cheveux crépus.

Mes longues mèches acajou sont tout de même plus emmêlées que ses petites bouclettes, pour le moment. Pour tout dire, ce n'est pas vraiment le bruit de la pluie qui a fait que je me suis retournée dans le lit toute la nuit. Les miettes de chips dans le jogging, ça pique.

— J'sais pas, maugréé-je.

— Ma puce, tu pourrais postuler pour au moins dix postes supplémentaires, rien que pour les places avec le meilleur salaire ! Ne te laisse pas abattre, s'il te plaît. Tu sais que si tu te retrouves à la rue dans un carton, je devrais trouver quelqu'un d'autre pour vivre avec moi ? Tu me ferais ça ? À moi ? Qui pourrait goûter mes recettes et ne pas mourir d'intoxication avec un café vanille-cannelle-citrouille, franchement ?

— Tu trouveras mieux que moi. Et puis à quoi ça servirait que je me donne tout ce mal ? Andrew s'est assuré que personne n'ait envie de me donner une chance.

— Et un jour viendra où lui et moi, on se recroisera. Je te jure qu'il ne verra pas mon genou arriver dans ses cacahouètes avant qu'il ne soit trop tard. En parlant de cacahouètes, dans un chocolat chaud, ce serait…

— Non ! la coupé-je en levant ma main devant moi. Non. Ne t'avise pas de pervertir la meilleure de toutes les boissons au monde, Lani, ou je te jure que je quitte cet appart sur le champ. Même un carton troué serait un plus bel endroit que ce logement où on a souillé la mémoire du chocolat.

— Tu n'en fais pas un peu trop ?

Elle glousse, avant de se lever pour déposer sa tasse dans l'évier.

— Je ferai la vaisselle tout à l'heure. Et non, je n'en fais pas trop. Certaines choses sont sacrées, Lani. Comme le chocolat. Le chocolat chaud. Les cookies. Les brownies.

— Et les orgasmes, chérie. Tu devrais essayer, ça te mettrait un peu de baume au cœur, crois-moi !

— Je suis célibataire, je te signale.

— Siana, on est au XXIe siècle. Je sais bien que tu as l'habitude de travailler avec des vieux croûtons rétrogrades, mais crois-moi, les femmes n'ont pas besoin des hommes pour se faire plaisir.

— Mouais. Et la chaleur humaine, tu en fais quoi ?

— Bah, ce n'est rien qu'un bon plaid ne pourrait t'offrir.

— Un plaid avec des bras et qui embrasse comme un dieu ? S'il te plaît, les poils et les peluches sur la langue, c'est loin d'être agréable.

— Parce que tu as essayé le coup du plaid ? rit-elle.

— Oh, dégage ! J'en ai marre de toi ! grommelé-je en haussant le menton.

Elle attrape son sac à main, ses clefs, mais avant qu'elle n'atteigne la porte d'entrée d'un vert kaki-pistache-vessie — meilleur antivol de l'univers, par ailleurs, parce que tout le monde a peur de ce qu'il peut y avoir derrière une porte d'une telle couleur — mon téléphone se met à sonner.

Nous nous figeons toutes les deux, sur le qui-vive.

Des appels, j'en attends depuis trois mois maintenant. Désespérément.

Mon cœur commence à bourdonner, à vibrer, et une petite lueur d'espoir se met à naître et à grandir dans ma poitrine.

Bien sûr, je laisse la sonnerie retentir quelques secondes parce que bon, c'est sur *Feliz Navidad*[3], et j'adore cette chanson. Et je la chante aussi un peu. Puis, trop excitée, je ferme les yeux pour ne pas voir mon correspondant — j'adore les surprises — et je décroche en essayant de masquer un peu ma joie. Même si je n'y arrive pas.

— Siana Pérez à l'appareil ! m'exclamé-je.

Leilani court vers moi et toutes les deux, nous nous mettons à sauter de joie.

— Princesa, c'est papa ! exulte mon père, heureux juste parce que je suis heureuse.

Je lui épargne le grognement de Shrek que j'ai sur le bord des lèvres.

— T'inquiète, tout finira par s'arranger, me chuchote Leilani en m'embrassant sur la joue avant de quitter l'appartement.

— Ne m'appelle pas Princesse, pitié !

— Pourquoi ? Tu seras toujours ma Princesa adorée, Siana.

— C'est ça d'être la petite dernière, après trois beaux garçons bien dodus, rit maman en arrière-plan.

— Salut, Mama. Je peux savoir pourquoi vous m'appelez à une heure aussi interdite ? Je pourrais être en train de dormir !

— Avoue, t'es en pyjama moche avec les cheveux en pétard, crie un de mes frères au loin.

— Pas du tout, *burro* !

Oui, je traite mes frères d'âne. Mais à ma décharge, ils sont tous agaçants. Et trop nombreux à mon goût. Et légèrement

---

[3] Feliz Navidad est une chanson du guitariste et chanteur portoricain José Feliciano.

envahissant, quand je les laisse faire ou que j'oublie de fermer ma porte à clef. Surtout les soirs de match.

— Princesa, reprend papa en s'isolant, probablement dans la salle de bain, je t'appelle pour te donner une bonne nouvelle, mais ne te fâche pas, d'accord ?

— Ça commence mal. Je ne sais pas encore ce que tu as fait, pourtant je sens déjà la panique monter en moi.

— Je n'ai rien fait de mal, promis !

Il rit doucement. Son accent colombien est une petite douceur à mes oreilles. Mes parents me manquent terriblement, même si je les vois toutes les semaines. La famille, c'est sacré à mes yeux.

— Je sais que tu as eu du mal à trouver du travail, ces derniers temps. Et j'ai cru comprendre que c'était à cause de ce salaud d'Andrew.

— Papa !

Il ne jure jamais, d'habitude. Contrairement à moi.

— C'est Leilani qui t'a dit ça ?

— Oui, et elle a eu raison ! Tu aurais dû nous en parler. Nous aurions été là pour toi, Siana. Vivre ça toute seule, ça a dû être tellement dur.

Sa voix se craquelle un peu, et je me prends à regretter qu'il sache tout de la situation. Si je ne leur en ai pas parlé, justement, c'était pour ne pas les traumatiser.

— Enfin, avec ta mère, nous avons donc monté un plan d'action, et pour contrer ce que ce salopard t'a fait, nous t'avons trouvé un entretien d'embauche. C'est ce matin, à neuf heures tapantes.

— Oh mon Dieu ! Oh mon Dieu ! Où ?

— Chez *Sullivan Inc.*, dans l'Upper East Side.

— Tu plaisantes, j'espère ? couiné-je, complètement paniquée.

— Non, pourquoi ?

— Pourquoi ? Pourquoi ? Papa, c'est le boulot de mes rêves, dont on parle, là ! J'ai postulé au moins une dizaine de fois chez eux, mais je suis sûre que mon CV n'est jamais arrivé jusqu'aux ressources humaines.

Salopard d'Andrew, et c'est peu de le dire.

— Alors c'est bien, non ?

— Non, bon sang ! Papa, je ne serai jamais à l'heure pour avoir cet entretien !

— Alors qu'est-ce que tu attends pour te mettre en route, Princesa ? Tu peux le faire.

Ouais, ouais, on voit qu'il ne sait pas dans quel état je suis ! Je ne me suis pas coiffée depuis tellement longtemps que j'ai des nœuds de partout. Et des nœuds dans mes nœuds ! Un oiseau ne voudrait même pas faire son nid là-dedans. Et on en parle de l'empreinte des chips sur mon postérieur ?

— Seigneur ! grommelé. Je te laisse, je t'aime, merci et je t'appelle ce soir pour te dire comment ça s'est passé, ok ?

— Parfait, Siana.

— Mierda ! hurle ma famille en arrière-plan.

Bon sang, leur confiance en moi et leur soutien me met les larmes aux yeux.

Je raccroche aussitôt, file à la douche et en moins de temps qu'il ne faut pour le dire, je saute dans un taxi, direction les beaux quartiers.

Enfin, j'en prendrais la direction si je n'étais pas tombée dans un bouchon après quinze minutes à peine.

Chapitre 5 — Siana

Oh mon Dieu, oh mon Dieu, oh mon Dieu ! Les minutes passent, défilent, s'écoulent et le taxi avance à peine. Un kilomètre après l'autre. Avec plus de lenteur qu'un escargot diabétique ! Je suis survoltée. Je hurle sur tous les mecs qui nous doublent et nous passent devant, si bien que le chauffeur a les joues complètement cramoisies.

Je crois qu'il n'avait jamais entendu « va ******* bourrer ****** un pot d'échappement ****** brûlant ****** sale ***** ** *** nécrophile » ! Oui bon, d'accord, la nécrophilie n'a rien à voir dans cette histoire. Mais je n'allais pas le traiter de bouffeur de hamster, quand même. C'est trop gentil. Et puis je préfère laisser les hamsters en dehors de mes disputes. Surtout quand elles concernent des ******* d'******** de pot d'échappement…

Oh là là, nous dépassons rapidement les huit heures, et même s'il reste à peine trois kilomètres, il va falloir que je me fasse une raison. Je vais devoir terminer à pied malgré la pluie, les deux degrés au compteur et mes escarpins qui pourraient presque servir d'arme de destruction massive dans un film d'action.

— Faut que j'y aille, désolée ! couiné-je après mon chauffeur.

Je lui paye sa course avec mes derniers billets, je sors, et me fais aussitôt klaxonner par toutes les voitures qui attendent patiemment que les routes se libèrent.

Les phares rouges et or se reflètent sur le sol complètement humide, mais ce sont surtout toutes les merveilleuses décorations de la ville qui illuminent cette matinée pluvieuse.

Dès que j'atteins le trottoir, un grand sourire apparaît sur mon visage, et alors que je me mets à trottiner tout en ouvrant mon parapluie, j'en profite pour admirer les petites boutiques luxueuses, pleines de branchages de sapin et de guirlandes lumineuses.

Il y a tellement longtemps que je n'étais plus venue dans l'Upper East Side — ou que je n'étais plus sortie de chez moi, en fait — et je réalise que ça m'avait manqué. Tout ça, ça m'avait manqué à la folie. Les gens qui se hâtent dans les rues, un café à la main et le téléphone dans l'autre, l'odeur qui embaume les avenues, tantôt d'un parfum sucré et chocolaté, tantôt de celui des fruits frais, ou encore du pain tout juste sorti du four. C'est magique.

New York est magique.

Et plus encore à cette période de l'année, alors que tous les arbres, qui ont perdu leurs feuilles automnales, sont parés de milliers de petites lumières dorées, et que les magasins rivalisent d'originalité et d'inspiration pour leurs superbes vitrines où des automates s'animent. Où des chants de Noël résonnent.

J'ai envie d'acheter tous les cupcakes bonhommes de neiges, toutes les gaufres en forme de sapins de Noël avec des petites fraises en guise de boules, et tous les hotdogs aussi. Même s'ils n'ont rien de très festif. J'aime juste la *street food*, en gros.

Alors que je tourne dans la principale avenue de Manhattan, un vent violent me souffle en pleine figure, remonte ma petite jupe et retourne mon parapluie. Je me prends une telle gerbe d'eau en pleine poire que j'ai l'impression d'être une nageuse olympique. En mode noyade…

— Bordel, grommelé-je.

Je tourne le dos au vent pour que mon pépin se remette en place, puis recommence ma course pour rejoindre *Sullivan Inc.* Oh… mon… Dieu… je n'arrive toujours pas à croire que mes parents m'aient obtenu un entretien dans cette firme ! Je suis extatique ! Je souris tellement fort que si mon parapluie se retournait à nouveau, je me boirais un litre d'eau de pluie l'instant suivant.

Sullivan Inc. est *la* plus grosse entreprise d'import-export et d'expertise d'œuvres d'art. J'ai un peu travaillé avec eux lors de mes différents emplois dans les musées de la ville, et je sais que les employés sont acharnés, compétents et qu'ils ont toutes les portes ouvertes devant eux pour admirer les plus belles œuvres d'art que le patron de la boîte fait acheminer dans ses locaux.

Je ne sais pas grand-chose de monsieur Sullivan, en réalité. Si papa m'avait prévenue à l'avance, j'aurais fait quelques recherches et probablement stressé comme une miséreuse jusqu'à me retrouver en position fœtale sous ma douche toute la matinée donc… bon, je comprends pourquoi il m'a prévenue en dernière minute. Mais tout de même ! La seule chose que je sais de cet homme, c'est qu'il a un caractère volcanique et qu'il ne laisse jamais de seconde chance à qui que ce soit. Amis, employés, inconnus. Tout le monde est au même niveau avec lui. À ses pieds.

Une petite pointe de stress se plante dans mon ventre, et une nouvelle salve de vent retourne mes baleines.

— Bordel de merde ! m'écrié-je.

Râleuse, je le remets en place et reprends ma course. Mes pieds sont détrempés et gelés. Mes cuisses nues sont cinglées de rafales de pluie à cent kilomètres-heure. J'ai l'impression de me prendre des stalactites, là. Et bien sûr, j'ai à peine fait dix pas supplémentaires que, je vous le donne en mille, mon parapluie m'abandonne une nouvelle fois.

Une nouvelle douche bien glaciale me détrempe de la tête aux pieds, et là, c'en est trop !

— Oh, putain de bordel de merde ******* de ***** ** lécheuse **** de ********** cul *** de poulet !

C'est là qu'une bonne sœur, qui passait calmement devant moi, se retourne avec les yeux écarquillés comme des soucoupes.

— Le Seigneur ne tolérerait jamais un langage pareil ! s'écrie-t-elle en me balançant son donut aux pommes à la figure.

Heureusement numéro un, il pleut tellement qu'il est tout imbibé et s'écrase sur ma figure sans me faire le moindre mal ou pire, un cocard, ce qui aurait été le pompon !

Heureusement numéro deux, il pleut tellement que ça lave les petits morceaux l'instant d'après.

— Il ne tolérerait pas non plus que tu agresses les gens dans la rue, je te signale ! crié-je.

— Suppôt de Satan !

— Moi ? Moi ? Alors que c'est toi qui gaspilles de la pâtisserie ? grogné-je en lui lançant un regard si noir qu'elle part en courant.

L'univers entier m'en veut ou quoi ? Un seul entretien en six mois ! Je n'ai eu qu'un seul foutu entretien d'embauche en six mois, et il faut que ce soit le pire jour de l'année, avec sa tempête à la con, sa pluie en mode Chutes du Niagara, et ses bonnes sœurs diaboliques qui font croire qu'elles n'ont jamais entendu un juron de leur vie !

Merci l'hypocrisie.

Bon d'accord, je me suis surpassée pour celui-ci, mais tout de même… ça ne valait pas un donut gaspillé.

Le problème, c'est peut-être que je n'aurais quand même pas dû crier sur une dame aussi âgée. Et religieuse. Parce que ça m'a clairement valu le mauvais œil...

Comment est-ce que je le sais ?

Parce que je suis en retard à mon rendez-vous. Que je me paye un vol plané à peine arrivée chez *Sullivan Inc.* avec son stupide marbre poli et immaculé qui m'a fracturé l'arrière-train. Et que ma rencontre avec le patron ne se déroule pas au mieux.

Loin de là, même.

Enfermée dans son bureau, dans la chaleur étouffante de cette grande pièce qui porte son parfum et la même austérité que lui, je me sens comme une minuscule souris sur le point de se faire dévorer.

D'accord, monsieur Sullivan est l'homme le plus chaud, le plus viril, et le plus sauvage que je n'aie jamais vu de toute ma vie ! Mais sa façon de me fixer du regard me donne l'impression d'étouffer comme si ses grandes mains se nouaient lentement autour de mon cou. Et seigneur, ses yeux sombres lui donnent l'air de venir tout droit des Enfers ! Dans son costume de luxe, avec cette chemise blanche qui moule ses muscles durs et sa cravate qui assoit son autorité, je suis… sous le charme ? Ou terrifiée. Ou quelque chose qui se situe entre les deux.

Le pire, c'est qu'il est un fantasme absolu à lui tout seul, même s'il est complètement et définitivement inaccessible.

Knox Sullivan est connu pour son tempérament aussi enflammé que pour son regard de glace, pourtant, ce que les tabloïds disent de lui le plus souvent, c'est qu'il est le célibataire le plus convoité de la ville. Et qu'il tient à le rester.

Mon Dieu, c'est presque un gâchis qu'un homme aussi beau se contente de bosser comme un dingue au lieu de profiter de la vie. Et de poser tout nu dans les magazines.

Et même s'il vient de me briser le cœur en me refusant cet emploi dont j'ai désespérément besoin, je ne peux pas lui en vouloir. Après tout, j'ai débarqué ici comme une furie, avec mon sourire de folle, une tenue qui semblait sortir directement du lave-linge et des menaces de désespérée. Je me sens stupide.

Et humiliée.

Incapable de lui jeter le moindre regard, je me lève de ma chaise, mes poings agrippés à ma veste pour qu'il ne les voie pas trembler.

À la fin du mois, je devrai quitter mon chez-moi.

Quitter tout ce que j'ai dans cette ville, parce que je n'aurai plus les moyens d'y rester.

Je suis vidée. Épuisée.

Dépassée.

Les miettes de mon cœur sont aussi molles et dégoulinantes que celles du donut pomme-caramel au fond de mes poches. Les larmes aux yeux, je me précipite vers la porte de sortie. Tout ce que je veux, c'est quitter cet endroit et rentrer chez moi pour m'écrouler dans mon appartement en mode boutique de Noël. Oui, sérieusement, il est bien plus décoré que tous les magasins de saison en ville. J'ai dépassé les bornes…

Le battant à peine ouvert, j'ai l'impression que ma vie va se jouer là, sur ces prochaines secondes où je ressortirai d'ici toujours au chômage, quand monsieur Sullivan me rattrape, pose sa main virile sur la porte et la claque à mon nez.

Mon souffle se coupe.

Mon pouls tempête.

Je me retourne vers lui et lève la tête pour plonger dans ses yeux froids, incisifs, d'un brun si sombre, si riche qu'il s'approche de l'ébène. Sa mâchoire carrée est contractée ; son air est meurtrier. On dirait qu'il s'en veut, qu'il m'en veut, qu'il en veut au monde entier et si je m'écoutais, je glisserais une main sur sa joue avant de lui dire qu'il n'a pas à s'inquiéter. Que personne ne serait jamais assez fou pour lui faire du mal ou le chercher. Surtout pas moi, même si je n'ai plus rien à perdre.

Mais je suis figée par la peur. Une peur qu'Andrew a insufflée en moi et qui m'écartèle la chair jusqu'à me faire grimacer de douleur. Si mon précédent employeur était de taille moyenne, me laissant une chance de me défendre au besoin, monsieur Sullivan est d'une autre catégorie d'hommes.

Son mètre quatre-vingt-dix m'intimide, et les muscles gonflés de ses biceps, tandis qu'il me coince contre cette porte, me font réaliser que s'il baissait les bras, s'il posait les mains sur moi, je n'aurais, cette fois, aucune chance de m'en sortir.

Mon pouls s'emporte davantage.

Et j'ai beau souhaiter reculer pour m'éloigner de lui, je n'ai nulle part où aller.

Je suis… prise au piège.

Chapitre 6 — Siana

Un jour, j'ai pleuré à cause d'un homme. Un homme qui me considérait comme un objet lui appartenant. Lui *devant* quelque chose. Un homme qui me dégoûtait et à qui j'ai osé dire non. Mon caractère volcanique y était sûrement pour beaucoup, mais me laisser marcher sur les pieds n'a jamais été dans mes gènes. Tout s'est mal terminé pour moi, au final, mais j'ai cessé de pleurer, à présent. Et je me suis juré de ne plus jamais recommencer ! De ne plus jamais être triste à cause de quelqu'un.

Alors tandis que monsieur Sullivan plante les lames de ses yeux d'ébène en moi, je hausse le menton et le dévisage, moi aussi, avec froideur. J'ai envie de lui dire de s'éloigner, de reculer, de me laisser respirer parce qu'honnêtement, j'ai du mal à le faire, là. Mais ma peur, toujours asphyxiante, m'en empêche.

Comme s'il avait réalisé qu'il me terrifiait, un air un peu plus doux, presque blessé, adoucit ses traits. Une seconde, juste une seule petite seconde. Puis il recule enfin.

Je me mets à trembler, et mes joues se couvrent d'un rouge honteux à cause de mes fichues émotions trop à vif. Je déteste être incapable de masquer mes sentiments. Cela me donne l'impression d'être trop vulnérable. Ce que je ne suis pas du tout, bon sang !

— Pardonnez-moi, gronde monsieur Sullivan. Je… je voulais juste vous retenir ici une seconde supplémentaire.

— Pourquoi ? hoqueté-je.

Pour me dévorer ? Me couper en petits morceaux ? Me faire nettoyer le parquet que j'ai sali avec mes vêtements détrempés ?

— Parce que j'ai fait une erreur, mademoiselle Pérez. Une grossière erreur. Je pense que vous pourriez convenir.

— Attendez… attendez un instant… couiné-je.

Je laisse tomber ma veste parce qu'il faut vraiment, vraiment que j'agite les mains devant mon visage, histoire d'avoir un peu d'oxygène, là.

— Qu'on soit bien clair, vous êtes en train de me dire que je pourrais *convenir* pour le poste de collaboratrice auquel je suis en train de postuler, c'est ça ?

Et pas pour m'allonger sur votre beau canapé de cuir noir ? pensé-je, amère.

— Bien sûr ! s'exclame-t-il en fronçant les sourcils. Qu'est-ce que je pourrais vouloir dire d'autre ?

— Oh… rien, rien… éludé-je.

Oh bon sang ! J'ai envie de crier comme une cinglée ! De lui sauter au cou ! De danser comme si personne ne me regardait ! D'entonner à fond *Christmas Miracle*[4] même si je chante comme un canard. Si le canard en question était mauvais en chant. Une horreur sans nom.

— Qu'est-ce qui vous a fait changer d'avis, si je peux me permettre ? demandé-je d'un ton posé et professionnel, en lissant mon chemisier froissé, imbibé et glacé.

— Votre CV est impressionnant, Mademoiselle. Je n'aime pas les gens en retard, je vous préviens. Et je déteste le désordre.

Il grogne en jetant un regard à ma veste, vieille flaque mouillée sur son sol luxueux.

— Mais je ne peux pas mettre de côté les références que vous m'avez citées.

— Toutes mes excuses, gloussé-je en ramassant mon vêtement pour le déposer sur le dossier d'une chaise. Et je vous jure que je ne suis jamais en retard, en général. Disons que les circonstances étaient un peu particulières. Je vous ai dit qu'on m'avait attaquée au donut ?

— Oui…

— Et je vous ai dit que la bonne sœur en question m'avait traitée de suppôt de Satan ? ça m'a ralentie dans ma course. Je vous le jure !

Je lui lance un grand sourire plein de franchise et de plaisir.

Honnêtement, je n'aime pas trop m'emballer avant d'avoir signé les papiers officiels, mais bon sang, il y avait une éternité que

---

[4] Christmas Miracle est un titre de George Canyon.

je ne m'étais pas sentie aussi bien ! Aussi forte, et capable de gravir une montagne, même avec mes escarpins assassins.

— J'ai vraiment du mal à vous cerner.

Il se met à tourner autour de moi, ce qui me donne soudain l'impression d'être une frêle gazelle face à un lion affamé.

— Je ne sais pas si vous êtes une petite créature toute douce ou un shot de tequila à cinquante pour cent.

— Je suis les deux, voyons ! Tout dépend de l'heure de la journée.

Il secoue la tête. Je vois bien qu'il est amusé, ses yeux brillent et un muscle de sa mâchoire tressaute un peu. Mais il ne rit pas, non. Il reste sérieux, concentré, les yeux rivés à moi comme pour tenter de lire mon âme. Je me sens mise à nue. Je me sens toute nue, quand il me regarde de cette façon.

— Bien, je vais vous faire signer un contrat, à présent. Enfin, si vous acceptez cette collaboration, bien sûr.

— Oh mon Dieu, mais évidemment ! C'est le boulot de mes rêves, celui qui me ferait presque vendre mon âme ! couiné-je, excitée.

En tentant tout de même d'avoir l'air posée et décontracté. Calme. J'ai l'air calme, là ? Parce que j'ai l'impression d'avoir bu deux cents cafés à la cannelle et aux épices.

— Asseyez-vous.

Je m'exécute et soupire de soulagement quand il me tend les précieux documents.

— Lisez-les bien, surtout. Je ne suis pas homme à laisser quoi que ce soit au hasard, mademoiselle Pérez. Mon entreprise, mes conditions. Si vous les acceptez, j'attends de vous une totale coopération, c'est clair ?

— Tout à fait.

Je rougis. J'ai l'impression que tout ce qu'il dit déborde de sensualité et de promesses de nuits torrides, même si je suis la seule de nous deux à le réaliser.

Bon sang, qui a décidé qu'il me fallait un patron aussi torride ? Aussi… chaud ! Sa façon de serrer les poings pour y poser le menton, sa façon de me dévisager, la chaleur au fond de ses yeux, rien ne me laisse indifférente à lui. Encore moins cette apparente maîtrise qu'il semble avoir de tout son univers, alors qu'il déteste la moindre anicroche dans son petit bureau parfait.

Je croise les jambes, m'installe bien au fond de mon fauteuil de cuir et je commence à lire. Et lire. Toutes les fichues pages qu'il m'a données.

Comme je suis un peu lente, il s'est mis à travailler, aussi, je l'observe un peu.

Si calme et si concentré.

Et j'observe son bureau. Noir et sans le moindre effet personnel. Son canapé de cuir noir, lui aussi. Ses meubles noirs et ses murs vides de tout cadre. On aurait pu penser que le directeur d'une entreprise d'art aurait des dizaines d'œuvres à disposition, mais il n'y a rien, ici.

C'est vide, et c'est triste. Ça me fait de la peine. J'ai envie de poser des sapins de Noël miniatures dans tous les recoins de la pièce.

— Concentrez-vous, s'il vous plaît, marmonne Sullivan sans même me regarder.

— On vous a déjà dit que votre décorateur méritait la prison ?

Il lève soudain la tête vers moi, et éclate de rire.

— Non, c'est une première. Ma déco ne vous plaît pas ?

Une déco ? Quelle déco ?

— On va dire que c'est… minimaliste. Et sombre. Avec un petit côté « cave de *serial killer* ». Vous avez remarqué que nous étions le premier décembre, par ailleurs ?

— Bien sûr, pourquoi cette question ?

Je soupire en secouant la tête de dépit.

— Le premier décembre est *le* jour officiel où tous les gens qui n'ont pas encore succombé à la passion de Noël *doivent* décorer leur environnement. Oui oui, vous avez bien entendu, c'est un *devoir*. Ça devrait même être écrit dans la Constitution, si vous voulez mon avis. Votre hall d'entrée, vos couloirs, vos ascenseurs, et votre bureau, aussi, sont d'une tristesse. Ils manquent un peu de magie. Et par magie, j'entends des tas de guirlandes, de lumières et de paillettes.

— Je ne dois rien à personne, mademoiselle Pérez, gronde-t-il en fixant à nouveau ses yeux sombres sur moi. Et votre avis ne m'intéresse pas le moins du monde.

En boudant, je me penche en avant, pose les documents sur son bureau immaculé, puis je signe. J'ai l'impression qu'il vient de sauver ma vie autant qu'il me propose un pacte avec le diable.

D'un geste un peu brusque, il se saisit des documents, les parcourt pour voir si je n'ai loupé aucun paraphe, et lorsqu'il est satisfait, il se lève et me rejoint de l'autre côté de son bureau.

Je l'imite, me postant juste devant lui, obligée de lever la tête pour croiser son regard. Je lui souris. Il se renfrogne, toujours aussi froid et dur. Et quand il esquisse un dernier pas qui colle ses chaussures de luxe à mes petits escarpins rouges, à nouveau, mon souffle se bloque dans mes poumons.

— Vous travaillez pour moi à présent, mademoiselle Pérez. Ce qui veut dire que vous m'obéirez, que vous serez ponctuelle, et que vous… ne me trahirez… jamais.

Ses mots sont écorchés par une noirceur qui me prend à la gorge et m'étouffe.

Je hoche la tête.

— Si vous me doublez, si vous me décevez, si vous trahissez, je ferai en sorte que personne, plus jamais personne ne vous emploie dans cette ville, dans ce pays, et même sur toute cette foutue planète, c'est clair ?

— Très clair.

Je déglutis. Autant pour la pression dès le premier jour…

— Merci pour le vote de confiance, marmonné-je.

— Maintenant que tout est en ordre entre nous, il serait peut-être temps de vous changer, je pense, à moins que vous n'ayez envie de me montrer vos seins toute la journée ?

Un petit sourire espiègle se dessine sur son visage, tandis que mes joues passent au rouge cramoisi.

— Non, mais ça ne va pas la tête ? Espèce de sale pervers ! Je vous préviens, ce genre de… de… de comportement malsain est puni par loi ! C'est honteux ! Vous avez honte ? Pourquoi est-ce que vous souriez ?

— Et si vous vous tourniez vers le miroir ? répond-il simplement.

Il prend doucement mon coude, et me fait faire un tour sur moi-même jusqu'à ce que je sois face aux grandes portes coulissantes de son dressing. Noir.

C'est là que j'aperçois ma chemise blanche détrempée, transparente. À travers laquelle on voit mon soutien-gorge jaune poussin. Transparent lui aussi.

Oh… mon… Dieu…

C'est le pire entretien d'embauche que je n'aie jamais eu…

— Je vous proposais simplement une chemise sèche, vous savez, mais libre à vous d'accepter ou non.

Il n'en finit plus de sourire, son visage se transformant peu à peu. Il perd presque son air animal, sauvage. En fait, il gagne en douceur, en candeur.

D'un geste maîtrisé, il ouvre la porte, attrape l'une de ses chemises et me la tend du bout des doigts.

Étant donné que j'ai encore un peu de pudeur, à défaut d'avoir un reste de fierté, j'accepte son offrande en baissant les yeux.

Une main douce se glisse soudain sous mon menton, et m'incite à le relever.

— Ne soyez pas gênée, je vous promets que je n'ai pas regardé.

Je ne suis pas sûre de le croire, mais bon, je lui laisse le bénéfice du doute.

Avec un petit clin d'œil, il va m'ouvrir la porte de son bureau.

— Les toilettes se trouvent au fond du couloir. Je vous laisse cinq minutes pour vous préparer, puis retrouvez-moi ici pour les premières instructions.

— D'accord.

— Quand je dis cinq minutes, mademoiselle Pérez, je veux vraiment dire cinq minutes.

— Oui, oui, j'ai compris. Je ne vous ai jamais dit que je n'étais en retard que quand des nonnes diaboliques m'agressaient dans la rue ?

— Cette histoire me dit vaguement quelque chose. Qu'avez-vous fait pour l'énerver, au fait ?

— Oh, j'ai juré comme un charretier.

— Pourquoi est-ce que je ne suis pas étonné ? Un visage angélique, mais un cœur piquant comme un cactus, c'est ça ?

— Tout à fait. À tout de suite, monsieur Sullivan. Et merci pour la chemise.

Mes yeux me picotent face à son geste. Dire qu'Andrew m'a ôté toute ma foi en l'humanité serait faux. Il ne l'a pas enlevée, il l'a atomisée. Et même malgré toutes ses menaces, cet homme vient de me prouver qu'il y avait peut-être encore un peu de bon dans le monde.

Ça me fait du bien.

Je file vers les toilettes au pas de course, et entre dans une pièce qui fait presque la taille de mon appartement. Et qui est aussi trois fois plus propre. Le sol de marbre crème est immaculé, les quatre éviers ont des mitigeurs dorés, et les quelques cabines — vides, j'ai vérifié — ont l'air plus grandes que ma propre salle de bain.

— Waouh, je pourrais définitivement m'installer ici…

Sans plus tarder, j'ôte ma chemise, mon soutien-gorge, puis je noue celle toute douce de mon nouveau patron autour de mon buste, le temps de faire sécher ma lingerie grâce au sèche-main près des lavabos. Oui, je suis prudente, mais avec ma veine légendaire et le mauvais œil du jour, je préfère ne pas risquer de me retrouver toute nue devant mes nouveaux collègues…

Je vérifie ma montre pour ne pas commettre d'impair, bien sûr, et quand j'ai enfin enfilé mes vêtements secs, je réalise que j'ai les fesses gelées. Mais vraiment, presque anesthésiées.

Je sors mon téléphone de la poche de ma jupe, puis je remets le sèche-main en route pour réchauffer le tissu. Oh là là, quel plaisir, tout cet air chaud qui dévale mes jambes ! Quand l'avant commence à sécher, je me retourne, le popotin vers l'arrière, et je remets le souffleur en marche en appelant Leilani.

— Devine quoi ? crié-je pour couvrir le bruit du ronflement sur mes fesses.

— Quoi ?

— J'ai trouvé un boulot !

Mon amie se met à crier et je fais de même, parce que je suis trop contente !

— Je t'explique tout ce soir, mais grâce à papa, j'ai pu avoir une place chez *Sullivan Inc.* ! Je suis aux anges !

— Félicitations, tu le mérites tellement, ma chérie ! Mais dis-moi, c'est quoi tout ce bruit ?

— Oh, ça ? C'est rien. Je suis juste en train de me réchauffer les fesses dans les toilettes.

Et dans une position ultra compromettante, s'il vous plaît.

— Je te jure, c'est le plus beau jour de ma vie ! Il est même devant celui où le vendeur a oublié de me compter deux donuts, à la boulangerie.

— Il te les a offerts pour te faire du charme, je te signale.

— On ne m'achète pas avec de la bouffe !

— Menteuse.

— Bon d'accord, on peut définitivement m'acheter avec de la bouffe.

— Pitié, raconte-moi tout, s'il te plaît ! Tu ne peux pas me torturer de cette façon avec de la rétention d'information. C'est cruel !

— Bon, alors par quoi est-ce que je commence ? Il y a une histoire de nonne diabolique, de la pluie, une fesse brisée et…

— Hum hum… grogne-t-on soudain près de moi, alors que je ravale de justesse les mots « un nouveau patron torride ».

Un petit couinement m'échappe et je constate que monsieur Sullivan se trouve là. Juste… Près de moi. Alors que je soulève ma jupe d'une main pour sécher ma lingerie intime et mon fessier imposant.

Le sèche-main s'arrête soudain, et je crie dans mon téléphone :

— Je te rappelle plus tard, Lani !

Même s'il n'y a plus aucun bruit à l'horizon, à présent.

— Vous êtes dans les toilettes des femmes, bougonné-je en guise d'excuse.

— J'ai entendu crier.

— J'appelais juste mon amie pour lui dire la bonne nouvelle.

— Et vous êtes encore en retard.

Il croise les bras sur son large torse, moulé dans sa chemise blanche. C'est là que je me rends compte que j'ai toujours un peu les fesses à l'air. Je me redresse, passe la main sur ma jupette pour la lisser avec classe, élégance et raffinement, et je rougis encore comme une immense écrevisse.

— Je ne suis pas en retard, je réponds avec aplomb. Il est…

Je lève la main devant moi pour regarder ma jolie petite montre de distributeur automatique et remarque que le cadran est rempli d'eau. Et que les aiguilles n'ont pas bougé depuis que je suis entrée là-dedans.

— Je vous jure que j'ai une bonne excuse, soupiré-je.

Je m'approche de monsieur Sullivan, lui montre ma breloque puis j'agite mon poignet jusqu'à ce que la montre fasse glouglou entre nous.

— Est-ce qu'il y a Bob l'Éponge sur votre cadran ? marmonne-t-il.

Un petit hoquet m'échappe et je mets les mains derrière mon dos.

— Oui. Non. Peut-être ?

— Ne me demandez pas si je regrette déjà de vous avoir employée, je crois que la réponse ne vous plairait pas…

— Hé, c'est très méchant, ça ! Je n'ai pas encore prouvé ma valeur !

— C'est bien ce qui me fait peur.

— Goujat !

— Pardon ?

Son grondement n'a soudain plus le moindre éclat d'amusement. Il fourre ses poings serrés au fond de ses poches, et m'épingle de son regard de tueur en attendant que je répète. Je n'ai pas assez de cran pour cela, en toute honnêteté.

— J'ai dit… euh…

— Je vous écoute, mademoiselle Pérez.

— J'ai dit que vous étiez un patron ultra consciencieux et je vous remercie sincèrement d'être venu vérifier — dans les toilettes des dames — si mes petites affaires se portaient bien. J'aurais pu être en train de faire pipi, je vous signale ! Si vous m'aviez surprise, j'aurais eu un blocage d'au moins trente minutes. Trente minutes ! Vous imaginez l'état de ma vessie après ça ? Traumatisée. Humiliée. Crispée.

— Si vous et votre vessie dont l'honneur est sauf, heureusement, pouviez vous presser un peu, ça m'arrangerait. Nous devons encore parler de la somme de travail qui vous attend aujourd'hui.

— Une chance pour vous, je suis enfin sèche.

Mon téléphone se met à bourdonner, et des messages s'affichent sur mon écran, provenant tous de Leilani.

Monsieur Sullivan et moi y lançons un regard.

Dépité pour lui. Terriblement gêné pour moi.

« Mon Dieu, dis-moi que ton nouveau boss ne t'a pas surprise les fesses à l'air ».

Nouveau bourdonnement.

« Sauf si tu as mis ta petite culotte rouge, celle qui est canon ».

Nouveau bourdonnement.

« Mon Dieu, dis-moi que vous êtes en train de vous envoyer en l'air comme des bêtes sauvages ! Tu as besoin de décompresser, chérie ! ».

Nouveau bourdonnement.

Avec mon sourire le plus crispé et le plus paniqué, j'attrape mon smartphone et le fourre dans ma poche. Où il continue à vibrer pendant encore une minute, au moins, alors que nous nous regardons sans parler. Je me demande s'il a envie de me virer.

Non.

Je suis *sûre* qu'il a envie de me virer.

Bordel, j'espère au moins que je toucherai mes cinq dollars pour la demi-heure que j'ai passée ici. Ça me payera un donut, tiens. Et je pourrais pourchasser cette fichue nonne qui m'a collé la poisse !

Mouais, je risque surtout de l'avoir mangé avant d'arriver devant chez elle. Quelle misère !

Chapitre 7 — Knox

Parfois, je me dis que j'ai mérité tout le mal qui m'est arrivé dans la vie.

Je suis né héritier alors que certaines personnes crèvent de faim.

J'ai vécu dans une famille relativement heureuse alors que certains gamins vivent l'enfer.

Mais ça… Mais elle ?

Qu'est-ce que j'ai fichu pour que cette femme débarque chez moi, me vole mes battements de cœur, et commence à mettre le bazar dans ma vie dès le premier jour ?

Je sais que je suis un connard. Que je suis un enfoiré avec mes employés, avec mes amis… Merde, à qui je veux faire croire que j'ai des amis ? Pourtant, bordel, je crois que cette jolie petite brunette volcanique va foutre le feu dans mon existence et honnêtement, ça me fait autant chier que… plaisir. Un plaisir étrange, un peu malsain, de ceux qui font mal, mais un mal orgasmique.

— Je suis virée ? demande-t-elle soudain d'une voix étranglée, comme si elle souffrait physiquement de ne pas être parvenue à faire ses preuves.

Une lourde inspiration sature mes poumons de son parfum. Sucre. Fleurs. Vanille. Et donut au caramel. J'essaye d'oublier ça, ses effluves, parce que j'ai envie d'éclater de rire et si je me remets à rire aujourd'hui, alors que ça ne m'était plus arrivé depuis des années, c'est probablement mon âme qui va éclater, saturée de sa présence si délicieusement étonnante.

Si je devais être honnête, je lui répondrais que oui. Elle est virée. Tout de suite, même. Il faut qu'elle dégage d'ici, qu'elle sorte de ma vie, qu'elle disparaisse de mon existence, parce qu'elle en ébranle déjà chacune de ses fondations. Mais comment lui résister ? Comment la blesser, la heurter, la repousser alors que ses sublimes yeux brillent de tristesse et de déception ? J'en suis incapable.

— Je vous laisse la journée pour faire vos preuves, alors soyez concentrée, mademoiselle Pérez. Je peux compter sur les doigts d'une seule main le nombre de gens à qui j'ai laissé autant de leste qu'à vous.

— Ah, je vous en prie ! Si j'entre dans votre petit cercle de chanceux, appelez-moi Siana.

Siana…

Un prénom doux qui correspond à cette facette de sa personnalité, celle qu'elle me montre à cet instant. Son grand sourire et le soulagement qui illumine son regard pour faire rosir ses pommettes constellées de taches de rousseur.

— Suivez-moi, il est vraiment temps pour vous de vous mettre au travail. Et je vais commencer par le plus simple.

Nous remontons le couloir.

J'ai conscience du bruit de ses pas. De chaque cliquettement de ses talons aiguilles à mes côtés. Ça fait pulser mon cœur, ça fait frémir mon sang.

Je l'arrête au niveau du bureau face au mien. Si mon fief est protégé des regards extérieurs par des murs épais, les parois de verres du sien ne laisseront planer aucun doute sur la somme de travail qu'elle fournira à chaque instant de la journée.

Nous nous tournons tous les deux vers son nouvel espace de travail, et elle penche la tête sur le côté.

— Charmant. Le budget décoration a été alloué aux toilettes ou je me trompe ?

Je toussote pour masquer mon rire.

Mikey, en quittant son emploi, a vraiment laissé un foutoir monstre.

— Votre but pour la journée est de ranger et trier tout ce que contiennent ces cartons. Mikey avait un système de classification plutôt…

— Stupide ? grommelle-t-elle.

— Original, la corrigé-je. Toutes les pochettes bleues que vous trouverez là-dedans, ce sont nos anciens clients. Rangez tout par ordre alphabétique dans le secrétaire qui se trouve derrière la pile de cartons. Les pochettes rouges sont nos affaires en cours. Vous devrez lire chaque dossier pour vous informer de nos ventes et achats, et les ranger dans votre bureau.

— Un bureau ? Quel bureau ? marmonne-t-elle. Il y a vraiment des meubles derrière tout ce foutoir ?

— Oui. Je vous souhaite une excellente journée, mademoiselle Pérez.

— Siana.

— Et n'oubliez pas d'être convaincante, votre place dépend de votre talent pour vous organiser.

— Vous ne seriez pas un peu maniaque, vous ?

— Je l'assume totalement, je réponds avec un grand sourire.

Lorsque je lui tourne le dos, je me demande si elle va partir en courant ou rester et faire ses preuves. J'ai à peine le temps d'atteindre ma porte, à cinq mètres de la sienne, qu'elle est déjà en train de fourrager dans les cartons, ses petites fesses en l'air comme tout à l'heure dans les commodités.

Bon sang, si elle continue à me montrer son postérieur, je ne vais plus pouvoir penser à autre chose de la journée. Pourtant… pourtant, je suis incapable de refermer mon battant pour me couper du monde extérieur, comme je le fais d'habitude.

Au lieu de cela, je laisse ma porte grande ouverte, et je m'installe sur mon fauteuil de cuir où commence ma lente, si lente agonie.

Siana Pérez est une véritable tornade, et dans sa minuscule jupette qui se balance à chacun de ses pas, je me retrouve hypnotisé par son ballet incessant pour mettre de l'ordre dans mes locaux, comme dans sa vie.

Un carton particulièrement lourd semble lui donner du fil à retordre, et dès qu'elle est parvenue à l'attraper, il s'ouvre par le dessous, déversant un flot de feuilles volantes sur ses escarpins. Dépitée, elle lève la tête au ciel, râle un bon coup, et lâche toute une litanie de jurons qui me font presque passer pour un saint.

Et elle, vraiment pour un suppôt de Satan…

Cette femme est réellement un petit cactus tout mignon, de ceux qui piquent mais qu'on ne peut pas s'empêcher d'apprécier.

Je passe mon temps à lire et à relire son CV, à me rendre sur le site de ses employeurs pour réaliser avec étonnement qu'elle n'a eu que des postes à responsabilité pour des musées plus ou moins grands, mais toujours excellents. Je suis impressionné. Et intrigué.

À midi, quand elle commence à ralentir, à fatiguer, ses cheveux acajou dans tous les sens, je décide de mettre fin à son supplice.

Je la rejoins d'un pas nonchalant, le regard rivé à ces rides soucieuses qu'elle a sur le front, tandis qu'elle lit un dossier, tout en tâtonnant au fond d'un carton pour chercher le reste des documents.

Elle me fait l'effet d'une femme très sérieuse dans son boulot, alors qu'à côté de cela, elle est tout ce qu'il y a de plus exaltée. Sur le bureau qu'elle est parvenue à découvrir se trouve son téléphone qui bourdonne incessamment.

Son amie, sûrement ? Celle qui lui a conseillé de faire des folies de son corps pour décompresser. Honnêtement, si je n'étais pas aussi à cheval sur mes propres règles et mes propres instructions, j'aurais craqué.

Mais je suis un homme sérieux, moi aussi.

Et il n'est pas question que je succombe à cette femme, si belle, intelligente, et débrouillarde soit-elle.

— Tout se passe bien, ici ?

Un petit couinement lui échappe, et elle tourne ses yeux de biche effarouchée vers moi.

— Tout à fait. Je gère la situation ! Encore dix ou douze heures… ou mois, et je serai à jour.

— Vous avez déjà fait des progrès impressionnants. Vous permettez que je vous emmène déjeuner ? Il y a quelques points à éclaircir dans votre CV.

— Je… je suis désolée, Monsieur, mais je ne pense pas pouvoir me permettre une pause, rougit-elle.

— Bien sûr que si.

— Ah ? Mon patron m'a pourtant dit que je devais lire tous ces dossiers pour ce soir, et je n'en ai même pas déterré la moitié, encore.

— Votre patron est un goujat. Du moins, d'après la rumeur qui circule.

Elle lâche un rire cristallin et sublime qui me fait tout drôle dans la poitrine.

— Laissez-moi juste un instant, je vais aller me rafraîchir.

Quand elle disparaît dans les commodités, je prends mon téléphone et appelle ma secrétaire.

— Mademoiselle Young, faites monter le service de nettoyage à l'étage, s'il vous plaît.

— Bien, Monsieur. Mais… C'est Jamison qui est de service aujourd'hui.

Je grogne, agacé.

— Je vais appeler moi-même, terminé-je.

Pas question qu'il soit en contact avec Lilly.

Je compose le numéro de l'accueil, qui me passe le service technique avant de m'envoyer chez Jamison.

— Bonjour, Monsieur. En quoi puis-je vous être utile aujourd'hui ? demande-t-il d'une voix dégoulinante de sarcasme, de fausse politesse et de dégoût.

Entre nous deux, les choses sont compliquées. En plus de ne pas pouvoir l'encadrer, je le surveille de près et il le sait. Au moindre trouble, je le vire, et il s'en mordra les doigts.

— Trentième étage, grogné-je. Immédiatement.

Jamison débarque avec son charriot au moment même où Siana revient vers moi. Son regard lubrique posé sur elle m'énerve et fait courir un frisson glacial le long de mon échine.

D'un geste purement instinctif, je pose la main sur l'épaule de la jeune femme, et jette un regard méprisant à l'homme dont la main gauche est plâtrée. Je me demande ce qu'il a bien pu faire, pour se briser le poignet. Non… Non, je ne préfère pas le savoir.

— Dégagez les cartons vides de ce bureau et ce soir, quand mademoiselle Pérez aura fini sa journée, vous nettoierez cette pièce de fond en comble.

— Très bien, Monsieur.

— Vous pourriez dire « s'il vous plaît », bougonne la jeune femme en me lançant un regard outré. Le personnel d'entretien mérite autant de considération que les autres, je vous signale.

— Merci, Mademoiselle, ronronne Jamison en lui souriant.

Elle voit un homme adorable, bien coiffé, dans un uniforme gris plein de taches attestant de son emploi dans les basses sphères de ma société. Moi je vois un connard qui va s'en prendre une, s'il continue à la dévisager de cette façon.

— Allons-y, grogné-je en la poussant en avant.

Pas question que je reste auprès de cet homme plus longtemps que nécessaire.

Pourtant, une fois que nous sommes dans l'ascenseur, Siana me fixe d'un regard froid et déçu, ce qui me brûle un peu, là, au fond de la poitrine.

— Ce n'est pas parce qu'il ne gagne pas autant que vous que vous devez le traiter de cette façon ! s'emporte-t-elle.

— Je traite tout le monde de la même façon, si ça peut vous rassurer, grondé-je en retour.

— Vraiment ?

— Oui.

— Vous voulez dire que je vais passer ma pause déjeuner avec un homme qui me regardera de haut et me méprisera, c'est ça ? Parce qu'il est encore temps pour moi d'aller trier des dossiers dans des cartons pourris.

J'inspire brusquement, sur les nerfs.

— Je vous l'ai dit, des points de votre CV méritent un éclaircissement. Ce repas sera un déjeuner d'affaires, alors vous feriez mieux d'apprendre à maîtriser vos ardeurs, mademoiselle Pérez, parce que je suis encore votre patron. Pour le moment…

Voilà qui a le mérite de la calmer.

Nous sortons de l'ascenseur quand soudain, elle se fige.

— J'ai oublié mon manteau et mon écharpe en haut ! Je reviens dans une seconde.

— Non, laissez, je vais vous les chercher.

— Vous savez, je suis incapable de savoir si je vous trouve adorable ou insupportable.

— Bienvenue dans mon univers, mademoiselle Pérez. Bienvenue dans mon univers.

Oubliant son petit coup d'État passager, elle me regarde tandis que les portes se referment entre nous, et je me demande si je suis fou, de trouver sa fougue et sa fureur aussi excitantes.

Il y avait des années que personne ne m'avait tenu tête, ne m'avait remis à ma place. Et je pense pouvoir dire, sans me tromper, que personne n'oserait s'y risquer.

Et si justement elle avait été une tout autre personne, je l'aurais sûrement virée sans même un seul regret. Alors qu'est-ce qu'elle a, bordel ? Qu'est-ce qui la différencie des autres ?

Les battements de ton cœur quand tu la vois… me répond ma conscience.

Cette stupide conscience.

Et ce stupide appendice ridicule et inutile qui s'emballe à son approche. Bordel !

Quand j'arrive à mon étage, je remarque que Jamison est planté en plein dans le bureau de Siana, à regarder son téléphone en train de vibrer.

— Je peux savoir ce que tu fous ? grogné-je en l'attrapant par le col de son uniforme.

— Rien ! Lâchez-moi immédiatement ! hurle-t-il.

Je m'exécute, parce que je suis sûr que je pourrais le frapper, là, maintenant.

J'enfonce le téléphone de Siana dans ma poche, et pointe un doigt vers l'homme.

— Si tu l'approches, je te tue, c'est clair ? Et rien ni personne ne pourra m'en empêcher, rien ni personne ne pourra te sauver.

— Vous avez déjà été clair à ce sujet, Monsieur, sourit-il avec suffisance.

Putain, ce qu'il me dégoûte !

Si je pouvais le prendre en flagrant délit au moindre écart de conduite, je le virerais sur le champ, mais il est trop intelligent pour ça.

J'attrape en vitesse les affaires de Siana, qu'elle a fait sécher près du radiateur poussé à fond, puis je passe prendre mon manteau également. Elle me fait tellement tourner la tête que j'ai tout oublié en sa présence. Quand je la retrouve, elle est à l'accueil, en train de discuter avec Lilly, qui baisse immédiatement les yeux à mon approche. Comme le reste du personnel. Ce qui fait lever ceux de Siana au ciel.

Je l'aide à enfiler sa petite veste qu'elle noue rapidement et, inquiet de la voir enrouler sa minuscule écharpe au tour de son cou délicat, je lui offre la mienne, bien plus épaisse et chaude.

Je me fige un instant en réalisant qu'elle porte beaucoup trop de mes vêtements. Que j'ai envie de tout lui enlever sur le champ. Les miens. Les siens. Puis je me remets à grogner, parce que bordel, il faut que j'arrête de penser à elle de cette façon. Dans des positions… compromettantes.

Elle est… et restera… mon employée. Et rien de plus.

Chapitre 8 — Siana

Monsieur Sullivan enroule son écharpe autour de mon cou d'un geste si doux, si parfait, qu'il me fait perdre tous mes moyens. Ma colère à son encontre s'évapore aussi vite qu'elle était apparue et autour de moi, tout le monde se tait.

À l'accueil, Lilly nous regarde avec un grand sourire et les joues toutes rouges, comme si elle allait se mettre à couiner d'un instant à l'autre. À son côté, une grande et somptueuse brunette, qui porte un badge avec le prénom Tricia, me fusille de ses yeux couleur glacier.

Je déglutis, réalisant que les gestes d'affection de monsieur Sullivan doivent être aussi nombreux que les chances qu'il offre à ses employés, et avant que je n'aie pu dire un mot, il repose la main sur mes épaules et m'entraîne vers la sortie.

Le hall de marbre, fourmillant de vie et d'œuvres d'art, me donnerait presque envie de rester là à les contempler, mais la présence d'un bon repas me fait rêver.

— Où est-ce qu'on va ? demandé-je en souriant. *Mario* fait de superbes hotdogs, mais *Viggo and Tim* ont peut-être, je dis bien peut-être, les meilleurs tacos du pays. En plus, il ne pleut plus. Bon d'accord, manger un hotdog sous la pluie new-yorkaise est une expérience à ne rater sous aucun prétexte, mais je ne suis pas contre le fait de rester au sec pour le reste de la journée.

Comme s'il n'avait rien écouté de mon babillage, il baisse soudain les yeux vers mes jambes dénudées et grogne :

— Vous n'avez pas froid ?

— Je suis gelée. Demain, je mets des chaussettes, promis.

— On peut se faire livrer, si vous préférez ?

— Non, ça va aller. Je suis une dure à cuire. Et puis arrêtez d'être gentil ! J'ai envie de vous détester.

Un éclat de regret passe dans son regard, comme si c'était ce que tout le monde faisait avec lui. Ce qu'il attendait des autres, et ce qu'il souhaitait leur inspirer. Mince, je me sens si mal, soudain, que j'ai envie de lui prendre la main.

— Désolée.

— Vous dites toujours tout haut ce que vous pensez ?

— Non, parfois j'arrive à me taire. En général, quand j'ai quelque chose en bouche.

Il hausse les sourcils, amusé.

— Je parle de nourriture, Monsieur !

— Je n'ai jamais prétendu le contraire.

— Vous, non. Mais votre petit regard salace m'a choquée.

— Je n'ai pas… Je ne suis pas… Oh, laissez tomber. Par contre, ne me faites pas croire que vous êtes choquée, mademoiselle Je-montre-ma-poitrine-au-premier-entretien.

— Ce n'était pas fait exprès ! m'exclamé-je. En plus, vous n'êtes pas censé avoir regardé, ce qui veut dire que techniquement, je ne l'ai pas montrée !

— Votre raisonnement fait sens.

— Comme toujours. Alors, hotdog ou hamburger ? Dans ma grande mansuétude, je vous laisse choisir.

— Je ne mange jamais de *street food.*

— Quoi ? Mais vous êtes New-Yorkais ! C'est… C'est une institution ! Comment pouvez-vous insulter notre nation tout entière comme ça ?

— Vous n'en faites pas un peu trop ?

— Moi ? Ce n'est pas mon genre.

— Êtes-vous toujours aussi agaçante ?

— Je suis une crème. Mais j'ai des circonstances atténuantes, aujourd'hui.

— Ah ? Lesquelles ? Une montre cassée ? Un peu de pluie ? Une nonne possédée ?

— Si je vous dis des miettes de chips, vous voudrez connaître toute l'histoire ?

— Je crois qu'il ne vaut mieux pas.

J'éclate de rire, et le laisse nous conduire jusqu'à un restaurant ultra chic, juste en face du Rockfeller. Alors que nous y entrons, je pousse un gémissement en me retournant.

C'est ici que je travaille à présent. Près de cette place splendide avec sa statue d'or, les immenses bâtiments qui l'entourent, et ses décorations reconnues dans le monde entier. Les touristes s'y pressent pour admirer cette débauche de lumières, de musique, de guirlandes et de sapins, même s'ils sont toujours moins nombreux que dans mon appartement.

— Tout va bien, mademoiselle Pérez ?

— Siana. Et oui, oui, ça va. C'est juste que je n'avais pas revu le sapin gigantesque de la place depuis longtemps. Et la patinoire ! Non, mais vous avez vu comme elle est belle ?

Je me colle à la vitre du restaurant pour essayer de l'apercevoir au plus près.

— D'habitude, je suis devant le sapin le jour même où on l'installe, mais cette année…

— Cette année ?

— Non, rien. Disons que je n'en avais pas le courage.

Un peu honteuse, je quitte la vitre parce que je ressemble à une môme devant le marchand de glace, puis je suis Sullivan qui s'immisce dans le restaurant sans même s'arrêter près de la serveuse qui place les autres clients.

— Vous avez votre propre table ? m'étonné-je.

— Oui. Je viens ici presque tous les midis avec nos plus gros clients. C'est plus facile.

— Oui eh bien, j'aurais préféré un hotdog. Je fais complètement tache, murmuré-je en observant toutes ces personnes si élégantes, et vêtues dans les plus grandes boutiques de la ville.

— Les gens qui s'intéressent à l'apparence sont les gens qui seront les plus malheureux en vieillissant, mademoiselle Pérez.

— Je ne vous fais pas honte, alors ? Parce qu'avec l'agent d'entretien, tout à l'heure…

— Par pitié, ne parlez pas de Jamison ou je risque de m'énerver.

— D'accord. De quoi souhaitez-vous parler, alors ? je m'enquiers tandis qu'il me tire une chaise, après m'avoir aidée à ôter ma veste.

Et son écharpe toute chaude qui sent bon son parfum de luxe.

— De vous.

— Hum… J'aime les donuts. Ça compte comme une info ?

— Non, parce que je le savais déjà.

Il s'assoit face à moi, toujours aussi sérieux.

Le serveur passe pour nous apporter les cartes, mais il le congédie d'un geste de la main. Un geste presque dédaigneux et supérieur.

Je secoue la tête.

Alors il soupire, le fait revenir, et le pauvre homme ose à peine nous regarder en nous donnant les menus.

— Tout d'abord, mademoiselle Pérez... Siana, je n'ai pas honte d'être ici avec vous, bon sang. Je me moque que vous portiez... ma chemise, déglutit-il en baissant légèrement les yeux vers le vêtement en question. Et je me moque que vos chaussures ne coûtent pas une fortune. En fait, je me moque de vos chaussures, tout simplement, parce que ce n'est pas à l'apparence que l'on définit quelqu'un. Les actions comptent plus que le paraître. Mais si vous êtes ici avec moi ce midi, c'est parce que j'ai une chose importante à vous demander. Dites-moi pourquoi votre père a pris rendez-vous à votre place pour cet entretien d'embauche.

Oh, merde...

Il y a deux raisons à cela, en fait. La première est Andrew, et il n'est pas question que je lui en parle. La seconde, en revanche, devrait apaiser un peu sa curiosité, même si je suis gênée de le lui avouer.

— Je... Je ne me sentais pas capable de le faire moi-même.

— Vous ? Têtue et obstinée comme vous l'êtes ?

— Oui.

Je baisse les yeux sur mes mains en train de trembler, et monsieur Sullivan prononce mon prénom de la plus douce des façons, me forçant à croiser son regard.

— Ça peut paraître incroyable vu comme ça, mais je ne suis pas aussi sûre de moi qu'il y paraît. En réalité, je cherchais du travail depuis plus de six mois, à présent, sans rien trouver. Rien du tout. Alors j'ai commencé à aller mal, puis à me sentir mal, et au final, je me suis retrouvée incapable de continuer à prendre des rendez-vous, parce que je savais comment ça se terminerait, et je ne pouvais plus le supporter. Tout comme le fait de me regarder dans un miroir, c'était devenu trop compliqué ces derniers temps.

Je souffle discrètement, la petite boule d'angoisse encore présente dans mon ventre tant j'ai peur de perdre cette bouée de sauvetage qu'il m'a lancée.

— Alors avant que nous n'allions plus loin dans cette conversation, monsieur Sullivan, je tenais sincèrement à vous dire merci. Merci de m'avoir laissé une chance, et merci de m'avoir redonné un peu d'espoir. J'étais sur le point de perdre tout ce que j'avais. Vous... vous l'avez empêché. Enfin, si j'arrive à vous convaincre d'ici ce soir, bien entendu.

— Nous verrons cela, sourit-il, mystérieux.

— Et la véritable question que vous vouliez me poser, alors ?

Il hausse les sourcils. Je n'ai pas été dupe une seule seconde.

— Oui, je vois bien que ça vous tracasse. Vous êtes encore plus renfrogné que ce matin quand j'ai débarqué en retard.

— Vous êtes observatrice.

— C'est important quand votre travail consiste à étudier des œuvres d'art, gloussé-je.

— Touché. Alors, dites-moi, mademoiselle Pérez, pourquoi avez-vous été renvoyée de chez votre dernier employeur ?

Oh merde, merde, merde...

Je ne l'ai quand même pas écrit sur mon CV, non ? J'en suis sûre. Ce qui veut... Oh là là, il a sûrement fait quelques recherches sur moi, et mes joues se mettent à me brûler, si bien que je suis un instant tentée de prendre la fuite pour aller me coucher sur la patinoire, histoire de faire baisser un peu ma température corporelle en mode éruption volcanique.

Je lève lentement le menu devant moi pour disparaître et j'espère que, quand j'aurais enfin décidé de ce que je vais prendre parmi toutes les propositions, il aura oublié sa question.

Attendez... Mais pourquoi est-ce qu'il n'y a que trois fichus plats disponibles sur cette carte ? C'est un scandale !

Chapitre 9 — Siana

— Hum hum… toussote monsieur Sullivan alors que je contemple depuis dix minutes déjà les trois pauvres lignes qui constituent les plats du jour.

Je baisse un tout petit peu le menu et lui jette un regard paniqué rencontrant le sien, froid, distant et agacé. Très agacé.

— Il n'y a pas les prix. Comment est-ce que je vais savoir quoi prendre s'il n'y a pas les prix ? babillé-je.

— Je paye, alors vous n'avez pas besoin de les connaître.

— C'est une façon de voir les choses. Mais j'ai trois dollars, laissez-moi au moins offrir le vin, d'accord ?

— Mademoiselle Pérez, pour trois dollars, vous n'auriez même le bouchon en liège qui ferme la bouteille…

Je couine, mais le serveur arrive à ce moment-là, me sauvant la vie. Presque littéralement. Quoi ? Je n'ai vraiment pas envie de parler de mon renvoi, ça se comprend, non ?

— Avez-vous fait votre choix, messieurs dames ?

— Nous allons prendre de l'eau plate, merci.

Je soupire lourdement. Un grand verre de vin m'aurait vraiment fait du bien, là.

— Nous sommes censés être au travail, me rabroue Sullivan. Et je choisirai ensuite le homard laqué au miel avec ses légumes déglacés au vin blanc.

— Et pour Madame ?

— Mademoiselle, bougonné-je. Je vais prendre la sa…

— Si vous prononcez le mot salade, je vais me fâcher, marmonne Dark Vador.

— Comme Monsieur, alors, soupiré-je.

— Très bon choix. La salade n'est qu'un accompagnement, toussote le serveur en récupérant les menus avant de filer, face au regard noir de mon patron.

— Alors ?

— Alors quoi ? Je n'ai pas dit « salade » donc arrêtez de faire la tête.

— Mademoiselle Pérez…

— On ne s'était pas mis d'accord pour Siana ?

— Vous êtes mon employée. Vous appeler par votre prénom, c'est… mal, rougit-il.

Mais pourquoi est-ce qu'il est aussi adorable ? Il ne peut pas être méchant tout le temps, histoire que ce soit plus simple de le détester ?

— Je n'ai pas envie de vous parler d'Offenheim, avoué-je subitement.

— Le musée où vous travailliez avant ?

— Celui-là.

— Pourquoi ?

— Parce que vous allez me virer si je vous dis tout.

Je baisse la tête, le pouls martelant ma poitrine avec douleur.

— La seule raison pour laquelle je pourrais vous renvoyer serait si vous commettiez une faute grave dans *mon* entreprise.

— Vraiment ?

— Oui.

— Définissez « faute grave ». Pour que je sache, quoi. Enfin… je veux dire… c'est pour une amie…

— C'est simple, si vous commettez une imprudence et que vous angoissez à l'idée de m'en parler, c'est que c'est grave.

— Mais je suis une stressée de la vie ! J'angoisserais même si je devais vous dire que j'ai fait tomber une feuille de salade par terre.

— Une chance qu'il n'y en ait pas dans votre plat, alors. Maintenant, parlez.

— Je… j'ai été virée pour harcèlement sexuel, grogné-je alors.

Monsieur Sullivan se fige, penche la tête sur le côté en m'épinglant de ses beaux yeux sombres, de son air si ténébreux, puis il éclate de rire.

C'est à mon tour de me figer, choquée.

— Seigneur, mademoiselle Pérez, qui avez-vous harcelé ? Et pourquoi ne suis-je pas étonné ?

Comme si c'était si rare qu'il rie, les clients et les serveurs, autour de nous, se tournent vers lui, et les messes-basses se mettent à aller bon train.

— Chut ! m'exclamé-je en rougissant. Tout le monde va vous entendre.

Il pose le coude sur la table et masque son rire de son poing serré. Il les serre tout le temps, d'ailleurs. Je me demande si c'est pour lui un moyen de contrôler sa colère et chacune de ses autres émotions. Comme s'il voulait les brider. Ou les briser.

— Je ne souhaite plus parler de cela, c'est clair ?

Honnêtement, je suis soulagée qu'il se soit trompé sur mes mots. Qu'il ait mal compris ce que je lui avouais. Je préfère qu'il me voie comme cela, ça me fait moins mal. Moins de peine, aussi.

Le serveur nous apporte enfin nos plats, et je jure que je n'avais jamais vu un homard aussi gros de toute ma vie. Je commence à manger dès que mon assiette touche la table, et Sullivan me regarde avec un petit air amusé.

— C'est meilleur que la salade, pas vrai ?

— Pas de comparaison possible, grogné-je.

Puis je me rends compte que je suis dans un restaurant classe, en compagnie de mon patron, alors je me redresse et au lieu de manger comme un chien affamé — ce qui est un peu le cas — je picore du bout de ma fourchette en lançant un « c'est exquis haha » de temps à autre.

Monsieur Sullivan cache de plus en plus mal son amusement, ce qui me fait plaisir. Je ne suis pas tellement fan de son air renfrogné. Il me fait un peu peur.

— Quoi ? C'est vrai, c'est exquis ! J'ai mangé des chips durant les cinq derniers jours, et je vais sûrement continuer jusqu'à ma première paye. Je vous assure que ce homard est mille fois meilleur que toutes les patates au paprika que j'ai croisées un jour dans ma vie.

— Vous savez qu'il y a d'autres sortes d'aliments dans les rayons de votre supermarché, pas vrai ?

— Oui, mais des aliments aussi peu chers et qui n'ont pas besoin de se cuisiner ? J'en doute…

— Vous n'aimez pas cuisiner ?

— Je… j'adore ça. Mais je n'étais plus d'humeur à le faire. Ou à faire quoi que ce soit d'autre, en réalité. Il est arrivé un moment où même me lever me demandait trop d'énergie. C'était difficile.

Il hoche la tête, comme s'il me comprenait, et ça me touche qu'il ne soit pas en train de me juger.

Nous terminons nos plats, et il me propose un dessert, mais je refuse catégoriquement.

— Nous sommes en décembre, Monsieur. Il faut manger de saison !

— C'est-à-dire ?

Le serveur nous interrompt pour apporter l'addition. Il paye, et nous ressortons du restaurant, après qu'il a remis bien en place son écharpe autour de mon cou, me faisant rougir de plaisir.

— Une gaufre en forme de sapin de Noël, allons !

Le regard dépité qu'il m'offre me fait rire. Heureusement, j'ai repéré une petite pâtisserie un peu plus loin, et nous la rejoignons. Alors que je plaque mes trois dollars sur le comptoir, je réalise que je ne pourrais en prendre qu'une. Et sans les suppléments, ce qui revient à un moment de déprime sans commune mesure.

— Juste une gaufre s'il vous plaît, maugréé-je en faisant la moue. La verte en forme de sapin.

Quand il me la tend, je me tourne vers mon patron, un grand sourire aux lèvres, et je la lui offre.

— Merci. Vous n'en prenez pas ?

— Je suis officiellement fauchée, là. Vous ne vous rappelez pas ? J'ai dit qu'il ne me restait que trois dollars, tout à l'heure.

— Oh… Ce n'était pas une plaisanterie ?

— Non.

— Et vous avez dépensé vos derniers dollars pour… moi ?

— Techniquement, c'était pour vous offrir la meilleure gaufre que vous pourriez manger de votre vie, mais je vous avoue que sans les suppléments, ce sera juste une gaufre normale.

J'esquisse une nouvelle moue agacée, et sans se départir de son air féroce, il pose un billet de vingt dollars sur le comptoir.

— Faites-vous plaisir, mademoiselle Pérez. C'est votre jour de chance, je suis de bonne humeur aujourd'hui.

C'est ça qu'il appelle de la bonne humeur ? Un air mi-agacé, mi-renfrogné, et des sourires épars comme des petits rayons de soleil entre les nuages par jour de pluie ? Hum, je n'aimerais pas le voir quand il est en colère.

Je reprends sa gaufre, la pose sur le comptoir, dévisage le vendeur avec mon air le plus professionnel, et d'une voix pleine de certitude, je lui annonce :

— J'en prends une seconde. Et je voudrais, en supplément, les pointes de chantilly, les myrtilles et les fraises en guise de petites boules de Noël, des minis étoiles en pain d'épice, des pépites de chocolat blanc, et de la sauce aux fruits rouges délicatement versée pour faire des guirlandes, s'il vous plaît.

— Rien d'autre ? se moque le vendeur.

J'ouvre la bouche pour, éventuellement, ajouter un supplément supplémentaire de pépites de chocolat, mais monsieur Sullivan s'avance en riant, et conclut l'affaire.

— Ce sera tout, merci. Gardez la monnaie, même si je ne suis pas sûr qu'il en restera.

Finalement, on lui rend trois dollars qu'il glisse discrètement dans la poche de mon manteau, avec un clin d'œil, et nous attrapons nos assiettes cartonnées pour ressortir.

Je croque aussitôt dans ma pâtisserie, et pousse un gémissement de plaisir si bruyant que mon patron écarquille les yeux.

— Pardon, gloussé-je. Je sais, je sais, je suis très raffinée, ne m'en veuillez pas d'illuminer votre journée.

Il secoue la tête.

— Hé, vous ne pouvez pas comprendre tant que vous n'avez pas goûté. Allez-y ! Je me suis presque ruinée pour vous.

Alors que nous nous mettons à marcher, Sullivan goûte enfin sa gaufre et un petit gémissement lui échappe à son tour.

— Vous voyez ? C'est orgasmique.

La gaufre toute chaude, la chantilly qui coule, les fruits sucrés et…

— Oh non ! On a oublié de demander de la sauce au chocolat ! Misère ! m'exclamé-je.

— Malheureusement, nous ne pouvons pas nous permettre d'y retourner. Nous allons devoir reprendre le boulot, mademoiselle Pérez.

— Mais… mais il reste dix minutes !

— Oui. Qu'est-ce que vous préférez, cependant ? De la sauce au chocolat, ou vous promener près de la patinoire et du Rockfeller pour écouter les chants de noël ?

C'est là que je réalise qu'il m'a emmenée voir le sapin que je contemplais depuis le restaurant tout à l'heure. Un plaisir sans borne inonde ma poitrine, et un petit peu mes yeux. J'étais tellement concentrée sur la dégustation de ma gaufre que je n'ai même pas vu où il m'emmenait.

Franchement, il aurait pu m'entraîner dans un recoin sombre pour me tuer. Et je n'aurais rien remarqué, parce que j'ai de la bouffe entre les mains. Je me déprime !

— Je peux dire les deux ?

— Dans la vie, il faut savoir faire des choix, même s'ils sont difficiles.

— Sapin, grogné-je. J'adore les sapins. Ils sont si beaux, si grands, et ils sentent bon !

— Les sapins ?

— Oui ! Une odeur de forêt, de sève, de nature. Ça m'apaise. Pas vous ?

— Je n'ai aucun fétichisme concernant les arbres, Siana. Mademoiselle Pérez, se reprend-il aussitôt.

Je ris, et nous terminons notre dessert en marchant calmement le long de la patinoire. C'est merveilleux. Les cris des enfants, la musique de Noël, les quelques flocons qui se balancent dans le vent, malgré les petits rayons de soleil qui se faufilent à travers les nuages. Tout est magique.

— Je regrette de ne pas être venue ici plus tôt. Ça m'aurait peut-être aidée à aller mieux.

— Vous auriez dû, en effet. Il y a trop d'étoiles dans vos yeux pour pouvoir les compter.

Je me fige et tourne la tête vers lui, toute gênée. Et comblée. Et en adoration aussi, mais je ne vais pas le dire.

— Arrêtez d'être gentil ! Ce n'est pas juste.

— Pour qui ?

— Pour tous les hommes de la planète qui ne sont pas vous, voyons ! Ça devrait être interdit d'être aussi mignon et adorable en même temps. Redevenez… vous-même. L'homme qui m'a menacée de me virer si je ne lui obéissais pas au doigt et à l'œil.

— Je ne crois pas l'avoir formulé comme cela, rit-il en jetant nos assiettes vides à la poubelle.

— Mais c'était l'idée…

— Hum. Un peu ?

— Arrêtez, nous savons tous les deux que le terme exact est « beaucoup ». Vous vous appelez comment, au fait ? Vous ne vous êtes pas présenté lors de mon entretien.

Même si le nom de Knox Sullivan fait régulièrement la Une des journaux, je me demande s'il a un autre prénom. Si celui-ci est un alias, à l'instar de celui des rockeurs. Parce que bon, s'appeler Gérard Bon Jovi ou Marcel Cobain, ça enlèverait pas mal de charme et de mystère, au même titre que Gilbert Sullivan.

— J'étais trop occupé à savoir si j'allais faire monter la sécurité ou me débarrasser de vous à mains nues. Je m'appelle Knox, par ailleurs. Mais pour vous, c'est monsieur Sullivan.

— Ce que vous êtes tatillon, Kn…

Son doigt se plaque sur mes lèvres charnues et il me lance un regard noir.

— Ne me faites pas regretter cette information, mademoiselle Pérez. Vous êtes ma collaboratrice, pas une amie.

— Voilà le patron méchant que je voulais retrouver, marmonné-je, son doigt toujours plaqué sur ma bouche.

— Maintenant que les choses sont claires, retournons travailler.

Avec un grand soupir, nous rallions *Sullivan Inc.*, remontons à notre étage, et je me remets à trier mes dossiers, non sans surprendre les petits regards de Knox dans ma direction un peu trop souvent. Je me demande à quoi il pense. S'il regrette de m'avoir fait entrer dans son entreprise. Ou si, au contraire, avoir une seule et unique personne qui lui tient tête lui fait du bien.

Non, je suis sûre qu'il déteste ça, en fait ! Et qu'il aimerait me bâillonner un peu plus souvent que nécessaire. Et je ne peux pas dire que je sois contre. Ça m'éviterait de raconter des bêtises qu'il pourrait retenir contre moi.

Chapitre 10 — Knox

Siana vide caisse après caisse, puis elle les entrepose en piles ordonnées à l'extérieur de son bureau, faisant peu à peu comme un mur entre nous. Ce qui ne me plaît pas franchement, même si j'ignore pourquoi. Tout comme j'ignore la raison pour laquelle j'ai encore laissé ma porte ouverte entre nous.

Peut-être… Peut-être parce que la voir marmonner, jurer, grogner me fait rire. Et que de la voir s'extasier sur nos dossiers en cours et les œuvres que nous allons bientôt recevoir et qu'elle devra expertiser me rassure sur le fait de l'avoir embauchée.

Je sais… Je sens que cette femme a tout un tas de choses à prouver au monde entier et qu'elle en veut. Elle déborde d'énergie et d'une fougue qui foutent mes veines en feu et qui crépitent à même ma peau.

Les heures passent, et incapable de me concentrer sur mon travail, j'appelle le Musée Offenheim pour leur parler de Siana. Mais bien sûr, personne ne daigne répondre à mes questions la concernant. Pire, encore. Tout le monde semble étonné que je l'aie embauchée.

Mes nerfs se crispent et se tendent sous leur ton aussi choqué qu'estomaqué.

Mais qu'est-ce qu'a bien pu faire cette petite peste pour que tout le monde réagisse de cette façon à la simple mention de son nom ?

Décidé à tirer les choses au clair, sur le coup des cinq heures, j'enfile mon manteau, sors de mon bureau et remarque que Siana est à la fenêtre, et qu'elle ne bouge plus du moindre souffle.

Je la rejoins, enjambant les quelques derniers cartons qu'il reste ici. Je suis impressionné par tout ce qu'elle a accompli.

— Tout va bien, mademoiselle Pérez ?

— Oh oui. C'est juste que… Tout est illuminé, maintenant qu'il fait noir, et c'est magnifique, Knox.

Je grogne, mais l'entendre prononcer mon prénom me fait comme une foutue décharge électrique en pleine poitrine, en plein… dans le bas-ventre. Je me tends. Je suffoque. Et je l'approche pour me placer juste derrière elle, mon corps frôlant le sien et mon regard se perdant un instant à la fenêtre sans s'attarder sur la vue.

Je ne vois plus qu'elle.

Dans ma chemise de luxe, sa poitrine se soulevant avec intensité.

Avec ses escarpins sulfureux et sa petite jupette de mauvaise qualité. Qui se déchirerait avec tellement de facilité.

Son parfum m'envoûte soudain. Sa chaleur m'étreint en douceur. Et quand elle pose une main sur la vitre glaciale, se penchant en avant pour admirer le sapin du Rockfeller, j'ai l'impression qu'on vient de m'immoler. De me balancer un putain de bidon d'essence à la figure avant de craquer une allumette. Sa hanche me frôle. Son corps me touche. Et elle me fait un effet de dingue, même si elle ne se rend compte de rien. Même si elle n'a probablement pas remarqué ces millimètres d'elle entrant en collision avec ces millimètres de moi.

— Qu'est-ce qui vous plaît tant, là-dedans, franchement ? Ce ne sont que des…

— Milliers de lumières qui éclairent la nuit glaciale. Des rires qui pourraient résonner jusqu'à nous si nous ouvrions une fenêtre. Des décorations qui mettent de la magie dans la vie des gens, et, bien sûr, un immense sapin de plus de vingt mètres de haut, monsieur Sullivan. Vingt… mètres… Je vendrais mes deux reins pour pouvoir m'en payer un aussi grand mais bon, vous savez, le marché des organes a vachement baissé ces derniers mois. La surpopulation, tout ça, ça tue la concurrence.

— Je peux savoir comment vous avez appris ça ? grogné-je.

Elle se tourne vers moi en riant, et pris d'un geste presque instinctif, je balaye ses sublimes cheveux acajou vers l'arrière.

— J'ai mes petits secrets. Mais je voulais surtout pouvoir garder mon appartement. J'habite avec ma meilleure amie. La perdre, et perdre mon logement, ça m'aurait… tuée, je suppose. Ou forcée à vendre mes reins. Mais maintenant que j'ai un emploi et que je peux payer mon loyer, je vais jeter un regard neuf sur le marché. Peut-être qu'avec ma rate, je pourrais me prendre un sapin d'une dizaine de mètres.

— Il rentrerait chez vous ?

— En pièces détachées, oui.

— Alors gardez votre rate pour le jour où vous aurez de la hauteur sous plafond. C'est un conseil d'ami.

Elle éclate de rire une nouvelle fois, et je sors à reculons, incapable de la quitter des yeux.

Je repense à sa façon de dépenser ses tous derniers dollars pour m'offrir une gaufre, une générosité incroyable dont jamais personne n'avait fait preuve à mon égard. Puis à sa façon si sauvage de me dire d'être méchant, juste pour qu'elle puisse me détester. Elle est… elle est incroyable.

— Bonne soirée, miss Cactus.

— Bonne soirée, Monsieur. Est-ce que j'ai réussi à vous convaincre de me garder ? lance-t-elle d'une petite voix un peu tendue.

— Je vais y réfléchir encore un peu.

— Hé ! C'est de la torture !

— Vous avez exigé de moi que je sois moins adorable, et plus méchant. C'est cadeau.

Elle esquisse une moue diabolique et magnifique en plantant les poings dans ses hanches vallonnées. C'est là que je suis obligé de partir, parce que bordel, je n'ai qu'une envie, c'est de l'agripper par la nuque et de la plaquer à moi pour l'embrasser et faire disparaître cet air furieux sur son visage.

Sachant très bien que je retournerai au bureau après ma petite escapade, je prends un taxi qui me mène directement au Musée Offenheim. Il reste près de deux heures avant sa fermeture, ce qui me laisse largement le temps de mener à bien ma petite enquête même si, pour la première fois de ma vie, je me sens mal à l'aise de m'infiltrer dans la vie d'une de mes employées.

Peut-être est-ce parce que Siana avait l'air si gênée de me parler de sa faute, qu'en savoir plus dessus me donne l'impression de la tromper, mais… j'ai besoin de savoir. C'est presque un moyen de défense, pour moi, d'en apprendre autant que possible sur mes collaborateurs. Ça me donne plus que du pouvoir, ça me donne une vue tout en plongée sur leur propre psyché, ce qui m'aidera à avancer mes pions et à les mettre en échec et mat s'ils se retournent contre moi.

Alors que le taxi navigue dans la circulation, je me prends à remarquer les lumières qui scintillent dans les arbres. Les boutiques parées de leurs plus belles décorations de Noël. Et je remarque aussi toutes ces pâtisseries qui vendent des donuts. Ça me fait rire.

Mon Dieu, je viens de faire signer un contrat à une femme qui a failli se battre avec une bonne sœur et qui a fait du rentre-dedans à quelqu'un dans un musée ! Qu'est-ce que j'ai foutu ?

Je paye ma course quand la voiture s'arrête juste devant de grands édifices de style baroque. La façade est soutenue par de larges colonnes blanches et sur le perron, en haut des marches, se trouvent de magnifiques répliques de sculptures grecques. Décorées avec le pire mauvais goût que je n'aie jamais vu.

Siana adorerait voir les bonnets de père Noël sur ces marbres somptueux.

Une honte…

Je monte les quelques marches sans me presser, passe le portique de sécurité puis je déambule dans le hall immense où les lustres royaux éclairent d'autres sculptures tout aussi impressionnantes que leurs homologues antiques.

Près des caisses, les files sont désertes, les visiteurs ne souhaitant pas payer pour à peine deux heures de liberté dans ce vaste espace rempli de richesses. J'observe les hôtesses de caisses, et lorsque l'une d'elles me fait les yeux doux, je la rejoins et l'attire un peu à l'écart des autres.

— Je peux faire quelque chose pour vous ? ronronne-t-elle en se penchant sur son comptoir.

Malgré son uniforme aux couleurs d'Offenheim, elle porte, comme tous ses collègues, une veste rouge et blanche dont les manches clignotent joyeusement. J'en aurais presque une migraine.

— J'ai besoin de quelques renseignements.

— Je peux vous renseigner sur tout un tas de choses, Monsieur.

— Même si elles sont… personnelles ?

J'esquisse un petit sourire.

Le flirt, je ne sais pas faire. J'ai même horreur de cela. Les femmes ne m'intéressent plus depuis longtemps, et savoir qu'elles attendent toujours quelque chose de moi m'énerve au plus haut point.

— Dites-moi tout, susurre-t-elle.

— Je voudrais des renseignements sur mademoiselle Pérez, qui a travaillé ici durant…

— Des années, oui, je connais Siana.

Elle se braque aussitôt et me regarde avec un regard soudain déçu.

— Vous êtes journaliste, c'est ça ?

— Non, je suis seulement son nouvel employeur.

— Vous l'avez engagée ? halète-t-elle, étonnée.

— Oui. Pourquoi est-ce que c'est si difficile à croire ?

Bon sang, mais qu'a donc bien pu faire Siana de si terrible ?

La grande rouquine soupire, et s'éloigne davantage de ses collègues. Je la suis à la trace, presque affamé de la moindre miette d'information au sujet de ma nouvelle collaboratrice.

— Je ne veux pas avoir de soucis, Monsieur. Je vais devoir vous demander de partir.

— Répondez d'abord à une question, Alice, dis-je en regardant furtivement son badge. Combien gagnez-vous par jour ?

— Moins de soixante dollars.

Je pose deux billets de cent sur le comptoir, et ses yeux s'illuminent immédiatement. Au moment où elle cherche à les attraper, j'abats mon poing dessus pour les garder près de moi, et je plante mon regard froid dans le sien.

— Qu'est-ce qu'il s'est passé avec Siana, dans ce foutu musée ? grogné-je tout bas en serrant davantage le poing, jusqu'à ce que mes jointures blanchissent.

— Vous me promettez de ne dire à personne que je vous ai parlé ? couine Alice en rougissant.

Son état m'alarme. Elle a l'air sincèrement nerveuse et gênée, ce qui me retourne le ventre. Je suis sûr que ce qu'elle a à dire est grave. Et… je veux tout… savoir.

— Promis.

— Officiellement, Siana a… fait des avances à Andrew.

— Qui est Andrew ?

— Notre chef, le petit-fils du directeur du musée. Il a tous les pouvoirs, ici, et il en use, et abuse comme bon lui semble. La rumeur dit que Siana voulait une promotion et était prête à coucher avec lui pour cela. Il ne voulait pas. Elle a insisté, allant jusqu'à le toucher et lui faire des avances de toute vulgarité. Alors il a porté plainte contre elle pour harcèlement sexuel et l'a traînée dans la boue devant tous les employés d'Offenheim.

Je me redresse, choqué. Pas parce que j'imagine Siana en train de faire cela, mais parce que je sais que ce n'est pas la vérité. En une seule journée passée avec elle, j'ai rencontré une femme intègre, bosseuse et téméraire. Elle n'aurait jamais agi de cette façon, j'en suis certain.

— Et officieusement, alors ?

— Officieusement ? Vous voulez vraiment le savoir ?

— Oui.

— Siana adorait son boulot. Elle l'aimait presque plus que ses fichus hotdogs. À chaque fois que nous accueillions de nouvelles œuvres dont elle avait la charge, et qu'elle les faisait exposer dans le musée, elle lançait cette petite phrase qui était comme un toc, j'imagine. « Oh là là, j'adore mon travail ! ». C'était son truc. Une promotion pour travailler dans les bureaux ? Elle n'en aurait jamais voulu, voilà pourquoi personne n'a cru Andrew après sa plainte. Et c'est également la raison pour laquelle tout le monde s'est interrogé jusqu'à découvrir la vérité.

— Quelle vérité ? Dites-le-moi.

— Siana, c'est elle qui était harcelée par Andrew. Il la coinçait toute seule dès qu'il le pouvait, il la menaçait, il la… je crois qu'il la touchait. Il lui a fait vivre un enfer durant des semaines, jusqu'à ce qu'elle dise stop et qu'elle le menace de porter plainte.

— C'est là qu'Andrew a pris les devants et qu'il l'a fait lui-même, deviné-je.

— Oui.

— Putain, mais pourquoi personne n'a parlé pour elle ? Pourquoi tout le monde l'a laissée se faire renvoyer ? C'est inadmissible ! m'emporté-je, les poings si serrés à présent que je les fourre dans mes poches pour éviter de les fracasser sur le bureau.

— Andrew est le petit-fils du directeur du musée, comme je vous l'ai dit. Il est inatteignable. Qui risquerait sa place pour une inconnue ? Il l'a broyée. Il l'a humiliée. Je crois que tout le monde ici le craint, à présent, et c'est peut-être aussi ce qu'il souhaitait. Honnêtement, je ne pensais même pas que Siana parviendrait à retrouver du travail après ce qu'il lui a fait.

— Pourquoi ?

Elle ouvre la bouche, mais je réalise que j'ai déjà trop tiré sur la corde.

— Désolée, il faut que je reprenne le boulot.

Je soupire, et prends un ticket d'entrée pour le musée. À l'arrière, je découvre le plan des lieux, et prends plaisir à déambuler quelques instants au cœur de la toute première collection, celle d'art moderne. Puis, quand j'ai un peu perdu de cette rage qui me comprime la cage thoracique, je repère les bureaux de la direction et, sans perdre une seconde supplémentaire, je me dirige droit vers celui d'Andrew Keegan.

Une secrétaire prise de panique se précipite vers moi, mais d'un grognement sauvage, je la remets à sa place. Elle se rassoit sur sa petite chaise blanche, attrape son téléphone pour prévenir son employeur, mais j'agrippe le combiné que je rabats sur sa base, et je me penche vers elle, la transperçant de mon regard que je sais plein de violence, à cet instant.

— Monsieur Keegan ne m'attend pas, mais je lui rends une petite visite surprise. Une visite amicale. Ne gâchez pas tout, Mademoiselle, ou j'en serai très, très déçu. Et vous ne voulez pas me décevoir, pas vrai ?

— Non, Monsieur.

— C'est bien.

Je me redresse, entre sans frapper dans le bureau du vice-directeur, et l'observe tandis qu'il rougit si fort qu'il ne sait plus où se mettre. Putain, ce môme a vingt ans à peine, et je remarque dès le premier coup d'œil que c'est un petit merdeux qui aime intimider les autres.

— Sortez d'ici ou j'appelle la sécurité et je vous colle un procès au cul avec les compliments de la maison, ricane-t-il.

Ses cheveux roux terne sont bien peignés sur le côté. Son costume est de marque, même s'il est trop grand pour sa carrure. Il est pâle, fade et insipide. Ce qui doit être une qualité, quand on est un putain de pervers narcissique.

Sans m'occuper de lui, j'envoie un message au bureau pour donner quelques instructions de dernière minute à Lilly, puis je range mon smartphone dans ma poche et vais m'asseoir en face d'Andrew.

— Non, monsieur Keegan, je ne vais pas sortir d'ici. En fait, je vais même rester jusqu'à ce que j'aie obtenu de vous tout ce que je souhaite.

— Ah ? Et qu'est-ce que c'est ?

Intrigué, il se réinstalle dans son fauteuil. Il doit sentir le prédateur en moi, et savoir que si je suis ici, ce n'est pas pour quelque chose d'ordre légal. Ça le fait sourire comme un oiseau de proie face à la promesse de sang frais.

— Je viens d'embaucher Siana Pérez chez moi.

Il hausse les sourcils, et je vois sa poitrine qui se soulève de plus en plus vite. Soit le souvenir de cette femme l'excite, soit il sent arriver les ennuis. Je penche pour la première solution et ça me fait chier, putain, qu'il ose ne serait-ce que repenser à elle après tout ce qu'il lui a fait.

— Et ?

— Et je sais qu'elle vous a donné du fil à retordre. Ce que j'aimerais savoir, monsieur Keegan, c'est…

Son pouls accélère encore.

Je lui fais peur, à présent.

— Quel est son point de rupture ? Jusqu'où est-ce que je peux aller, avec elle ?

Je ronronne lourdement, plaçant une main impudique sur mon entrejambe.

Keegan éclate de rire, et se lève pour nous servir un verre de bourbon à tous les deux.

Je le vide avant même qu'il ne se soit rassis, et je l'observe un long moment. C'est à présent moi, l'oiseau de proie. Et c'est son sang que je veux faire couler, bordel.

— Qui vous a parlé de ma relation avec elle ?

— Les rumeurs vont vite dans notre milieu, Monsieur.

Il adore que je l'appelle de cette façon. Cela lui procure un plaisir décadent, une sorte de pouvoir qu'il n'aura jamais nulle part ailleurs, et qu'il n'a, en réalité, que parce qu'il est le fils de quelqu'un d'important.

— Siana est…

— Quoi ?

— C'est une putain de bombe, pas vrai ?

Je me contente de sourire.

— Quand j'ai commencé à travailler ici, cette pute ne faisait que de me foutre des vents. J'avais beau l'inviter chez moi, l'inviter au restaurant ou à passer le week-end en ma compagnie, elle me disait toujours non. La seule chose qui l'intéressait vraiment, c'était ces croûtes françaises dont elle était responsable.

Mon Dieu, s'il lui a parlé en ces termes des tableaux inestimables de peintres français qu'elle affectionne tant, pas étonnant qu'elle n'ait rien voulu avoir à faire avec lui.

Un seul coup d'œil à son CV et on comprend tout de suite que les français et elle, c'est une grande histoire d'amour.

— C'est là qu'elle a commencé à vraiment m'énerver. Je me suis amusé avec elle, à partir de là. Je l'isolais des autres pour la menacer, pour lui faire peur.

Comme un chat avec une souris…

— J'adorais la voir chercher à fuir, sans en être capable. C'était un jeu. C'était… excitant. Et plus les jours passaient, plus elle avait peur de moi, c'était enivrant, bordel. Vous me suivez ?

— Je vous suis tout à fait, monsieur Keegan, susurré-je.

— Mais avec cette pute, il y a des limites à ne pas franchir. Le jour où je l'ai touchée, elle a pété un câble.

Je serre les poings. Du plus fort que je le puisse. Sur les accoudoirs de ma chaise.

Il l'a touchée.

Il l'a touchée.

Il l'a touchée.

Et elle a été virée à cause de ça ! Sans respect, sans moralité, sans rien d'autre que ses larmes pour pleurer. Je suis révolté.

— Vous l'avez touchée ? répété-je d'un ton tellement froid qu'Andrew se fige et me regarde, l'air terrifié.

Il faut que je me calme, ou il risque d'avoir des soupçons.

— Comment ? Dites-moi ce que ça fait, de l'avoir tout contre vous.

Ma main glisse sur mes parties, et le pouls de Keegan se remet à accélérer.

— Vous n'imaginez même pas la sensation de pouvoir et de plaisir que ça procure, mon pote. Je l'ai agrippée de toutes mes forces. J'ai presque joui quand elle a crié de douleur. Je suis certain que la trace de mes doigts est restée sur ses seins durant des jours. Mais elle m'a giflé, bordel, et elle a crié, et elle m'a jeté à la tronche qu'elle allait prévenir la direction. J'ai flippé. Il y avait des gens dans la pièce d'à côté et je ne voulais pas risquer mon poste, alors je l'ai prise de cours et j'ai dit qu'elle me faisait des avances comme une chienne depuis des jours. Problème résolu, rit-il. Un bon conseil, si vous voulez vous la faire, faites-en sortes qu'il n'y ait personne pour l'entendre crier, ce sera plus facile. Et ensuite, annoncez à tous les mecs que vous connaissez dans le milieu que cette chienne, c'est des ennuis à la pelle, et jamais plus elle ne retrouvera de boulot. Nulle part. Enfin, sauf auprès des hommes qui les aiment, les ennuis, pas vrai ?

Il rit grassement, avant de terminer son verre.

C'est quand je reste de marbre face à son air porcin qu'il comprend qu'il vient de commettre une erreur.

— Ton bourbon est à chier, Keegan. D'aussi mauvaise qualité que tes putains de gènes de blaireau.

Je le regarde sans esquisser le moindre geste, parce que je n'ai qu'une envie, là, c'est de le tuer. Pour tout ce qu'il insinue, pour tous ses conseils pervers, pour tout ce qu'il lui a fait.

Lentement, je sors mon téléphone de ma poche et vérifie mes données.

— Qui vous êtes, bordel ? Et qu'est-ce que vous faites ? râle Andrew.

— Je vérifie que la vidéo de tes aveux est bien enregistrée.

C'est là qu'il se met à pâlir. De façon presque maladive.

— Alors, qu'est-ce que ça fait de tout perdre ?

Je me lève. Mon mètre quatre-vingt-dix engloutissant sa petite stature.

— Qu'est-ce que ça fait de savoir qu'on n'est rien ? Plus rien… Qu'un salopard vient de vous voler votre existence ?

— J'ai dit… Qui êtes-vous ? grogne-t-il en se levant à son tour, mais je le repousse avec tellement de force qu'il s'affale sur sa chaise de bureau.

— Knox Sullivan, le nouvel employeur de Siana. Et tu connais ma réputation ?

— Oui.

— Alors tu sais que je n'aime pas que l'on touche à ce qui m'appartient. Et Siana est à moi depuis la seconde même où elle a signé le contrat qui la lie à mon entreprise. Pourtant, tu la touches encore. Dans ses cauchemars. Toutes les nuits. Je… le… sais.

Il a marqué sa vie, il l'a privée de son honneur avant de lui fermer toutes les portes de ces musées où elle pouvait assouvir sa passion. Il va s'en mordre les doigts. Il va morfler.

— Qu'est-ce que vous voulez ?

— C'est très simple, en réalité, souris-je. Je te laisse jusqu'à demain matin, huit heures, pour lui envoyer une lettre d'excuses et un virement. Un virement à six chiffres, mon grand.

Pas question qu'elle continue à dévorer des chips parce que ce connard lui a coupé les vivres.

— Si je ne le fais pas ?

Putain, ce n'était franchement pas la chose à me dire. Je m'avance vers lui d'un pas lourd, et il comprend que les ennuis débarquent à toute vitesse. Il a beau essayer de se lever et de se tirer, je l'attrape par le col de sa chemise et je l'attire à moi, son visage si proche du mien que je vois ses yeux s'écarquiller complètement. Entièrement.

— Si tu ne le fais pas, je te détruirais, Andrew. Pas ta carrière, pas ta réputation, mais ta putain de peau, un lambeau de chair après l'autre. Tes os. Une fracture après l'autre. Et je ne te ferais pas le déshonneur de payer quelqu'un pour s'occuper de toi, non. Je le ferai moi-même. J'enfoncerai mes foutus poings dans ta sale gueule jusqu'à ce que même ta mère ne puisse plus te reconnaître, puis je te briserai encore, et encore, et encore. Sans me lasser. Et quand tu n'auras même plus la force et le courage de me supplier d'arrêter, je t'achèverai. Ça te va comme réponse ?

Il hoche la tête, incapable d'aligner deux mots.

— Maintenant au boulot. Les virements de cette importance sont parfois longs à arriver, non ?

— Oui, Monsieur…

— Et je ne suis pas du genre à tolérer les retards.

— Non, Monsieur.

— Bien. Je savais que serions sur la même longueur d'onde à un moment ou à un autre. J'espère que tu ne me décevras pas, Keegan, ou… ah, tu sais ce qui t'attend, je ne vais pas me répéter.

Sans un regard en arrière, je sors de son bureau, puis du musée, et je m'adosse au premier pilier sur mon chemin, une fois dans le froid de la nuit.

Bordel, je n'aurais jamais pensé une seule seconde que Siana ait pu vivre tout cela. Elle qui est si enjouée, si drôle, si… lumineuse. Mais je comprends, depuis que j'ai quitté Keegan. Je comprends cette dépression dont elle m'a parlé à demi-mots. Je comprends sa tristesse, son dépit, son renoncement à postuler, quand tout le monde lui coupait l'herbe sous le pied.

Si son père n'avait pas envoyé une candidature à sa place, peut-être que sa lettre ne serait jamais remontée jusqu'à moi. Peut-être que je ne l'aurais jamais rencontrée. Mais maintenant, elle est dans ma vie. Et comme toute personne qui s'y trouve, je vais la protéger. Sans jamais le lui avouer. Et en faisant tout mon possible pour qu'elle me prenne pour un monstre.

Chapitre 11 — Knox

Lorsque le taxi me dépose près de *Sullivan Inc.*, je ne peux m'empêcher de passer par la place Rockfeller, au lieu d'aller au plus direct. Je ne sais pas ce qui me force à flâner ici, si ce n'est le souvenir d'une jeune femme aux yeux brillants. Qu'est-ce qu'elle peut bien trouver de magique, dans ce spectacle ? Qu'est-ce qui la fascine tant dans cette débauche de gens et de bruits, de lumières et de sons ?

Des chants de Noël résonnent jusqu'à moi, portant des ballades joyeuses et festives que certaines personnes reprennent d'une voix inégale, fausse.

Ça me fait grincer les dents.

Des dizaines de gens rient en glissant sur la patinoire malgré l'air frais qui souffle des flocons dans toutes les directions. De jolis lampadaires anciens sont disposés tout autour de la glace, leurs lueurs dorées se reflétant sur les lames des patins et sur tous les angelots pailletés accrochés aux guirlandes reliant les poteaux entre eux.

L'immense sapin fait, cette année, vingt-cinq mètres de hauteur. J'ai vérifié. Il brille de mille feux et se détache, en rose et doré, devant les immeubles dont les façades sont bleutées. Les jeux de lumière attirent les regards. Moi, je lève le mien pour voir si j'aperçois Siana à l'étage, mais elle n'est pas à la fenêtre. Elle est même sûrement déjà rentrée chez elle.

Dommage. Tellement dommage. J'aurais aimé pouvoir lui dire au revoir et la regarder sourire une dernière fois.

Avant de pouvoir rejoindre mon fief, cependant, j'ai un rendez-vous à honorer, même si j'aurais préféré l'annuler. Je suis incapable de me concentrer sur quoi que ce soit, aujourd'hui.

Je retourne dans le restaurant si chic où j'ai emmené Siana ce midi. J'y vois l'un de mes clients habituels, un riche homme d'affaires argentin qui me remet un colis précieux, avant de se mettre à me parler art.

C'est en général le genre de discussion que j'adore, qui me fait du bien, qui me motive, mais ce soir, j'ai du mal à me concentrer. Je voudrais que ce soit elle, encore, à la place de Diego. Je voudrais que ce soit elle à la place de chaque putain de personne dans mon existence.

Une seule petite journée à la côtoyer et je suis déjà accro, bon sang.

Dire qu'elle est mon interdit.

La petite flamme illicite qui irradie dans mon cœur.

Ça me rend dingue.

Ça me rend même furieux contre moi, contre elle, contre cette soirée qui s'éternise et m'ennuie profondément.

Il est vingt-deux heures lorsque j'en termine avec enfin Diego.

Je le quitte de façon un peu trop brusque, peut-être, mais il ne s'en formalise pas. Tout le monde, dans mon entourage, sait que je suis asocial, distant et taciturne. Je retourne au boulot avec la lourde caisse qu'il m'a confiée, salue Lilly et sa collègue d'un signe de tête puis je monte à mon étage où aucun son ne résonne. J'ai l'impression d'être à nouveau calme, à nouveau serein. Seul.

J'avance dans le couloir, regarde fixement devant moi, quand un bruit léger me fait tourner la tête.

Siana… est toujours là.

Je n'arrive pas à y croire !

La montagne de cartons vides dans le couloir me la masque, aussi, je m'approche de la porte grande ouverte et jette un œil dans son antre à présent bien mieux rangée. Et j'écarquille les yeux en la voyant allongée au sol, les jambes légèrement relevées si bien que sa petite jupe dévoile la totalité de ses jambes sublimes et de ses cuisses parfaites. La tête posée sur quelques dossiers, elle lit ceux qu'elle devra traiter, si concentrée qu'elle ne m'a pas entendu arriver.

Elle est si studieuse, c'est dingue.

— Mademoiselle Pérez, vous êtes toujours là ?

Elle sursaute, et repose son dossier à son côté.

— Oh oui, j'ai presque fini tout mon boulot, Monsieur. Encore trois ou quatre heures et je serai à jour.

Je hausse les sourcils.

— Vous ne dormez jamais ?

— Disons que… j'ai un rythme un peu mauvais ces derniers temps. Vous savez, c'est ce qui arrive quand vous ne faites rien de la journée à part manger des chips en pleurant. Ça empêche un peu de dormir la nuit. Par contre la petite sieste de neuf à quinze est top.

Je ris, pose ma caisse par terre et m'adosse à l'encadrement de la porte.

— Qu'est-ce que c'est ?

— Oh ça ? dis-je désignant mon colis. C'est une surprise pour vous et moi. Mais nous en reparlerons demain.

— Mais je veux savoir tout de suite ! s'exclame-t-elle, impatiente. Dites-moi tout !

— Non.

— Oh allez ! Je l'ai mérité, je trouve.

— C'est toujours non. Vous devriez rentrer chez vous à présent. Si vous vous endormez ici pour votre sieste réparatrice lors de votre second jour de travail, je peux vous garantir que ce sera une faute grave.

— Je comprends, je comprends, glousse-t-elle. Mais je vais terminer mes lectures et…

— Mademoiselle Pérez, rentrez chez vous.

— Je… j'aimerais bien, mais il se pourrait que j'aie mis tous les anciens dossiers dans un seul carton, vous voyez. Le plus gros des cartons. Ce n'était pas très intelligent de ma part, parce que quand j'ai voulu le soulever, ça a un peu fait « crac » quelque part. Alors j'aurais préféré que ce soit votre chemise qui se déchire, mais malheureusement, c'était mon dos. Je ne suis plus de première fraîcheur, franchement.

— Quel âge avez-vous ?

Elle ouvre la bouche, outrée que j'aie pu poser cette question une nouvelle fois.

— Et je vous interdis de parler de mon pénis, grogné-je en levant les yeux au ciel.

— Alors est-ce que je vous ai demandé si vous aviez eu une érection matinale, moi ?

— J'ai dit pas de…

— Je n'ai pas prononcé le mot ! s'indigne-t-elle. Et je ne vous ai pas non plus demandé quel est le dernier film devant lequel vous avez pleuré. Pourquoi ? Parce que c'est *personnel* !

— Je ne pleure jamais, mademoiselle Pérez.

— C'est quoi, la surprise que vous avez pour moi ?

— Je ne vous révèlerai rien, sinon, ce ne serait plus une surprise.

— Sans-cœur, marmonne-t-elle.

Ce qui me fait sourire.

— Dites-moi votre âge.

— Pourquoi ?

— Pour savoir si je dois me moquer de vous ou vous aider parce que j'aurais pitié.

— C'est méchant !

— Moi tout craché…

— Je vous préviens, je vais vous le dire une seule et unique fois, Monsieur, et pour le reste de notre collaboration ensemble, ce chiffre ne bougera pas, c'est clair ?

— Tout à fait, souris-je, amusé.

— J'ai vingt-six ans, et j'ai passé une partie de la nuit dernière dans le canapé. Vous n'imaginez pas mes courbatures ce matin. D'autant que ces fichus escarpins sont comme d'avoir les pieds en Enfer. Ça brûle et c'est étroit.

Pour être sûre que je ne manque pas de voir où elle veut en venir, elle lève une jambe, fusille son escarpin d'un regard noir et moi je ne vois que sa jupette qui glisse davantage sur sa cuisse. J'aperçois un peu la dentelle de sa petite culotte et la rondeur de ses fesses qui se dessine.

Bordel, elle va me tuer, c'est sûr et certain.

— Bref, je ne peux plus me lever toute seule, boude Siana. Du coup, je lis par terre, mais c'est pas grave, parce que comme ça, je n'aurais aucun risque d'être en retard demain matin. C'est un avantage.

— Votre façon de voir les choses est si optimiste, me moqué-je, mais je vous veux au meilleur de votre forme demain. Nous aurons du travail, un projet qui devrait vous plaire, et il n'est pas question que vous dormiez ici, de toute façon.

Surtout que Jamison doit passer à la première heure pour tout nettoyer.

Avec délicatesse, je l'aide à se redresser, puis à se mettre debout, et mon pouls accélère comme un animal furieux tandis qu'elle se prélasse entre mes bras.

— C'est quoi, ma surprise ? susurre-t-elle soudain à mon oreille, avant de glousser.

Je grogne pour toute réponse, outré que ce son me plaise autant. Que sa proximité, sa chaleur, ses bras à mon cou me plaisent davantage.

Je n'avais plus touché une femme depuis près de cinq ans et voilà que celle-ci se retrouve tout contre moi deux fois dans la même journée.

J'ai l'impression d'avoir fait quelque chose de mal et que l'univers entier cherche à me punir.

Je m'éloigne donc rapidement d'elle, et quand je remarque son petit nez renfrogné et ses taches de rousseur qui ne cessent de danser, je capitule.

— Suivez-moi, soupiré-je.

Je prends ma caisse que je dépose sur le meuble noir dans mon bureau, puis j'ouvre l'un des tiroirs pour en sortir un verre en cristal, une bouteille d'eau fraîche et quelques comprimés antidouleur.

— Pas plus de deux pour ce soir, et gardez la boîte, vous avez l'air d'en avoir besoin, déclaré-je en m'accoudant au meuble.

Elle m'observe, suspicieuse, et avance un pas après l'autre sans me quitter des yeux. Lorsqu'elle me frôle presque, lorsque son index glisse sur le contour du verre, mon pouls s'emballe. Et s'emballe. Et s'emballe.

Une nouvelle fois, je suis furieux contre mes sentiments, contre cette barrière de vêtement entre nous, contre son putain de doigt que je veux sentir glisser sur mon corps, bordel.

— Comment est-ce que je peux être sûre que ce n'est pas de la drogue ?

— Vous ne le pouvez pas, souris-je. À vous de savoir si vous me faites confiance ou non.

— J'imagine qu'un type qui vit à New York et n'a jamais mangé un hotdog de son existence doit avoir une vie plutôt saine.

— Si vous le dites…

Je la taquine, ce qui lui fait plisser les yeux.

— Arrêtez de vouloir me faire peur !

Et sans plus tarder, elle avale deux comprimés, ouvre la bouteille et boit directement au goulot.

— C'est vous qui le vouliez, je vous signale.

Mon cœur s'emballe davantage, jusqu'à me faire mal, lorsque je vois les gouttelettes fraîches perler à ses lèvres.

— Sachez, Monsieur, que j'ai tendance à dire n'importe quoi. Vous le remarquerez vite si nous travaillons ensemble assez longtemps.

Elle rougit, et je me dis que Keegan a bien dû la blesser, pour qu'elle s'attende à être virée à chaque instant de la journée. Elle doit avoir un poids de dingue sur la poitrine. Ce doit être étouffant pour cette femme qui aime tant son métier et qui pense pouvoir en être privée d'un claquement de doigts…

— Vous savez quoi ? Je l'avais déjà constaté. Alors…

J'avance d'un pas vers elle, jusqu'à ce que nos corps se pressent doucement l'un contre l'autre.

— Souhaitez-vous que je sois méchant ou adorable, mademoiselle Pérez ?

Ses beaux yeux s'écarquillent. Ses lèvres s'entrouvrent, et elle y passe la langue, effaçant les petites perles d'eau de source que je voulais moi-même déguster.

— Méchant, soupire-t-elle. Je pense que ce sera plus facile si vous êtes méchant.

— Pourquoi ?

— Parce que… juste parce que, couine-t-elle.

Je rêve ou son regard a effleuré ma bouche, durant la plus courte des secondes ?

— Rentrez chez vous, à présent, grondé-je en fourrant mes poings serrés au fond de mes poches. Demain, si vous avez la moindre seconde de retard, je vous vire.

— Ah, voilà qui est mieux ! glousse-t-elle.

Je secoue la tête, désespéré, et la regarde trottiner jusqu'à son bureau, avant de revenir vers moi, mon écharpe entre les mains.

— Où est-ce que je vous la pose ?

— Gardez-la, vous en aurez davantage besoin que moi.

— Merci.

Ses joues rosissent. Elle est somptueuse.

— J'aurais peut-être dû sortir de chez moi entre l'été et l'hiver, histoire d'avoir de quoi me couvrir.

— Vous l'avez à présent, c'est tout ce qui compte, mademoiselle Pérez. Le reste n'a plus d'importance.

— Vous avez raison.

Elle esquisse un petit sourire, serre mon écharpe contre son cœur avant de l'enrouler autour de son cou avec déférence.

— Merci, répète-t-elle d'une voix un peu plus fébrile, pleine d'émotions.

— Mais de rien.

— N'attrapez pas froid de votre côté, surtout. Si vous tombez malade, le patron risque de ne pas apprécier.

Avec un grand sourire, elle quitte mon bureau, enfile son manteau et part, des dossiers plein les mains. Sûrement pour lire tous ceux qu'elle n'a pas eu le temps d'étudier durant cette nuit où elle ne parviendra pas à trouver le sommeil.

Je crois que je suis heureux de l'avoir embauchée. Je crois.

Même si elle m'a complètement empêché de travailler toute la journée.

Je me réinstalle sur mon fauteuil et passe plus d'une heure à répondre à mes clients et à étudier quelques propositions de nouveaux contrats. Quand il devient évident que ma concentration est plus que chaotique, j'abandonne.

J'enferme mon colis dans le coffre-fort, situé dans un large pan de mur camouflé avant de me préparer pour rentrer. Je remonte le col de mon caban, imaginant sans mal le vent glacial qu'il doit y avoir à cette heure-ci. Pourtant, ma peau se met à me brûler lorsque j'arrive dans le hall et que je remarque que Siana est toujours là.

Accoudée au comptoir de l'accueil, ses petites fesses se balançant de droite à gauche à mesure qu'elle change de jambe d'appui, elle me… elle me fait tourner la tête. Elle me rend complètement dingue. Elle remet en marche ce foutu cœur que je pensais bousillé au fond de ma poitrine. C'est un vrai supplice.

Le plus doux et le plus savoureux de tous les châtiments.

Chapitre 12 — Siana

Oh là là, si les antidouleurs que Knox m'a donnés sont une drogue, elle fait un effet du tonnerre, et en un clin d'œil, en plus ! Je ne ressens plus la moindre tension dans mon dos de mamie et honnêtement, ça fait du bien. Peut-être que je devrais arrêter de m'endormir devant Netflix. J'aurais moins l'impression d'avoir atteint l'âge de la retraite.

Quand j'arrive dans le hall, je prends le temps d'admirer quelques œuvres d'art, puis je passe devant le comptoir, et j'entends Lilly glapir de plaisir en voyant l'écharpe de Knox autour de mon cou. Oui bon, il est sympa avec moi, mais ça ne veut rien dire, si ?

Je me tourne vers elle, et d'un pas peut-être un peu intimidé, je m'approche.

Lilly et sa collègue, la jolie brune à la peau hâlée que j'ai croisée tout à l'heure, me regardent faire comme si j'étais une créature. Une licorne, sûrement, d'après le regard de Lilly. Un vieux troll des cavernes, si j'en crois l'expression de sa collègue.

— Salut, lancé-je. Je m'appelle Siana, je viens d'être engagée comme…

— Collaboratrice en chef de monsieur Sullivan, on sait, tranche la brunette.

— Je m'appelle Lilly.

— Enchantée.

— Elle, c'est Tricia.

Lilly est vachement plus gentille. Toute douce et adorable, avec ses longs cheveux blonds et ses grands yeux de poupée, elle me plait.

L'autre, en revanche, me fait l'effet d'un baril de poudre prêt à exploser. Un baril qui regarde avec fureur l'écharpe que notre patron a nouée autour de mon cou.

— J'avais froid, marmonné-je.

— Nous sommes en décembre. Les gens normaux mettent des vêtements chauds pour sortir, grogne la jeune femme.

— Peut-être que je n'aime pas la normalité, ma grande.

Je lui jette un regard supérieur, mais comme je n'aime pas mentir, j'avoue tout la seconde suivante.

— Enfin, c'est surtout que je n'avais pas de vêtements appropriés, en réalité. J'ai fait une crise de rangement pendant mon chômage, et j'ai jeté quasiment tous mes vêtements, surtout les plus utiles en mode « je ne sortirai plus jamais de chez moi, c'est la fin de ma vie, alors à quoi bon avoir un manteau ? ». Vous voyez ?

Lilly me tapote doucement la main.

— Je peux vous commander tout ce que vous souhaitez, m'annonce-t-elle alors avec un grand sourire. Vous avez à présent un budget représentation. C'est moi qui m'en occupe. Je suis la secrétaire personnelle de monsieur Knox et par conséquent, la vôtre aussi puisque vous êtes son bras droit.

J'ai envie de lui dire de répéter tout ça. Pas la partie « budget vêtements payé par l'entreprise », mais le doux son de moi, ayant un boulot. Ce que c'est bon !

— Vous savez quoi ? Vous n'avez qu'à chercher le manteau qui vous plaît le plus dans vos magasins habituels, puis vous m'envoyez le chercher quand vous l'avez trouvé, ou vous conservez précieusement le ticket pour la comptabilité. Mais ne tardez pas. Le temps va rafraîchir, la semaine prochaine.

— C'est noté, merci ! m'exclamé-je.

Tricia me regarde avec amertume et s'écarte un peu de nous, comme si cette conversation ne l'intéressait pas. Ce que je peux tout à fait comprendre.

— Bon, je vais rentrer à présent. Il faut que je trie mes affaires de Noël pour voir si je peux en ramener quelques-unes ici. Tout ça manque un peu de magie, si vous voulez mon avis.

— Je suis tellement d'accord avec vous, soupire tristement Lilly.

— Hé, je peux vous ramener quelques affaires pour l'accueil, si vous voulez. Ce sera super joli, de décorer ce long guichet où vous êtes toute la journée !

Lilly semble réfléchir à la question.

J'observe le vaste hall sans une seule paillette à l'horizon, sans une seule guirlande, et je me dis que Knox Sullivan devrait se dérider un peu. Ouais, la magie de Noël ne semble pas exister dans la vie de cet homme. Heureusement que je suis là pour changer tout ça !

— Vous voulez décorer ? ronronne soudain Tricia en revenant à nous.

— Oui. Enfin, au moins un peu. Ou beaucoup ? Il faut qu'on se mette dans l'ambiance de Noël, quand même. C'est important. Surtout qu'en sortant d'ici, on voit le sapin du Rockfeller, la patinoire, et on entend les gens qui sont heureux. Non, mais vous imaginez la torture ?

— Oh oui, nous travaillons ici depuis des années, dit doucement Lilly, mais monsieur Sullivan…

— Ne prend jamais le temps de s'en occuper et de signer les documents. Mais nous avons des fournisseurs qui nous proposent tous les ans leurs catalogues pour des décorations sur mesure.

— Vraiment ? Oh, je peux voir ?

— Bien sûr. Et en tant que bras droit de Sullivan, vous pouvez même choisir tout ce que vous voulez. Nous avons un budget spécial Noël, en plus.

— Oh mon Dieu ! C'était vraiment les mots à ne pas me dire ! couiné-je.

Lilly rougit et me regarde d'un air contrit, mais avant qu'elle n'ait pu ouvrir la bouche, Tricia lui ordonne de retourner travailler, ce qu'elle fait en baissant le regard. J'ai de la peine pour elle. Elle est si douce et si gentille qu'elle se fait marcher sur les pieds.

Tricia tourne l'écran de son ordinateur vers moi, déjà sur le site du fournisseur. Mon Dieu ! Il y a des milliers d'articles disponibles, et j'ai un budget de plus de trente mille dollars ! Un petit couinement excité m'échappe.

— Quelle est la hauteur sous plafond, dans le hall ?

Je me tourne pour observer la superbe entrée de *Sullivan Inc.* Un sapin devant les vitres serait du plus bel effet pour l'observer aussi bien de dehors que de dedans.

— Nous avons sept mètres, sourit Tricia.

J'affine ma recherche. Un sapin de six mètres, c'est tout ce que j'ai toujours voulu pour mon minuscule appartement. Au moins, ici, il n'aura pas besoin de se faire tronçonner ! Le rêve ! Je suis au paradis, c'est juste parfait !

Je passe près d'une heure à choisir des décorations qui iraient à merveille, le tout dans des tons crème et doré pour aller avec l'élégance de ce hall somptueux. Puis au moment de signer, je me fige. La facture est salée, mais je suis dans les rails. Pourtant, en choisissant la livraison demain avant sept heures, je vais dépasser. Mais l'avantage, c'est que le sapin sera installé quand tout le monde arrivera au travail !

— Je ne sais pas quoi faire, grommelé-je avant d'expliquer mon problème à Tricia.

— Oh, je pense que monsieur Sullivan ne se formalisera pas pour quelques centaines de dollars en plus. Après tout, il rogne sur le budget Noël depuis des années. En plus, les locaux sont gardés par la sécurité toute la nuit, donc si les installateurs viennent à la première heure, ils auront tout le loisir de bosser tranquillement. À mon avis, vous devriez valider votre panier.

Je hoche la tête. Comment est-ce que je peux être aussi enthousiaste pour un sapin de Noël alors qu'il y en a cinquante qui m'attendent à la maison ? Je suis dingue…

Je signe électroniquement tous les documents nécessaires au fournisseur, et Tricia imprime ensuite le nécessaire, où j'appose ma griffe une nouvelle fois.

— Je vais laisser ceci sur le comptoir et prévenir la sécurité que nous attendons une livraison. Je suis impatiente d'être à demain, sourit la jeune femme. Toi aussi, Lilly ?

— Oui.

Pourtant, elle n'en a pas l'air. Elle est plus angoissée que ravie, contrairement à sa collègue.

— Vous travaillez ici depuis longtemps, alors ? m'enquiers-je, curieuse.

— Depuis assez longtemps pour savoir que monsieur Sullivan ne laisse jamais passer aucune faute ni aucun manquement à ses règles, glousse Tricia.

— Monsieur Sullivan est très strict, mais il a bon fond, ajoute Lilly. Il ne ferait jamais le choix de renvoyer quelqu'un pour une erreur commise à cause d'une autre personne.

— C'est bon à savoir. J'ai tendance à faire des boulettes, rougis-je.

— Oh ma belle, tu as intérêt à faire attention au moindre de tes pas, où tu ne feras pas long feu dans cette entreprise.

— Eh bien… Merci pour l'info, je suppose ?

Les filles se raidissent soudain et se remettent au travail. Tricia tourne son écran. Lilly s'éloigne pour rejoindre son coin, et comme des pas retentissent derrière moi — des pas lourds, lents, sonores — je me retourne un grand sourire aux lèvres, parce que je sais qui arrive.

— Monsieur Sullivan, je pensais que vous seriez de retour chez vous à cette heure-ci. Au fond de l'Enfer. Il n'y a pas un puits qui vous y emmène, depuis le centre de votre bureau ? me moqué-je.

Il sourit, un sourire aussi chaud qu'amusé, mais Tricia et Lilly hoquètent de stupeur.

Oh allez, les filles, c'est un être humain comme les autres. Enfin, un être humain qui nous offre un salaire et qui a le pouvoir de nous renvoyer. Bon d'accord, j'y suis peut-être allée un peu fort. J'esquisse une moue un peu ennuyée, mais comme il ne semble pas s'en formaliser, je me détends.

— Et vous, vous ne devriez pas être en train de dormir histoire de faire votre travail correctement, demain matin ?

— Oh mais j'avais des choses à faire, avant. De grandes choses.

Je lève les yeux et imagine mon sapin demain matin, plein de décorations sublimes et de guirlandes brillant de mille feux. Il ne va pas en revenir !

— Cependant, vous avez raison, il est l'heure de rentrer.

— Qu'avez-vous fait, mademoiselle Pérez ? Votre petit air voyou ne me plaît pas du tout.

— Dites-moi quelle surprise m'attend demain et je vous dis mon secret.

— Vous verrez… grogne-t-il.

— Même réponse, ris-je.

Je l'agrippe ensuite par le bras, et nous sortons du bâtiment sous le regard étonné des deux jeunes femmes. Des agents de sécurité à l'entrée. Ah, et du sien, également. Son regard partagé entre panique, étonnement et panique. Je l'ai dit deux fois, non ? C'est dire à quel point il fait pitié, là !

Ne souhaitant pas lui provoquer une crise cardiaque, je le relâche une fois que nous sommes sur le trottoir, et regarde le ciel menaçant.

— Mince, il va pleuvoir, et mon parapluie a rendu l'âme ce matin. J'ai dû le mettre à la poubelle. J'espère qu'il y aura quelques taxis de libres dans le coin.

Je m'éloigne un peu de lui, et frissonne de plaisir en apercevant les lumières de la patinoire, les angelots pailletés qui semblent voleter sous un vent léger, et les chants de Noël qui me mettent du baume au cœur.

— Souhaitez-vous que je vous raccompagne ? lâche soudain Knox.

Je le regarde, étonnée à mon tour.

— C'est gentil, Monsieur, mais je ne voudrais pas abuser. J'ai… j'ai probablement déjà bien usé vos nerfs aujourd'hui. Il faut que vous vous en remettiez avant demain, histoire de recharger vos batteries.

— J'ai plus de patience que vous ne l'imaginez, lance-t-il avec un petit sourire énigmatique. Et si je vous le propose, c'est parce que je suis prêt à vous supporter quelques minutes de plus.

C'est à son tour de me prendre par le bras, et il m'attire vers une sublime Bentley couleur nuit aux lignes épurées et aux chromes immaculés.

— J'habite dans le Queens, m'étouffé-je soudain. Vous risquez de vous faire braquer si vous me raccompagnez.

— Alors je n'ose imaginer ce qui arriverait à une femme toute seule dans ces rues en pleine nuit. Montez, mademoiselle Pérez. Enfin, uniquement s'il ne reste plus le moindre morceau de donut dans vos poches.

— C'est promis, j'ai tout enlevé ! Et promis aussi, je ne les ai pas mangés ! J'ai encore un peu de fierté, même si je ne pensais pas cela possible.

— Vous en avez beaucoup, pour être franc. Cela se voit dans vos yeux. Ne l'oubliez jamais, Siana.

Nous restons quelques secondes à nous regarder, tandis que la nuit nous ensevelit. Tandis que les petits flocons de neige qui s'éparpillent entre nous dansent avec volupté. D'un geste presque instinctif, je remonte le col de son caban pour le protéger du vent glacial, et son regard semble s'approfondir, s'obscurcir, se magnifier.

— Montez, ordonne-t-il d'une voix rauque. Et ne me touchez plus jamais.

Les joues brûlantes, je hoche la tête, contourne la Bentley et m'installe sur le siège passager. Mes jambes sont bleues, là, non ? Bon sang, il fait beaucoup trop froid !

Comme s'il avait suivi le fil de mes pensées — ou qu'il avait peur que je ne finisse par être amputée sur ses sièges de luxe en cuir — Knox met le chauffage de la voiture à fond et, avec discrétion, j'oriente les petits ventilateurs vers mes genoux.

— Prenez mon manteau, gronde-t-il alors en ôtant les boutons les uns après les autres.

— Non ! Pas question !

Je pose la main sur son bras pour arrêter la progression, et la retire aussitôt, me rappelant de son avertissement.

— J'ai déjà votre écharpe, je ne veux pas abuser.

— Mademoiselle Pérez, si vous mouriez de froid dans ma voiture, vous n'imaginez pas les ennuis que j'aurais, alors…

— J'ai dit non ! N'insistez pas, je suis colombienne, Monsieur.

— Et ?

— Je suis plus têtue qu'une fichue mule. Restez couvert, je m'en voudrais trop si vous attrapiez une pneumonie.

— Promettez-moi de mettre un véritable manteau, demain.

— Je n'en ai plus, mais Lilly m'a dit que je pouvais en avoir un, lancé-je, toute fière.

— Alors mettez un foutu pantalon, gronde-t-il en démarrant et en s'insinuant dans la circulation.

— Il n'y a plus que des joggings qui me vont, gloussé-je. Vous savez, manger des chips toute la journée, ce n'est pas franchement bon pour les bourrelets. Mais promis, je ferai du shopping à la fin du mois, quand j'aurai eu ma première paye.

Il lève les yeux au ciel, mais j'ai réalisé, au cours de la journée, que c'était davantage parce que je l'amusais que parce que je l'agaçais.

Knox me fait entrer mon adresse dans le GPS de son téléphone, et à mesure qu'il nous rapproche de chez moi, j'en regrette presque que cette journée s'achève.

Je n'avais plus été aussi heureuse depuis des semaines, et ça me fait du bien, ça me fait comme une météorite dans la poitrine. Une météorite pleine de paillettes et de chamallows.

— Je n'ai plus que cinq dossiers à lire, au fait, babillé-je pour rompre le silence dans l'habitacle. Vous savez que monsieur Arnoutt voulait nous acheter un dessin de Rembrandt estimé à trois cent cinquante mille dollars ?

— Bien sûr que je le sais ! Je connais tous nos dossiers sur le bout des doigts.

— Alors pourquoi est-ce qu'il est en attente depuis trois mois ?

— Parce que je ne traite pas avec tous les acheteurs qui en ont les moyens, mademoiselle Pérez. Tout comme pour mes collaborateurs, je fais attention à qui je confie les œuvres que j'acquiers au fil des ans, et Arnoutt est célèbre dans le milieu de la *Jet-Set* pour ses frasques. Fêtes alcoolisées qui se terminent en bûcher de mobilier, escapades et luxure avec des femmes qu'il « achète » à ses amis. Je ne veux pas que le nom de mon entreprise soit associé avec ce genre de déchet.

— Vous refusez de lui vendre une œuvre d'art parce que vous savez qu'il ne la traiterait pas avec respect, c'est ça ? Mon Dieu, dites-moi que je me trompe.

— Non, c'est bien pour cela, pourquoi ?

— Parce que je n'ai jamais trouvé un homme plus sexy que vous à cet instant précis !

Je soupire, m'évente de mes mains et baisse un peu le chauffage. De trente degrés environ. Si j'ouvrais la fenêtre, ça irait mieux, mais bon, mes jambes redeviendraient bleues.

Knox agrippe le volant de ses deux mains avec une puissance qui me laisse encore plus envoûtée, mais à sa mâchoire tendue, je réalise qu'il n'a pas trop apprécié mon petit laïus. J'arrête donc de l'embêter et lorsqu'il se gare près de mon immeuble, je détache ma ceinture, embrasse sa joue et lui lance le plus rapidement possible :

— Merci pour le retour, le chauffage, l'écharpe et bonne soirée !

Je sors de la voiture, et m'apprête à me précipiter vers mon immeuble, un tout petit peu plus loin, mais sa voix résonne jusqu'à moi.

— Mademoiselle Pérez !

Je me retourne, plantée sur le trottoir où une fine couche de neige s'est déposée, et me rends compte qu'il est descendu de l'habitacle et qu'il s'est approché de moi.

Autour de nous, toutes les lumières sont éteintes, mais à chaque fenêtre de chaque appartement clignotent des guirlandes électriques magnifiques. Les portes de chaque immeuble sont ornées d'une énorme couronne, parce que dans le quartier, il y a un concours pour la plus belle et la plus originale de toutes. Je ne suis pas peu fière d'avoir aidé à la fabrication de la nôtre, mettant en avant les animaux de la forêt. C'est une superbe réalisation de près de soixante centimètres de diamètre, tout en branches et en pommes de pin, avec de jolies petites boules blanches nacrées, de la fausse neige, un petit écureuil blanc et au creux de la couronne, un faon endormi et paisible. Des touches de rouge sont apportées par le houx, les nœuds de velours et le petit cardinal aux ailes déployées.

Je jure que si je ne gagne pas ce concours, je vais faire scandale !

— Vous êtes encore là ? Je pensais que vous aviez hâte de m'abandonner. Ou de quitter le quartier. J'ai bien vu que vous n'étiez pas trop à l'aise, ici.

— J'habite Manhattan, bien sûr que je ne suis pas à l'aise. J'ai l'impression que tout le monde a le regard posé sur ma Bentley.

— Il n'y a personne, dehors.

— Depuis les fenêtres…

— Alors là, oui. Tout le monde nous espionne et a le regard dessus, ris-je. Vous vouliez me dire quelque chose ? Une dernière méchanceté avant que je n'aille me coucher ? Ce serait vraiment sympa !

Histoire que j'oublie à quel point il est craquant…

Knox sourit ; un sourire qui s'étire lentement sur ses lèvres fines et qui illumine la nuit complète. Et mon cœur entier.

Il entrouvre la bouche. Je crois qu'il ne sait pas trop quoi dire. Peut-être qu'il a du mal à s'exprimer. Peut-être qu'il n'en a pas l'habitude. Ou peut-être que, comme moi, il aime cet instant paisible et hors du temps, ce petit tête-à-tête au calme, sous les quelques flocons qui nous caressent de leur froid brillant.

Pour lui permettre d'avoir une échappatoire digne de ce nom, c'est moi qui m'apprête à lui dire bonne nuit.

Quand soudain, un homme se détache de l'ombre d'une ruelle près de nous, et grogne, son couteau pointé droit vers moi.

— Siana ! hurle Knox.

Il se précipite vers moi, m'attrape dans ses bras. Mon Dieu, il est en train de me sauver la vie, là ! Il est… en train de me presser tout contre lui. Et c'est le plus bel endroit où je ne me sois jamais retrouvée !

Chapitre 13 — Siana

Bon d'accord, techniquement, Knox n'est pas en train de me sauver la vie. Est-ce une raison pour ne pas en profiter ? Non. Loin de là ! Je m'accroche à son cou un instant, sentant ses muscles virils se contracter tout contre mon corps. Son manteau, qu'il a déboutonné dans la voiture, m'emmitoufle dans la chaleur de sa peau d'homme. De son parfum masculin et envoûtant.

Je me sens bien, si bien, là tout contre lui. Mais je crois qu'il prend toute cette situation un peu trop à cœur, et lorsque ses biceps se tendent, lorsque son regard devient plus froid encore que cette nuit d'hiver, il me faut réagir.

Knox s'emporte, lance quelques menaces de mort à notre importun et je sais qu'il ne va pas tarder à agir. À laisser sourdre toute cette violence qu'il contient difficilement à longueur de journée.

Je lui lance un grand sourire qui l'étonne une seconde, puis il commence à comprendre que la situation est moins grave qu'il ne l'avait pensé. Je me retourne entre ses bras. Bras qu'il passe autour de ma taille juste au cas où, pour me protéger.

Cet homme…

Un soupir de plaisir m'échappe, mais je reprends aussitôt un air sérieux.

— Charly, bon sang, combien de fois est-ce qu'il faudra te dire de ne pas sortir avec un couteau à la main en pleine nuit ? Tu veux te faire arrêter ou quoi ?

L'homme sort de l'ombre, dévoilant son manteau de père Noël épais et crasseux, son bonnet de lutin en moumoute, et son sourire édenté.

— Comment je suis supposé me faire des tartines sans couteau ?

— Tu as vraiment besoin de ta lame de trente centimètres pour ça ? grondé-je en plantant les poings sur mes hanches.

— Non. C'est compliqué pour le beurre, en effet… bougonne-t-il.

— Retourne te coucher, ou Jada va encore te piquer ton carton juste pour te faire enrager. Demain matin, promis, je te dépose un sandwich.

— Merci Siana.

Il plaque les mains sur son cœur, ce qui me fait légèrement flipper.

— Range ce couteau avant de te trancher quelque chose, bordel, couiné-je.

Il opine, faisant danser le pompon sur sa tête, et retourne dans la ruelle l'instant d'après.

Knox, qui ne m'a toujours pas relâchée, semble sur le point de craquer. Son souffle est lourd, contre ma joue, et ses poings si serrés qu'il doit en avoir mal. J'y passe les doigts, tentant de l'aider à les desserrer, mais j'échoue sur toute la ligne. Il reste tendu, à l'affût du moindre trouble et… et je crois qu'il a peur. Pour moi. Quand je me tourne vers lui, je suis un instant tentée de toucher sa joue, mais je suspends mon geste en cours de route, me rappelant ces menaces si dures qu'il m'a lancées un peu plus tôt.

Alors il agrippe mon poignet et d'un geste un peu brusque, un peu malhabile, il me fait aller jusqu'au bout. Il m'incite à le toucher. À caresser les angles durs de sa mâchoire serrée. Ma main est pourtant glaciale. Sa joue brûlante.

— Vous n'avez pas eu peur, j'espère, souris-je avec malice.

— Bien sûr que si, Siana, gronde-t-il, sérieux. Cet homme armé était près de vous, il était…

— J'ai connu pire. Je vis ici depuis huit ans à présent. Ce n'est pas un mauvais quartier. En général.

Je glousse, ce qui contribue à détendre l'atmosphère, même s'il a toujours l'air d'être sur le point de me faire remonter dans la Bentley pour m'emmener… hum… où il voudra, je ne suis pas difficile.

— Où habitez-vous ?

Je pointe le gros immeuble du doigt, à cent mètres environ.

— Très bien, je vous raccompagne. Venez.

Sa main glisse dans la mienne, me rendant presque inconsciente du froid, de la beauté de la lune, des milliers de décorations qui scintillent de partout. Non. Je ne vois plus que lui.

J'entre le code à l'entrée du hall et Knox s'immisce à l'intérieur à mes côtés. Mon Dieu, ce silence tendu entre nous est écrasant.

Dans la cage d'ascenseur, où résonne une petite musique de fête, il me dévisage sans parler. Dans le long couloir menant à mon appartement, il me suit sans parler.

Et quand je me tourne vers lui, le cœur battant la chamade, j'ai l'impression que je pourrais passer ma vie à écouter ses silences, et qu'ils me parleraient.

Je sais qu'il est furieux, angoissé, attentionné. Je sais qu'il ne dormira pas de la nuit tant que je ne serai pas à l'abri chez moi. Alors je déverrouille la porte, entre, et je le laisse venir de lui-même, même s'il a hésité quelques secondes sur le palier.

— Pourquoi est-ce que je ne suis pas étonné ? grogne-t-il en regardant le salon, en mode atelier du père Noël.

La décoration de partout brille, illumine la pièce, résonne çà et là d'une petite musique douce. Lani a dû tout allumer en rentrant du boulot. Un petit traîneau tiré par des rennes fait le tour d'une piste enneigée, au milieu de la table de salon, tandis que des mini canons à neige soufflent des paillettes sur son passage. Au centre de la piste, j'ai créé un petit village de maisons en pain d'épice, dont certaines s'illuminent de l'intérieur. Et bien sûr, quelques biches avec leurs faons hochent la tête comme s'ils entendaient vraiment la musique ou les sifflements des petits oiseaux dans les boules à neige.

— Oui, on va dire qu'avec le chômage, j'ai eu le temps de m'occuper des décos de Noël. Et au lieu de choisir la boîte avec les nouveautés, j'ai pris toutes les boîtes de ces huit années passées ici, ça fait beaucoup de bibelots accumulés.

— J'ai envie de fuir, c'est normal ?

— Non ! Comment peut-on avoir envie de fuir la magie de Noël ? C'est inhumain ! Surtout venant de vous, Monsieur. Vous devriez en prendre de la graine. Beaucoup de graines, d'ailleurs !

Faire un petit effort de décoration de votre côté ne serait pas du luxe, par ailleurs. Votre bureau est vide.

— Il n'est pas vide, il est simplement… décoré avec goût et élégance.

— Quand il n'y a pas de décoration, on ne peut pas dire que c'est « décoré ».

Il lâche un petit rire, avant de froncer les sourcils.

— Siana, au cas où ce ne soit pas encore clair pour vous, je déteste Noël. C'est la raison pour laquelle mes bureaux sont vides, et qu'ils le resteront.

Oh merde… Il ne pouvait pas me dire ça avant que je commande un putain de sapin de six mètres de haut et des milliers de dollars de décoration ? Je crois qu'il va me tuer, demain matin. Bah, non ! Il va adorer. C'est sûr. Certain, même. Est-ce que je vais réussir à y croire si je me le répète toute la soirée ?

— Quand vous dites que vous « détestez », vous pourriez préciser un peu ? couiné-je.

— Je ne veux pas en entendre parler, je ne veux même pas voir la moindre paillette dans mon immeuble, ça vous va comme précision ?

— Oui.

Bordel…

Knox avance d'un pas vers moi et d'un seul coup, ses sourcils se froncent.

— Qu'est-ce que c'est que cette odeur ? Vous avez tué un raton laveur ou quoi ? finit-il par lâcher, une grimace déformant son visage sculptural.

Je lève les yeux au ciel.

— Leilani ! crié-je. Combien de fois va-t-il falloir te répéter d'ouvrir toutes les fenêtres quand tu fais ton infusion chou-framboise ?

J'avance un peu, et jette un regard diabolique à ma colocataire, qui se trouve dans la cuisine.

Knox s'approche à son tour, si bien que mon amie lâche sa petite cuillère sur la table devant elle sans parvenir à esquisser un geste supplémentaire. Oui, c'est l'effet qu'a mon patron sulfureux sur les gens. Il est… Est-ce qu'il y a un mot pour dire intimidant, chaud, parfait, excitant et terrifiant tout en même temps ? Parce que c'est ça, qu'il est.

— Lani, je te présente mon nouveau patron, monsieur Sullivan. Knox, je vous présente la responsable de la mort prématurée de votre odorat.

— Hé, ça ne sent pas si mauvais !

— Si.

Nous répondons en même temps, ce qui est logique parce que vraiment, ça sent le rat crevé, ici.

— Je n'allais tout de même pas ouvrir les fenêtres alors qu'il fait moins dix degrés !

— Tu préfères faire croire à tout l'immeuble qu'il y a un cadavre dans notre appartement ? Je te préviens, si la police débarque, je te dénonce.

— Ton amitié me fait chaud au cœur, me jette ma colocataire d'un ton agacé.

Knox ayant arrêté de grogner malgré l'omniprésence de loupiotes et de paillettes, je m'inquiète immédiatement.

Je me tourne vers lui, et le vois observer mon armée de gnomes.

— Pourquoi est-ce que j'ai l'impression qu'ils nous suivent des yeux ? chuchote-t-il.

— Ce n'est pas une impression, frissonné-je. Je crois que j'ai un peu abusé pour le coup, mais pas de souci ! J'ai eu une illumination tout à l'heure, et je sais comment régler le problème !

Fière, je me dirige vers le meuble télé où, sur un drap blanc, j'ai disposé quelques guirlandes électriques et des sapins de toutes tailles. J'ouvre le tiroir, en sors ma collection de lunettes de soleil kitsch, et je les mets sur le nez de mes plus gros gnomes.

— Voilà, ça fait moins peur, non ? déclaré-je en souriant face au bonhomme avec des flamants roses à paillettes devant les yeux.

— Quand vous parliez de régler le problème, je pensais… non, j'espérais que vous les foutriez tous à la poubelle avant d'y mettre le feu.

— Vous êtes un monstre ! m'écrié-je en attrapant le gnome le plus mignon pour le bercer contre moi. Regardez-le, observez sa mignonitude et dites-moi que vous voulez le brûler vif !

Je lève la main vers son visage, mon petit gnome aux habits blancs à pois dorés et à la longue barbe immaculée attendant son verdict.

— Je veux faire brûler tout cet appartement, mademoiselle Pérez. Tout. Je déteste le désordre, les lumières qui me donnent l'impression d'être à moitié aveugle et cette musique insupportable qui résonne sans arrêt.

— Comment osez-vous vous en prendre à Mariah Carrey ! s'écrie Lani. Et dire qu'il y a du désordre chez nous ! Tout est parfaitement bien en place, je vous signale !

Knox éclate de rire avant de baisser les yeux, comme s'il avait honte d'être heureux.

— Bon, je vais vous laisser à votre mauvaise foi, mesdemoiselles. Passez une bonne soirée et n'oubliez pas d'aérer, avant que les voisins n'appellent les secours.

Je glousse, le regarde reculer vers l'entrée de l'appartement, puis lui fais un petit signe de la main qu'il me rend. J'ai l'impression de rougir, alors je m'avance dans la cuisine pour ne plus le voir, tandis que Lani couine en me rejoignant, et en sautillant de partout.

— Oh mon Dieu, mais il est complètement canon ! Raconte-moi tout !

— Laisse-moi au moins le temps de me détendre un peu.

Aussitôt, elle me serre un verre de vin. Moi, j'avais d'autres choses en tête.

J'ôte mes escarpins qui volent à travers la pièce, jusqu'à heurter le canapé, puis j'enlève mon bonnet et mon manteau. Et peut-être aussi ma jupe, au final.

Leilani ouvre grand la bouche, les joues rougies.

— Est-ce que tu portes une chemise d'homme, ma chérie ? Sa chemise ? couine-t-elle.

— Ce n'est pas ce que tu crois !

— Bien sûr que c'est ce que je crois ! Tu l'as plaqué sur son bureau avant de le chevaucher comme une déesse, avoue ! Il est comment ? Je parie qu'il est sulfureux, et qu'il t'a attaché les poignets avec sa cravate. Est-ce qu'il est doué ? Dis-moi qu'il t'a fait jouir, parce que ma vieille, ce n'était plus arrivé depuis trop longtemps. Il va finir par y avoir des moutons de poussière, là-dedans, dit-elle en pointant mon entrejambe.

— Va te faire voir, espèce de mégère ! grogné-je. Je n'ai pas culbuté mon patron sur son bureau ! crié-je.

Agacée, je me débarrasse de mon soutien-gorge diabolique avant de masser ma poitrine en souffrance. Et quand je reviens vers le salon, je réalise que… Knox est toujours là, les joues en feu et les yeux écarquillés.

— Menteuse, ricane Lani. Pourquoi est-ce que tu portes sa chemise, alors ? Parce qu'il a déchiré la tienne comme un animal avant de dévorer…

Alors qu'elle me rejoint, elle se fige à son tour en toussotant, les yeux rivés sur l'homme le plus sexy du monde, et qui vient de nous entendre parler de son côté sauvage au lit. Enfin, son hypothétique côté sauvage au lit.

— J'étais en train de régler mon GPS, marmonne-t-il en nous montrant son téléphone. Puis la conversation a pris un tournant…

— Sulfureux, oui. Allez, dites-moi que vous avez fait des choses à Siana. Elle en a besoin, vous savez.

— Lani ! C'est mon patron ! m'écrié-je, outrée, scandalisée et un tout petit peu excitée.

— Oui, et tu es en train de te peloter les seins devant lui, je te signale.

Gênée, je croise les bras sur ma poitrine.

— Je porte un soutien-gorge depuis sept heures du matin, alors que je n'en avais plus mis depuis le printemps, je te signale. Je suis en souffrance !

Knox soupire d'exaspération.

— Hum, vous devriez peut-être y aller, Monsieur. Votre jolie Bentley risque sa vie à chaque seconde qui passe, s'amuse mon amie.

— Comment savez-vous… Oh, laissez tomber.

Il ouvre la porte, disparaît dans le couloir sombre.

— Au fait, s'il vous manque une roue, n'hésitez pas à venir ici. J'en ai une sous mon lit, au cas où, lui apprends-je.

— Vous avez une voiture ? s'étonne-t-il.

— Non.

— D'où le « au cas où », pointe Lani.

Je crois que cet homme est en train de se demander s'il n'est pas tombé dans une autre dimension.

— Même en me payant, je ne reviendrai pas ici, soupire-t-il.

— Oh, allez ! ma tisane ne pue pas autant que ça !

Je ne prends pas la peine de répondre à Lani. Voir monsieur Sullivan fuir est une réponse éloquente.

Quand je referme la porte, Leilani se remet à sautiller, puis elle me serre fort entre ses bras.

— Tout d'abord, félicitations, ma chérie ! Je suis si fière de toi. Je suis sûre que tu auras une longue carrière dans cette entreprise. Et ensuite… mon Dieu, si vous n'avez pas couché ensemble, crois-moi, ton célibat ne va plus durer très longtemps.

— Ne dis pas de bêtises. Monsieur Sullivan refuse toute relation entre ses employés. Ou avec lui. Il a été très clair sur le sujet.

— Mouais, il ne tiendra jamais ses engagements.

— Et pourquoi ça ?

— Ma belle, tu as vu ma nuisette ?

— Lani, on voit tout sauf ta nuisette, je te signale. Tu n'avais pas plus transparent ?

— Honnêtement ? Non. Mais justement, je suis presque nue, là, et il ne m'a même pas regardée. Pas du tout ! J'aurais été vexée s'il ne t'avait pas dévorée d'un regard… hum… brûlant. Et sensuel. Et affamé. Alors que tu portes une chemise trop large en mode Casper.

— Tu dis n'importe quoi. Mais bon, viens, je vais tout te raconter !

Je l'entraîne dans le canapé et même si elle prend sa bombe puante avec elle, je suis bien trop concentrée sur mon histoire, à partir du coup de fil de papa, pour me laisser déconcentrer.

Lani est suspendue à mes lèvres. Son sourire est immense.

Je ne sais pas si c'est mon plaisir d'avoir trouvé du boulot qui est contagieux, ou le simple fait qu'elle soit si heureuse pour moi, mais tout est tellement parfait, ce soir, que j'en viens presque à me demander si je n'ajouterai pas un peu de déco à l'appartement.

— Non. Non, non et non ! grogne ma colocataire qui me voit scanner la pièce d'un regard scrutateur.

— Même pas un petit...

— Si tu prononces le mot « sapin », je renverse ma tisane dans ton lit.

— Tu es une femme cruelle et dangereuse, marmonné-je.

Elle hoche la tête, fière de mon insulte, puis je la délaisse pour appeler mes parents, avant d'aller prendre une longue, longue douche, afin d'être prête pour demain matin. Pas question que je sois en retard ! Une fois au lit, j'entreprends de lire les derniers dossiers qu'il me reste, et je rêve... Je rêve parce que je viens de trouver le boulot idéal, le boulot de mes rêves, et qu'un de mes clients a même des Nymphéas de Monet à faire expertiser ! Ma série de tableaux préférés ! Mon Dieu, j'ai hâte de l'avoir entre les mains !

Je m'endors finalement un peu après minuit, chose qui ne m'était pas arrivée depuis trop longtemps, et quand le réveil sonne à cinq heures, je suis aussi fraîche qu'une vieille chaussette, mais motivée. Et la motivation, c'est la clef. Enfin, ça et l'anticerne, on va dire.

À peine levée, j'enfile mes chaussons sapin de Noël. Ils sont peut-être moches, pointus, verts, et décorés de mini-guirlandes, mais je les adore. Et peut-être aussi que les guirlandes clignotent quand je marche, mais je n'assume pas trop ce détail.

Je fouille aussitôt mon armoire à la recherche de ma sublime mallette en cuir brun clair, cadeau de mes parents pour fêter la fin de mes études. Elle est vintage, avec un ruban doré à la poignée. Je suis émue quand j'y range avec religiosité mes petits dossiers adorés. Et plus émue encore quand j'y accroche une petite décoration, près du nœud. Un joli sapin en bois, avec de petites perles peintes en or en guise d'ornements. Tout... est... parfait.

Je passe à la salle de bain pour une petite toilette, un maquillage plus que nécessaire pour effacer le côté *Beetlejuice* de mon chômage prolongé, puis je glisse dans mes longues mèches acajou une jolie barrette ornée de poinsettias.

Je m'habille ensuite d'un chemisier fluide bordeaux à jabot, d'une petite jupe noire fendue sur les cuisses, et je mets enfin mes chaussettes en laine, qui me remontent jusqu'au-dessus des genoux. Pour terminer, je me chausse de mes escarpins noirs et vertigineux, avec une bride sur le devant, et je file en cuisine après m'être aspergée d'un parfum onéreux. Pas envie de sentir la tisane au chou toute la journée.

Heureusement, Lani a ouvert les fenêtres hier soir. Il fait dix degrés dans l'appartement, mais il ne sent plus le rat crevé.

Mon amie, qui nous a déjà préparé son café vanille-cannelle-citrouille, siffle un coup en me voyant débarquer.

— Chérie, si monsieur Sullivan ne t'a pas sauté dessus hier, tu vas clairement passer à la casserole aujourd'hui.

— La seule chose qui m'excite, là, c'est de me mettre à travailler, alors je peux te dire qu'il n'y a aucune chance pour que je relève le nez de mon ordinateur.

— Tu es la femme la plus obsédée par le travail que je connaisse. Dis-moi, au moins, tu as remarqué qu'il était sexy, ton boss ?

— Si je l'ai remarqué ? Lani, j'ai failli faire une crise de combustion spontanée à la seconde même où j'ai posé les yeux sur lui ! Mais…

— Mais quoi ?

— Je ne veux pas faire de conneries, tu vois ? Je ne veux pas être virée, je ne veux pas devoir angoisser à l'idée de mon futur, je ne veux plus jamais manger des chips toute la journée.

Elle pouffe, et nous dégustons notre café tranquillement avant de partir chacune de notre côté. Comme je suis à l'heure aujourd'hui, je prends les transports en commun un grand sourire aux lèvres. Les chants de Noël résonnent dans les haut-parleurs du métro. Quelques musiciens de rue entrent même dans les wagons pour faire le show, c'est magique.

Lorsque j'arrive à Manhattan, le jour s'est levé, clair et ensoleillé, dévoilant des sapins couverts d'un givre bleuté et des décorations qui brillent de partout. Je ne me souvenais même plus de ce que ça faisait d'être heureuse !

Je voudrais me prendre un donut pour le petit-déjeuner, mais j'ai une petite course un peu plus urgente à faire. Heureusement que Lani m'a prêté quelques dollars. Et quand j'arrive enfin devant chez *Sullivan Inc.*, je pousse un cri strident. À travers la grande baie vitrée de l'immeuble, on aperçoit déjà le gigantesque sapin que j'ai commandé ! Mon Dieu, il a l'air plus beau que dans mes rêves les plus fous !

Et il est grand, tellement grand ! J'ai envie de courir à l'intérieur pour l'admirer de plus près, comme la foule des employés de l'entreprise ! Pourtant, j'aperçois la voiture de Knox qui vient de se garer, alors je trottine à sa rencontre, un immense sourire sur les lèvres.

— Bonjour ! lancé-je joyeusement quand il descend de sa Bentley.

Il se dresse, si grand et si froid, juste devant moi, et me lance un « bonjour » plus « ours polaire » que « bisounours » mais bon, je prends quand même.

Il me jette à peine un regard, ses yeux se tournant immédiatement vers son empire majestueux. C'est là que sa mâchoire se tend. Et que ses nerfs se crispent. Et que je comprends que j'ai fait une boulette de première.

En fait, quand il a dit détester Noël, je crois qu'il voulait plutôt dire qu'il méprisait, haïssait, abhorrait tout ce qui y touche.

— Qu'est-ce que c'est que ce putain de truc ? gronde-t-il en serrant les poings.

Violemment.

— Un beau petit sapin ? hésité-je.

Et j'aurais dû me taire, parce qu'à présent, c'est moi qu'il fusille de ses yeux sombres. Comme s'il savait que j'y étais pour quelque chose. Est-ce que je lui ai déjà parlé de mon obsession pour les sapins ? Parce que sinon, je peux encore tout nier en bloc.

Chapitre 14 — Siana

Me faire tuer de bon matin par un patron allergique aux sapins de Noël, ce n'était pas comme ça que j'avais prévu de finir. Non. Si j'avais dû parier sur ma mort, j'aurais dit : asphyxie à la miette de chips en regardant *Friends*.

Mais ça me va aussi. On va dire que c'est plus honorable, comme mort. Plus poignant, aussi.

Knox me pousse de son chemin avec douceur, et rejoint *Sullivan Inc.* de son pas lourd et menaçant, si bien que dès qu'il a mis les pieds dans le hall, tous les gens qui s'extasiaient de mon magnifique sapin pâlissent, baissent la tête et se dispersent pour échapper à sa rage. Parce que je la sens. Elle est là. Électrique dans l'air matinal et presque brûlante sur ma peau

— Qui a fait ça ? gronde Knox.

Le son est bas, caverneux, pourtant, tout le monde a pu l'entendre d'un bout à l'autre du hall. Je suis un instant tentée de prendre la fuite, mais bon sang, il est tellement beau, mon sapin, que je n'y parviens pas !

Je me plante à côté de lui, près de ma plus belle œuvre — sans rire ! — et alors qu'il parcourt ses employés d'un regard appuyé, je hausse le menton et déclare :

— C'est moi, Monsieur.

Ses traits se crispent davantage, comme si je venais de lui planter un couteau dans le dos, alors je ressens le besoin presque maladif de me justifier. Sauf que j'ai la gorge trop nouée pour parler. D'un seul coup, j'ai envie de me planquer derrière le guichet d'accueil, sous le bureau de Lilly ou entre les machines à café où des employés sont réunis. Et se font tout petits.

— Comment avez-vous osé outrepasser mes ordres ?

Des ordres ? Quels ordres ? Oh bordel… Je lance un petit regard à Tricia, qui exulte, et je réalise que si le budget Noël n'avait pas été utilisé ces dernières années, c'est peut-être parce que Knox refusait d'en entendre parler.

— Je… n'avais aucune idée qu'il y avait des ordres à ce sujet, Monsieur.

Je baisse les yeux à mon tour, parce qu'il est trop intense, lorsqu'il est furieux. Et je sais que mon job est sur la sellette, là. Je n'en mène pas large.

— J'ai cru comprendre qu'un budget était alloué à ça, alors je n'ai pas hésité. J'ai foncé tête baissée, sans réfléchir, comme d'habitude.

— Vraiment ? Vous avez « cru comprendre » tout ça ? C'est drôle, parce que je n'ai pas souvenir de l'avoir mentionné où que ce soit dans votre contrat. Alors ma question va vous sembler impertinente, peut-être, mais qui vous a parlé de ce budget, mademoiselle Pérez ? Parce que je suis certain qu'il n'est pas affiché sur la porte des toilettes où vous avez passé plus de quinze minutes hier matin.

Son grognement m'intimide davantage. J'ai limite envie de lui rappeler qu'il m'a presque sauvé la vie, hier soir, et que ce serait dommage de me virer dès le lendemain. Ou de me tuer. En me découpant en petits morceaux.

À nouveau, je regarde Tricia, furieuse à mon tour parce qu'elle s'est jouée de moi ! Sauf que moi, au moins, je ne suis pas une sale morue. Il est hors de question que je l'incrimine pour une faute que j'ai commise.

— Je l'ai lu quelque part, finis-je par marmonner, mais je ne sais plus où.

C'est là que Knox se radoucit soudain, comme s'il comprenait que je lui mentais pour protéger quelqu'un et qu'il appréciait la chose. Plus ou moins.

— Mais de toute façon, je vous défends de détester ce sapin ! grogné-je en le fusillant des yeux.

Oui parce que nous sommes deux à être en colère, à présent !

— Non, mais vous avez vu comme tout le monde l'admirait, avant que vous ne cassiez l'ambiance avec vos petits airs de tueur en série ? Et si tout le monde l'aime, c'est parce qu'il est magnifique.

D'un geste vif, j'agrippe sa mâchoire carrée, lui fais tourner la tête, et son lourd soupir me laisse perplexe. Est-ce qu'il aime ou est-ce qu'il déteste ? Non parce que le doré et le crème des dizaines de guirlandes va sublimement bien avec le hall majestueux de *Sullivan Inc.* et que bon sang, j'ai choisi les plus belles décorations de la planète ! Des mini Mona Lisa, des petits chevalets, des palettes qui brillent, des reproductions de tableaux célèbres. Bon d'accord, j'ai craqué pour des boules en forme de donuts et de hotdogs, aussi, mais je trouve que c'est classe. Un petit peu. Bon d'accord, j'ai totalement honte, mais je ne l'avouerai jamais parce que j'adore quand même !

— Je suis désolée, je ne savais absolument pas que vous étiez contre la magie de Noël, Monsieur, mais je vous préviens, si vous faites enlever ce sapin, j'en ajouterai dix autres dès demain, c'est clair ?

Enfin, si je bosse toujours ici.

Et après avoir fait un crédit à la consommation pour les trente prochaines années.

Il baisse les yeux pour me regarder avec supériorité — ce qui n'est pas compliqué puisque je suis petite – et il secoue la tête avec colère.

— La seule raison pour laquelle j'accepte cette ineptie, c'est parce que vous ne saviez pas que je refuse cet étalage de kitsch et de mauvais goût. Et vous, déclare-t-il en assassinant Tricia des yeux, ne me prenez plus jamais pour un con.

Il s'avance vers elle, chacun de ses pas rendant la jeune femme un peu plus nerveuse, un peu plus pâle. Son regard prédateur et ses poings serrés le rendent dangereux. Qui sait ce qu'il pourrait faire, s'il s'emportait ? Il briserait tout autour de lui, j'en suis certaine.

— Je sais que vous êtes responsable de cette débâcle, je sais que vous avez tenté de duper Siana. Je vais être clair avec vous, Mademoiselle. La prochaine faute grave que commettra ma collaboratrice vous sera directement attribuée, et vous serez renvoyée. Pas elle. Vous. Est-ce que ça vous semble juste ?

Non, ça ne l'est pas du tout, bordel !

— Oui, Monsieur, souffle-t-elle en baissant les yeux.

— Très bien. Tout le monde au boulot. Immédiatement.

Même s'il n'a pas hurlé, tout le monde se disperse, rejoint ses quartiers, et le hall se vide en moins de trois secondes.

Furieux, Knox rejoint les ascenseurs et je cours derrière lui pour ne pas me retrouver à devoir attendre la cabine. Son souffle est lourd. Son regard toujours aussi noir.

Mais dès que les portes se referment juste sur lui et moi, il se détend.

— Tricia a voulu vous faire renvoyer, lâche-t-il. Pourquoi ne pas l'avoir dénoncée ? C'est tout à votre honneur, vraiment, mais je croyais que vous teniez à ce boulot ?

— Comment avez-vous deviné ?

— Vous êtes une menteuse vraiment minable, mademoiselle Pérez. Vous savez, au poker, ces gens qui ont un tic ? Disons que regarder le coupable en fulminant, c'est plus qu'un tic, en réalité.

— Merde… Disons que je n'ai pas envie de me mettre des gens à dos. J'ai assez de soucis comme ça avec…

Je rougis.

Andrew, son souvenir, sa façon de me faire comprendre qu'il allait détruire ma vie.

— Avec qui ?

— Avec… Leilani. Elle m'a interdit de redécorer notre appartement ! Je suis sûre qu'il me restait une caisse de bibelots quelque part. Non, mais quel tyran, celle-là ! Au fait, comment vous trouvez mon sapin de Noël ? Oui, je sais, vous êtes anti-festivités, mais avouez qu'il vous plaît. Je vous ai vu presque sourire, en bas !

— Ce sapin fait au moins six mètres de haut, mademoiselle Pérez. Et j'en déteste chaque centimètre.

— C'est faux ! gloussé-je. Vous avez vu les petites Mona Lisa ? Certes, sur le catalogue elles n'avaient pas l'air d'avoir des bonnets F, ce qui est plutôt perturbant, mais elles sont chou, non ? Et les donuts ?

— Les donuts sont bien mieux que les saucisses à paillettes qui pendouillent. Siana, si mon entreprise passe pour dépravée à cause de vos hotdogs, vous allez m'entendre râler.

— Encore ? soupiré-je.

— Comment ça, encore ?

Les portes s'ouvrent enfin, et je rejoins mon bureau, exultant lorsque je vois les quatre gros cartons de décorations que je me suis fait livrer et qui m'attendent près de ma porte.

— Vous n'avez pas intérêt, mademoiselle Pérez, soupire Knox.

Pour aujourd'hui ? Non, je vais le laisser se calmer. Mais il est hors de question que je bosse en décembre sans mes décorations.

Je le fusille à mon tour du regard, mais me détourne bien vite de lui et pousse un petit cri appréciateur en voyant mon bureau étinceler de mille feux. Jamison a tout nettoyé de fond en comble et les vieux cartons vides contenant les dossiers ont disparu.

Je pose sur un buffet ma boîte en carton bleu — le petit achat que j'ai fait avant d'arriver ici —, et me penche en avant pour déposer ma mallette sur la moquette moelleuse, après avoir ôté ma veste et l'écharpe de Knox. Je ne l'ai pas entendu, mais il m'a suivi et me regarde soudain avec une intensité qui me noue la gorge et fait accélérer mon cœur.

— Quoi ?

— Je… Rien. Vous n'avez pas froid, aujourd'hui ?

Je souris en remontant un peu mes chaussettes sur mes cuisses, et je soulève un tout petit peu ma jupe.

— Ma peau n'est pas bleue. Mission accomplie !

— Bien.

— Il me semble que vous aviez une surprise pour moi, aujourd'hui. Et que je devais savoir si j'avais fait du bon travail, hier. Par ailleurs, j'ai lu tous mes dossiers. Je suis à jour.

— Pour la surprise, on verra plus tard parce que vous êtes loin de l'avoir méritée. C'est moi qui ai du travail à rattraper, de toute façon. Quant à ce que vous avez fait ici, c'est parfait, mademoiselle Pérez. Je suis étonné. Ce qui est rare.

— Merci.

Ravie, je le serre un instant dans mes bras, et quand il me repousse brusquement, je comprends que j'ai dépassé les bornes. Une nouvelle fois.

— Que personne ne me dérange pendant dix minutes, râle-t-il alors.

Et il va s'enfermer dans son bureau.

Je m'installe au mien, me mets à travailler, me créant un agenda pour y inscrire tous les prochains rendez-vous de nos clients. Et après une heure à étudier les maîtres et les œuvres de nos prochaines réceptions, Knox sort de son antre et se dirige vers le fond du couloir.

Il est temps pour moi d'agir !

Je sors un petit cactus de ma boîte cadeau bleue, et cours jusqu'à chez lui pour le déposer près de son ordinateur. Je ressors, me sentant ultra coupable, pile au moment où il revient vers moi.

— Je peux savoir ce que vous faites, là ?

— Moi ? Rien ! Je voulais vous parler, mais vous n'étiez pas là.

— Me parler de quoi ?

— Euh… De ma surprise. C'est quoi ? demandé-je avec un immense sourire.

— Vous verrez. Si vous cessez de m'agacer un jour.

— Ah bah ce ne sera pas aujourd'hui, croyez-moi, bougonné-je.

Je m'adosse à sa porte, et lorsqu'il se plante sur le palier près de moi, son regard tombe immédiatement sur le cactus. Une petite boule pleine d'aiguilles, avec une fleur et un pot rose. Trop mignon.

— Qu'est-ce que c'est que ce truc ?

Les poings serrés, il se précipite dans la pièce, observe son cadeau, puis se tourne vers moi.

— Qu'est-ce que j'ai fait pour mériter tant de haine ? marmonne Knox, dépité.

— Oh allez, c'est juste un petit présent. Vous n'en recevez jamais, ou quoi ? me moqué-je.

Quand ses joues rougissent légèrement, je déglutis et m'approche pour poser la main sur son bras, avant de me reprendre.

— C'est juste pour vous remercier. Non, c'est un mensonge. C'est pour que vous pensiez à moi dans la journée, quand tout est trop calme dans votre bureau.

— Croyez-moi, il est impossible d'oublier votre présence, Siana. Vous êtes comme l'un de ces cactus, justement, fourré bien profondément vous savez où.

— Aïe, ce n'est pas la pire insulte qu'on ne m'ait jamais faite, parce qu'un jour on m'a traitée de suppôt de Satan. Mais ce n'est pas la plus gentille non plus. Vous voulez vous faire pardonner ?

— Non…

— Mais si. Dites-moi à quel point mon sapin « œuvres d'art » est beau.

— Si vous ne retournez pas bosser…

La sonnerie de son téléphone nous interrompt avant ses menaces de mort, et il répond en mettant le haut-parleur, pour pouvoir soulever mon pot rose et le cactus mignon qui s'y trouve.

Un petit sourire sublime ses traits, avant de disparaître.

— Ah, tu décroches enfin ! Il était temps.

— Bonjour, Grand-mère. Comment te portes-tu aujourd'hui ? demande-t-il d'un ton plat.

— Knox, où es-tu ? J'ai essayé de te joindre toute la matinée.

— Je suis chez moi avec mon nouveau bras droit.

La dame semble s'étouffer, ce qui m'inquiète légèrement, mais Sullivan ne réagit pas.

— Ne me dis pas que tu es en train de forniquer avec un homme ? s'écrie-t-elle.

— Mon bras-droit est une femme, Marguerite, et quand je dis chez moi, je veux dire que je suis au bureau.

— Et puis il fornique avec qui il veut ! ajouté-je en râlant.

Knox se met à rire, mais étouffe le son en toussotant.

— Tout cela est très inconvenant, mon garçon ! Depuis quand est-ce que tu engages des femmes à des postes aussi haut placés ? Les femmes ne sont bonnes qu'à procréer et à prendre des jours de congés pour aller chez le coiffeur.

— Grand-mère, tes idées rétrogrades sont toujours aussi charmantes. T'ai-je dit que mademoiselle Pérez venait au travail en métro ?

Là, il est incapable de cacher son grand sourire. Marguerite se met à déblatérer sur l'horreur des transports en commun, où tous les pauvres s'agglutinent tous les jours comme des vermines dans les égouts, et même si j'ai envie de la tuer, je suis, moi aussi, très heureuse qu'elle s'emporte comme ça. Et j'espère qu'elle en aura une attaque.

Lorsqu'il coupe enfin la conversation, lassé de ses préjugés, je m'assois sur la chaise face à son bureau, et je le regarde avec de grands yeux choqués.

— Mais qu'est-ce que c'est que cette cinglée ?

— Ah ça ? Ce n'est rien. D'habitude, elle est pire. Mais aujourd'hui, elle ne devait pas être en forme.

— Je pense que vous avez vraiment besoin d'un peu de douceur dans votre vie. Vous savez qu'une personne fantastique a fait installer un sublime sapin de Noël dans le hall ? Je suis sûre que de l'admirer quelques minutes vous ferait le plus grand bien.

— Ou me donnerait envie de le faire cramer, marmonne-t-il.

Je plisse les yeux. Cet homme a vraiment un problème avec le feu.

— J'étais sérieuse en disant que si vous touchez à une seule de ses aiguilles parfumées, je me vengerai. À coup de donuts.

— J'aurais presque peur, mademoiselle Pérez.

— Pile ce qu'une femme aime entendre.

Je hausse le menton et retourne travailler, jusqu'à midi, à peu près.

Knox et moi sortons en même temps de notre bureau, et je m'accoude à l'encadrement de ma porte en le regardant approcher à pas de loup.

— Vous sortez déjeuner ? demandé-je en le voyant dans son caban parfait.

— Oui. Rendez-vous d'affaires. Et vous ?

— Je vais me faire livrer quelque chose, histoire de travailler un peu sur le surréalisme. Nous avons une toile qui arrive dans quelques jours à peine.

— En effet, j'attends un appel aujourd'hui même pour fixer le rendez-vous.

Comme je n'ai pas l'intention de mettre les pieds dehors, j'attrape mon écharpe au porte-manteau, près de moi, et la mets délicatement autour du cou de Knox.

— Ne l'abîmez pas et ne la perdez pas, ordonné-je. C'est un cadeau que l'on m'a offert.

— J'en prendrai grand soin, croyez-moi.

— Oh ! Avant que je n'oublie !

Je me retourne et prends dans ma mallette sa chemise que j'ai soigneusement pliée.

— Je vous ai rapporté ça, déclaré-je solennellement. Alors bien sûr, je n'ai pas eu le temps de la laver. Soit vous la reprenez tout de suite et vous vous en occupez vous-même, soit je la reprends et je l'emmène au pressing, mais je ne pourrai vous la rendre que la semaine prochaine.

— Je vais la garder, merci.

Il attrape sa chemise. Nos doigts se frôlent. Aucune émotion ne passe sur ses traits tandis qu'en moi, un carnaval de petites bulles de plaisir explose dans chaque recoin de mon anatomie.

Knox va déposer son vêtement dans son fief, et nous prenons l'ascenseur tous les deux. Je remarque alors un petit bouton indiquant l'étage « 31 ».

— Il y a quoi, là-haut ?

— Rien d'intéressant, lance-t-il, mystérieux.

— À votre petit sourire, je suis sûre que c'est faux.

Maline, j'appuie sur le bouton, mais il ne s'allume pas et la cage se met à descendre.

— Je suis le seul à pouvoir activer cet étage grâce à une carte magnétique. Mais c'est tout à votre honneur d'avoir tenté le coup, se moque Knox.

— Vous êtes en train de me dire qu'il y a un étage secret que je ne verrai jamais ? Mais c'est de la torture ! m'exclamé-je.

Sérieusement, ma curiosité trop déplacée est en train de me faire poser tout un tas de questions. Genre, est-ce que je pourrais accéder au niveau trente et un avec un grappin, en escaladant la façade depuis mon bureau ?

— N'y pensez même pas… grommelle Knox.

— À quoi, je vous prie ? demandé-je avec un air tout innocent.

— À chercher un moyen d'y aller. Un jour, si vous êtes sage, je vous montrerai. Promis.

— Je vous préviens, je n'oublierai pas. Et je vous le rappellerai tous les jours.

— Je crois que je m'en serais douté !

— Comme pour ma surprise, d'ailleurs. Qu'est-ce que c'est, déjà ?

— Je ne vous le dirai pas, mais je peux vous garantir que c'est lié au trente-et-unième.

— Sadique !

— Vous aimez ça ?

— Je déteste !

— Vous m'en voyez ravi.

Il me lance un clin d'œil qui fait pulser mon cœur, puis nous sortons de la cage métallique pour rejoindre le hall. Nos chemins se séparent rapidement.

Il se dirige droit vers Lilly et Jamison, tandis que je trottine jusqu'à mon sapin pour l'admirer. Avec la lumière du soleil, toutes les guirlandes, toutes les dorures, toutes les paillettes brillent de mille feux. Les gens qui passent devant *Sullivan Inc.* s'arrêtent sur le trottoir pour le contempler et éclatent de rire en voyant les pommes de Magritte, les belles vagues d'Hokusai, les conserves de soupe à la tomate de Warhol.

J'ai tout fait pour que ce sapin représente cette entreprise au mieux, et je suis fière. Fière du résultat.

Jusqu'à ce qu'un cri retentisse dans tout le hall.

Le cœur battant, je me retourne, et j'aperçois Knox qui a agrippé Jamison, l'homme d'entretien, par son poignet brisé. Et qui le serre de toutes ses forces jusqu'à ce qu'il s'écroule à ses pieds.

Je suis… choquée. Je n'ai pas d'autre mot.

Et la fierté que je ressentais un instant plus tôt à travailler pour cette entreprise réputée se transforme en quelque chose de moche, de répugnant, qui me prend aux tripes et me donne la nausée.

Chapitre 15 — Siana

Knox dévisage Jamison, agenouillé devant lui, comme s'il était un putain de roi et l'autre, moins qu'une saleté sur son chemin.

La rage qui flamboie en moi me rend complètement dingue.

— N'approche pas de mes employées, gronde-t-il. Je n'apprécie pas que les ordures dans ton genre ne fassent rien que de les regarder. Alors leur tourner autour ? C'est presque comme si tu cherchais à ce que je te fasse du mal.

La voix de Sullivan résonne dans tout le hall, humiliant bien le pauvre bougre qui en a les larmes aux yeux.

— Knox ! m'écrié-je en arrivant près d'eux. Relâchez-le immédiatement.

Je pose la main sur son épaule pour l'attirer à moi, et l'éloigner de Jamison, et il se laisse faire, les yeux brûlant de haine.

Comment est-ce que j'ai pu croire qu'il était adorable, franchement ? Comment ai-je pu manquer son dégoût de tous ceux qui ne sont pas comme lui ? Soudain, je réalise qu'il n'est pas si différent de cette femme, de sa grand-mère qui l'a appelé tout à l'heure.

— Ne me touchez pas, grogne-t-il en se tournant vers moi, avant d'agripper mon poignet. Et mêlez-vous de vos affaires, mademoiselle Pérez. Ceci ne vous concerne pas.

— Bien sûr que ça me concerne ! Vous êtes en train de vous en prendre à un homme affaibli devant mes yeux ! Vous me dégoûtez. Je n'aurais jamais pensé que vous puissiez être aussi… aussi minable, craché-je. Vos idées étriquées à la con me font vraiment pitié. Vous, me faites pitié.

Choqué, blessé, Knox recule tandis que je me précipite vers Jamison pour l'aider à se relever. Il me remercie, encore et encore, en me lançant un grand sourire si franc, tout en offrant un regard dégoulinant de fureur à Knox.

Le bras tremblant, il abandonne son chariot derrière lui pour se précipiter vers les toilettes. Knox nous regarde alors tous les trois, tour à tour, Lilly, Jamison et moi.

— Tout va bien, Monsieur, lui dit la jeune femme avec timidité. Votre rendez-vous vous attend.

Il hoche la tête et disparait, alors je me tourne vers ma collègue, si pâle.

— Tu vas bien ? Qu'est-ce qu'il s'est passé, bon sang !

— Ce… ce n'est pas ce que tu crois, Siana. Monsieur Sullivan est…

— Un sale con prétentieux, m'écrié-je tandis qu'il passe la sécurité.

Il se tourne vers moi, le regard hanté. Ce con ! Il est en train de me faire culpabiliser de l'insulter, avec son magnifique regard plein de regrets.

Lilly ouvre la bouche pour me parler, mais Jamison revient, attrape son balai, et reste près de nous, comme s'il cherchait à écouter notre conversation. Alors elle rougit en baissant le regard, sans oser me parler, mais je remarque qu'elle rapproche son téléphone d'elle, sur son bureau.

Je finis par commander à manger à la réception, et retourne au trentième pour bosser tout en me gavant de sushis pour oublier ma colère. Ce qui n'arrive pas.

Lorsque Knox revient de sa pause déjeuner, il passe me voir pour déposer son écharpe sur mon porte-manteau. Je ne prends même pas la peine de relever la tête vers lui. Je le déteste.

Un soupir frustré lui échappe, et sans parler lui non plus, il retourne en face, s'installe, et commence entre nous un concours de regards qui tuent.

Après une heure de ce petit jeu, je suis tellement énervée que j'ai du mal à me concentrer.

J'attrape mon téléphone, mets ma compil' de chansons de Noël, et j'arrive enfin à bosser correctement. Tout en chantonnant *Jingle Bells* ou *Feliz Navidad*, ma chanson de fin d'année préférée et accessoirement, sonnerie de téléphone onze mois par an. Oui, je passe toujours à *Hot Stuff* de Donna Summer en août, pendant mes vacances. Ne me demandez pas pourquoi…

Tandis que je me dandine sur ma chaise, une ombre gigantesque s'abat sur moi.

Monsieur Sullivan se trouve devant mon bureau, plus glacial et beau que jamais. Même si je le déteste toujours autant.

— Votre musique me dérange. Elle est trop forte.

Outrée, je me lève et, comme s'il craignait que je ne l'approche de trop, il recule jusqu'à retourner dans le couloir. Alors je lui claque la porte au nez.

Je m'approche ensuite de la vitre, souffle dessus jusqu'à créer une buée opaque, et du bout de l'index, je trace un « et là ? ☺ » qui l'énerve.

— J'entends toujours, grogne-t-il d'un ton fort.

— Alors fermez votre propre porte, m'écrié-je. Au moins, je n'aurais plus à vous apercevoir, espèce de troll.

Bon d'accord, j'ai peut-être murmuré cette dernière phrase, mais je couine de panique quand il plisse les paupières comme s'il m'avait entendue.

Pourtant, il me tourne le dos, repart en claquant son battant, et je baisse tout de même un peu ma musique, même si elle n'était pas si forte que ça. Parce que bon, je ne veux pas non plus mettre davantage d'alcool à quatre-vingt-dix pour cent sur le brasier que représente Knox Sullivan.

Je passe les deux jours suivants à lui faire la tête et à ne répondre à ses questions que lorsque c'est absolument nécessaire. Puis le dernier jour de la semaine, le vendredi, j'en ai tellement marre de l'ambiance morose au travail que je décide de venir une heure plus tôt et de décorer notre étage.

Oui bon, ce n'est pas la meilleure idée que j'aie eue de ma vie.

D'abord parce que j'ai dû menacer Sullivan de plusieurs lancers de donuts au cours de la semaine, quand je le voyais zieuter sur mon petit sapin du hall. Puis parce qu'il est toujours tellement remonté contre moi qu'il a jeté à la poubelle son mini cactus cadeau. Ce qui m'a un peu brisé le cœur. Un peu beaucoup. Et enfin, parce que je sais qu'il détestera tout ce que j'ai créé en une heure de temps dans cet endroit. C'est pourtant… parfait ! Et magnifique. Et ça me met en joie, alors que les jours se suivent et se ressemblent, pleins de tristesse et de déception.

Au-dessus de ma porte, j'ai accroché une longue guirlande d'un joli vert, que j'ai piquée de minuscules nœuds rouges scintillants. J'ai peut-être gratifié la porte de Knox d'un beau ruban rouge, mais je ne suis pas allée jusqu'à pénétrer dans son bureau. Qui est, de toute façon, fermé à clef. Oui, je le sais parce que j'ai voulu y pénétrer, en fait.

Sur les deux murs qui délimitent l'intérieur de mon lieu de travail, j'ai installé de gros cadres en bois, avec des peintures de saison. Une jolie camionnette rouge avec des sapins dans la benne, et un père Noël en train de boire un chocolat chaud.

Sur les larges vitres qui cloisonnent mon espace personnel et le couloir, j'ai… complètement pété les plombs et apposé des dizaines et des dizaines de stickers. Flocons de neige, rennes, de magnifiques boules comme faites de dentelle blanche et qui pendent du haut de la cloison. Tout est organisé avec style et élégance.

Je suis allée faire un tour aux étages inférieurs avant de venir ici, pour voir ce qu'ils avaient fait et les gens se sont lâchés, c'est dingue. Il n'y a que dans les endroits où Knox met les pieds que tout doit dégouliner de tristesse, quelle misère !

Sur le bas de ma paroi, je finis par coller un monticule de neige sur lequel s'élèvent des sapins, et des cerfs sublimes de la même dentelle que les boules, et une fois satisfaite de tout cela, je rentre dans mon fief.

Je mets plein de mini sapins sur mon bureau. Des dorés, des rosés, des verts recouverts de fausse neige et des tout lumineux, c'est sublime. Et sur mon large buffet à dossiers, je pose deux grosses jarres remplies de guirlandes lumineuses, et une magnifique maison blanche dans laquelle je glisse une bougie allumée. Et parfumée, senteur donut au caramel. Un régal.

Je me sens enfin bien dans mon nouveau bureau, mais c'est lorsque la sonnerie de l'ascenseur résonne que je me demande si je n'y suis pas allée un peu fort.

Le grognement de Knox me parvient alors même qu'il s'extirpe de l'ascenseur. Je fais comme si je ne l'avais pas entendu, me contentant de lui tourner le dos en passant le doigt sur les petites paillettes de mes stickers.

— Je pensais franchement que vous auriez craqué plus tôt, soupire-t-il en m'approchant. J'ai parié avec Lilly sur mercredi. Bravo, grâce à vous, j'ai perdu mille dollars.

— Hé !

— Maintenant, enlevez tout ça, ou c'est le bâtiment tout entier que je fais cramer.

— Vous avez un sérieux problème avec la joie, vous. Il n'est pas question que j'enlève quoi que ce soit.

Et pour prouver que je ne plaisante pas, je pointe du doigt la petite tablette que je fais apporter, et qui est couverte de munitions. Enfin, de donuts.

Puis comme je ne suis pas du genre à me laisser faire, je plonge la main dans le carton à mon côté, et en sors deux nouveaux stickers flocons que je pose au hasard, derrière moi.

Un muscle de sa mâchoire se contracte.

Je replonge la main, et en sors cette fois un petit nœud rouge à pincette. Que j'attache à sa cravate en le fixant droit dans les yeux.

— J'ai le droit de décorer, je vous signale. Je me suis renseignée et je vous jure que je prendrai un avocat, s'il le faut, mais je ne passerai pas mon décembre dans la tristesse et le désespoir.

— Ne pas avoir sept, non… douze sapins sur votre bureau vous rend triste ? Sérieusement ? marmonne-t-il comme s'il ne voulait pas me croire.

— Noël est sacré pour moi, Monsieur, avoué-je alors, les joues rougies. Il représente la famille, le bonheur, le partage. Ce n'est qu'un seul mois par an — ou deux quand on est généreux, comme moi — alors oui, j'y tiens, à mes sapins. Je les aime d'amour. Et si vous ne voulez pas les voir, tant pis. J'installerai un grand rideau entre vous et moi, histoire que mes paillettes ne vous aveuglent pas.

— Un jour, je changerai le contrat de mes employés pour leur dire que l'apport de sapin constitue une faute grave, grogne-t-il.

Il replace son petit nœud rouge bien droit, avec fierté, et grogne de frustration.

— Ne me dérangez pas durant ces dix prochaines minutes, c'est clair ?

— Pourquoi ? Qu'est-ce que vous allez faire ? Manger des chatons ? Appeler tous les petits enfants de votre entourage pour leur dire que le père Noël n'existe pas ? Ou peut-être lancer une pétition en ligne pour interdire les paillettes ?

Sans une réponse, il va s'enfermer et finalement, je ne le revois pas de la matinée.

À midi, un peu avant lui, je descends pour commander mon repas à la réception et le régler auprès de Tricia, qui ne m'accorde même plus un regard depuis les menaces de Knox.

Elle m'ignore, ou me déteste. Peut-être les deux ?

Autant pour la bonne ambiance au boulot.

Je déprime en observant mon sapin, lorsque Jamison se plante près de moi.

— Il est beau, susurre-t-il à mon oreille.

Je sursaute, et m'éloigne de lui d'un pas.

— Oh merci. C'est moi qui l'ai choisi.

— Je le sais.

Il me regarde de ses yeux brillants, et je me tourne vers Tricia, qui sourit avec méchanceté. Et Lilly, qui est toute contrite et qui a peur de bouger.

— Bon je… je retourne travailler, déclaré-je.

Je m'éloigne du hall et prise d'une petite bouffée de chaleur à cause de toute cette morosité, je file vers les toilettes tout au fond de la pièce, pour me passer un peu d'eau sur la gorge. C'est là que la porte s'ouvre à mon côté, et que Jamison entre dans la pièce.

— Hé ! J'aurais pu être en train de faire pipi !

Mon ton n'est pas outré et agacé, comme avec Knox. Il est plein de malaise et d'une énorme dose de peur.

— Tu es toujours gentille avec moi. Est-ce que je te plais ? sourit-il avec un soupçon de prédation dans le regard.

Je ne veux pas lui dire non, parce que j'ai peur que ça le mette en colère.

Je ne veux pas lui dire oui, parce que j'ai peur que ça lui donne des idées.

En réalité, je n'ai même pas la réponse à sa question. C'est juste un homme. Est-ce que je dois avoir un avis sur toutes les personnes que je croise dans ma vie ? Non.

J'entrouvre les lèvres.

— Est-ce que je te plais ? répète-t-il.

Mais cette fois, il me rejoint en trois pas à peine, me plaque au mur le plus proche et noue les doigts autour de mon cou.

Je ne peux pas crier, je ne peux pas demander de l'aide parce que…

Je… ne peux plus respirer.

Chapitre 16 — Knox

Me pointer chez *Sullivan Inc.* est devenu une vraie torture, ces derniers jours. La façon dont Siana me regarde et me juge est comme une plaie béante sur laquelle elle jette l'acide de ses pensées. Ça me tue.

Si seulement je pouvais lui expliquer.

Si seulement je pouvais lui dire la vérité.

Mais elle m'ignore avec la plus glaciale et la plus belle des froideurs, ce qui me donne envie de tout foutre en l'air autour de moi.

Le pire, c'est que même lorsqu'elle se tait, elle est si pleine d'émotions et de sentiments que son beau visage ne cache rien de ses pensées. C'est... presque plus dur, encore, que lorsqu'elle m'a lancé à la figure que j'étais un sale con prétentieux.

Bordel, elle me met tellement en rage, quand elle pense cela de moi !

C'est bien la raison pour laquelle j'ai été obligé de changer son cactus de place. J'avais trop peur de le foutre en l'air et de le balancer à travers mon bureau dans un accès de rage, jusqu'à ce qu'il s'écrase sur le mur le plus proche.

Ne pensant qu'à elle, qu'à cette petite peste qui a foutu un nœud rouge autour de ma porte, je m'adosse à mon siège, et je souris un peu en observant son cadeau.

J'ai rangé son cactus là, dans le tiroir du haut de mon bureau. Il est en verre, ce qui lui permet de prendre la lumière quand le soleil passe de mon côté du bâtiment. Ça me rend heureux de l'observer, ce petit truc épineux et, bon sang, ce que je ne donnerai pas pour être à nouveau en colère ! Au moins, ce serait plus facile pour moi de la mépriser. Mais je n'y arrive pas. Il est impossible de détester cette femme, même si elle est complètement casse-pieds.

Agacé de ne penser qu'à elle, je suis tenté d'appeler Andrew et de lui susurrer quelques mots durs. Il m'a juré qu'il avait transféré l'argent et sa lettre d'excuses à Siana lundi à l'heure convenue, mais je n'ai rien vu chez elle qui puisse me faire juger de la véracité de ses propos. Ce n'est pas comme si je pouvais me pointer dans son bureau et lui demander si elle avait touché de l'argent…

Bordel, il faudrait que je me renseigne en toute discrétion sur l'état de son compte en banque. Je dois bien avoir un ou deux employés capables de ce genre de bassesses. Au pire, je peux appeler mon frère, aussi. Je crois qu'il a les compétences nécessaires en informatique. Et puis dès que j'aurai ma réponse, je pourrai contacter le grand-père d'Andrew, lui transférer les aveux de son petit-fils, et lui dire que s'il ne fout pas ce salopard à la porte, je le traînerai tellement dans la boue qu'il s'y noiera. Et tout comme Andrew l'a fait avec Siana, je m'assurerai que plus jamais ce connard ne retrouve de boulot où que ce soit. Je vais lui faire regretter. Tout ce qu'il a fait. La toucher, l'effrayer, la bousiller. Je vais lui faire regretter d'être né, en fait.

Alors que je me saisis de mon téléphone, il se met à sonner, et je réponds immédiatement.

— Oui ?

— Monsieur, c'est Lilly. Vous m'avez dit de vous prévenir si Jamison faisait quelque chose de louche et… il a parlé à Siana. Elle n'avait pas l'air très à l'aise.

— D'accord. Et où sont-ils à présent ? Est-ce que la sécurité le garde à l'œil comme je le leur ai demandé ?

— Non, parce qu'il est parti aux toilettes. Le problème, c'est que Siana y est aussi…

Je raccroche. Putain, je sais que ce connard prévoit un sale coup, mais s'il touche à un seul de ses cheveux… je ne réponds plus de rien.

Je descends immédiatement, et dès que j'arrive dans le hall, je hurle :

— Sécurité !

Deux types baraqués se mettent aussitôt à courir pour me rejoindre.

J'entre dans les toilettes des femmes en priant pour m'être trompé, mais là, j'aperçois ses mains autour du cou de Siana, et je ne vois plus rien d'autre que ses yeux remplis d'effroi. Je me précipite vers eux, j'arrache Jamison à la jeune femme, et je lui fous un, deux, trois coups en pleine figure. De toutes mes forces. Jusqu'à ce que son sang m'explose sur les mains.

Je ne sens plus ma force, je ne sens plus la douleur, je ne sens plus rien.

— Knox ! hurle Siana.

Elle se précipite vers moi et pour la seconde fois, elle prend la défense de ce salaud en m'éloignant de lui. Mais je vois à présent qu'elle a compris. Qu'elle sait ce que j'ai fait. *Pourquoi* je l'ai fait.

— Vous deux, emmenez-le loin de moi et appelez son agent de probation. Je veux que son putain de cul soit de retour en prison d'ici ce soir, c'est clair ? grogné-je à mes agents de sécurité.

Ils agrippent violemment Jamison par les bras, et le traînent loin de cette pièce alors qu'il peut à peine bouger, à présent.

Dès que nous ne sommes plus que deux, Siana se jette contre moi et je la serre de toutes mes forces. De toute mon âme. Jusqu'à ce que mes poings ensanglantés cessent de trembler. Je pose le menton sur sa jolie petite tête pleine de mèches folles, et râle quand une barrette en forme de renne me picote la mâchoire. J'aimais bien quand sa chevelure flamboyante était ornée de poinsettias. Mais ce petit animal pailleté lui va aussi à ravir, même s'il est complètement moche.

— Vous allez bien ? finis-je par soupirer. Qu'est-ce qu'il s'est passé ? Pourquoi est-ce qu'il était ici ? Je…

J'ai un million de questions à lui poser, mais je n'arrive plus à me concentrer, tant les battements de mon cœur me coupent le souffle.

— Je vais bien. Je crois ? Jamison m'a juste suivie jusqu'aux toilettes, et vous savez comme je déteste ça.

Sa voix se casse un peu. Elle essaye de tout prendre à la légère, pourtant je sens sa terreur, sa panique, sa pression dans chacun de ses mots, alors qu'ils passent la barrière de ses lèvres tremblants et incertains.

— Il… il voulait que je lui dise que je l'aime bien, mais je ne voulais pas répondre. Je n'y arrivais pas. Et je voulais crier, aussi, mais je n'y arrivais pas, non plus. Parce qu'il m'étranglait et j'avais peur et j'étais toute seule avec lui.

Siana frémit tout contre moi, alors je la serre plus fort pour la rassurer, pour lui prouver que je suis là, avec elle, et que je ne la lâcherai que lorsqu'elle se sentira mieux. Totalement mieux. Tant pis, si je déteste être proche des gens. De qui que ce soit. Tant pis si je déteste tout ce foutu monde autour de moi, parce qu'elle, je l'adore, et il n'est pas question que je la lâche.

— Je me doutais qu'il allait craquer. Ce fumier faisait peur à Lilly depuis des semaines, déjà.

Mon grognement est presque animal, ce qui la fait un peu rire. Elle doit se demander s'il y a des jours où je ne suis pas en colère. Ce n'est pas le cas.

— Vraiment ? C'est pour ça que vous l'avez blessé, pas vrai ? C'est pour cela que vous lui parlez si mal, et pas parce qu'il n'est pas de votre monde ?

Je hoche la tête, et on s'écroule tous les deux au sol, elle dans mes bras. Moi tout contre elle.

— Je ne regrette pas ce que je lui ai fait, je vous préviens, miss Cactus, grondé-je. Si j'avais pu lui péter le poignet, je ne m'en serais pas privé. Il a harcelé Lilly jusqu'à ce qu'elle ose m'en parler et tout m'avouer, mais il n'y avait pas de preuves tangibles pour justifier son renvoi. Et là, il allait recommencer avec vous. Juste parce que vous avez eu un peu d'humanité à son égard.

— Mais… c'est normal, non ? Je ne veux pas être méprisante envers qui que ce soit, moi.

— Je ne sais pas s'il y a quoi que ce soit de normal dans son monde ou même dans sa tête, grogné-je. Siana, Jamison est un délinquant sexuel, et croyez-moi, c'est une version très, très édulcorée du mot violeur.

— Vous avez engagé…

Elle s'étouffe, elle suffoque, en réalisant ce qui aurait pu se passer dans cet endroit.

— Je n'ai pas eu le choix, malheureusement. J'étais nerveux de lui donner une seconde chance. Je suis de ceux qui pensent que tout le monde ne le mérite pas.

— Vous n'avez pas eu le choix ? C'est comme pour moi ? Vous avez eu pitié, c'est ça ? glousse-t-elle.

Elle se pelotonne contre mon torse et bordel, j'ai presque envie qu'elle s'endorme pour que je puisse la garder entre mes bras des heures durant.

— C'est un peu plus compliqué que cela, j'en ai bien peur. Pour tout vous dire, je participe à un programme de réinsertion, pour aider les anciens prisonniers à reprendre leur vie en main. Normalement, je n'ai pas le droit de choisir qui je peux engager ou non. Lorsque j'ai une place, j'en parle à l'association et ils m'envoient la personne qui convient le mieux. Je trouvais cela très juste. Qui suis-je pour les juger ? J'ai cependant mis un point d'honneur à refuser toute personne ayant commis de près ou de loin un crime ayant rapport avec le vol. Vous comprendrez que je ne pouvais jouer avec la réputation de mon entreprise.

— Oh que oui. J'aurais eu des palpitations si un ancien voleur s'était approché de mon sapin de Noël de six mètres avec toutes ses sublimes décorations. Alors de nos œuvres…

— Eh bien pour ma part, la tachycardie a commencé lorsque Jamison est arrivé ici. J'ai tout de suite vu que cet homme avait un comportement étrange, et un regard plus que dérangeant sur mon personnel féminin. Il s'est même rapidement entiché de Lilly, qui avait peur de lui. Au lieu d'appeler l'association pour leur demander des comptes et les mettre dans une mauvaise situation au cas où Jamison ferait un faux pas, j'ai fait des recherches sur internet et j'ai réalisé que cet homme était un violeur. C'est là que je lui ai collé toute ma foutue sécurité au cul. Il ne pouvait pas faire un pas sans être observé soit par mes caméras, soit par mes hommes. Malheureusement, le suivre aux toilettes est interdit donc… ils sont restés à leur poste, et c'est Lilly qui m'a contacté en urgence lorsqu'il a débarqué ici.

— Ah, alors techniquement, c'est elle qui m'a sauvée, et pas vous. J'ai toujours su que vous étiez méchant…

Je ris, même si je n'en ai pas trop envie. Je ris, parce que c'est l'effet qu'elle a sur moi.

Un plaisir qui n'a aucune limite, pas même celles que j'essaye d'imposer dans ma propre entreprise. Ou dans ma propre vie. C'est peut-être la raison pour laquelle je la serre toujours aussi fort, même si elle a cessé de trembler et d'avoir peur.

Lorsque nous finissons par nous relever, je la relâche enfin, à contrecœur. Elle tremble un peu, ce qui me donne aussitôt envie de la presser contre moi, même si je sais qu'elle n'a plus aucune crainte. Même si je sais qu'elle a juste un peu froid, maintenant qu'elle n'est plus au chaud, au creux de mes bras.

Mes nerfs se tendent.

Mes muscles se crispent.

J'ai besoin d'elle. J'ai besoin d'elle là, maintenant, tout contre moi. Et ça me tue, de ressentir tout ça alors que je hais les gens. Ça me tue, de ne pas la détester. Je voudrais que tout soit comme avant, dans ma vie. Que tout soit parfait, ordonné, avec mes employés qui me craignent et baissent les yeux face à moi. Mais il y a Siana, à présent, dans mon univers. Et elle est en train de le chambouler, bordel.

Je fronce les sourcils en la fusillant du regard, mais, perdue dans ses pensées, elle n'en voit rien.

Elle semble éreintée, épuisée, paumée.

Et quelque part au fond de ma poitrine, mon cœur palpite, s'agite, se blesse à la seule pensée de s'éloigner d'elle.

Bordel.

Je me détourne pour essayer de combattre ce besoin devenu maladif, celui de l'enlacer, de la toucher, de l'embrasser, et je me lave les mains de tout ce sang. Lorsque je l'emmène près de son sapin, je souhaite juste lui faire croire que je veux qu'elle observe la rue, l'immense place où nous nous trouvons, le Rockfeller que l'on aperçoit tout près de nous pour qu'elle se calme. En toute honnêteté, je sais que ce foutu arbre gigantesque est la seule chose qui pourra vraiment l'apaiser, la calmer et la mettre en joie.

Je reste tout près de Siana, sans la toucher, même si j'ai le besoin presque vital de passer les bras autour d'elle et de la prendre contre moi.

Son regard effleure la grande place et sa patinoire gigantesque, avant de venir se poser sur sa création.

Elle tapote un hotdog à paillettes et glousse comme une enfant.

Je soupire. Ce n'est plus du dépit que je ressens à ce stade de la semaine, mais de la résignation. Cette femme est folle. C'est tout. Elle a foutu des putains de saucisses à paillettes dans ce sapin ! Dans *mon* hall d'accueil. Peut-être que je suis dans le coma, ou que je suis mort, et que je suis arrivé en enfer, en fait.

— Souhaitez-vous aller marcher dehors quelques instants ? Je peux vous escorter.

Ma proposition accroche un joli sourire à ses lèvres, comme si elle la trouvait charmante, altruiste ou pire, gentille. Je ne suis pas gentil, bordel de merde. Je veux juste être seul avec elle !

— Non ça va aller, merci. Et puis mon patron ne sera pas content si je ne me remets pas au travail.

— Votre patron est tout à fait conscient que vous prenez sur votre pause déjeuner, là, me moqué-je.

— Je n'ai pas très faim. Je préfère me remettre au travail.

Pour essayer d'oublier un peu ce qu'il vient de se passer, sûrement.

— D'accord. Allez appeler l'ascenseur, je vous rejoins dans une seconde.

Siana hoche la tête, et disparaît à l'autre bout du hall. Je me dirige aussitôt vers Tricia et Lilly, avant d'agripper le comptoir de toutes mes forces.

— Si Jamison n'est pas en prison d'ici ce soir pour agression, coups et blessures volontaires, et harcèlement sexuel, je le retrouverai, et je le tuerai de mes mains, c'est clair ? Faites passer le mot à qui de droit.

Lilly couine, et file vers son bureau pour prendre son téléphone et contacter l'équipe de police qui est venue récupérer ce salopard.

Moi, je rejoins Siana et je meurs d'envie de la calmer. De l'apaiser. Sauf que je ne sais pas comment faire.

Les bras serrés autour de son corps, le regard baissé, je ne l'ai vue qu'une seule fois dans cet état. C'est lorsqu'elle m'a parlé à demi-mot d'Andrew et de ce qu'il lui avait fait.

D'un geste un peu nerveux, elle pince le tissu de sa chemise gris perle, lisse celui de sa petite jupe noire. Aujourd'hui, elle a troqué ses chaussettes hautes beaucoup trop sexy pour des bas encore plus sensuels. Elle est renversante. À chaque fois qu'elle fait un pas, à chaque fois que les fentes de sa jupe s'écartent, ils laissent apercevoir la dentelle de ses jarretelles. Ça me rend dingue. Le désir que je ressens quand je suis près d'elle ne s'estompe que lentement au fil de la journée, et explose quand nous quittons tous les deux *Sullivan Inc.*, le soir. J'ai tout fait pour essayer d'éviter de sortir en même temps qu'elle, j'ai tout fait pour y résister, mais dès que je la vois se lever et s'étirer, le soir venu, j'attrape mon manteau et je l'attends près de l'ascenseur.

C'est mon rituel, mon truc, mon… obsession.

Et aujourd'hui, cette femme qui m'obsède ne va pas bien du tout.

Alors… Je craque totalement et l'entoure de mes bras, la laissant me serrer aussi fort qu'elle le désire puis, avant d'arriver à notre étage, je sors ma carte magnétique et déverrouille l'étage 31.

— Oh, on dirait que j'ai mérité ma surprise ! couine-t-elle.

— Techniquement, vous êtes toujours une épine impossible à oublier, miss Cactus. Mais il est aussi temps de se mettre au boulot. J'ai fait traîner les choses. Je n'aurais pas dû.

En réalité, je ne voulais pas me retrouver seul avec elle là-haut. C'était trop dangereux pour mon esprit sulfureux, trop lourd pour mes pensées alors qu'elle fait tomber toutes mes barrières. Mais elle en a besoin, de ce petit cadeau. Et puis techniquement, c'est vraiment du travail que nous allons fournir au dernier étage.

Quand les portes s'ouvrent sur un immense espace ouvert, illuminé de tous côtés par les vitres du bâtiment, Siana exulte. Pas à cause de la vue spectaculaire, pas à cause des rayons de soleil qui se faufilent jusqu'à nous. Elle n'a d'yeux que pour les étagères où s'inscrivent des noms qu'elle reconnaît forcément. Matisse, Monet, Renoir, Rembrandt.

Je règle le dispositif spécial que j'ai conçu, à l'entrée de la pièce, et les volets tombent lentement sur toutes les fenêtres. Je sors alors une boîte de bois épais, la dépose sur la table au centre de la pièce, et dès que la luminosité est assez tamisée pour ne pas endommager l'œuvre, j'ouvre son écrin.

— Enfilez des gants, mademoiselle Pérez. C'est vous qui allez examiner cette œuvre.

Je souris quand je la vois figée devant l'un des Nymphéas de Monet.

— C'est ça, la surprise que vous aviez pour moi en début de semaine ?

— Oui. L'un de mes clients me l'a confié, et après avoir étudié votre CV avec attention, j'ai su que ce travail serait pour vous.

— C'est une de mes séries de toiles préférées, soupire-t-elle. Elle est magnifique.

Siana n'attend pas plus longtemps pour se préparer. Je lui ouvre un lourd tiroir sous la table, d'où elle sort des gants en coton blanc, un masque, et une loupe énorme. Puis elle allume la lampe qui se trouve juste au-dessus de nous, et je disparais totalement de sa vue tandis qu'elle étudie la toile, prenant des centaines de notes sur un calepin. Son écriture est belle, toute en courbes. Comme elle.

Je l'abandonne pour reprendre mes activités, et alors que la nuit tombe doucement, je vais la retrouver, toujours penchée sur ses nénuphars.

— Siana, il est l'heure pour vous de rentrer, maintenant.

— Vraiment ? Quelle heure est-il ?

— Presque vingt-et-une heures.

— Déjà ? Mon Dieu, je n'ai pas vu le temps passer !

Elle remet la toile dans sa boîte.

— Laissez-la sur la table. Vous reprendrez lundi. Avez-vous une première estimation à me fournir.

— Oh là là, j'ai encore tellement de travail dessus ! Mais on dépasse les quinze millions, Monsieur. On les dépasse largement ! Ce tableau est spectaculaire et dans un état incroyable !

Je vois qu'elle a sorti tout un tas d'instruments pour nettoyer la toile. La connaissant un peu, je suis certain qu'elle est plus que consciencieuse dans ce qu'elle entreprend.

Elle ôte son masque, ses gants, qu'elle dépose loin de la caisse, comme s'ils pouvaient contaminer le tableau. Ça me fait sourire.

— Et si vous jetiez un œil à la vue, maintenant que vous en avez terminé ici ? Je suis sûr qu'elle vous plaira.

Je suis étonné qu'elle ne l'ait pas encore fait, mais elle était tellement prise dans son boulot !

Impatiente, elle trottine jusqu'aux vitres, tandis que les stores se relèvent doucement.

— Oh… souffle-t-elle si fort qu'un nuage de buée se forme devant elle.

Alors elle se décale, et se décale encore, faisant petit à petit tout le tour de l'étage. Elle contemple les lumières, en bas, comme s'il s'agissait d'étoiles tombées à ses pieds, et je la trouve plus belle que jamais. Là, juste avec moi, en toute simplicité.

— Vous m'en voudriez si je vous disais que j'ai envie de coller des stickers en flocons de neige partout sur ces vitres ?

— Oui. Et vous savez quoi ? Je les décollerai un à un pour vous les mettre où je pense…

— Barbare !

J'éclate de rire, et glisse la main dans la sienne, avant de me figer. Et de l'ôter. J'ai beau détester qu'on me touche, qu'on m'approche ; j'ai beau détester les gens et leur mesquinerie, leurs mensonges, je suis tellement attiré par cette femme qu'avec elle, je suis incapable de me contrôler. Et ça m'énerve, bon sang. Ça m'énerve de l'effleurer, d'aimer ça et d'en vouloir plus. Tellement plus que je pourrais en crever d'un manque cruel, dès ce soir, loin de sa présence. De ses sourires. De ses horribles décorations de Noël.

Pourquoi est-ce qu'elle me fait ça, bon sang ? Pourquoi est-ce qu'elle est aussi belle, cruelle et attirante ? Je voudrais pouvoir me déconnecter de mes émotions, de mes sentiments, et la traiter comme je traite tous les employés de cette boîte. Comme s'ils n'étaient rien pour moi. Mais. C'est. Impossible.

— Venez, vous avez mérité votre week-end, déclaré-je en l'entraînant vers l'ascenseur.

Je boucle le dernier étage grâce à ma carte magnétique, puis nous redescendons dans notre fief, où elle s'installe à son bureau afin de fermer son ordinateur.

C'est là que ses joues rougissent et que ses yeux deviennent tout brillants.

— Vous allez bien ? ricané-je.

— Oui ! Oui ! Je… je viens juste de recevoir une bonne nouvelle, c'est tout. Il faudrait que je consulte mes mails plus souvent.

— Je rêve où vous étiez sur votre messagerie privée au boulot ?

Je grogne, mais c'est juste pour mon rôle de gros méchant.

— Hé, vous venez de me dire que j'étais en week-end, alors j'ai le droit !

Elle ferme son poste de travail, se lève d'un bond et attrape son téléphone pour envoyer un message. Elle le pose ensuite près de moi et s'éloigne pour enfiler son écharpe et son manteau. Puis elle éteint la bougie dans la petite maison blanche aux fenêtres illuminées, et elle éteint les guirlandes électriques et tous les sapins lumineux dispersés dans son bureau. J'ai l'étrange impression qu'il y en a tous les jours un peu plus.

Quand son smartphone buzz, je me penche un peu pour lire.

« Je suis riiiiiiiiiiche !!!!!! » a-t-elle écrit à Leilani.

Ce qui me fait sourire. Andrew a donc bien fait son virement. Je ne sais pas pourquoi, mais je sens un poids en moins sur ma poitrine, comme si j'avais peur qu'il se foute de tout. D'elle, surtout. Je l'aurais tellement massacré s'il avait fait la connerie de la prendre pour une idiote.

« Boite de nuit et cocktails à gogo ce soir pour nous, alors ! »

Je retiens un grognement. Le simple fait d'imaginer Siana en robe en train de se trémousser contre d'autres hommes me fout en rogne.

Quand elle récupère sa mallette et son téléphone, je mets mon manteau, et nous ressortons tous les deux sans plus tarder.

— Je vous ramène ? proposé-je.

La nuit est claire. Le gel brille déjà sur les façades des bâtiments.

Au loin, la patinoire résonne de bruit et de vie, ce qui attire un instant son regard. J'ai l'impression qu'elle meurt d'envie d'y aller, mais trop fatiguée, elle finit par bâiller.

— Désolée, glousse-t-elle. Oui, je veux bien, merci. Vous n'avez pas trop peur pour votre voiture ?

— Maintenant que je sais qu'il y a un vieux pneu de rechange sous votre lit, non, je ne crains plus rien.

Son rire cristallin embellit la nuit.

Je la conduis jusqu'à chez elle, et observe les alentours juste au cas où. Mis à part les décorations tape-à-l'œil, hideuses et flashy à toutes les fenêtres, le quartier est désert. Entre les immeubles, des guirlandes d'étoiles lumineuses dansent dans le vent, et des banderoles de branchages et de nœuds rouges sont suspendues au-dessus de la route. Je suis sûr qu'elle y est pour quelque chose. M'est avis qu'elle est la reine des représentants du quartier, et qu'elle gère la partie « Noël » d'une main de maître.

— Ne vous en faites pas, c'est vendredi, personne ne traîne dans les rues.

— Pourquoi ?

— C'est la fin de la semaine, allons ! Tout le monde va chez Vinnie pour boire un verre. Et en plus, on peut y entrer avec un couteau de cuisine. Vinnie n'est pas regardant tant qu'on paye sa consommation.

— Et vous ?

— Est-ce que je suis regardante ?

— Est-ce que vous allez sortir ?

— Oh non, je vais aller me coucher. Sauf si Lani arrive à me faire du chantage pour que je sorte avec elle.

— Et ça arrive souvent ?

— Presque à chaque fois qu'elle veut sortir, rit Siana. En général, je ne suis pas très dure à convaincre, parce qu'elle me menace de faire du chou et de laisser la porte de ma chambre ouverte durant les trois heures de cuisson.

Elle m'entraîne dans son sillage, parfumé aux fragrances de luxe dont elle embaume, et nous montons chez elle, où Lani l'attend avec impatience.

— Chérie, on est riches ! s'écrie-t-elle la porte à peine ouverte. Oh oh, je n'avais pas vu que tu avais de la compagnie.

— Leilani, dis-je d'un ton calme.

— Hé ! Pourquoi est-ce que je suis « mademoiselle Pérez » et elle, déjà « Leilani » ?

— Parce que vous êtes mon employée, et qu'il serait inconvenant de vous appeler par votre prénom.

— Alors qu'avec moi il peut être inconvenant autant qu'il le souhaite, ronronne Lani.

Siana la fusille du regard. La jeune femme est alanguie dans le canapé, vêtue d'un tailleur-pantalon crème qui met sa peau noire en valeur. Elle a beau être sublime et me faire les yeux doux, mon cœur reste dur et froid face à ses yeux pétillants. Quand je pose les miens sur Siana, en revanche, c'est une tempête qui s'élève au fond de moi. C'est mon sang qui se met à me brûler le corps. C'est… Toute mon âme qui s'enflamme sans s'arrêter.

— Venez vous asseoir, monsieur Sullivan. Vous prenez un verre avec nous ? Je peux préparer mon cocktail signature.

— Qui est ?

— Menthe, grenadine, gin, citron, céleri et vodka.

— Je vais passer mon tour, mais merci pour la proposition.

— Quoi ? C'est le céleri ou la grenadine qui vous fait peur ?

— Les deux, sûrement, glousse Siana.

— Je me sens incomprise…

— Bon, je vais vous laisser. Leilani, c'était un plaisir de vous revoir. Vous semblez moins diabolique qu'entourée d'un nuage de vapeur au chou. Mademoiselle Pérez, on se revoit lundi.

— Je vous accompagne en bas.

— Pas de bêtises dans l'ascenseur ! se moque la colocataire. N'est pas monsieur Grey qui veut…

— Désolé de vous décevoir, Lani, mais une femme ne jouit pas en quelques secondes dans une cage métallique, or je veille toujours à ce que mes partenaires prennent du plaisir.

Je lui lance un clin d'œil qui la fait hoqueter de contentement, et nous descendons dans le petit hall déserté de l'immeuble.

Je crois qu'il est décoré.

Je crois qu'il clignote de partout.

Mais je ne vois rien d'autre qu'elle. Que Siana.

— Je pense que vous avez fait de l'effet à ma colocataire, marmonne-t-elle.

— Ah ? Parce qu'elle n'est pas comme ça avec tout le monde ?

— Si. Mais vous êtes spécial, monsieur Sullivan.

Elle s'adosse à la porte d'entrée, et me regarde avec un beau sourire.

— Comment ?

— C'est votre regard. Il est si énigmatique que personne ne sait jamais ce que vous pensez. Ça intrigue.

— Peut-être que je ne pense à rien d'intéressant. Ou peut-être que je pense à…

Mon pouls s'emballe. Mon sang me brûle.

Je regarde ses lèvres, ses jambes parfaites, ses talons aiguilles d'un rouge qui attire l'attention.

— À vous embrasser, dis-je alors. Peut-être que je ne pense qu'à ça jour et nuit.

— Je ne crois pas, sourit-elle. Je suis votre employée, ce serait pécher.

Je m'approche d'elle, un pas après l'autre jusqu'à l'acculer à cette porte, puis j'agrippe sa mâchoire douce et la force à me regarder dans les yeux.

Elle sourit encore.

— Vous n'avez pas peur de moi. Ça n'est même jamais arrivé.

— Pourquoi est-ce que j'aurais peur ?

— J'ai la réputation d'être…

— Je me moque de ce que les gens pensent de vous, Knox.

— Monsieur Sullivan, la corrigé-je d'une voix dure, même si je passe mon temps à bousiller toutes les barrières que j'essaye encore d'ériger entre nous.

— Je me moque de ce que les gens pensent de vous, monsieur Sullivan. Les rumeurs m'insupportent. Seuls les actes ont une réelle valeur à mes yeux, et vous avez déjà prouvé votre valeur de nombreuses fois. Alors n'essayez pas de me faire peur. Je sais que vous ne blesseriez jamais quelqu'un que vous…

— Que je quoi ? grogné-je.

— Que vous estimez un tant soit peu.

— Je n'estime personne à part moi, mademoiselle Pérez, grogné-je en m'approchant si près d'elle que ma bouche effleure la sienne.

Mon poing est serré contre la porte. Mon autre main caresse délicatement la courbe de sa mâchoire.

— Mentez-vous autant que vous le souhaitez, mais…

— Taisez-vous.

Mon ordre claque et lui fait froncer les sourcils. Elle n'aime pas les ordres. Ça tombe mal, j'adore en donner.

— Taisez-vous, mademoiselle Pérez. Il n'est plus l'heure pour parler de mes quatre vérités.

— Alors quelle heure est-il, s'il vous plaît ?

— Celle de vous embrasser.

Ses joues se colorent, ses lèvres s'entrouvrent. Mais ce n'est que lorsqu'elle passe les bras autour de mon cou pour m'approcher d'elle que je plaque violemment la bouche sur la sienne, et que je l'embrasse, la déguste, la réclame jusqu'à ce qu'elle manque de souffle. Alors elle recule un peu, une seconde, juste une seconde, puis je l'envahis à nouveau. Puis je la dévore à nouveau.

Ses formes épousent mes muscles tendus et, désireux de la sentir tout contre moi, je libère sa mâchoire et ouvre les boutons de mon caban, jusqu'à ce que sa chaleur se mêle à la mienne.

Je ne reconnais plus rien autour de moi.

Je ne suis plus rien, lorsque je suis avec Siana.

D'un geste brusque, je passe la main sous sa jupe et relève sa jambe. Agrippe ses fesses. Trace les contours de dentelle de ses porte-jarretelles.

Son corps tout entier se cambre et ondule contre le mien, si bien que je la plaque à la porte pour qu'elle cesse de bouger. Pour qu'elle se retrouve épinglée. Ça m'évitera de jouir tellement fort que je gémirais contre ses lèvres.

Mais mon sexe dur et tendu est toujours niché entre ses cuisses charnues, et je me presse plus fort contre elle. Plus fort. Jusqu'à ce que ce soit elle qui manque de jouir contre moi.

Et j'aime ça. J'aime ses petits gémissements sonores qui font vibrer ma langue enfoncée dans sa bouche, j'aime ses griffes qui éraflent ma nuque et agrippent mes cheveux. Mais ce que je ne lui dis pas, c'est que si je suis à deux doigts de la faire jouir, c'est pour qu'elle ne pense qu'à moi, rien qu'à moi, si ce soir elle a l'audace de sortir.

Lorsque je la relâche enfin, je plaque les poings de part et d'autre de sa jolie petite tête, histoire de ne pas me remettre à la toucher. À l'effleurer. Et je plonge dans son regard sombre ponctué d'étoiles.

— Passez un bon week-end, mademoiselle Pérez, et tâchez d'être sage. Je vous veux en pleine forme lundi matin.

— Moi ? En forme ? Mon cycle de sommeil s'approche, en ce moment, de celui d'une gerbille hyperactive.

— Alors remontez vous reposer un peu, ça vous fera du bien.

— Arrêtez de sous-entendre que j'ai une tête de zombie.

— Si vous aviez une tête de zombie, je n'aurais pas encore envie de vous embrasser, miss Cactus.

Je lui souris, et elle se décale avant de m'ouvrir la porte, un grand sourire sur les lèvres. Une immense couronne est accrochée là, ourlée de petites lumières dorées qui donnent à son teint, à ses pommettes rosées, des nuances irréelles.

— Je vois bien que vous en avez envie, Monsieur. Mais je vous préviens, je ne céderai plus à vos avances tant que vous n'aurez pas dit que mon sapin de Noël dans vos locaux est sublime.

— Ça n'arrivera jamais…

— Alors adieu ! lance-t-elle en haussant le menton avec fierté. Enfin, à lundi hein, qu'on soit bien d'accord, je ne viens pas de démissionner.

J'éclate de rire, remonte en voiture et je prends le chemin de mon appartement.

C'est là que Marguerite m'appelle à nouveau.

— Grand-mère, soupiré-je en décrochant.

— Knox, j'ai oublié de te parler de ta visite pour les fêtes de Noël. Tu passes bien dix jours à la maison avec nous, comme d'habitude ? Il me faut la réponse immédiatement, que je puisse m'organiser.

— Bien sûr.

J'aimerais décliner, mais j'en entendrais parler durant des années. Dix jours de sacrifice, ce n'est pas si terrible comparé à une éternité de reproches.

— Parfait. Je t'attends donc dans quatorze jours. Ton père et sa morue seront là, et toi, tu viens bien avec ta fiancée, n'est-ce pas ?

— Oui, elle sera là également.

— Magnifique ! Nous avons tous hâte de la rencontrer, depuis le temps qu'elle est dans ta vie.

— Six mois, Grand-mère, ce n'est pas tant que ça.

— Allons, bien sûr que c'est déjà beaucoup. J'espère en tout cas que ce n'est pas une morue, elle aussi. Vous me prenez pour quoi à la fin ? Un fichu aquarium ?

Elle raccroche, me laissant à peine le temps de grogner.

Bordel.

Il me reste quinze jours avant le moment fatidique. Celui de la présentation à ma famille de dingues. Qu'est-ce que je vais bien pouvoir faire, franchement ? Je suis presque en train de me dire que simuler ma mort et disparaître pour toujours serait le plus facile.

Chapitre 17 — Siana

— Je ne sortirai pas, même si tu me menaces d'une mort lente, et d'une intoxication à la tisane au chou, bougonné-je en m'étirant dans le canapé d'angle.

Mon sapin clignote gaiement. Ainsi que toutes les autres décorations de la maison. En plus, j'ai déjà enfilé ma grenouillère de lutine. Je. Reste. Ici. Toute la soirée.

— Tu n'es pas drôle ! On a tes nouveaux dollars à dépenser !

Je lui ai expliqué, tout émue, qu'Andrew avait fait amende honorable après avoir réalisé à quel point il m'avait blessée. J'en suis encore toute retournée. Mais après toutes les émotions de la semaine, je ne suis pas prête à danser jusqu'au bout de la nuit. Je tiens à peine debout, et j'ai envie de pleurer de joie, de plaisir, de soulagement, et de tout un tas d'autres émotions que j'ai du mal à déchiffrer moi-même.

— En plus, si tu retournes auprès de Knox avec des suçons plein le cou, il va devenir sauvage.

— Parce que tu l'appelles par son prénom toi aussi, maintenant ? grommelé-je.

— Oh allez, tu sais bien que je ne lui ai fait les yeux doux que pour jauger sa réaction et… rien. Il n'a rien ressenti pour moi, ou pour mes petits sourires. Il n'a eu aucune étoile dans les yeux sauf quand…

— Quand quoi ? hoqueté-je, la gorge nouée.

— Sauf quand tu lui as proposé de l'accompagner en bas ! Non, mais c'est fou, je lui fais du charme et il est hermétique, et toi, tu parles de le raccompagner dans un hall au fin fond du Queens et il donne l'impression d'avoir reçu le plus beau cadeau de Noël ! Cet homme est dingue de toi, Siana ! Il faut que l'un de vous fasse le premier pas.

— Tu veux dire comme… Laisse-moi réfléchir… me plaquer à la porte de sortie glaciale de l'immeuble et m'embrasser jusqu'à ce que ma peau soit brûlante et en veuille plus ?

— Oui, quelque chose comme ça. C'est vachement graphique, quand même. Oh… Mais attends… Ça s'est vraiment passé ? hurle Lani.

— Peut-être bien.

— Ma grande, tu as intérêt à me dire que tout ça sort de ton imagination débridée, parce que si tu as attendu de mettre ton pyjama d'elfe avant de me donner une information pareille, je te jure que je te tue.

J'éclate de rire en lui lançant un coussin, et je finis par lui raconter tout ce qu'il s'est passé, avant d'oser parler de Jamison. Mon cœur tombe à moitié en miettes, mais ces petits restes fragiles semblent avoir été remis en place par toutes les attentions de Knox à mon égard.

Je suis incapable de le cerner, incapable de dire si je l'adore ou si je le déteste — les deux, sûrement, selon les jours — mais une chose est sûre, il ne me laisse ni indifférente ni désintéressée.

Je me couche tôt ce jour-là, et je dors bien. Sereinement. J'ai l'impression de retrouver un peu de cette vie insouciante et parfaite que j'avais avant mon renvoi, ça me fait du bien.

Le samedi matin, je prépare les pancakes de Noël pour notre petit déjeuner. Leilani me rejoint à huit heures en bâillant et en trainant des pieds, puis elle s'assoit devant son assiette.

— Qu'est-ce que c'est que ce truc ? On dirait un chien passé sous un rouleau compresseur.

— C'est un pancake en forme de renne ! m'exclamé-je. Avec des oreilles en bacon et des Smarties plantés dans la chantilly pour faire son petit nez rouge. Il est adorable, je te signale.

— Pour un renne zombie, peut-être…

— Tu ne le mérites pas !

Avant que j'aie pu lui retirer son assiette, elle s'y agrippe et dévore quand même mon offrande sucrée.

— Demain, c'est toi qui cuisines, pour la peine, la menacé-je. Non mais…

— D'accord, d'accord. Je suis justement en train de mettre au point une super recette de brownies au poireau et…

— Non, ce sera des pancakes, c'est clair ? Je ne veux pas être ton cobaye pour cette horreur.

— Tu es une très, très mauvaise amie, Siana. Heureusement, pour la peine, nous sortons toute la journée !

— Où ? demandé-je, sceptique.

— Là où le vent nous portera. Non je rigole, on va faire les boutiques à Manhattan pour dépenser un peu. Tu dois t'acheter un manteau, une nuisette sexy parce que j'en ai marre de te voir errer dans la maison avec tes joggings de catcheur XXXXXXL et je pensais qu'on pourrait aller patiner au Rockfeller.

Je la regarde avec de grands yeux amusés.

Elle sourit de toutes ses dents.

— Tenue de fête ? couiné-je.

— Évidemment !

Nous terminons notre petit-déjeuner en vitesse, et le temps de nous préparer, on se retrouve dans le salon vêtues de nos plus beaux atours. Leilani porte un petit pull à rayures blanches et vertes avec un Rudolph à paillettes sur le devant, une jupe émeraude, des collants blancs épais et des petits tennis rouges avec un lacet en soie. Pour ma part, j'ai opté pour l'un de mes leggings préférés de ma collection d'hiver : le rouge pétant irisé, avec mes bottines crème à fourrure et un pull écru orné de petits sapins carmin sur lesquels sont brodées de jolies perles pour imiter les décorations de saison.

— Ouh, tu as sorti les leggings sexy ! lance Leilani.

— Crois-moi, si je sortais mes leggings sexy, tu le saurais. Ça, c'est l'entrée de gamme, ricané-je.

Les autres, je les garde pour les jeux dans la chambre. Enfin, quand j'avais encore une vie sexuelle active, parce que là, c'est la traversée du désert. Et pas le petit désert de Gobi, non, mais limite celui de Mars, où c'est la planète entière qui est désertique.

Lani enfile son épais manteau brun à la capuche en moumoute, et je mets ma petite veste avec la longue écharpe de Knox. J'inspire alors lentement son parfum luxueux et excitant, puis réalise que mon amie me regarde bizarrement.

— Quoi, j'ai le droit de respirer, non ?

— Tu respires ou tu sniffes les dernières molécules de l'odeur de ton patron ? Non parce qu'à un moment, tu vas ressembler à une junkie.

— Pfff…

Je la pousse hors de l'appartement, et à dix heures, nous arrivons à Manhattan sous un soleil extraordinaire, et des températures qui me gèlent les jambonneaux. Je savais que j'aurais dû mettre des leggings sous mes leggings.

Avec Lani, nous n'avons pas le temps de nous plaindre du froid : nous sortons à peine du métro qu'une chorale se met à entonner des chants de Noël en pleine rue. Les six chanteurs sont vêtus en Père Noël, et lorsqu'ils penchent la tête de droite à gauche avec enthousiasme, les grelots de leurs bonnets ajoutent à la mélodie. Nous les écoutons durant plus d'un quart d'heure, pressées l'une contre l'autre, les yeux brillants et les cordes vocales en souffrance, à force de chanter en même temps qu'eux. Et mal. Qui aurait pu penser que nous pourrions massacrer *Santa Baby* au point de nous faire fusiller du regard par la foule ? Et la joie de vivre durant les fêtes, elle est où ?

— Viens, on s'en va avant de se faire lancer des donuts à la figure, marmonné-je.

Leilani commence à faire quelques magasins, choisissant ceux avec la plus belle des décorations en façade. Je la suis, lui donne mon avis, et me moque de ses pires achats. Pour ma part, j'ai une petite liste de boutiques précises à arpenter, étant donné que les boutiques de luxe et de créateurs n'ont pas forcément ma taille en rayon.

Je finis par trouver mon bonheur dans une petite échoppe trop jolie, où je suis entrée parce qu'il y avait deux grands sapins magnifiques de chaque côté de la porte. Des sapins décorés d'or et de lumière. Mes préférés !

— Oh mon Dieu ! Ce manteau te va trop bien ! Il met tellement en valeur ton teint doré, s'exclame Lani.

J'avoue qu'il est canon. Il est en pilou d'un rouge framboise somptueux, avec des poches dorées et une capuche un peu pointue sur laquelle sont cousus des petits pompons blancs et quelques grelots. Il est magnifique !

Je l'achète, impatiente de le mettre en machine pour le porter dès lundi, et Lani me traîne ensuite dans sa boutique de lingerie favorite.

J'y traîne un peu des pieds. C'est que je me suis habituée à mes joggings…

Lani me décroche une nuisette en satin bordeaux et dentelle noire, et une seconde d'un blanc virginal, avec un superbe bustier brodé, et des voiles tout à fait transparents.

J'hésite à les prendre.

— Va les essayer, ma chérie. Ces six derniers mois ont été tellement difficiles pour toi, ça m'a fait mal, je te jure, de te voir pleurer tous les jours. Tu as été déprimée, en colère, dégoûtée et tu as fini par te détester un tout petit peu. Tu as besoin, vraiment besoin de reprendre confiance en toi.

— Avec de la lingerie ?

— Oui. Tu verras à quel point tu es sexy, même avec les mini kilos que tu as pris pendant ta descente aux enfers.

— J'en ai pris cinq, et ils ne sont pas mini…

— Pfff, tu as tout pris dans les nénés, je te signale.

J'éclate de rire, puis suis ses recommandations et c'est vrai que ça fait du bien, de se sentir jolie. J'avais déjà repris un peu vie en travaillant tous les jours, en m'habillant pour de vrai et pas avec des vêtements pleins de chips. Mais là, je réalise que Lani a raison. J'ai besoin de reprendre confiance.

J'achète les deux tenues qu'elle m'a choisies, puis à midi, nous allons manger des hotdogs tout chauds avant de nous diriger vers Rockfeller. Là, nous admirons l'immense sapin, puis nous allons louer des patins avant de nous lancer sur la patinoire, tous nos sacs en main.

Je ris comme ça ne m'était plus arrivé depuis longtemps. Main dans la main avec Lani, nous patinons jusqu'à ce que la nuit tombe doucement et que quelques flocons se mettent à tomber sur nous.

Il y a tellement de lumières et de guirlandes électriques autour de nous que tout brille de partout, c'est magique ! Le pire, c'est que mon legging rouge à paillettes réverbère chaque rayon de lumière. J'ai l'impression que mes fesses sont une boule à facettes géante !

C'est là que j'aperçois quelques lumières chez *Sullivan Inc*.

Je me demande si c'est le personnel d'entretien qui s'occupe des locaux, ou si Knox est en train de travailler. Les deux, probablement. Cet homme…

Je tourbillonne sur moi-même, entre en collision avec Leilani qui grogne et glousse comme un dindon, et c'est là que je l'aperçois.

Knox.

Un petit sourire en coin sur les lèvres.

Adossé à la rambarde de la patinoire, juste devant la statue en or de Prométhée. Et de ce fait, juste devant le magnifique sapin du Rockfeller. Comme s'il savait que je n'aurais pas pu passer plus de cinq minutes sans tourner ma tête dans cette direction.

— Oh… Mon… Dieu, souffle Lani, je rêve ou tu as un admirateur ?

— Je crois qu'il ne m'a même pas vue, bougonné-je.

— Ouais ouais, c'est pour ça qu'il regarde droit vers toi. Et qu'il semble t'attendre.

Cette traitresse me met soudain la main aux fesses, me faisant lâcher un petit couinement, puis elle me pousse de toutes ses forces, jusqu'à ce que je glisse vers mon patron.

— Salut ! lancé-je de façon un peu trop guillerette quand j'arrive près de lui.

Je toussote, l'observe, fantasme un petit peu. Son manteau impeccable lui donne un air si féroce, et je sais que sous ce tissu épais se cache une chemise blanche, moulante, et une cravate que je veux agripper pour l'attirer à moi. Est-ce que je dois lui parler de notre baiser d'hier soir ? Je ne sais pas. Oh mon Dieu, qu'est-ce que je dois dire, à présent ?

J'entrouvre les lèvres, mais la seule chose qui manque d'en sortir est un « embrasse-moi encore » un peu violent, exigeant, et totalement brûlant.

— Mademoiselle Pérez, ronronne-t-il.

J'ai presque l'impression qu'il est heureux de me voir. Et qu'il sait à quoi je pense !

— Je croyais que vous deviez vous reposer après votre nuit entière à faire la fête en boîte...

Je glousse, un grand sourire sur les lèvres. Nous sommes séparés par une minuscule barrière et pourtant, j'ai l'impression qu'il n'y a plus rien ni personne autour de nous.

— Je me suis endormie avant vingt-trois heures. Je crois qu'on peut dire que je suis une mamie.

Son sourire s'élargit. Se détend.

— Quoi ? Vous aviez peur que je sois trop fatiguée lundi, c'est ça ?

— Oui, c'est ça. J'avais peur que votre travail en pâtisse.

Sa voix est grondante ; j'ai l'impression qu'il me cache quelque chose et qu'il y a un peu plus, sous sa curiosité, mais qui sait avec cet homme ? Il est impossible à déchiffrer.

— Qu'est-ce que vous faites ici ? Ne me dites pas que vous souhaitez vous amuser un peu, je n'y croirais jamais, me moqué-je.

— Je… je vous ai aperçue depuis chez moi. Je voulais juste… vous apporter ça.

Il lève une main et pose un petit sac brun sur le rebord de la rambarde. Je l'ouvre, et pousse une exclamation de plaisir en voyant de sublimes donuts encore tout chauds à l'intérieur.

— Disons que vous étiez là depuis des heures, sans gants, sans bonnet. J'ai pensé que vous en auriez besoin.

— Oh… couiné-je.

Je me penche en avant pour le serrer contre moi, mais mes patins glissent et soudain, je me retrouve étalée par terre, sur la glace glaciale — oui, oui ! — et j'ai mal partout.

— Siana ! s'écrie Knox.

Il saute par-dessus la rambarde, m'aide à me relever et il me tient toute serrée contre lui.

— C'est une habitude chez vous, ma parole, grommelle-t-il avec colère.

— Comment ça ?

— Laissez tomber.

Leilani, qui se précipite vers nous, nous rentre dedans sans aucune douceur.

— Aïe ! Mes bleus ! marmonné-je.

— Désolée ! Ça va ? Tu ne t'es pas fait mal ?

— Bien sûr que si !

— Qu'est-ce qui s'est passé, bon sang ? On vient ici tous les ans et je ne t'ai jamais vue tomber une seule fois.

— Aujourd'hui, c'était différent.

— Pourquoi ? Parce que ton patron sexy t'a fait un petit sourire craquant ?

— Le patron en question entend tout, soupire Knox. Et il ne sourit pas.

— C'est même pas ça en plus. C'est parce qu'il m'a acheté des donuts tout chauds.

— Ouh, c'est encore mieux que les clins d'œil sexy.

— Parce que je suis supposé avoir fait des clins d'œil, maintenant ? se plaint Knox.

— Ce sera peut-être même encore plus que ça quand elle y repensera cette nuit, pas vrai Siana ? me taquine Lani.

— Toi, tu dégages ! Je ne fantasme jamais sur personne !

— Mais bien sûr. Allez, je vous laisse tous les deux parler un peu, je retourne patiner. Donne-moi tes sacs, ma chérie, tu auras les mains libres pour… tout ce que tu veux toucher.

Je lui tends mes paquets, sentant le coup fourré arriver sans savoir ce que ce sera exactement. C'est alors que Lani fait tomber mon petit sac noir et rose, renversant mes affaires sur la glace.

— Oh mince ! Je suis si maladroite ! s'exclame-t-elle en secouant la tête, et en étendant mes deux pièces de lingerie devant elle pour vérifier qu'elles sont intactes.

— Siana, tu ne m'en veux pas si j'ai malencontreusement fait chuter tes nouvelles nuisettes transparentes ?

— Je vais te tuer, chuchoté-je en les lui arrachant des mains pour les fourrer dans le sac.

Elle le récupère, part en riant, et quand je me retourne entre les bras de Knox, je réalise qu'il a les joues carmin et qu'il respire un peu fort.

— Je… je n'ai rien vu. Promis, gronde-t-il avec un petit sourire en coin qu'il ne peut s'empêcher de me lancer.

— C'est à cet instant que je dois mourir de honte, ou je peux attendre d'avoir mangé mes donuts ?

— Attendez un peu. Je les ai tous choisis exprès pour vous. Ce serait dommage de louper ça, non ?

— Hum, vous avez raison.

— Allez changer vos patins, je vous attends ici.

Je m'exécute, et finis par courir autour de la patinoire pour le rejoindre.

Knox a déposé son petit sac en papier sur un banc près de la fontaine de Prométhée. Je m'y assois immédiatement, le déchire et observe les magnifiques donuts qu'il m'a pris. Le premier est fourré au chocolat fondant, le second est à la cannelle et le dernier… Oh, il est si sublime ! Il est recouvert d'un glaçage blanc et dessus, de mini sapins en sucre sont disposés, entourés de petites perles rouges. Comment est-ce que je pourrais manger une beauté pareille ?

Knox s'assoit à côté de moi, en se demandant probablement pourquoi j'ai les larmes aux yeux.

C'est juste le plus beau cadeau que j'aie reçu depuis longtemps !

— Lequel voulez-vous ? demandé-je en mettant le paquet entre nous.

— Ils sont tous à vous, miss Cactus.

— Allons, le plus grand plaisir dans la pâtisserie, c'est de la partager avec des gens qu'on…

Qu'on... qu'on adore. Même si on les déteste aussi un peu parfois.

— Qu'on apprécie. Ou qui sont notre patron alors on leur doit le respect, tout ça tout ça.

Knox lève les yeux au ciel, puis attrape le donut au chocolat. Je dois avoir l'air d'être sur le point de faire une crise cardiaque, parce qu'il le repose pour prendre le blanc… Avant d'opter pour celui à la cannelle, à mon grand soulagement.

Je déguste mon encas avec un plaisir insensé, avant de lever la tête pour regarder le sapin qui s'élève au-dessus de nous. Quelques flocons tombent encore. Autour de la patinoire, les haut-parleurs résonnent de chants de Noël des années cinquante, et c'est parfait. Tout simplement parfait.

— Alors comme ça, vous travaillez le samedi ? Pourquoi ne suis-je pas étonnée ? lancé-je à mon patron.

Je nous partage le donut à la noix de coco, qu'il dévore, histoire de ne pas avoir à me répondre. Mais comme je le regarde avec insistance, il toussote et rougit.

— Je n'ai rien d'autre à faire de ma vie que de travailler, Mademoiselle.

— Vous n'avez pas d'amis ? Je peux vous prêter Leilani, si vous voulez.

— Non merci, mon appartement sent bon et je tiens à ce qu'il en reste ainsi.

Un petit gloussement m'échappe.

— Vous savez, prendre un peu de plaisir de temps en temps, c'est bien aussi.

— Je vois ça. Je… je suis d'accord.

Il balaye un petit sapin en sucre de ma manche, chiffonne le papier des donuts et s'approche un peu de moi.

— Je n'avais pas fait de pause dans mon travail depuis que j'ai créé *Sullivan Inc*. Et pourtant, quand je vous ai vue patiner, je suis descendu de mon bureau. Vous me rendez paresseux, miss Cactus.

— Ce n'est pas être paresseux que de prendre une pause après une semaine de six jours. Et maintenant, rentrez chez vous, Sullivan ! grogné-je. Ou c'est vous qui ne serez pas en forme lundi et si je vous vois somnoler sur votre clavier, croyez-moi, vous en entendrez parler jusqu'à la fin de votre vie !

Knox se lève. Je l'imite, parce que je me sens vraiment toute petite à côté de lui en temps normal, alors les fesses en train de geler sur un banc, c'est encore pire.

— Merci pour les donuts. C'était très attentionné.

Je rougis à mon tour, et mes yeux s'humidifient encore un peu. Mince alors, je vais finir par me transformer en crapaud, à la fin ! Les yeux globuleux, ce n'est franchement pas sexy. Peut-être que je peux dire que j'ai un flocon dans l'œil ?

— De rien. Si ça vous a fait plaisir, c'est le principal. À bientôt, mademoiselle Pérez. Et tentez de ne pas vous casser encore une fois la figure en rentrant.

— Hé, je ne suis tombée qu'une seule fois ! Aujourd'hui…

Il éclate de rire, et disparaît dans la foule, ce qui me rend étrangement triste.

Chapitre 18 — Siana

Nous sommes à peine rentrées à la maison que je mets mon manteau au lavage, puis au séchoir. Quand je remonte de la buanderie de l'immeuble, en pleine nuit, Leilani, affalée dans le canapé, me regarde avec dépit. Ses grosses chaussettes rouges sont décorées de petits pompons blancs et brodées d'un délicat et très sensible : « Tais-toi, je regarde un téléfilm de Noël ».

— Encore dans ton vieux jogging ?

Son reproche me fait bouder.

— Quoi ? Je n'allais pas mettre une nuisette pour faire la lessive, non plus.

En plus, je n'ai pas encore lavé ma lingerie. J'ai peur qu'elle me force à la porter, sinon.

— Tu as de la chance. Mais dès demain, je ne veux plus voir ces horreurs, c'est clair ?

— On verra, grommelé-je.

Je m'affale sur le canapé, lui tire la langue, et avant que nous ne comprenions comment, le week-end est déjà terminé et je suis devant chez *Sullivan Inc.* avec mon nouveau manteau super chaud.

Comme Knox vient de se garer sur sa place de parking, je le rejoins en trottinant et lui lance un « bonjour » sonore et heureux qui le fait un peu sourire, alors qu'il sort de sa Bentley.

— Bonjour à vous aussi, mademoiselle Pérez. Est-ce que je peux savoir pourquoi vous êtes déguisée en bouloche géante ?

J'entrouvre les lèvres, furieuse et choquée. Mon manteau en moumoute est super beau !

— C'est méchant, ça ! Je vous signale que je l'ai acheté grâce à vous, en plus, et à mes frais de représentation.

— Vous représentez quoi au juste, là ? Une fraise velue ?

— Je vais vous frapper, je vous préviens, marmonné-je.

J'enfonce les mains dans mes poches dorées. Pour lui masquer le doigt d'honneur que je lui fais.

Nous entrons tous les deux dans le grand hall de marbre, lui d'un air toujours aussi froid, et moi énervée.

— Bonjour, Monsieur, lancent les filles à l'accueil.

La tête haute, Knox passe devant elles sans même leur adresser un regard.

— Hé, on vous a dit bonjour ! grogné-je en trottinant derrière lui.

Lilly et Tricia écarquillent les yeux, tandis que Knox s'arrête, à présent au milieu du hall, et qu'il se retourne pour me fusiller du regard.

— Vous avez parlé, mademoiselle Pérez ?

— Je… Oui…

— Alors répétez, parce que je n'ai pas entendu.

Ses poings se serrent si fort qu'il les fait disparaître dans les poches de son manteau. La tête haute, je le rejoins et pointe un doigt sur son torse en le fusillant des yeux.

— Lilly et Tricia vous ont dit bonjour. Les hommes de la sécurité également.

— Et ?

— Et vous n'avez pas répondu, c'est malpoli !

— Et ?

— Et grossier ! Vous traitez vos employés sans aucun respect, je vous signale !

— Je les paye pour travailler pour moi, je les paye pour être compétents, et je les paye pour qu'ils mettent en valeur tout ce que j'ai créé. Je ne suis pas là pour me faire des amis, gronde-t-il en se penchant vers moi, avant de mettre un coup dans mon bras pour que je cesse de le toucher.

— Personne ne vous demande de copiner avec ces gens, Sullivan ! Mais les respecter, leur dire merci ou bonjour, c'est la chose la plus naturelle au monde, et elle ne devrait pas écorcher votre vilaine bouche ! Vous payez ces gens, oui. Et eux vous respectent. Mais ils se cassent également le cul toute la semaine pour mettre en valeur ce que vous créez, comme vous le dites. Ce qui veut dire que s'ils n'étaient pas là pour abattre toute cette somme de travail, vous ne seriez pas là, vous non plus. N'oubliez jamais que vous être un chef d'entreprise, Monsieur. Et qui dit chef, dit personnel. Dit êtres humains. Et dit émotions. Vous m'avez ordonné un jour de ne jamais vous trahir, mais vous, vous trahissez chaque personne qui bosse ici en les traitant comme vous le faites. Vous voulez des employés qui vous respectent et vous soutiennent ? Commencez par faire de même de votre côté, parce que là, vous ne leur inspirez que la crainte, ce qui n'est pas le meilleur moyen d'avoir du soutien.

— Je vais vous virer, si vous continuez sur ce chemin, me menace-t-il.

J'ai l'impression d'étouffer, soudain.

— Alors allez-y ! Renvoyez-moi parce que je vous dis vos quatre vérités ! Mais je vous préviens, je suis riche à présent, alors si vous me virez, je rachète cet immeuble et je vous jure que je vous forcerai à dire bonjour à tout le monde, tous les jours, quand je serai votre patronne.

Knox éclate d'un rire dur et froid, qui me fait frissonner.

— Ah oui ? Vous êtes devenue riche en une nuit ? Vous avez gagné quoi ? Mille dollars à la loterie ?

— Non. J'ai gagné cent mille dollars.

Mon petit air fier dessine un sourire soulagé sur son visage, même si je ne comprends pas trop pourquoi.

— Félicitations, miss Cactus. Vous allez pouvoir acquérir quoi… ? Un tiers du vingt-septième étage ? Les toilettes du rez-de-chaussée ? Plus qu'un bon millier de tickets à gratter et vous pourrez conquérir *Sullivan Inc.*

— Ce n'était pas mon intention première, bougonné-je. Je n'aime juste pas que vous traitiez les gens comme vous le faites.

— Je traite les gens comme je le veux, parce que je suis riche et que je signe leurs fiches de paye. Vous devriez vous en souvenir. Vous en avez terminé, à présent ? grogne-t-il.

— En fait, oui…

Je rougis, et décide que ce n'est pas franchement le bon moment pour être enfermée avec lui dans une petite cage d'ascenseur, alors je le laisse partir en fulminant, et rejoins Lilly à l'accueil.

— Ce n'était pas très gentil, murmure-t-elle en se penchant vers moi.

— C'est lui qui est méchant ! Il vous traite comme des moins que rien ! Il a dit que mon manteau était une grosse bouloche. Et il a jeté le cactus que je lui avais offert !

— Ce… ce n'est pas de sa faute. Monsieur Sullivan a des circonstances atténuantes.

— Pour être un con ?

— Hum… Oui. Déjà, le dimanche soir, sa grand-mère l'appelle toujours, ce qui ne le rend pas de très bonne humeur le lundi matin. Et puis s'il agit comme ça, c'est surtout pour se protéger. Mettre une barrière entre lui et les gens l'aide à se blinder. Mais honnêtement, Siana, il n'est pas si méchant. Ça me tue que personne ne le voie.

— C'est surtout qu'il ne le montre pas, oui, grommelé-je.

Elle glousse, et regarde Tricia, un peu plus loin, qui s'occupe de paperasserie. Comme elle est concentrée et qu'elle ne nous écoute pas, Lilly reprend, à voix basse :

— Monsieur Sullivan sait tout de nous, de ses employés. Il les étudie avant de les engager, et il fait ce qu'il a à faire sans que personne n'en sache rien. Tricia a été prise parce qu'elle avait des difficultés à payer ses frais de scolarités, et qu'elle était sur le point de quitter la fac. Il lui a proposé un contrat qui, au début, lui offrait assez de temps libre pour étudier. Les deux gardes à l'entrée ? Ils allaient hypothéquer leur maison. Puis il y a vous, Siana. Vous, qu'il a embauchée alors que vous étiez en retard, trempée et impertinente. Vous, à qui il a fait croire que votre cadeau le rendait indifférent, alors qu'il a rangé votre petit cactus dans le tiroir en verre de son bureau, et qu'il me demande tous les jours de vérifier si la petite plante va bien, parce qu'il a peur de la faire mourir en l'arrosant de trop. Il n'est rassuré que quand je lui dis qu'elle a l'air en pleine santé.

Elle glousse et moi… Je crois que j'ai des étoiles plein les yeux.

— Et vous ? chuchoté-je d'une voix basse, comme si tous ces secrets ne devaient rester qu'entre nous alors qu'à présent, j'ai envie de crier au monde entier que Knox est parfait.

— Moi, il m'a permis d'avoir un salaire et de quitter un homme violent. Il m'a sauvé la vie, balbutie-t-elle, une main sur le cœur. Mais voilà, monsieur Sullivan est un homme compliqué, et il préfère que tout le monde le haïsse, parce que c'est plus facile pour lui de ne s'attacher à personne. Les gens l'ont trop déçu. Et trahi. Et… humilié.

— Qu'est-ce qui s'est passé ?

Avant qu'elle ne puisse me répondre, son téléphone se met à sonner, et elle décroche immédiatement. Comme son coup de fil s'éternise, je la quitte à regret pour monter à mon étage et là… là, je réalise une chose.

Mes joues se mettent à me brûler.

J'ôte mon écharpe et mon manteau que je jette sur mon bureau, puis j'entre comme une tornade dans le bureau de Knox. Il est debout près de la fenêtre, à regarder la ville en contrebas comme s'il la dominait, comme si elle lui appartenait.

D'un pas rapide, je marche vers lui, glisse les mains à son cou et je l'embrasse. Violemment. Brusquement. Avant de reculer parce que j'ai peur d'avoir dépassé les limites, même si, durant quelques secondes, il m'a rendu ce baiser comme s'il en dépendait pour survivre.

— Je croyais que je n'aurais plus jamais droit à vos baisers. Du moins, pas tant que je n'aurais pas dit que votre sapin est sublime, mademoiselle Pérez.

Son ton détaché me met un goût de cendres dans la bouche, et un coup de poignard au cœur. Alors… alors ça ne lui a rien fait, que je me jette à son cou ? Je me sens soudain honteuse et stupide, de ressentir tant de choses pour lui alors qu'il se moque bien de moi.

— Vous avez droit à votre opinion, Monsieur. Mais je vous interdis de me la dire. Je vais devenir violente si vous dénigrez ma plus belle création.

Un petit sourire apparaît sur ses lèvres, avant de se faner lentement. Quand son expression se fait sérieuse, quand son regard devient plus sombre que jamais, ses yeux se plantent dans les miens et son arrogance semble dévorer jusqu'à la moindre bouffée d'oxygène dans la pièce.

— Votre sapin est sublime, lance-t-il tout de même d'une voix rauque.

Interloquée, je reste plantée là sans bouger.

Est-ce qu'il… est-ce qu'il veut…

Son air se fait plus grave, son regard plus sombre.

— Il est sublime, il est sublime, il est sublime, gronde-t-il alors avec la violence d'un ouragan et un désir incendiaire au fond de ses pupilles dilatées.

Alors sans perdre une seule seconde, de peur qu'il ne change d'avis, j'agrippe ses épaules et je l'embrasse à nouveau, jusqu'à ce que son souffle me brûle les lèvres. Jusqu'à ce que ses doigts me serrent si fort que la douleur me submerge.

Je râle, et comprenant le souci, il me libère tout doucement. Pourtant, je reste soudée à lui, et me reste fascinée par les mille émotions dans ses yeux bruns et chaleureux. Par la férocité de cette expression, bâtie jour après jour pour éloigner tout le monde. Sauf moi. Parce que je n'ai jamais fui devant l'adversité, et que ce n'est pas aujourd'hui que je vais commencer.

— En fait, vous ne détestez pas les gens, lancé-je d'une voix éraillée de douceur.

— Bien sûr que si, grogne-t-il.

— Non, vous prenez soin d'eux en secret, ce n'est pas ce que j'appelle détester.

— Vous vous méprenez, mademoiselle Pérez. Veuillez aller travailler, à présent. Je ne supporte plus ces pitreries. Et vous êtes à la limite de dépasser les bornes.

Son regard sur moi est tranchant, mais il ne me fait pas peur.

— J'ai une question avant, Monsieur. Avez-vous demandé à Andrew de me payer et de m'écrire une lettre d'excuse suite à ses… frasques.

Un muscle tressaute dans sa mâchoire tandis qu'il les serre.

— Non.

Je souris.

— Vous mentez aussi mal que moi. Si vous étiez vraiment innocent, vous m'auriez sûrement demandé qui est Andrew.

Mis en échec et mat, son expression se fait infiniment plus dangereuse. Je déglutis difficilement, la gorge nouée.

— Ce qu'il vous a fait, Siana, ce n'était pas des « frasques ». C'était une putain d'agression.

Je hoche la tête, les larmes aux yeux et le cœur battant à la folie. C'est presque libérateur, que quelqu'un mettre les vrais mots sur ce qu'il s'est passé, parce qu'à force d'être traitée comme la coupable, j'en étais presque venue à le penser.

Comme il s'apprête à se détourner et à s'éloigner, j'attrape sa main, et la serre dans la mienne.

— Merci.

— Pardon ?

— J'ai dit merci, Knox.

— Vous ne m'en voulez pas ? souffle-t-il avec une certaine pointe de crainte dans la voix.

— Vous en vouloir ? Seigneur, il me hantait et me faisait peur tous les jours quand j'allais au travail. J'ai même été virée pour harcèlement sexuel alors qu'il m'avait touchée. Moi. Alors qu'il était coupable. Qu'il mette des mots sur ce qu'il m'a fait et qu'il s'en excuse, même si c'était forcé, ça m'a fait du bien. Ça m'a libérée d'un poids dont vous n'imaginez même pas l'emprise. Je suis désolée de vous avoir mal jugé, Monsieur.

Ses doigts s'entremêlent soudain aux miens, et il s'approche d'un pas. D'un pas qui le presse tout contre moi.

— Mais quand même, un « bonjour » et un « merci » de temps en temps ne vous écorch…

Je n'ai même pas le temps de finir de me plaindre que sa bouche s'écrase à nouveau contre la mienne, alors je l'enlace. Violemment. Et je le laisse enfouir la langue en moi jusqu'à manquer cruellement d'air. Jusqu'à… Jusqu'à ce que son parfum, son odeur, la trace de ses doigts me marquent jusqu'à l'âme.

Chapitre 19 — Knox

J'ai beau détester que Siana ne cesse de me mettre face à mes propres failles, à mes propres faiblesses, je suis complètement dingue d'elle. Complètement.

La voir entrer dans mon bureau avec ses beaux yeux inondés d'émotions et ses lèvres pulpeuses toutes tremblantes m'a fait quelque chose. Ça m'a bouleversé.

Et qu'elle me dise merci alors que je n'ai rien fait d'autre que de l'aider un peu, c'est incompréhensible. Tout le monde en aurait fait autant à ma place. C'est ça ou être inhumain.

Un peu comme ce que je montre tous les jours aux autres, mais sans vraiment avoir un cœur au fond de la poitrine. Même si je le déteste, à cet instant, de battre aussi vite pour cette femme qui est un tel calvaire dans ma vie.

J'ai failli m'étrangler en la voyant arriver ce matin avec son manteau en fausse fourrure framboise, mais bon sang, qu'est-ce qu'il lui va bien ! Il met son teint doré et ses cheveux acajou en valeur. Et que dire du vert de ses yeux somptueux ? Ce carmin les rend si profonds, si intenses que je me suis senti obligé de la blesser pour ne pas craquer.

Et voilà qu'elle se pointe dans mon bureau, toute pleine de bonté et de douceur. Toute… séduisante et sensuelle dans sa tenue de boulot. Bordel, elle m'a peut-être fait de l'effet — un effet complètement déplacé — avec ses leggings à paillettes, samedi, mais là… Je vais craquer. Je le sens. Je suis comme un putain d'animal, de prédateur, face à la proie la plus exquise que je n'aie jamais vue.

Siana porte un pull noir moulant et décolleté, qui met en valeur sa poitrine magnifique. Elle a encore sorti de son armoire une petite jupe, et si je pensais que la jupette grise plissée de la semaine dernière était excitante, ce n'est rien comparé à celle-ci, en tartan noir et rouge. Ses cuissardes à talons aiguilles, en velours noir, mettent en avant la chair généreuse de ses cuisses et… putain. Je ne peux plus me retenir.

Je l'embrasse.

Je l'embrasse à en perdre haleine.

À en perdre tous mes repères.

À en oublier toutes mes foutues règles.

Sa langue glisse contre la mienne et comme si j'allais mourir dans les secondes qui viennent, je la réclame, la possède et la goûte comme une foutue dose de bonheur dont le compte à rebours est trop entamé.

Aussi affamé d'elle que je l'étais il y a quelques jours, lors de notre premier baiser, je fais de nouveau l'erreur de l'enlacer. De la toucher. De glisser la main sous sa jupe pour agripper ses fesses généreuses et je le regrette, bordel, parce que je ne peux plus m'arrêter après cela.

Je gémis.

Elle gémit.

Mes doigts se plantent dans sa chair exquise et l'instant suivant, je la soulève dans mes bras pour la poser sur mon bureau, et je l'y allonge avant de me plaquer sur elle. Tout contre elle. Jusqu'à ce qu'il soit difficile pour nous deux de respirer. Mais je m'en fous, putain, de respirer. Tout ce que je veux, c'est elle. À en crever.

J'enfouis une dernière fois la langue dans sa bouche, puis je plaque violemment les poings de chaque côté de sa tête.

J'ai envie de la toucher. Je ne dois pas la toucher !

Alors je me redresse, lentement, et quand j'aperçois ses cuisses écartées, sa jupe relevée, sa jolie petite culotte transparente déjà mouillée… toutes mes barrières s'effondrent et d'un geste brusque, je plaque les mains sur ses cuisses chaudes. Je masse sa chair en la regardant droit dans les yeux. Je remonte un peu. En la regardant droit dans les yeux. Ses sourcils sont froncés, son regard est envoûté. Il déborde de tant de luxure que ma queue se raidit davantage, comme si c'était possible !

La bouche entrouverte, elle laisse échapper de petits râles excitants qui se font de plus en plus sonores à mesure que mes mains explorent les contours de son sous-vêtement, mais j'ai trop peur de craquer si j'en écarte les pans, alors j'agrippe sa taille, la plaque au bureau, et je me remets à l'embrasser jusqu'à avoir son goût incrusté dans la bouche.

Mes mains trop volatiles explorent son pull, écartent son décolleté. Sa poitrine menace de déborder de son soutien-gorge, mais je ne tiens pas, et y plonge le visage avant de mordiller sa chair généreuse. Puis je la regarde à nouveau dans les yeux, de cet air prédateur qui la fait frémir.

— Je me protège, murmure-t-elle comme si elle était gênée de l'avouer.

De me dire sans vraiment l'avouer ce qu'elle aimerait que je fasse. Je lui sors un grand sourire carnassier.

— Qu'a dit votre amie Leilani, encore ? Que... vous aviez besoin de jouir, mademoiselle Pérez ?

— Oui, gronde-t-elle en se cambrant sur le dessus de mon bureau, totalement offerte, sublime et bandante.

— Vraiment ?

Je me redresse à nouveau, et d'une main, je caresse doucement, sans appuyer, sa dentelle imbibée.

— Oui !

— Oui qui ?

— Oui, Monsieur, gémit Siana.

Elle ondule contre mes doigts, et je la regarde faire, fasciné par sa beauté, par la façon dont elle est si à l'aise, avec moi, comme personne d'autre ne l'avait été depuis si longtemps. Ce qu'elle n'a pas compris à propos de moi, c'est que je n'ai pas besoin de l'humanité de mes employés, parce que je l'ai, elle. Parce que c'est elle qui me redonne vie depuis des jours à présent.

— Depuis combien de temps les orgasmes vous manquent-ils ? souris-je.

— Hum...

Elle se dandine encore, et pour l'apaiser, j'écarte les pans de sa culotte et glisse un doigt en elle. Ses yeux se ferment. Ses jolies dents bien blanches se plantent dans sa lèvre inférieure.

— Répondez, ou j'arrête, grondé-je en la pilonnant.

Puis en cessant tout mouvement.

— Plus de deux ans.

Étonné, je la félicite de sa réponse en caressant sa fente, avant de glisser mes doigts dans ma bouche. Putain… je n'avais rien goûté d'aussi bon de toute ma vie.

— Pourquoi si longtemps ?

— Parce que je n'aime pas prendre du plaisir toute seule, et que ma dernière relation date de cette période.

— Vous n'aimez pas vous caresser, mademoiselle Pérez ? C'est pourtant très agréable. Votre peau est soyeuse. Votre goût est divin.

— Je préfère que ce soit mon homme qui me touche.

Sa voix est soudain dure, comme si elle me reprochait de la délaisser. Son regard embrasé me fait, de toute façon, craquer à nouveau. Je replonge les doigts en elle, plus doucement cette fois-ci, puis je me penche en avant pour laper le miel qui inonde sa chair sensible.

Je suis fou de son parfum, de ses gémissements, de cette explosion de saveurs sur ma langue, alors tout en la pilonnant, je me mets à la sucer, à la lécher, ma main libre fermement nouée autour de sa cuisse pour l'empêcher de se trémousser.

Ses doigts se plantent dans mes cheveux, et ça me file des frissons dans toute la colonne vertébrale.

Elle me veut.

Elle me laisse lui faire tout ce que je souhaite.

Alors qu'elle n'a autorisé aucun homme à l'approcher en plus de deux ans.

Il va falloir que je sois monumental. Qu'elle n'oublie jamais ce putain d'orgasme en train de tendre chacun de ses muscles.

Je ralentis la cadence, histoire de faire durer le supplice, et quand c'est moi qui n'en peux plus de la faire patienter, je la suce comme jamais je n'avais sucé aucune femme, et elle hurle soudain sous les coups d'un orgasme parfait.

Son corps se tend magnifiquement.

Ses cheveux, répandus sur mon bureau, sont si défaits qu'on pourrait penser que je les ai agrippés. Ce que je meurs d'envie de faire.

Toujours aussi affamé, je grimpe sur elle, plonge les mains dans ses boucles sombres et je lui fais pencher la tête en arrière avant de réclamer un nouveau baiser qui la laisse pantelante, essoufflée entre mes bras. Et alors que j'aurais pensé qu'elle serait gênée de ce qui vient de se passer, elle me sourit, mordille ma lèvre inférieure, et m'agrippe par la cravate pour, cette fois, plonger elle-même la langue dans ma bouche. Elle me veut. Elle me désire. Moi. Le connard qu'elle déteste. Ou pas ? Je suis incapable de le savoir. Je crois que ça dépend des jours, et de ce que je lui montre de moi.

Le baiser de Siana me rend soudain plus calme.

Doux comme le miel, chaud comme un air d'été, il est loin des tourments que je ressens et que je lui ai infligés. Il est parfait comme elle. Généreux, sensuel, envoûtant. Comme elle.

Il apaise mon cœur. Calme la tempête qui ne cesse de gronder en moi depuis des années et surtout, surtout, il me fait réaliser à quel point j'ai été con de repousser tout le monde aussi souvent. Parce que l'humanité de Siana est tout ce qui manquait à ma vie depuis toujours. Cette foutue pièce d'un puzzle sans laquelle je me sentais incomplet.

Et le réaliser me fiche une peur pas possible.

Je la relâche avec brutalité, la redresse sans douceur, et la regarde soudain d'un air dur, froid, et provocateur.

— Rhabillez-vous immédiatement, putain ! Je vous avais dit de ne jamais me toucher. Et vous… avez… désobéi.

Siana pâlit. Pâlit si fort que je me sens minable de la traiter de cette façon, mais je ne peux rien y faire. Plus elle me fera succomber, plus il sera compliqué pour moi de la repousser. Et je ne peux pas prendre le risque d'avoir qui que ce soit dans ma vie pour le moment.

Les lèvres tremblantes, complètement paumée, elle descend de mon bureau et s'éloigne avant de remettre sa jupe correctement et de remonter le corsage de son pull. Puis elle lève un regard timide vers moi. Un regard de biche effarouchée.

Elle qui n'a jamais eu peur de me dire mes quatre vérités semble soudain sur le point de se briser.

Elle entrouvre la bouche pour parler.

— Dehors ! hurlé-je alors de toutes mes forces, les poings serrés. Je vous ai dit, ce matin, que vous alliez dépasser les bornes, mademoiselle Pérez. Eh bien félicitations, c'est fait, à présent.

Le couinement étranglé qu'elle lâche me fait mal. Il me brûle la chair et m'écartèle le cœur. Mais c'est mieux comme ça. C'est mieux, si elle me déteste.

Siana sursaute au son de ma voix et elle se retourne.

Je m'attends à ce qu'elle rejoigne son bureau. Qu'elle m'insulte, peut-être. Je m'attends à ce qu'elle se mette au travail.

Mais j'entends ses talons cliqueter pour rejoindre en courant les commodités.

C'est là que je réalise que je l'ai fait pleurer.

Et surtout, c'est là que je réalise que je l'ai traitée comme Andrew.

Comme un déchet.

Comme un putain de salopard.

Chapitre 20 — Knox

Je ne peux pas laisser Siana comme ça, dévastée, angoissée. Je ne peux pas la laisser penser qu'elle va finir à la rue à cause d'un autre connard sans aucun respect pour elle. Je la repousse. C'est pour son bien. Notre bien à tous les deux. Mais je ne suis pas un monstre, même si j'aime qu'on le pense de moi.

Sans attendre une seconde de plus, je cours vers les toilettes des femmes et entre sans même frapper.

— Hé ! J'aurais pu être en train de faire pipi ! s'écrie-t-elle en essuyant ses larmes, face au miroir.

— Oui, je sais. Et votre vessie m'en aurait voulu et se serait bloquée pour au moins une demi-heure.

— Exactement, bougonne-t-elle. Sortez d'ici, Sullivan. Vous n'avez rien à faire dans cet endroit.

— En fait, si. Je… je voulais m'excuser pour ce que je vous ai dit, Siana.

— Mademoiselle Pérez, gronde-t-elle en croisant les bras sur son ventre.

Je vois ses mains trembler et je me sens mal, je me sens ignoble de l'avoir blessée à ce point.

— Si vous avez cru une seule seconde que j'allais vous renvoyer, vous vous trompez. Ce qui s'est passé dans ce bureau était… consenti. Des deux côtés. Enfin j'espère, m'étranglé-je soudain.

— Bien sûr que oui ! s'emporte-t-elle en rougissant. Même si vous me donnez l'impression d'avoir abusé de la situation en vous embrassant.

— Croyez-moi, si je n'avais pas voulu de vos lèvres plaquées contre les miennes, vous n'auriez jamais pu m'approcher. Je ne sais pas si vous l'avez remarqué, mais je suis plus grand que vous.

Elle glousse délicatement, et lève les yeux au ciel. Si je ne m'étais pas penché pour la goûter, elle n'aurait jamais pu m'atteindre, cette petite peste.

— Maintenant que les choses sont claires, nous n'avons plus rien à nous dire, déclare-t-elle finalement.

Elle attrape deux mouchoirs en papier dans la boîte dorée sur la vasque, se tamponne les yeux et me bouscule pour sortir des commodités, sans même me regarder. Je la suis de près, et quand elle arrive à son bureau, elle baisse les yeux.

— Je vais attendre que mes larmes soient bien sèches, parce que j'en aurais une crise cardiaque si j'abîmais une toile, mais quand je serai prête, j'aimerais que vous m'ouvriez l'étage trente-et-un. J'y passerai la journée pour terminer l'expertise de ma toile. Vous devriez avoir mes conclusions dès ce soir.

— Très bien, grondé-je.

Je vois ce qu'elle veut faire. Ce qu'elle cherche à faire. S'éloigner de moi. Ne plus être obligée de me regarder, de me côtoyer et même si je l'ai cherché, même si je l'ai voulu, ça me fait mal, bordel. Je me sens encore plus mal… bordel.

Je disparais dans mes quartiers sans dire un mot, et lorsqu'elle frappe à la porte pour me dire qu'elle est prête, c'est le menton relevé et les yeux rougis.

Elle a enfilé son manteau, bien sûr, et se pelotonne dedans.

Le dernier étage de ma tour est conçu spécialement pour garder, dans les meilleures conditions possibles, des toiles inestimables et uniques. Là-haut, j'ai les moyens de contrôler la luminosité, l'hygrométrie et surtout, la température qui est à dix-neuf degrés. Autant dire le pôle Nord, comparé à la chaleur qu'il fait dans l'appartement de la demoiselle.

Je la regarde partir avant de soupirer lourdement, en regrettant tout ce qui s'est passé entre nous. Nos baisers, nos disputes et surtout, notre éloignement.

Les jours qui se mettent à défiler se ressemblent et me rendent malheureux.

Siana ne me parle plus.

Encore une fois.

Je l'ai poussée à bout et j'ai à présent droit au traitement de silence.

Ce qui m'énerve, parce que bordel, je réalise que j'adorais l'entendre pépier, et s'extasier, et m'engueuler. Ouais. Même ça, ça me faisait rire, dans le fond. Cette petite peste qui pointait le doigt dans ma direction pour m'accuser.

Alors je commence à être sur les nerfs. De plus en plus sur les nerfs. Et tous les matins, quand nous arrivons à notre étage, je la regarde se déshabiller, puis je claque ma porte en lui ordonnant de ne pas me déranger durant cinq, dix, quinze minutes, selon mon humeur. Le temps de décompresser.

Après ce temps imparti, elle vient frapper à ma porte pour que je lui ouvre le trente-et-unième étage. Où elle disparaît. Toute la journée, sans même prendre de pause déjeuner.

Et elle me manque tellement, putain…

Le jeudi, je suis tellement sur les nerfs, que je hurle sur tous les gens qui m'emmerdent à tour de rôle. J'ai beau être au bureau à neuf heures, ma journée commence à six, avec les premiers coups de fils à mes clients européens et asiatiques et surtout, les appels de mes fournisseurs qui se sont donné le mot pour me taper sur le système.

J'arrive chez moi complètement crispé, incapable d'ouvrir la bouche dans l'ascenseur tant j'ai peur de dire quelque chose d'impardonnable à Siana. Qui ne me regarde même pas.

Elle envoie des dizaines de messages à Leilani.

Posté juste derrière elle dans l'étroite cage, je baisse les yeux et souris un peu en voyant leur échange.

« Il faut que tu arrêtes de bouder ! »

« Pourquoi ? » répond Siana. « C'est ce que je sais faire de mieux. »

« Oui mais je déteste quand tu fais la tête. Écoute, si ton patron, M. Sexy, est un connard, c'est tant pis pour lui. Pas la peine d'être malheureuse comme les pierres juste parce qu'il n'est pas sympa ! Si tu continues à faire ta tête de mule, je te cuisine du chou tous les jours jusqu'à la Saint-Valentin. L'odeur sera tellement incrustée chez nous, après ça, que tu ne pourras plus jamais la faire partir. Pas même avec dix-huit *Yankee Candles* allumées en même temps. C'est clair ? »

« Tu es infernale ! »

Je pense qu'il est temps pour moi de lancer une petite trêve, vu que Lani vient de dégager le terrain. Mais bien sûr, quand Siana ôte son manteau pour dévoiler son chemisier dément, j'ai la gorge qui se contracte si fort que je suis incapable de prononcer un mot. Juste de grogner.

Les manches bouffantes sont d'un blanc transparent, et le large décolleté en V est brodé de dentelle. Avec son pantalon gris moulant et ses escarpins verts ornés de petits sapins argentés, elle est aussi magnifique que d'habitude. Et toujours en train de me faire la tête.

— Cinq minutes, grondé-je avant de claquer ma porte.

Je sais qu'elle s'installe à son bureau pour consulter ses mails et répondre à nos clients.

Je sais qu'elle ouvre son calepin pour relire ses notes et décider de ce qu'elle va étudier de la nouvelle toile sur laquelle elle se penche en ce moment.

Je sais tout ce qu'elle fait, à la seconde près, parce qu'elle est consciencieuse et travailleuse.

Mais moi… Bordel, comme tous les matins quand je la vois, je suis incapable de me mettre au boulot. Comme tous les matins quand je la vois, je me poste à la baie vitrée de mon bureau, y plaque le bras, ma respiration si forte qu'elle couvre la vitre d'un voile opaque. Et je caresse lentement mon sexe tendu en pensant à elle. À ses petites culottes de dentelle. À mes doigts sur sa chair moite. À ma langue au fond de sa bouche. Et à ses yeux magnifiques qui brillent et qui brillent et qui brillent dans ma vie sombre.

Quand je suis sur le point de jouir, j'arrête tout mouvement et serre mon membre aussi fort que je le peux, jusqu'à ce qu'une onde de douleur me ravage jusqu'à l'échine et me fasse oublier la petite peste sexy de l'autre côté du couloir.

Mais… Bon sang, c'est impossible, de l'oublier.

Lorsqu'elle frappe à ma porte après les cinq minutes que je lui ai réclamées, elle ne prend même pas la peine d'ouvrir ou de parler. Elle sait ce qu'elle veut, et je sais ce qu'elle attend de moi.

Je lui débloque le dernier étage, la laisse partir, et attends la pause déjeuner pour me lancer. Je sais qu'après quelques heures sur une toile, elle sera de meilleure humeur qu'au petit matin. Alors je descends à la réception, et me poste devant Tricia.

— Je voudrais commander un déjeuner pour mademoiselle Pérez.

— Elle ne peut pas le faire elle-même ? marmonne la jeune femme.

Je me redresse, et la fusille du regard en fourrant les poings dans mes poches. Que Siana me parle de cette façon, je laisse couler. Pourquoi ? Je n'en ai aucune putain d'idée. Mais pas question que je me laisse faire par qui que ce soit d'autre.

— J'ai mal entendu, voulez-vous répéter ? grondé-je.

— P-pardon, Monsieur. Que voulez-vous commander ?

— Qu'a l'habitude de choisir Siana ?

— Tout dépend des jours et de son humeur, glousse Lilly qui nous rejoint, un grand sourire aux lèvres. Des sushis quand elle est de bonne humeur. Ou des hotdogs. Ou de la pizza. Quand elle est fâchée, elle aime bien prendre quelque chose d'assez relevé. Et elle fait toujours ajouter du piment par-dessus.

— Pourquoi est-ce que ça ne m'étonne pas ? marmonné-je.

Lilly me sourit, et sort d'un des tiroirs de la réception tout un tas de prospectus pour des livreurs autour du bureau.

Je feuillette les pages, et tombe immédiatement sur quelque chose qui me plaît.

Je plaque les fiches, montre aux filles tout ce qu'elles doivent faire apporter à l'étage, et lorsque les livreurs sont enfin passés, je vais chercher Siana.

Elle est penchée sur une superbe toile de presque deux mètres sur deux, qu'elle étudie à la loupe tout en prenant des notes dans son calepin, d'une seule main, sans même baisser les yeux.

— Vous souhaitez vous affamer ? posé-je d'un ton calme, en marchant vers elle.

Les mains dans les poches, mes poings se desserrent à mesure que je l'approche, qu'elle m'apaise, que son sublime parfum, si léger, fait palpiter mon pouls.

— J'ai quelques kilos en trop, de toute façon.

Je hausse les sourcils. Moi, je la trouve parfaite.

— Ne dites pas de conneries, et venez manger. Je suis peut-être un connard, mais je n'aime pas que mes employés se tuent à la tâche. Et puis je vous ai commandé un repas chaud, il n'attend que vous.

Elle se redresse soudain sur son tabouret et me regarde en battant des paupières.

— Vous avez pris quoi ? Je ne suis pas d'humeur pour des sushis, mais je ne dirais pas non à un curry quatre flammes.

— C'est quoi ?

— Oh, je vais vous expliquer, glousse-t-elle, avant de se reprendre et de me faire un peu la tête. Quand vous achetez des épices, il y a celles qui sont douces, celles qui ont une petite flamme sur l'emballage. Ça commence à piquer. Puis il y a la deuxième et la troisième flamme, où là, il faut s'accrocher.

— Et vous voulez du niveau quatre.

— J'aime le sentir passer, dit-elle toute sérieuse.

Je rougis un peu en haussant les sourcils, et quand elle réalise ce qu'elle vient de dire, elle éclate de rire.

— Bon, je suppose que me réchauffer un peu ne me fera pas de mal, soupire-t-elle finalement.

Je la raccompagne à son bureau, où deux boîtes en carton sont disposées sur un petit plateau. Siana s'assied sur sa chaise de cuir après avoir ôté son manteau, passe le doigt sur le petit logo de la première box, et me regarde avec de grands yeux émus.

— Vous avez commandé chez *Nariño* ? Pour moi ?

Il s'agit d'un traiteur colombien qui se situe à quelques blocs d'ici.

— Oui. Je me suis dit que ça vous ferait plaisir.

Elle ouvre immédiatement le couvercle et pousse un petit cri de plaisir.

— Des empanadas ! Oh là là ! J'adore ça ! Abuelita, ma grand-mère, en prépare presque toutes les semaines. C'est délicieux ! Asseyez-vous, il faut que vous goûtiez ça !

— Je… j'ai du travail, mademoiselle Pérez.

— La cuisine colombienne est une cuisine de partage. Refuser de la goûter, c'est lui faire un affront, je vous signale.

Comme elle me regarde avec fermeté, je me vois contraint de prendre place face à elle, et j'attrape une empanada du bout des doigts.

— Où sont les assiettes et les couverts ?

Elle glousse et me tend une serviette.

— Je suis sérieux, mon costume coûte…

— Du calme, Queen Elisabeth. Ça se mange avec les mains, ne faites pas d'histoire.

Pour se moquer, elle grignote son petit chausson fourré de viande et de légumes en levant le petit doigt, et pour faire honneur à ma réputation de gros dur, je le fourre tout entier dans ma bouche pour le dévorer.

— Alors ?

— C'est bon. C'est normal d'avoir l'impression de lécher de la lave en fusion ?

— C'est pourtant une demi-flamme, monsieur Sullivan.

Bordel, dire qu'elle voulait un curry quatre flammes… Cette femme doit avoir été forgée au fond des enfers, pour supporter une telle brûlure.

Je lui laisse le reste des empanadas, et la regarde se lécher les doigts quand elle en a terminé. Sérieusement, est-ce que c'est possible d'être plus sulfureuse ? Parce que merde, elle va finir par me mettre dans l'embarras, un jour, et… Je n'aurais plus mon bureau pour m'enfermer un quart d'heure, histoire de décompresser.

— Qu'est-ce que c'est ? demande-t-elle en attrapant la seconde boîte.

— Ouvrez, vous verrez.

Elle s'exécute, et son visage s'illumine en découvrant l'intérieur. Je lui ai pris de jolis cupcakes en forme de sapin de Noël, avec un glaçage vert en pointe, et de jolies décorations en sucre.

Je me relève, et tente de ne pas sourire en la voyant si heureuse. Je dois me contrôler, contrôler ces émotions qui me font perdre la tête quand je suis à ses côtés. J'ai pourtant l'impression que je suis pardonné, au moins un tout petit peu, et ça me suffit.

— Bon appétit, miss Cactus. Et n'oubliez pas de vous laver les mains avant de reprendre le boulot.

— Comme si j'allais toucher à mes toiles avec les mains sales ! s'exclame-t-elle, outrée.

Je souris, mais seulement une fois que je lui ai tourné le dos.

Je retourne travailler à mon tour, et je me sens plus serein, maintenant qu'elle ne me hait plus. Ou qu'elle me hait moins.

Pourtant, quand le vendredi arrive, je vais à nouveau tout foutre en l'air et j'en ai marre, bordel, de ne pas réussir à me contrôler. À me maîtriser. Et à la protéger de mes erreurs.

Chapitre 21 — Knox

Comme à chaque fois que je reçois un appel de la maison familiale, j'ai les nerfs à vif et je me sens à cran. Je ne suis pas prêt pour une nouvelle discussion sur mes défauts, mes failles, mes faiblesses et tout ce qui s'ensuit.

Il est onze heures.

Siana est assise de l'autre côté du couloir, face à moi, si bien que j'ai laissé ma porte ouverte pour la regarder bosser et décompresser.

Mais c'est juste avant que je lui donne les instructions pour nos deux clients à contacter que mon téléphone sonne. Le bruit la fait sursauter, mais elle se remet instantanément à travailler, après un petit regard neutre dans ma direction. Au moins, depuis hier, je n'ai plus droit à ses yeux furibonds. Mais je n'ai plus droit non plus à ses regards sulfureux, à ses prises de bec ou à ses éclats de rire. Bordel, j'ai tout gâché…

Et c'est ce que je voulais, en plus.

Alors pourquoi est-ce que c'est si compliqué ? si douloureux ? si énervant de le réaliser ?

Je suis à bout.

Je fais signe à Siana de me rejoindre pour lui donner toutes les informations sur nos clients, et décroche le téléphone distraitement.

— Marguerite.

— Bonjour, Knox. Je t'appelle concernant la fête de Noël.

Bon sang, pas encore !

Incapable de disposer mes fiches d'information dans la pochette d'une seule main, je pose le combiné sur le bureau, mets le haut-parleur, et prépare mes dossiers avant d'apposer paraphes et signatures au bas de chaque feuille.

— Tu sais que nous aurons un dîner le vingt-cinq à midi. Un gros dîner. Les autres jours, nous ferons comme d'habitude, un repas classique qui ne nécessitera pas tant de travail.

— Tu as des cuisiniers, Grand-mère.

— Oui, et ils nous connaissent depuis toujours. Mais j'ai besoin de précision quant aux habitudes alimentaires de ta fiancée.

Siana hoquète.

Je me fige en lui lançant un regard mortifié, mais ses yeux à elle, soudain si durs et si féroces, me donnent l'impression qu'elle me jette de l'acide à la figure. Ça me brûle. Ça me déchire la peau. Ça me rend monstrueux.

— Ce n'est pas le bon moment pour parler de ça, Marguerite, je te rappelle dans…

— Non ! Vous arrivez dans trois jours, et tu rejettes tous mes appels depuis quelque temps. Je te préviens, Knox, si tu ne me donnes pas de réponse immédiatement, je viens moi-même les chercher.

— Elle n'a aucune allergie ni aucune préférence particulière.

— Hum, elle m'a l'air bien fade, ta morue. Tu ne sais toujours pas choisir tes femmes, mon garçon. Tu es pire que ton frère.

— Il est célibataire.

— Oui, justement. Enfin au moins, toi, tu ne l'as pas mise en cloque. Lui a fait cette erreur dès les premiers mois. Débutant, marmonne-t-elle.

— Ta conversation a beau être exquise, il faut que je bosse, à présent.

— Bien sûr, bien sûr. Parce que le travail passe toujours avant la famille, avec toi. Je ne sais même pas pourquoi je t'ai invité pour les fêtes.

— Pour avoir le plaisir de me faire des reproches, certainement.

— Tu les mérites, Knox Sullivan. Et ne sois pas insolent avec moi, ou tu le regretteras. Je peux encore t'enlever de mon testament, je te signale !

— Tes menaces me pèsent tellement…

— Et il répond encore ! Décidément, tu es la honte de cette famille.

Marguerite me raccroche au nez, et je ne sais pas si je suis plus humilié par sa façon de me traiter, ou par la haine que j'aperçois dans le regard de Siana.

Je prends mes dossiers, me lève, mais elle ne bouge pas du moindre millimètre, comme pour me prouver qu'elle peut m'affronter, elle aussi, mais j'en ai marre, bordel, qu'on me juge sur tout ce que je fais. Sur qui je suis.

Je lui plaque les fichiers dans les mains, et la défie d'un regard sombre.

Un mot, un seul mot de travers, et je jure que je ne réponds plus de rien.

Siana a l'air de le comprendre parce qu'elle ne descelle pas ses jolies lèvres.

— Vous avez deux nouvelles expertises à faire dans les jours à venir. Je veux vos résultats le plus vite possible, et l'estimation la plus exacte qui soit. Ces toiles sont uniques et extraordinaires, mademoiselle Pérez. Vous les traiterez comme il se doit.

Elle hoche la tête, se précipite vers le couloir pour ne plus avoir à être près de moi. Pourtant, avant qu'elle n'entre dans son bureau, je la retiens au milieu du corridor.

— Mais avant toute chose, vous devrez contacter mademoiselle Li pour lui dire que nous refusons d'acheter son tableau, et vous appellerez monsieur Livestone pour lui confirmer que nous ferons affaire ensemble, pour la toile intitulée « Aube levante » uniquement et ce, pour huit cent mille dollars non négociables.

Elle hoche à nouveau la tête, les traits crispés, et retourne dans son fief pour passer ses coups de fil.

Moi, j'attrape mon manteau. J'ai besoin de prendre l'air. Besoin d'être loin de Siana et de son regard noir. De sa façon de m'enfoncer un couteau dans le cœur rien qu'avec son air déçu et bouleversé.

Je vois bien qu'elle a envie de me hurler dessus. De me dire que je suis un putain de salaud de l'avoir embrassée, touchée, désirée sans lui avoir jamais parlé de ma fiancée, mais là, à cet instant, je ne pourrais pas supporter ses accusations.

Au moment où je sors du bâtiment, un vent cinglant me gèle jusqu'aux os et j'ai l'impression de pouvoir à nouveau respirer. Je marche quelques minutes pour traverser la place, puis je contemple la patinoire, le regard perdu dans le vague. Je voudrais que nous soyons une semaine plus tôt. Je voudrais être avec Siana, là, sur ce banc sous le sapin du Rockfeller, à manger des donuts en riant de tout et de rien. C'était parfait. C'était magique. C'était… le passé.

Elle ne me regardera plus jamais comme ce jour-là.

Les flocons qui commencent à voleter dans l'air me font frissonner. Je rebrousse donc chemin, lorsque mon téléphone se met à vibrer au fond de ma poche.

— Sullivan, grogné-je en décrochant.

— Mei Li, rétorque la voix posée, mais aux éclats de fureur d'une de mes clientes. Qu'est-ce qui vous est passé par la tête, monsieur Sullivan ? Tout ceci est impardonnable.

Je me demande pourquoi elle est aussi énervée. Siana a dû la contacter pour accepter d'acheter sa toile, c'est une bonne nouvelle.

— Mademoiselle Li, je ne sais pas de quoi vous parlez.

— Vous plaisantez ? Je viens de recevoir un coup de téléphone de votre collaboratrice pour me dire que vous n'êtes pas intéressé par mon Degas, alors que vous m'aviez garanti une vente, Sullivan. Je sais bien que nous n'avons rien signé, mais dans notre monde, les promesses de vive voix sont aussi importantes que les contrats, et vous avez trahi ma confiance.

Bordel, mais qu'est-ce qu'a fichu Siana ?

Ce… ce n'est pas possible !

Et si elle a refusé le tableau de Mei Li, cela signifie qu'elle a peut-être déjà envoyé un contrat à Livestone. Pour un putain de tableau volé ! Ce qui mettrait toute ma société en péril.

— Écoutez, mademoiselle Li, je suis sincèrement désolé. Tout ceci est une simple erreur, et ma nouvelle collaboratrice s'est trompée dans ses dossiers, tout simplement. Je vous assure que je veux vous acheter votre Degas, si vous voulez toujours faire affaire avec moi, bien sûr.

— Il faut que j'y réfléchisse, monsieur Sullivan. Jamais on ne m'avait traitée de la sorte ! Je ne sais pas si…

Toujours furieuse, elle me raccroche au nez, et je cours pour rentrer chez moi, le souffle court à cause du vent glacial qui hurle dehors.

Une fois dans le hall, Lilly se lève de sa chaise, paniquée face à mon air furieux.

— Mademoiselle Young, grogné-je en la rejoignant, j'ai impérativement besoin que vous fassiez livrer, pour aujourd'hui même, le plus beau bouquet pour Mei Li, dans sa chambre d'hôtel, avec une note d'excuses. Ajoutez tout ce qui vous passera par la tête avec la livraison. Parfum français, chaussures de luxe à sa pointure, foulards en soie sauvage. Il faut qu'elle signe ce contrat avec nous.

— Bien, Monsieur. Tout se passe bien ? Est-ce qu'il y a un problème ?

— Oh oui, un problème du nom de Pérez, si vous voulez tout savoir.

Plus furieux que je ne l'ai jamais été, je remonte à mon étage, et entre comme une tornade dans le bureau de Siana. Elle sursaute quand je me plante devant elle, le regard noir et les poings serrés.

— Vous vous êtes trompée, grogné-je d'un ton modéré.

— Pardon ?

— Vous avez mélangé les dossiers, hurlé-je alors avant de me passer les doigts dans les cheveux.

J'ai les mains qui tremblent.

Je me sens mal.

Je ne veux pas m'en prendre à elle, mais elle vient de faire la pire erreur de sa carrière, et elle me met dans une situation beaucoup trop périlleuse pour que je puisse garder mon calme ! J'ai l'impression d'avoir des milliers d'aiguilles plantées dans la chair, j'ai l'impression… d'être sur le point de tout perdre encore une fois, et il n'est pas question que ça arrive !

— Mademoiselle Pérez, vous avez refusé de travailler avec Mei Li qui nous proposait un Degas magnifique que j'avais réussi à négocier deux fois moins cher que son prix réel, et surtout, surtout, putain, vous avez accepté l'œuvre de Livestone qui est un tableau volé, ayant disparu de la circulation depuis des décennies et qui nous causera un milliard de problèmes si qui que ce soit s'en aperçoit. Vous… vous êtes virée !

Pâle, choquée, Siana se lève pour me rejoindre et je recule d'un pas. Je ne veux pas qu'elle me touche. Elle ne peut pas me toucher ou… ou… ou j'arrête les frais ! Et je la réengage. Malgré la connerie monumentale qu'elle vient de faire !

— Non, murmure-t-elle.

— Si. C'est… c'est trop grave, ce que vous avez fait ! C'est beaucoup trop grave.

— Je voulais dire non, je ne me suis pas trompée, Monsieur. Je vous assure que j'ai suivi vos ordres à la lettre.

Elle déglutit, et si en temps normal elle est sûre d'elle et impertinente, je vois à son regard qu'elle se pose autant de questions que moi, là.

— Vous insinuez que *je* me suis trompé ? grogné-je.

— N-non… J'insinue juste que je ne me suis pas trompée ?

Elle couine un peu, mal à l'aise. Je ne l'ai jamais vue aussi perdue et quelque part, ça me tue. Ça me tue de devoir la renvoyer, ça me tue de briser tout ce qu'elle essaye de rebâtir, ça me tue.

— Et si je répare mes erreurs ? Et si j'appelle…

— Mademoiselle Li ne veut plus entendre parler de nous pour le moment, mais j'espère sincèrement que vous n'avez pas encore envoyé de contrat à Livestone, sinon, c'est toute mon entreprise qui risque de se retrouver en faillite, Siana. Le FBI va me coller toute leur division des crimes liés à l'art sur le dos. Ma réputation… Je n'en aurais même plus, en fait. Je suis fini.

— Je vais tout réparer, monsieur, je vous le promets. Je n'ai encore rien envoyé ! Je ne lui ai passé qu'un coup de téléphone rapide, il était en conférence. Je le rappelle. Immédiatement. Mais je vous jure que…

Je grogne, la faisant taire.

— Je vais appeler la sécurité pour leur demander la vidéo de notre conversation, nous en aurons la preuve. Ça me servira aussi de sécurité quand… si Livestone me colle un procès.

Toujours aussi énervé, je claque la porte de mon bureau et appelle immédiatement le local technique, avant de leur demander de me répéter mot pour mot ce que j'ai demandé à Siana tout à l'heure quand nous étions dans le couloir, qui est équipé de caméras.

Et…

C'est moi.

Bordel, c'est bien moi qui lui ai donné les mauvaises instructions.

Je me sens minable, tellement minable, parce qu'en plus je viens de la virer. Alors soit je lui avoue ma faute et je passe pour un connard — encore une fois. Soit je ne dis rien et je devrais alors lui dire adieu.

Qu'est-ce que je vais faire ?

Le pouls en vrac, j'ouvre la porte de mon bureau lentement, et je réalise alors qu'elle pleure, effondrée sur son bureau, avec le haut-parleur déversant un flot discontinu d'injures provenant de Livestone. Il la menace. Il l'agresse. Il l'insulte. Des mots durs, et cruels, et choquants sortant de sa bouche. Même si Siana avait été coupable, je n'aurais jamais laissé personne lui parler de la sorte.

Je me dirige vers elle d'un pas lourd, coupe le haut-parleur et prends le combiné en main.

— Est-ce que vous venez de menacer mon employée, Gerald, grondé-je d'un ton doux, couvrant à peine mes propres menaces.

— Je… mais Sullivan, elle m'a dit que nous avions un accord, vous et moi !

— Elle s'est trompée. Je ne travaille pas avec les ordures, et encore moins avec les salauds qui terrorisent mes employés, alors excusez-vous auprès de la demoiselle, Gerald, et faites-le bien, vous n'aurez pas d'autre chance.

Je tends le combiné à Siana qui le prend en tremblant, les yeux baissés.

— Désolé, marmonne Gerald.

— Soyez plus convaincant, s'il vous plaît, susurré-je.

— Je suis sincèrement désolé, mademoiselle Pérez, pour vous avoir dit que j'allais vous…

Je raccroche, conscient que si j'entends ses menaces une nouvelle fois, c'est moi qui vais le retrouver et lui massacrer la tronche jusqu'à ce que plus personne ne le reconnaisse.

— Dans mon bureau, ordonné-je enfin à Siana.

Je m'installe sur ma chaise.

Qu'est-ce que je vais faire, bordel ? Qu'est-ce que je vais faire ?

Elle s'assoit à son tour, les mains serrées l'une dans l'autre comme si elle priait tous les dieux de l'univers pour venir à son secours. Ses yeux sont encore humides, ses larmes encore présentes.

— Gerald ne vous fera aucun mal, Siana. Je m'en assurerai personnellement.

Elle hoche la tête, entrouvre les lèvres.

— Avez-vous appelé la sécurité, Monsieur ? murmure-t-elle.

— Oui.

Le mot sort un peu plus durement que prévu.

Je me masse les tempes un instant, soupire lourdement et… je redeviens le monstre, celui qu'elle m'a demandé d'être quand elle a commencé à travailler ici.

— Vous avez fait une grave erreur qui risque de me coûter cher, mademoiselle Pérez. Mais vous avez de la chance.

Elle relève la tête, ses yeux brillant soudain d'un espoir magnifique.

— Je vous jure que je travaillerai nuit et jour, sept jours sur sept, avec la moitié de mon salaire s'il le faut, si…

— Non, ce n'est pas ce que je vous demande, bon sang. Laissez-moi finir !

Elle se tait, même si je vois à son petit air agacé qu'elle avait envie de me jurer allégeance jusqu'à la fin de sa vie, et de me promettre sa progéniture en guise de main d'œuvre après cela.

Mais je viens d'avoir une idée. Une idée dingue et ça nous sauverait la peau à tous les deux.

— J'ai des ennuis.

— Je peux vous prêter cent mille dollars, lance-t-elle aussitôt.

Bordel, elle ne pourrait pas être moins adorable, que je n'aie pas autant de remords à me jouer d'elle comme ça ?

— Pas ce genre de soucis, mademoiselle Pérez. J'ai des problèmes avec ma famille et… ma fiancée.

— Je vous préviens, si vous me proposez quelque chose de tordu, c'est moi qui démissionne.

— Ça vous arrive d'arrêter de parler cinq minutes, bordel ? soupiré-je en levant les yeux au ciel.

— Pardon, marmonne-t-elle.

Bon, il va peut-être être temps pour moi de balancer la vérité, même si ça me fait passer pour… je ne sais même pas pour quoi.

— Je n'ai pas de fiancée, mademoiselle Pérez.

Sous le choc, ses yeux s'écarquillent tandis qu'elle me regarde sans parler. Ah voilà, j'ai enfin réussi à la faire taire un moment !

— J'ai inventé cette histoire il y a quelques mois pour que ma famille me fiche la paix. Mais voilà, Marguerite, ma grand-mère, m'a obligé à la faire venir pour les fêtes de fin d'année. Dès dimanche, je dois rejoindre leur villa, sur la côte, pour passer du temps avec eux. Avec une femme qui n'existe pas, et une famille qui passe son temps à me critiquer.

— Qu'est-ce que vous proposez, alors ?

— Soit vous jouez la fausse fiancée pour moi durant ces dix jours à leurs côtés, et j'efface votre ardoise, soit vous êtes renvoyée.

Ses traits se crispent et ses joues se colorent d'un rouge vif.

— C'est du chantage !

— Mais c'est la seule solution que j'aie. J'ai des ennuis, vous en avez aussi, tout le monde est perdant, Siana.

— Mademoiselle Pérez, grogne-t-elle.

— Qu'en pensez-vous ?

— J'en pense que…

Que je vous déteste.

C'est clairement inscrit sur son visage, dans son regard, sur ses poings serrés.

— Que j'accepte. Je jouerai le rôle de votre fiancée.

— Et vous le ferez à merveille, bien sûr. Tout le monde doit y croire. Tout le monde doit savoir que je suis heureux.

Elle renifle avec dédain.

— Est-ce qu'au moins vous, vous l'êtes ?

— Moi ? Je n'ai aucune importance dans cette histoire, Mademoiselle.

— Un jour, quand le regard des autres cessera de vous importuner, peut-être que vous découvrirez ce que c'est que d'être heureux, dans ce cas. En attendant, je vous souhaite bonne chance, parce que ce n'est pas vraiment gagné. Envoyez-moi les instructions par mail.

Elle se lève et retourne travailler, le menton relevé.

Je ne sais pas ce qui est le pire, franchement. Que je lui aie fait croire qu'elle avait mal fait son boulot ou qu'elle se sente obligée de faire comme si elle m'appréciait pendant dix jours.

Je me sens… abattu.

Je contacte Lilly en vitesse pour qu'elle monte mon dossier, et lui demande de l'apporter à Siana.

« Qu'est-ce que c'est ? » m'envoie-t-elle via la messagerie de la boîte.

Voilà que maintenant, elle n'a même plus envie de faire l'effort de me parler de vive voix…

Je lève les yeux au ciel et je l'appelle. Ce sera plus simple que de chatter. Ou de l'avoir en face de moi, avec son regard diabolique. À moitié furieux et à moitié sublime.

Quelle plaie !

— Vous n'allez pas aimer ça, marmonné-je, agacé, dès qu'elle décroche.

— Pourquoi ?

— Parce que c'est la liste de tout ce que j'aime et de tout ce que je déteste au monde, et que vous allez devoir l'apprendre par cœur.

— Est-ce que dans la liste des choses que vous méprisez, il y a « l'humanité toute entière » ? raille-t-elle.

— C'est fort possible. Je vous ai dit que vous alliez devoir être convaincante, Mademoiselle, alors ne me décevez pas. Nous sommes censés sortir ensemble depuis six mois. Cela fait donc six mois que je demande à Lilly de créer ce dossier sur moi.

— Vous êtes cinglé.

— C'est de famille, ma grande.

— Peut-être, mais la stupidité doit faire partie de vos gènes, dans ce cas, parce que vous avez oublié un point essentiel.

— Quoi ?

Ma voix est rauque, grondante. Quelle erreur est-ce que j'ai bien pu commettre ? Je me démène comme un dingue pour mettre en place toute cette histoire de fausse fiancée depuis si longtemps. Rien, je dis bien rien, ne viendra contrecarrer mes plans.

— Et si on vous demande des choses sur moi, hein ? rétorque-t-elle aussitôt.

Je pâlis. Mon souffle s'élève.

Merde, je n'avais absolument pas pensé à cela.

J'entrouvre les lèvres, incapable de dire quoi que ce soit, et comme si elle comprenait ma détresse, Siana se radoucit.

— Monsieur Sullivan… soupire-t-elle, vos proches sont-ils si terribles ?

— Ils utilisent chacune de mes failles contre moi, et cette année, j'ai décidé que ça n'arriverait pas. Je… j'avais prévu d'engager quelqu'un, pour tout vous dire. Une comédienne, une… femme. N'importe qui. Voilà pourquoi vous avez ce scénario entre les mains. Il y a les détails de notre rencontre, nos pires disputes, je n'ai rien laissé au hasard. Personne ne doit savoir que vous n'existez pas réellement, c'est clair ?

— Oui.

Elle a soudain l'air triste, ce qui m'énerve prodigieusement.

— Vous n'avez pas intérêt à me prendre en pitié, c'est clair ?

— Pourquoi est-ce que j'aurais pitié de vous ? demande-t-elle d'un ton furieux en se penchant pour me jeter un regard noir. Vous êtes un connard !

— Et vous, une employée incapable !

— Ça, c'était un coup bas, marmonne-t-elle avant de raccrocher.

Elle me tire la langue, et si elle savait ce que je voulais faire avec sa vilaine bouche, elle cesserait de me tenter sur le champ.

Le reste de la journée passe avec une lenteur infinie, et lorsque Siana a terminé sa journée, vers dix-huit heures, je quitte le bureau en même temps qu'elle. D'habitude, je planche ici jusqu'à près de minuit, mais depuis qu'elle est entrée dans ma vie, je déserte. Je continuerai le boulot à l'appartement, ce n'est pas grave. Il me faut juste… juste ce petit moment avec elle.

Dans l'ascenseur, la tension est pourtant à son comble.

Et le temps de sortir dans la nuit déjà tombée et le froid plus que brutal, je dois parler. Je dois… lui dire quelque chose. N'importe quoi. Pour la retenir encore une ou deux ou trois secondes près de moi. Trois secondes qui vont embellir ma vie, qu'elle m'adore ou qu'elle me haïsse.

— Je passe vous chercher dimanche à treize heures.

Elle renifle, agacée. Nous sommes tous les deux figés devant l'entrée de *Sullivan Inc*. Elle, le regard fixé droit devant elle et moi, qui la regarde, fasciné par toutes les émotions qui tempêtent en elle.

— Nous passerons dix jours dans ma famille.

Ses paupières battent rapidement. Sa bouche se pince.

— Un problème ?

— Un seul ? Non, il y en a des milliers, Monsieur ! Mon travail…

— Vous serez officiellement en vacances, la coupé-je.

— Justement, je vais prendre du retard.

Mais au moins, elle se reposera un peu. Je suis certain qu'elle dort mal, à en juger par ses traits tirés.

— Quoi d'autre ? J'ai des arguments pour tout ce que vous pourriez trouver à redire.

Je lui lance un sourire arrogant, auquel elle répond d'un air furieux. Pourtant, je me sens mal, tellement mal, quand ses yeux s'humidifient.

— Je n'ai jamais passé Noël sans mes parents, avoue-t-elle d'une voix cassée.

J'entrouvre les lèvres pour parler, mais cette fois, je n'ai rien de pertinent à dire. Rien qui pourrait suturer la plaie que je viens de lui infliger. Et voilà que je lui arrache une tradition familiale qui a l'air de lui tenir à cœur. Bon sang, qu'est-ce que je vais encore lui faire subir, après ça ? je ne sais même pas si je peux faire pire. Je me sens monstrueux. Je suis monstrueux.

— Désolé.

— Ne le soyez pas, crache-t-elle, hargneuse. Je me suis mise dans cette situation toute seule, étant donné que je suis « une incapable ».

— Puisque nous sommes sur la même longueur d'onde, tout est pour le mieux. Empaquetez des tenues classes et sophistiquées, dans vos bagages, Mademoiselle. Ma famille ne tolère pas l'indiscipline.

Je l'écrase d'un regard appuyé, mais elle hausse le menton en signe de rébellion. Petite peste.

— Vous plaisantez, j'espère ? Ce sera les vacances de Noël. Il est hors de question que je porte autre chose que des leggings. Et les rouges à paillettes de samedi dernier sont les moins pires.

Elle sourit avec suffisance, mais il est hors de question que je me laisse faire. Elle ne connaît pas ma grand-mère, elle ne sait pas que si elle se pointe habillée de la sorte, elle va s'en prendre tellement plein la figure qu'elle finira encore en larmes.

Marguerite a le don pour trouver nos points faibles et les exploiter.

— Ne jouez pas les malignes avec moi, ma belle, parce que je vous jure que vous allez perdre. Et perdre gros. Les tailleurs sont requis. Il n'y aura pas d'autre avertissement, c'est clair ?

— Je n'en ai pas.

— Trouvez-en.

— Et si je n'ai pas envie ?

— Alors je vous en trouverai moi-même, grogné-je.

Là, j'attrape son poignet et l'entraîne avec moi le long du boulevard.

— Qu'est-ce que vous faites ? couine-t-elle en trottant pour marcher au même rythme que moi.

— Je fais ce que je vous ai promis. Je vais vous trouver de quoi vous habiller.

— C'est… C'est une très mauvaise idée, halète-t-elle tandis que je l'entraîne vers une boutique de prêt-à-porter. S'il vous plaît, Monsieur, lâchez-moi !

Le son de sa voix a quelque chose qui me fait tiquer, mais je ne peux pas la laisser faire, la laisser se ridiculiser devant ma grand-mère. Elle va se faire dévorer toute crue.

J'entre dans la boutique.

Une vague de chaleur nous frappe de plein fouet.

— Arrêtez, maintenant. Je ne trouve pas ça drôle du tout ! panique Siana en tentant d'échapper à ma poigne de fer.

Mais je ne la relâche pas. Au contraire, même, je la pousse délicatement devant moi, tandis que deux vendeuses se plantent devant nous, les sourcils haussés et un air impassible sur le visage.

— Knox, me supplie Siana en me regardant avec son air le plus vulnérable.

Je ne comprends pas ce qu'elle a. Je ne comprends pas ce qui la panique autant. Jusqu'à ce que je demande à ces deux femmes des tailleurs de marque pour ma fiancée.

— Monsieur, toussote la plus grande d'entre elles.

Elle s'approche de nous, et regarde Siana des pieds à la tête.

— Nous ne faisons pas sa taille.

Ma prise se relâche un peu sur son poignet, et elle en profite pour se libérer. Elle me jette alors un regard humilié, dévasté, qui me bousille tout entier, et elle quitte le magasin sans un mot de plus.

Chapitre 22 — Knox

Siana m'a quitté. Abandonné.

Ici, sous les néons d'une boutique qui se veut à la mode alors que tout ce que je vois soudain, c'est de la merde.

Et elle a eu raison de se tirer, bon sang.

Choqué, je regarde les vendeuses et, les poings serrés, j'avance dans le magasin. Enfouis les mains dans les portants pour en sortir quelques vêtements que je finis par balancer au sol.

— Nous… nous allons du trente au trente-quatre, Monsieur.

— Et c'est quoi, votre but, bordel ? De ne pas vendre de fringues, ou quoi ?

— C'est juste que… nous pensons que…

— Je n'en ai rien à foutre de ce que vous pensez, en réalité. Si vos esprits sont aussi pourris que vos idéaux, vous pouvez vous les garder.

— C'est juste que… tente-t-elle à nouveau.

Je n'attends même pas sa réponse pour sortir à mon tour. Je cours pour remonter l'avenue à la recherche de Siana, mais je ne la trouve nulle part. Persuadé qu'elle ne voudra plus jamais me parler, je rentre à l'appartement, et y passe une nuit blanche, angoissé à l'idée de revoir cette femme que je ne cesse de blesser. Pourtant, le samedi, je ne peux pas m'en empêcher. Il faut que je la voie, que je m'excuse, que je lui dise qu'elle n'a pas besoin d'une taille trente-quatre pour mériter d'être belle, magnifique, une vraie petite peste guerrière.

Je roule jusqu'à chez elle, profite de la sortie d'un des habitants pour m'immiscer dans le hall, et je monte à son étage.

Quand je frappe à la porte, c'est Leilani qui m'ouvre, à ma plus grande déception.

— Qu'est-ce que vous faites ici, espèce de salaud ! s'écrie-t-elle en me sautant au cou pour me frapper.

Ou tâter mes muscles ? J'ai un peu de mal à le dire, là.

— Vous avez fait pleurer Siana ! Comment avez-vous osé, après tout ce qu'elle a traversé ? Elle ne m'a rien dit du tout, mais je vous préviens, ça ne m'empêchera pas de vous tuer et de vous porter sur mon dos jusqu'au fleuve pour vous balancer dedans. Abruti !

Avant qu'elle ne me claque la porte au nez, je la coince de mon pied et entre dans l'appartement.

— J'ai besoin de la voir.

— Elle n'est pas là.

— Alors j'attendrai jusqu'à ce qu'elle rentre.

— Bon d'accord, elle est là, marmonne Lani. Mais elle n'a pas envie de vous voir.

— C'est comme ça tous les jours, je le crains, ricané-je.

Leilani prend une profonde inspiration, puis va chercher un rouleau à pâtisserie dans la cuisine où, apparemment, elle prépare un gâteau au chocolat.

— Ça, dit-elle en pointant le cake, c'est pour son petit cœur que vous avez massacré, sale monstre. Et ça…

Elle claque son rouleau à pâtisserie dans sa main.

— C'est si j'entends le moindre sanglot, le moindre cri, ou le moindre couinement de ma meilleure amie, pigé ?

— C'est très clair.

— Chambre du fond à gauche, grommelle-t-elle alors.

Je traverse l'appartement, étonné qu'il puisse contenir autant de foutues guirlandes et sapins, puis je frappe à la porte.

— Va-t-en, j'veux voir personne, Lani.

— Ce n'est pas Lani, ça tombe bien, dis-je en pénétrant dans la pièce.

Je souris en la voyant toute pelotonnée dans un lit deux places, sa couette entortillée autour de son corps, et une couverture en pilou rose par-dessus.

Je me serai attendu à des décorations de Noël de partout, et c'est encore pire que dans mes cauchemars les plus terribles. Même le tapis en poils crème au pied du lit clignote.

— Qu'est-ce que vous faites là ? hoquète Siana en se redressant.

Les couvertures glissent au bas de son corps.

Je ferme la porte de la chambre, m'y adosse, et aperçois le tee-shirt minimaliste qu'elle porte. Et qui laisse apercevoir tout son flanc à la peau dorée. J'en ai l'eau à la bouche.

Elle doit être en petite culotte, une culotte minimaliste. Enfin, je l'espère, parce que bon sang, j'ai l'impression qu'elle n'a aucun autre vêtement, sous cette couverture qui descend bas sous son nombril, et je ne pourrais pas survivre à une seconde supplémentaire de cette femme à moitié nue près de moi.

— Je suis venu ici pour vous parler. Parce que…

— Ce n'était pas la peine de faire le déplacement, Monsieur. Je ne veux plus jamais vous voir. Honnêtement, je préfèrerai même me retrouver à la rue que de passer Noël avec vous. Allez-y, virez-moi. Je n'attends que ça.

Un petit sanglot lui échappe. Elle essaye de jouer les femmes fortes et sûres, mais la perspective de perdre un emploi qui lui tient à cœur la blesse.

— Ne dites pas n'importe quoi, mademoiselle Pérez. Je sais que vous aimez ce job, je sais que vous l'adorez, même. Je suis la seule épine au fond de votre petit postérieur délicat, en réalité.

— On dit « avoir une épine dans le pied », pas dans les fesses.

— Quoi qu'il en soit, vous avez trop de cran pour laisser tomber à cause de moi.

— C'est faux. Je suis prête à ne plus jamais voir un tableau de ma vie si ça m'éloigne de vous, gronde-t-elle en haussant le menton.

Amusé, je m'assois sur le bord de son lit, et la regarde avec douceur.

— Je m'excuse pour hier soir. Mon comportement était intolérable et immonde. J'étais paniqué, vous n'imaginez même pas à quel point. Je voulais juste vous protéger des réflexions de Marguerite, mais franchement, venez chez nous comme vous êtes. Entièrement, totalement sublime, peu importe ce que vous portez. Mais venez quand même. Qu'est-ce que dix jours passés avec un imbécile à côté d'une vie entière à étudier des œuvres d'art que vous serez la seule à pouvoir toucher, dépoussiérer, expertiser avec autant de passion ? Vous ne méritez certainement pas de vous retrouver avec moi, c'est clair. Mais ce que vous méritez, en revanche, c'est d'avoir un emploi qui vous plaît, et je sais que c'est le cas.

Elle lève ses beaux yeux au ciel, et se redresse pour s'adosser à ses coussins.

Je vois… je vois sa poitrine se soulever avec intensité tandis qu'elle inspire profondément. Je vois… les petits pingouins adorables portant des bonnets de Noël et des écharpes rouges qui se dandinent à chacun de ses souffles.

Je détourne le regard.

Avant qu'elle ne me rende encore fou de désir.

— Alors ? Qu'est-ce que vous décidez ? Me supporter, ou fuir ?

— Vous supporter, maugrée-t-elle.

— Tant mieux. J'aurais détesté vous renvoyer, miss Cactus.

— Pourquoi ?

— Parce que votre travail est remarquable malgré quelques petits couacs, souris-je.

Cela la fait rougir.

— Je suis tellement confuse, vous savez. J'étais sûre…

— N'en parlons plus. J'ai mieux à vous proposer.

— Ah bon ?

— Oui. Parlez-moi de vous. Je veux tout savoir, de A à Z.

— Vous me demandez cela en tant que fiancé ou en tant que patron ?

— Les deux, mademoiselle Pérez, alors ne me décevez pas. Et si vous êtes bien sage, j'irai risquer ma vie auprès de Lani pour vous apporter un morceau de gâteau au chocolat.

— Oh, mais il fallait le dire tout de suite, aussi !

Je m'installe confortablement, dans la même position qu'elle. Allongé, adossé aux oreillers et les mains croisées devant moi. Et je regarde sa déco dégoulinant de lumière, de pompons, de paillettes et de gnomes, pour ne pas voir son tee-shirt trop court qui dévoile son ventre charnu, son nombril, et ce qu'il y a dessous. Cette peau crémeuse et… bordel… peut-être nue…

Puis j'attends impatiemment, si impatiemment qu'elle commence à m'en dire plus sur elle. J'ai envie de tout savoir de cette femme, c'est dingue.

— Alors euh… Je suis d'origine colombienne, et j'adore les artistes français, et le Pop Art.

— Dites-moi des choses qui ne sont pas dans votre CV, Siana. Des choses que je ne connais pas encore, des choses qui sont personnelles.

Je tourne la tête vers elle, l'observant rougir.

— Je… je suis très sensible.

Ça aussi, je le savais déjà, mais la voir sourire avec timidité est trop adorable pour que je la rabroue.

— Et aussi, j'exprime toujours mes émotions. C'est un truc de Latina. Si on les garde toutes à l'intérieur, ça finit par devenir dangereux, glousse Siana. Nous, on est volcaniques, et il ne vaut mieux pas provoquer d'éruption, n'est-ce pas, monsieur le malpoli anti-sapins ?

— Je ne suis pas anti-sapins ! Je trouve juste qu'en avoir un de six mètres dans mon hall, c'est inutile.

Elle ouvre la bouche, choquée.

— Anti-sapin, marmonne-t-elle alors.

— Parlez-moi encore de vous. Dites-moi comment vous connaître mieux, miss Cactus.

— Mais je déteste ça, je n'aime pas parler de moi !

— Bon, laissez-moi poser les questions. Quelle est votre couleur préférée ?

— Le vert… sapin.

Je ricane.

— Votre plat préféré ?

— J'aime tout ce qui se mange et qui ne contient pas de brocolis.

— Votre film préféré ? Musique favorite ? La marque de chocolat que vous achetez le plus souvent ?

— *Kung-fu panda*, ça compte pour un film ?

— Oui, ris-je. Ça compte.

— Alors *Kung-fu panda*. Pour le chocolat, je ne fais pas de favoritisme, allons ! Et pour la musique, en ce moment, c'est tout ce qui est chants de Noël. Dès que je le peux.

— Et même au bureau, j'avais remarqué.

— Désolée. Je vous jure que je ne pensais pas que vous l'entendiez depuis l'autre bout du couloir.

— Pas grave. Ce n'était pas si mal d'avoir un peu d'ambiance au boulot.

Ses yeux s'illuminent, et la joie qu'elle ressent s'inscrit sur chaque trait de son visage.

— Alors quoi d'autre ? Chien ou chat ?

— Je préfère les rennes.

— Et quand ce n'est pas la période de Noël ?

— Alors les poneys.

— Votre ville préférée ?

— New York, allons !

— Votre tableau de maître préféré ?

— Toute la série des Nymphéas. J'ai un petit peu pleuré quand j'ai dû le remballer pour votre client.

— Qu'est-ce que vous allez faire avec tout votre argent, maintenant que vous êtes riche ? Une petite folie en tête ?

— Oh non ! Je vais me contenter d'être heureuse en sachant que je pourrai payer tous mes prochains loyers sans un jour de retard.

— C'est très sage, ça.

— Parfois, je ne suis pas impulsive. Parfois, seulement.

— Dommage, j'aime bien que vous me criez dessus. Vous êtes la seule à avoir le courage de le faire.

— C'est parce que je suis stupide ! Non, mais engueuler son patron alors qu'on vient d'être engagée, c'est bête, non ?

— Pas quand il le mérite. C'est normal de dire ce que vous pensez, surtout que vous avez raison.

— Pour ?

— À peu près tout, grogné-je. Allez, j'ai une dernière question à vous poser. Pourquoi aimez-vous tant Noël ?

— Vous rigolez ou quoi ? Parce que Noël, c'est magique ! Vous avez déjà vu New York briller autant ? Tout est sublime, tout est pailleté. Et quand il neige… Oh là là, ça devient si pur, si splendide ! Je ne m'en lasse pas. Et puis c'est aussi l'occasion de renouer davantage avec la famille. À Noël, on oublie toutes les petites disputes stupides et on repart à zéro après un gros câlin. C'est comme ça. On pardonne tout à Noël.

— C'est une très jolie façon de voir les choses.

Et j'aimerais sincèrement pouvoir faire de même.

— Vous savez, je ne suis jamais entré dans un magasin de Noël, mais être ici, ça me donne l'impression d'y être. Vous n'auriez pas une sorte de toc, par hasard ? Une déviance. Une obsession ?

Elle glousse, ce qui apaise les battements erratiques de mon cœur.

— J'ai vu trop grand, c'est ça ? Désolée. Ma chambre était vide la semaine dernière, encore. Je ne voulais pas la décorer. J'avais l'impression de ne pas le mériter, pas en étant incapable de trouver un emploi. Alors quand j'ai signé chez vous, la première chose que j'aie faite, c'est de récupérer les décorations qui ne rentraient pas au salon, et j'ai enfin aménagé ma chambre. Vous aimez mon tableau Père Noël ?

Cette horreur se trouve accrochée au mur, juste en face du lit.

— Il est… grand. Très grand. Et on dirait aussi qu'il est sur le point de mourir, ce pauvre homme.

— Hé ! C'est moi qui l'ai peint avec amour !

— Heureusement, vous êtes meilleure pour observer les tableaux que pour les faire.

— C'est très méchant, boude-t-elle.

— Excusez-moi. Votre Père Noël zombi est magnifique, je suis juste jaloux de votre talent, me moqué-je.

Ravie, elle bat des paupières avant d'observer sa toile, une pointe de fierté au fond des yeux.

— Bon, vous avez mérité un peu de gâteau, je pense. Je reviens dans un instant.

Je me lève, et rallie la cuisine avant d'ouvrir tous les placards pour chercher une assiette et des couverts. Je découpe une énorme part de cake sous le regard attentif de Leilani qui m'a rejoint et me fixe avec intensité, juste au cas où je voudrais piquer une petite cuillère.

— Je vois une seule assiette… lâche-t-elle en haussant ses sourcils noirs. Et deux fourchettes.

— Ça s'appelle partager, Mademoiselle.

— Partager ? ça s'appelle du vol, oui ! Siana vous a proposé la roue sous son lit pour vous dépanner, et vous, vous lui piquez sa part de gâteau alors qu'elle a pleuré toute la semaine à cause de vous ? Vous êtes un monstre.

Je me fige, un peu honteux.

— Elle a pleuré toute la semaine ? répété-je.

— Bien sûr ! Qu'est-ce que vous croyez ? Ça faisait deux ans qu'elle n'avait eu aucun rapport avec un homme, parce que ce qu'elle aime, cette femme, c'est la tendresse et la passion, pas les ploucs qui veulent se taper des coups d'un soir. Son compteur est revenu à six jours sans abrutis dans sa vie, à cause de vous.

Bordel…

— Vous savez, rares sont les personnes à pouvoir m'insulter sans me faire réagir, Leilani. Je vous accorde cet honneur, mais ne tirez pas trop sur la corde. Je l'ai mérité. Mais je vais me rattraper.

Ses joues rougissent et elle me rejoint en volant ma fourchette et en me la pointant sur le torse.

— Si jamais vous tripotez encore mon amie pour lui dire de dégager juste après, je vous dépèce avec ce couvert, c'est clair ?

— Parfaitement.

Avec un air de défi, elle range la fourchette, me privant ainsi de dessert. Mais ce n'est pas très grave, parce que je n'ai qu'une envie, là, c'est de retourner auprès de Siana.

J'attrape l'assiette à dessert, l'unique fourchette avec des petits cœurs gravés à l'intérieur et je retourne dans la chambre de Siana. Je la retrouve allongée, les bras relevés au-dessus de sa tête et son tee-shirt trop court dévoilant son ventre plat et charnu. La couette, qui lui arrive toujours sous le nombril, me donne de plus en plus l'impression qu'elle est nue, là-dessous, et ça me file des bouffées de chaleur que j'ai du mal à maîtriser.

— Vous êtes revenu ! glousse-t-elle. J'aurais juré que Lani vous mettrait à la porte, pour être honnête.

— Elle m'a juste menacé d'une mort lente à la fourchette. J'ai connu pire…

Elle éclate de rire en se redressant, et je m'assois sur le bord du matelas avant de lui tendre mon offrande.

— Je sais que ça ne suffira pas à me faire pardonner tout ce que je vous ai infligé, d'autant que je ne l'ai pas préparé moi-même, mais je me rattraperai, c'est promis. Un jour, vous ne me détesterez plus.

— On verra…

Elle commence à déguster son gâteau en râclant la crème onctueuse et chocolatée sur le dessus. Je la regarde faire. Bon sang, je n'ai jamais eu autant envie d'un dessert que celui-ci. Dévoré à même sa peau tendre et du bout de la langue.

Mon pouls accélère. Mon regard se focalise sur ses lèvres. Sur sa poitrine qui se soulève doucement. Sur ses mains délicates et les interdits qui se cachent sous sa couette. J'ai le cœur qui souffre, là. J'ai… des baisers plein la tête.

— Lani m'a dit que vous aviez pleuré toute la semaine, finis-je par déclarer.

Elle grogne, et rougit sans oser lever la tête.

— Je vais la tuer. On ne balance pas les secrets de sa meilleure amie comme ça, bon sang !

— Je ne voulais pas vous donner l'impression de profiter de vous, Siana. Mademoiselle Pérez. Ce qui s'est passé dans mon bureau…

— N'en parlons plus, me coupe-t-elle en me jetant un regard sévère.

— D'abord, je mets les choses au clair, puis nous n'en parlerons plus jamais, si c'est ce que vous souhaitez.

Je me contenterais d'y penser.

Et j'ai l'impression qu'elle m'a entendu, parce qu'elle se renfrogne davantage.

— Je refuse d'avoir des relations avec mes employés. C'est une question de principe, d'abord, parce que j'ai une position de supériorité et quand je vous ai dit de sortir de mon bureau, vous avez immédiatement pensé que j'allais vous renvoyer. Vous voyez à quel point ça pose problème ?

Elle hoche la tête, et grignote un tout petit bout de gâteau, comme si je lui avais soudain coupé l'appétit. Je sais qu'elle pense à Andrew. Je sais qu'elle a toujours aussi peur que la situation se répète et que je la traite comme ce salaud l'a fait. Ça n'arrivera jamais.

— Voilà pourquoi je me suis emporté. Avec vous, j'ai craqué. J'ai cédé. Et bien comme il faut en plus, bordel. Siana, je n'avais plus embrassé, plus touché de femme depuis des années et vous vous pointez, toute mouillée et désespérée, et voilà qu'une semaine après notre rencontre, je vous allonge sur mon bureau pour vous dévorer jusqu'à crever d'envie d'en avoir plus ! ça m'a décontenancé. J'ai mal réagi. J'aurais dû être plus doux, vous expliquer les choses calmement, mais la douceur et moi, ce n'est pas compatible. Je ne sais pas faire. Vous blesser a pourtant été l'une des pires choses que j'aie faites de ma vie, que ce soit ce jour-là ou hier ou tout ce qu'il y a eu entre temps. J'ai l'impression de passer mon temps à vous heurter. Je me sens mal. Sincèrement.

— Pas grave, dit-elle d'une petite voix avec une moue triste. Vous ne l'avez pas fait exprès. Enfin, je crois ?

— Non, vous avez raison. J'ai passé toute ma vie à ne pas me préoccuper des autres ou de ce qu'ils ressentent. Ça a fini par devenir une habitude de me comporter comme un connard, que je le veuille ou non. Mais si j'avais su que ça vous mettrait dans cet état, j'aurais mieux agi.

— C'est le principal.

Avec un grand sourire, elle me tend son assiette où il reste pile la moitié de son gâteau.

— On partage ?

— Seulement si vous n'en dites rien à Lani. Je n'ai pas le droit de vous voler votre chocolat.

— Promis, je me tais. Je serais triste de devoir nettoyer la salle de bain après votre meurtre.

— Me voilà rassuré.

Je mange ma part de cake, et bon sang, il est délicieux !

— J'avais un peu peur que ce truc ait un coulis de chou caché à l'intérieur, mais c'est bon !

— Lani est une pâtissière de génie. Mais une très très mauvaise cuisinière. Vous voyez à quel point c'est un cadeau que je vous fais en vous laissant la moitié de ma part ? glousse-t-elle.

— Oui, je suis touché. C'est le plus beau cadeau qu'on ne m'ait jamais fait !

Et je suis sincère, connaissant son amour pour la nourriture.

— Bon, je vais vous laisser à présent. N'oubliez pas, je passe vous chercher demain à treize heures, pour dix jours de *vacances* dans ma famille.

— Pourquoi est-ce que j'ai l'impression que ce sera loin d'être de tout repos ?

— Je ne veux pas vous faire peur, alors je ne répondrai pas à ça, ris-je.

Déjà que je l'éloigne de ses proches alors qu'elle semblait se faire une joie de passer son Noël en famille. Pas la peine de lui dire qu'il y aura dix jours de disputes et de haine à peine contenue dans la villa.

— À bientôt, miss Cactus. Lisez bien le document que Lilly vous a remis.

— Vous parlez du dossier de cent deux pages sur tout ce que vous aimez et détestez au monde ?

— Tout à fait.

Je lui sers un grand sourire amusé.

— Bonne lecture, surtout. J'ai cru comprendre que les pavés ne vous faisaient pas peur, de toute façon.

Je lance un regard sur une pile de vieux livres classiques épais, aux dos dorés.

— En général, ce sont des histoires qui me plaisent, pas les petits secrets d'un gosse de riche.

— Ce ne sont pas des secrets.

— Vraiment ? Pas même le fait que vous ne portiez que des boxers Armani.

— Hum…

Je rougis, et détourne le regard.

— Oui bon, ce n'est pas vraiment le genre de chose dont je parle à tout le monde. Je l'ai mis dans le dossier juste au cas où. Je ne sais même pas pourquoi, en réalité. Mais du coup, vous l'avez lu ?

— Je l'ai feuilleté parce que je m'ennuyais et je voulais vous détester un peu plus en vous connaissant mieux. Vous savez, on peut torturer un homme avec toutes les informations précieuses que vous m'avez données.

— Ah ?

— Oui ! Par exemple, vous dites que vous n'aimez que le café noir et extra fort en guise de boisson chaude le matin. Si vous m'énervez chez vos parents, et que je vous prépare une tasse, je pourrais très bien y ajouter plein de sucre, du lait de soja, de la crème à la vanille, des rondelles de cornichon et je vous dirais, devant tout le monde, que je vous ai apporté votre boisson préférée. Vous seriez obligé de tout boire.

— C'est diabolique, et j'ai comme l'impression que vous y avez beaucoup réfléchi, je me trompe ?

— Du tout. Je prépare ma vengeance et j'ai hâte de lire le passage du manuel sur vos allergies. Un pas de travers, monsieur Sullivan, et vous regretterez de m'avoir choisie comme fiancée.

J'éclate de rire, mais le son s'étrangle douloureusement dans ma gorge quand elle se lève enfin du lit. Je m'attends à la voir à moitié nue, à apercevoir ses jolies fesses une nouvelle fois ou sa petite chatte que je rêve de déguster encore et encore jusqu'à l'entendre jouir.

Mais je suis soulagé — ou pas ? — de réaliser qu'elle porte un vieux jogging trop large qui descend au bas de ses hanches et laisse apercevoir la dentelle sensuelle d'une culotte jaune.

— Je vous accompagne en bas.

— Merci. C'est pour me protéger en cas d'attaque au couteau de cuisine ?

— Ou de braquage. Ou de vol de roues et d'enjoliveurs. Je suis connue pour être une dure à cuir dans le quartier. Un jour, j'ai fait pleurer un mec parce qu'il voulait me voler mon sac à main.

J'avais un donut au chocolat à l'intérieur. Le tout dernier qu'il restait à la boulangerie. Il fallait bien que je le sauve !

— Dire que je vous ai demandé votre couleur préférée alors que j'aurais pu apprendre cette anecdote plus tôt, me moqué-je.

Siana sourit, ouvre la porte et aussitôt, Lani s'agenouille dans le canapé pour se tourner vers nous. Elle observe sa colocataire, satisfaite de ne pas la voir en pleurs, puis elle me fusille du regard. Et fixe à nouveau Siana en haussant les sourcils avant de baisser les yeux vers son jogging. Aussitôt, ma fiancée rougit et enfile un long peignoir en pilou rouge, avec le col et les revers de manches blancs.

Je la regarde des pieds à la tête. Je n'ai jamais vu de mère Noël aussi sexy de toute ma vie.

— Ne prenez pas cette chose pour aller chez Marguerite, soupiré-je tout de même.

— Pourquoi ? Il est très classe mon peignoir ! C'est Lani qui me l'a offert, en plus.

— Ouais, et il est tout chaud ! On est en hiver, je vous signale, grogne sa coloc. Si vous vous imaginez qu'elle va se trémousser en pyjama d'été pour vos beaux yeux, vous rêvez ! Siana, opération pilou pilou immédiatement !

Leilani quitte le sofa pour marcher vers nous, nous bousculer et entrer dans la chambre de son amie. Siana glousse, et au lieu de la rejoindre, elle m'entraîne vers la porte de l'appartement, puis nous rejoignons le hall. Cet endroit sombre, froid, trop décoré, où je l'ai embrassée pour la première fois jusqu'à ce que chaque millimètre de ma peau brûle d'elle.

— À demain, monsieur Sullivan, sourit-elle avec tendresse, comme si elle n'avait aucun souvenir de ce moment qui, lui, est gravé en moi au fer rouge. Et ne vous inquiétez pas, mes pyjamas en pilou ne sont pas si moches que ça. Sauf celui en poil de Grinch. Ou celui avec des petits bonshommes en pain d'épice qui ont l'air un peu pervers. Ou celui…

— J'ai compris, soupiré-je. À demain. Ne soyez pas en retard.

— Aucun risque !

Elle lève le bras, dévoilant son poignet affublé de sa montre Bob l'Éponge.

— Je croyais qu'elle ne fonctionnait plus.

— Bien sûr que si ! Je l'ai mise dans du riz pour la déshumidifier. Elle est comme neuve, sauf que Bob est tout gondolé et qu'il a l'air d'un crapaud, à présent.

— Quelle triste nouvelle, me moqué-je.

Puis je pars, même si je n'en ai pas la moindre envie.

Je pars, parce que j'ai besoin de l'embrasser.

Je pars, parce que c'est mieux pour elle.

Chapitre 23 — Siana

Je passe le reste de mon samedi à préparer ma valise, en y fourrant mes leggings les plus beaux, mes pulls les plus chauds, et mes chaussettes aux motifs les plus voyants.

Pas question que je passe mes vacances de Noël habillée comme une bourge coincée, alors que les températures ne cessent de baisser.

Lani, allongée de tout son long dans mon lit, se moque encore de moi à cause de mon jogging à la noix, dont les poches regorgent encore de miettes de chips. La honte !

Tandis qu'elle feuillette le dossier de Knox, elle me lit les informations les plus capitales ; Ou plutôt, les moins chiantes, histoire que j'en connaisse un peu plus sur lui.

— Oh là là, monsieur est un passionné de belles voitures. Il possède une Ferrari, une Maserati et sa Bentley est une petite merveille de collection.

— Ah bon ? Mais pourquoi est-ce qu'il s'entête à venir ici avec ? Il prend des risques.

— Je ne sais pas. Par la fenêtre tout à l'heure j'ai vu Charly rôder autour. Je crois qu'il surveille son véhicule parce qu'il sait que Knox est un ami à toi.

— C'est trop gentil. Je lui descendrai un bout de gâteau et un chocolat chaud tout à l'heure.

— Bonne idée.

Leilani feuillette encore l'épais dossier, et glousse comme une idiote.

— Il est allergique aux myrtilles. Imagine, ne plus jamais manger de pancakes à la myrtille de sa vie ! Ça doit être si triste.

— Si c'est sa vie qui est en jeu, il ne doit pas être triste de ne pas en manger, je pense.

— Mouais, c'est vrai. Tiens, il dit aussi qu'il déteste les cornichons, c'est bon à savoir si jamais tu dois lui faire un sandwich un jour où il t'énerve.

— Ou un café, gloussé-je. Donne-moi d'autres infos que je peux utiliser contre lui.

— Il déteste beaucoup de choses, cet homme, en vrai. La moutarde, les yaourts nature, la citrouille.

— J'imagine déjà le sandwich de la mort que je pourrais lui préparer !

— Il va s'en mordre les doigts, s'il te fait encore pleurer.

— C'est clair. Ma vengeance sera terrible.

Lani me sort un rire diabolique, puis elle se lève avant d'attraper mes nuisettes pour les fourrer dans ma valise. Elle a décidé que finalement, les pyjamas en pilou seraient inutiles.

— Au cas où, lance-t-elle avec un clin d'œil.

— Au cas où quoi ?

— Je ne sais pas, *miss Cactus*. Au cas où les choses changent entre vous. Ou au cas où son frère soit sexy.

— Lani !

Je ne veux pas le lui dire, mais en toute honnêteté, personne ne pourrait être aussi sexy que Knox. Il me fait un peu frétiller de partout ; un simple regard de sa part me rend rêveuse. Même si je le déteste encore un tout petit peu.

— Tiens, regarde s'il y a un chapitre sur sa famille. Peut-être que je devrais me mettre à jour avant de les rencontrer, ce serait bien.

— Oh oui, tu as raison. Tu as tout de suite lu le passage sur ses caleçons, et même pas sur ses proches. Ça en dit long sur toi, ma fille !

— Hé !

Elle rit à nouveau et retourne au lit pour tourner page après page, découvrant enfin ce qui nous intéresse tant.

— Mon Dieu, Siana ! La maison familiale est à Old Greenwich !

— Quoi ? m'écrié-je.

C'est un coin ultra riche, mais genre, même avec tous les sous sur mon compte en banque, je ne pourrais pas acheter un abri de jardin là-bas !

— La demeure de Grand-mère Sullivan est une villa somptueuse sur trois étages, où elle vit avec l'un de ses petits-fils, le frère de Knox. Il s'appelle Graham, et apparemment, il n'a pas d'emploi. Mais il a un enfant. Le père de Knox est divorcé, mais a une nouvelle compagne, et la grand-mère est veuve.

— C'est tout ce qu'il y a sur eux ?

Elle tourne une page pour tomber sur le chapitre sur ses lectures préférées. Qui fait une certaine épaisseur.

— Oui. Apparemment, il n'a pas grand-chose à dire sur sa famille.

— J'ai cru comprendre qu'ils n'étaient pas en très bons termes. Ça me fait un peu peur. Je n'ai pas envie de tomber au milieu d'une guerre des clans en plein Noël !

— Ça va aller. Au pire, un seul coup de fil, ma chérie, et je viens te chercher avec toute ma famille à moi. Tu sais comme mes frères peuvent faire peur.

Oh ça, c'est bien vrai ! Ils ne sont pas commodes. Même Knox, à côté d'eux, passerait pour un enfant de chœur.

— Rassurée ?

— Totalement. Merci, Lani.

Je la serre dans mes bras aussi fort que je le peux, et le soir venu, je me remets au lit avec, en guise de lecture, la liste des livres préférés de Knox, le pourquoi et le comment, et surtout, ses petites annotations personnelles sur les personnages principaux et leurs idéaux.

Je me retrouve à sourire, en caressant ses mots qu'il a rajouté au stylo entre chaque paragraphe, et je suis émue de voir que nous avons certaines œuvres en commun. *Oliver Twist. La petite fille aux allumettes. Raison et sentiments.*

Mon Dieu, mon cœur se serre de ce lien étrange qui vient de naître entre lui et moi, alors que je fouille dans ces informations que personne ne connaît à propos de lui et que moi, j'engrange comme un précieux trésor.

Quand le dimanche arrive, je dévore un petit-déjeuner de compétition avec Lani. Notre repas de pré-Noël à nous, que nous faisons généralement le vingt-trois décembre, avant que je ne parte pour rejoindre mes parents dans leur maison de banlieue. À midi, j'ai déjà l'estomac trop noué pour ingurgiter quoi que ce soit, et quand Knox frappe enfin à la porte, je suis en pleine panique.

— J'suis pas prête, j'suis pas prête pour ça ! couiné-je à Lani en piétinant au milieu de notre salon. Les décos vont me manquer. Si ces gens sont comme Knox, leur maison sera toute simple. Toute simple, Lani ! Sans… rien… en… rapport… avec… Noël. Je ne peux pas vivre comme ça pendant dix jours !

— Mon neveu à huit ans à peine, miss Cactus. Ma grand-mère aura joué le grand jeu pour lui faire plaisir. Il est encore trop jeune pour la décevoir pour le moment, de toute façon, alors elle l'aime un peu, m'informe Knox à travers le battant.

Je rougis, et Lani glousse en secouant la tête.

— J'suis pas prête, répété-je tout bas, juste pour elle.

— Bien sûr que si, ma chérie. Tu vas être la fausse fiancée la plus parfaite au monde, et après cette mascarade, tu retourneras au bureau et tu ne feras plus jamais la moindre boulette. Au pire, si tu recommences, il te proposera sûrement un faux mariage, et le problème sera réglé.

— J'en serais capable, marmonne Knox.

C'est à mon tour de rire, et alors que je me tiens figée dans le salon, Lani va ouvrir à mon patron.

Knox entre, l'air sévère et un peu angoissé, lui aussi. Pourtant, dès qu'il pose les yeux sur moi, son regard s'illumine et sa mâchoire se contracte davantage. Il me balaye des pieds à la tête, s'arrêtant çà et là, sur mes bas et mon chemisier noir échancré. Sur mes escarpins et ma minijupe framboise. Je rougis encore plus.

— Je… je n'ai toujours pas de tailleurs, j'en suis navrée. Ce sont mes vêtements de travail et j'espère que ça ira parce que je n'ai rien d'autre qui soit assez classe dans mon armoire pour convenir à vos critères sûrement bien plus élevés que cela, mais…

— Mademoiselle Pérez, me coupe-t-il.

— Quoi ?

— Vous êtes parfaite. Enfin, vos vêtements. Vos vêtements sont parfaits.

Lani toussote près de nous.

— Ce n'est pas ce qu'il a dit en premier, chuchote-t-elle en passant à côté de moi.

Elle me serre alors dans ses bras, puis va chercher ma valise tandis que j'enfile mon manteau en moumoute rouge.

Même s'il fait près de moins dix degrés dehors, et qu'il a commencé à neiger, Lani m'accompagne à la Bentley et me dit au revoir jusqu'à ce que la voiture ait quitté la rue. J'ai envie de pleurer.

— Je suis désolé, murmure Knox d'un ton étrange.

— Non, c'est de ma faute. Si je n'avais pas fait d'erreur en contactant nos clients, rien de tout cela ne serait arrivé.

— Vous serez peut-être rassurée d'apprendre que Mei a finalement accepté notre contrat, par ailleurs. Elle m'a appelé ce matin.

— Hum, hum, marmonné-je, étrangement jalouse que cette femme puisse l'appeler un dimanche au petit matin.

— Alors, avez-vous bien étudié votre dossier, Mademoiselle ?

— Oh oui, je connais vos goûts et vos passions sur le bout des doigts, soupiré-je en levant les yeux au ciel. Mais vous savez, ce n'est pas en apprenant la couleur préférée des gens qu'on les découvre vraiment, Monsieur. Connaître réellement une personne, c'est savoir quand elle va mal, même si elle dit qu'elle va bien.

Comme lui à cet instant, tellement crispé qu'il serre son volant de toutes ses forces, à mesure que nous quittons New York sous une neige épaisse et sublime. Se rapprocher de sa famille le rend plus que nerveux. Je déteste le voir comme cela, comme si ce séjour était une véritable épreuve pour lui.

— Connaître quelqu'un, c'est savoir lui dire que tout ira bien, même si c'est faux.

— C'est stupide.

— Vraiment ?

Je souris en posant la main sur sa cuisse musclée, qui tressaille un peu à mon contact. Knox pose alors une main sur la mienne, et la caresse une seconde.

— Tout va bien se passer, vous verrez. Et puis si on s'arrête en chemin pour acheter des donuts, je pourrai les jeter sur vos proches pour vous protéger.

— Je croyais que vous étiez contre le lancer de bonne nourriture ?

— Pour vous, je suis prête à me séparer d'une ou deux pâtisseries. Mais pas plus, je vous préviens ! J'ai des limites !

— Merci, mademoiselle Pérez, rit-il alors. Merci pour tout.

Je tapote sa cuisse, et me concentre sur la route dont le paysage change rapidement. Les buildings disparaissent, et de petites villes chics et couvertes de neiges défilent au fil des heures.

— Parlez-moi de votre plus beau souvenir d'enfance, demandé-je alors. Je sais que votre couleur préférée est le noir, mais je ne sais rien de ce que vous appréciez réellement. Par ailleurs, le noir n'est pas une couleur. Je dis ça…

— Bien sûr que c'est une couleur ! Et mon plus beau souvenir d'enfance, c'est sans conteste la tarte aux pommes et au caramel. Quand j'étais petit, et que ma mère m'emmenait chez ma grand-mère maternelle, j'allais toujours m'amuser dans le verger et je ramenais des fruits plein mon tee-shirt, qui me servait de panier, pour en réclamer une. Ma grand-mère…

— Marguerite ?

— Oh non, Marguerite ne se salit jamais les mains, ricane-t-il. C'était avec mamie Janny. Elle préparait la pâte, et avec ma mère, nous coupions les pommes en petits morceaux avant de les faire compoter. Lorsque la tarte sortait du four, Janny ajoutait un caramel crémeux sur le dessus, et nous servait des parts énormes. Je ne pouvais plus manger durant des heures, après ça. C'était…

— Le bon vieux temps ?

— Oui. Et vous, quel est votre plus beau souvenir ?

— Alors je vais tout de suite éliminer tous les Noëls de mon existence, parce qu'ils sont tous sur la première marche du podium, souris-je. Et sinon, le deuxième de mes meilleurs souvenirs, je dirais peut-être le jour où vous m'avez dit que j'étais engagée chez *Sullivan Inc*.

— Non. Ça ne peut pas être ça. Je suis sûr que vous avez des milliers de souvenirs magnifiques avec votre famille et même avec Lani. Dans tous les musées où vous avez travaillé et de tous les donuts que vous avez mangés. Ou les hotdogs. Ou les deux !

— Bien sûr que j'ai des souvenirs sublimes de tout cela. Mais vous n'imaginez même pas la détonation de bonheur que j'ai ressentie en réalisant qu'Andrew ne m'avait pas *tout* pris. Qu'il restait une petite place dans ce monde pour moi. Que j'allais pouvoir retravailler, être à nouveau heureuse, payer mon loyer et rester auprès de Lani. Tout ça, c'est grâce à vous. Ça m'a émue, ça m'a fichu un sacré coup dans la poitrine. Je n'y croyais pas, mais je voulais y croire. J'avais peur que ce soit un rêve, mais c'était la réalité. Je sors à peine de… de ce cauchemar, de cet Enfer que j'ai vécu les premiers mois après la perte de mon emploi, et vous avez été le seul rayon de soleil dans mes ténèbres. Le seul. Après la dépression, après la tristesse, après le désespoir, j'ai vécu dans la colère durant si longtemps que j'avais peur de qui je devenais. Sans vous, je ne sais même pas où j'en serais aujourd'hui. J'aurais dû déménager je ne sais où, j'aurais dû partir. Quitter tout ce que j'avais. Et puis finir par être ravagée, comme Andrew le voulait.

— Je suis certain que vous n'en seriez jamais arrivée là, miss Cactus. Vous avez trop de piquant pour vous laisser faire de la sorte.

— Mouais. Peut-être que finalement j'aurais piqué le couteau de Charly et j'aurais tué Andrew, avant de finir en prison jusqu'à la fin de ma vie. Au moins, je serais restée à New York, c'est déjà pas mal, non ?

— C'est vrai. Et puis vous seriez devenue cheffe de gang, vous connaissant. Vous auriez dominé cette ville.

— Votre confiance en moi m'épate, m'exclamé-je avant d'éclater de rire.

Comme la neige se met à tomber de plus en plus fort, Knox se concentre sur la route, mais nous arrivons, à la tombée de la nuit, à Old Greenwich.

Et là, j'ai l'impression que mes vœux les plus fous se réalisent. Je n'ai jamais vu une petite ville aussi mignonne, jolie, parfaite et surtout, aussi décorée de toute ma vie ! On dirait mon appartement, mais de partout ! Je pousse un couinement qui fait soupirer Knox.

Les lampadaires anciens et sombres sont entourés de branches de sapin qui brillent de givre. Les devantures des boutiques sont illuminées, et semblent se battre la première place d'un concours de perfection. Les guirlandes électriques qui clignotent sous le ciel bleu noir sont comme des étoiles qu'on pourrait toucher du bout des doigts. Je me penche à la vitre. Râle quand mon souffle y crée de la buée, me masquant le spectacle. Si New York est sublime à Noël, Old Greenwich est tout simplement merveilleuse.

— Si vous le souhaitez, je peux vous conduire en ville, demain.

— Oh oui ! J'adorerais ça ! En plus, je ne sais pas si je vous l'ai déjà dit, mais je suis riche à présent. Je pourrais m'acheter un magnet à dix dollars.

Il rit une nouvelle fois, traverse le village et roule encore au centre d'une superbe forêt de sapins, dont les branches épaisses sont couvertes de neige.

— Vous aimez, pas vrai ?

— Je suis… je suis en plein rêve, non ? Moi qui pensais ne jamais rien voir de plus beaux que les buildings de New York, me voilà dans une forêt enneigée !

Je suis subjuguée.

Nous nous éloignons quelques minutes supplémentaires du village, avant d'arriver aux abords d'une propriété dont la pancarte dorée, à l'entrée, est saupoudrée de neige. J'y lis « Villa Sullivan » et rien, vraiment rien, n'aurait pu me préparer à la beauté de cette maison toute de lattes blanches, de fenêtres entourées de branchages et de lumières électriques, et de ces sapins qui la surplombent, comme pour former un écrin de verdure tout autour.

— C'est sublime, haleté-je. Je veux habiter ici.

— Hum, je crois qu'il est temps pour moi de mettre fin à votre petit fantasme, miss Cactus. J'ai oublié de vous donner une information capitale. Importante. Une information…

— Parlez, grogné-je.

— Ma grand-mère est raciste. Elle va vous détester.

— Quoi ?

— Ma grand-mère est raciste, répète-t-il.

— J'avais compris.

— Elle va vous détester.

— J'avais compris aussi !

— Alors pourquoi vous m'avez demandé de répéter ?

— Parce que je voulais être sûre d'avoir bien entendu ! m'écrié-je. Vous m'avez forcée à prendre mes vacances de Noël dans une baraque avec une vieille bique raciste ? Vous allez tellement me le payer, Sullivan ! grogné-je. J'espère au moins que vous comptez me payer ces dix jours comme heures supplémentaires, parce que sinon, je vais me venger.

— Je vais y réfléchir, marmonne-t-il.

Furieuse, j'enfile mon manteau, avant de sortir de la voiture pour me mettre sous l'immense perron à l'avant de la maison. Knox a pris soin de se garer le plus près possible de ce petit abri de fortune, si bien que je n'ai fait qu'un seul pas dans la neige, avant d'arriver sous l'auvent.

Quand il me rejoint, après avoir couru sous les flocons à présent gigantesques, son petit air désolé me donne envie de le frapper. Il me prend par la taille, et je lui tape la main.

— Nous sommes fiancés, je vous signale…

— Ah oui, j'avais déjà oublié… soupiré-je.

Il nous approche de la grande porte blanche, et sonne deux fois, plus tendu que jamais.

Mais avant que le battant ne s'ouvre, il se penche vers moi et me sourit.

— Appelle-moi Knox, au fait, susurre-t-il à mon oreille. Et pour les besoins de ton rôle, je t'autorise exceptionnellement à me toucher.

Bon sang, pourquoi est-ce que tous ces frissons s'éprennent soudain sous ma peau ?

Je rougis, bats des paupières et me demande également pourquoi j'ai autant envie de l'embrasser, alors que je le déteste.

Merde, ce séjour en tête à tête risque d'être compliqué.

— Tu as intérêt à nous avoir pris des chambres séparées, murmuré-je à mon tour.

— J'ai bien peur que tu ne sois déçue alors, mais ne t'en fais pas, le lit est immense.

— Assez pour que tu évites mes coups de pied ?

— Probablement pas, mais ne t'inquiète pas, je dormirai en caleçon au lieu d'être nu.

— Je vais te fourrer des myrtilles dans la bouche durant ton sommeil, Knox, couiné-je.

— Ah, je vois que tu as lu le chapitre sur mes allergies.

— Oh oui, je l'ai étudié toute la nuit, grogné-je. Je sais comment te tuer, sans éveiller les soupçons, de douze manières différentes.

— Est-ce que l'une d'entre elles implique de m'embrasser ? Parce que je serais presque tenté.

Furieuse, je grogne, mais je n'ai même pas la possibilité de lui sortir l'une de mes pires injures, parce que la porte s'ouvre enfin, et que je vais devoir jouer le rôle de l'amoureuse transie, alors que j'ai juste envie de commettre un homicide.

P***** de **** ************* *** suceur *** ***** de *** hamster *** ****** putréfié !

Chapitre 24 — Siana

Quand la porte s'ouvre pour laisser place à une dame âgée aux cheveux blond platine permanentés, je me dis que ça ne peut pas être aussi terrible que ça en a l'air. Malgré son air un peu revêche. Et ses petits yeux de fouine qui s'étrécissent en nous regardant l'un après l'autre avec intensité.

Après tout, même d'ici, depuis le pas de cette porte de bois, j'aperçois un salon décoré à la perfection avec une classe et une élégance complètement dingues. Si le mobilier est dans les tons crème, la magie de Noël, elle, prend des airs carmin et dorés qui mettent tout en valeur, autour d'eux. Quelqu'un qui a aussi bon goût en matière de décoration ne peut pas être diabolique. C'est un fait.

Marguerite lance à son petit-fils un « bonsoir » ennuyé, puis elle me dévisage avec hostilité.

— Tu as amené ta bonne ? Non, mais quel culot ! Tu sais pourtant très bien que j'ai mes propres serviteurs, Knox. Maria, allez chercher les valises et plus vite que ça ! me lance-t-elle en agitant sa main devant mon visage.

— Grand-mère, soupire Knox, elle s'appelle Siana, pour commencer, et il s'agit de ma fiancée, alors merci de lui montrer un peu de respect.

Heureusement qu'il parle, parce que j'ai la bouche grande ouverte en signe de choc.

— Tu t'es fiancé à une Mexicaine ? couine mamie.

— Je suis colombienne ! grogné-je enfin.

— C'est pareil.

— Non, nous, on n'a pas besoin de franchir le mur pour venir vous envahir. On prend directement l'avion.

Quelques rires résonnent en arrière-plan, mais je n'y prête pas attention. J'ai juste envie de péter le dentier de mémé.

— On peut entrer, maintenant, ou tu as prévu de nous faire dormir dehors ? grommelle Knox.

Marguerite se décale, alors nous pénétrons dans le sublime salon où une immense cheminée réchauffe l'atmosphère. Je repère immédiatement un sapin de trois mètres, près des baies vitrées qui donnent sur un jardin couvert de neige et masqué par la nuit à présent tombée.

Deux domestiques se dépêchent d'aller chercher nos bagages, ce qui me gêne complètement, mais je ne dis rien parce que je suis à présent face à cinq inconnus qui me regardent, me jugent, et se demandent probablement à quelle sauce ils vont me manger.

— Bonjour tout le monde, lance Knox d'une voix calme, mais dure, de celle qu'il emploie lorsqu'il est avec ses salariés sur le point de faire une boulette. Je vous présente Siana.

— Salut, tout le monde, couiné-je avec un sourire crispé.

— Au moins, elle parle anglais, marmonne mamie.

— Ouais, et elle insulte en anglais, aussi, minaudé-je en battant des paupières, un grand sourire sur le visage.

— Siana, voici donc Marguerite.

— Ma nouvelle ennemie jurée, murmuré-je.

— Nous n'allons pas y passer la nuit, soupire mamie. Voici Graham, le frère de Knox, et son fils Angel.

Graham est de ces hommes qui intimident au premier regard. Un peu plus petit, mais plus musclé que Knox, il porte une chemise blanche, un pull de marque, et un pantalon classe qui retombe sur des chaussures de luxe. Ses yeux bruns sont clairs, son sourire carnassier, et un air de pur défi illumine son regard tandis qu'il nous observe.

Le gamin, lui, est tout rachitique. Il me fait un grand sourire et un signe de la main. Mon cœur se serre face à la joie que je vois dans ses yeux. Il est trop mignon, avec ses cheveux châtain clair bien peignés sur le côté, et son fauteuil roulant dans lequel il semble plus petit, encore.

— Là, c'est mon fils pédophile, Marcus et sa petite-amie Nora.

Ma mâchoire se décroche une nouvelle fois. Nora est super belle, blonde avec de longues mèches ondulées et une silhouette svelte, moulée dans un tailleur-pantalon *Gaultier*.

Elle est bien plus jeune que Marcus, et je me demande soudain si je dois appeler la police.

— J'ai vingt-huit ans, soupire la jeune femme. Juste au cas où tu te poserais la question. On va dire que Marguerite n'est pas tellement pour la différence d'âge dans un couple.

— Ou la différence de nationalité. Est-ce qu'au moins elle sait que je suis pauvre ? lâché-je avec un petit « oups » pas du tout crédible.

Mamie pâlit, et nous quitte en grommelant un « pédophile ! » et un « et maintenant, c'est Mexico, ici » qui me font rire.

— Bon, ça commence plutôt bien puisqu'il n'y a pas encore eu de cris et de verre brisé. Et si nous montions nos bagages, ma puce ? me propose Knox, amusé.

Je le fusille du regard. Oh, il veut jouer ? Je vais lui apprendre à me donner des surnoms stupides.

— Mais bien sûr, mon lapin câlin. Je te suis.

Mon fiancé m'observe soudain l'air de dire « je vais te tuer ». Je lui rends son regard assassin d'un « pas si je te tue la première ! »

— Lapin câlin, glousse Angel.

Il plaque la main sur sa bouche pour rire, et je lui lance un petit clin d'œil. Il doit avoir huit ans, environ, et son sourire espiègle est trop craquant. Ses vêtements, dans lesquels il flotte, sont bien plus classes et luxueux que les miens et je regrette soudain de ne pas avoir eu un tailleur, moi aussi, dans ma garde-robe. Mais tant pis ! J'espère juste que personne n'aura de crise cardiaque quand je sortirai mes leggings à dix dollars, pleins de paillettes et de moumoute.

Je me tourne vers Knox qui a déjà pris mes bagages, alors qu'une des domestiques prend les siens pour disparaître à l'étage.

— On mange dans une heure, s'écrie mamie qui s'est installée dans le fauteuil près de la cheminée pour tricoter un pull moche de saison.

Qui sera pour Knox, avec un peu de chance !

— Ne soyez pas en retard.

— Tiens, ça me rappelle quelqu'un, marmonné-je.

— Qu'avez-vous dit, vous, la nouvelle ? Je ne parle pas le mexicain.

— Moi non plus, je vous signale.

Nora, la jolie blonde, éclate de rire, mais quand grand-mère la fusille des yeux, elle se fait toute petite et baisse la tête. Oh, si mamie attend de moi la même soumission, elle risque de mourir déçue. Jamais je ne me laisserai faire par cette vieille branche, c'est clair et net !

Knox, qui se retient lui aussi de rire, me demande de le suivre tandis que nous montons un immense escalier de marbre blanc. La rambarde tout entière est entourée de branches de sapin pailletées, et de jolis nœuds crème à pois dorés. Je dois reconnaître une chose à Marguerite. C'est un être humain de merde, mais une super décoratrice.

La domestique qui a monté une partie des bagages nous ouvre la troisième porte du couloir, et nous fait entrer dans une suite somptueuse, au sol de marbre clair, avec un grand lit royal aux draps beiges et aux multiples oreillers blancs rembourrés. Les descentes de lit sont en fausse fourrure rosée, et le lustre en cristal, au centre du plafond, lance des petites pépites de lumière de partout.

Un petit sapin d'un mètre, décoré de rose et de beige, se trouve près d'une des fenêtres, et je ne vois plus que lui.

— On a un sapin perso ! couiné-je. C'est le plus beau jour de ma vie !

La jeune femme, une Latina elle aussi, nous salue et Knox ferme la porte pour nous.

— Désolé pour Marguerite, lance-t-il aussitôt en ôtant son manteau et en m'aidant à enlever le mien.

— Pas grave. Tant que tu ne penses pas comme elle.

Il lâche un rire grave et pénétrant.

— Crois-moi, c'est loin d'être le cas.

— Tant mieux. Ça m'embêterait de te détester encore plus !

Il me sourit, comme s'il savait que ce n'est pas vraiment le cas, mais bon, il a raison alors je ne réplique pas.

Une fois mes escarpins ôtés, je me précipite dans le lit et pousse un petit cri, tant il est moelleux.

— C'est… le… paradis ! gémis-je.

Puis je lance un coussin et le couvre-lit par terre, et je fusille Knox du regard.

— Et ça, c'est ton enfer, espèce de troll, marmonné-je.

— C'est mérité.

Il installe nos bagages sur un petit meuble prévu à cet effet, puis s'installe dans un sublime fauteuil face au lit, avant de croiser les jambes et de me regarder avec une intensité qui échauffe mes joues. Et tout le reste de mon corps.

— Surtout, ne prend pas mal tout ce que ma grand-mère pourrait te dire, Siana. Elle est de ces gens qui se croient meilleurs et qui aiment faire mal. Je ne veux pas qu'elle te blesse.

— Crois-moi, il n'y a aucun risque pour qu'elle trouve mon point sensible.

— Pourquoi ?

— Parce qu'il n'y a que les gens que j'aime qui peuvent réellement me blesser au cœur, Knox, et comme tu peux t'en douter, je ne l'apprécie pas tellement.

— Bien. Mais si jamais un jour c'est trop pour toi, je te jure que je te ramène à New York sur le champ. Honnêtement, je ne pensais pas qu'elle serait capable de te dire de telles choses, et nous venons à peine d'arriver. J'ai peur pour les jours à venir.

— Ne t'en fais pas.

— Tout ira bien, c'est ça ?

— Je ne sais pas. Mais si elle me cherche, elle va me trouver, et je peux t'assurer qu'elle se lassera de son petit jeu bien avant moi.

— Je crois que j'ai peur…

Il lève les yeux au ciel en soupirant, signe qu'il est amusé, plutôt.

— Tu as apporté plein de donuts à lui lancer, avoue. Ta valise en est pleine ? demande-t-il d'un air espiègle.

— Si c'était le cas, je serais en train de les manger, histoire d'éviter le dîner. Je suis sûre qu'elle va nous faire des yeux de glouton à la sauce de limace, dans son chaudron.

— Ma grand-mère n'est pas une sorcière, ricane Knox. Et surtout, ce n'est pas elle qui cuisine. Aucun risque qu'elle t'empoisonne, promis.

— Ah parce qu'en plus je risque ma vie, là ?

— Oui, puisque tu es mexicaine.

— Je suis colombienne ! m'écrié-je. Et seulement d'origine ! Je ne parle la langue que pour dire *empanadas* !

Il éclate de rire, alors je réalise qu'il me taquinait, ce qui m'agace un peu, parce que je déteste qu'il me connaisse assez pour me faire réagir au quart de tour. Boudeuse, je me lève et sors mes affaires de toilettes pour les mettre dans la salle de bain attenante à la chambre.

— Oh mon Dieu ! hurlé-je en allumant la lumière.

Knox se précipite aussitôt vers moi, m'enlace la taille et observe la pièce, le pouls battant à fond contre mon dos.

— Qu'est-ce qu'il se passe, bordel ?

— Non mais tu as vu cette pièce ? Elle est plus grande que tout mon appartement ! Et plus lumineuse. Et plus propre. Et plus luxueuse, aussi. Il y a une douche et une baignoire, Knox ! Les deux ! Et une double vasque avec des jolies lampes au-dessus et un tapis tout doux par terre !

— Je le sais, je te signale que ce n'est pas la première fois que je viens ici.

— Oh, c'est vrai, rougis-je.

Je dépose mes affaires sur le petit espace près d'un des lavabos, et j'observe cette pièce qui brille de mille feux.

— Je suis déçue quand même.

— Pourquoi ?

— Parce qu'il n'y a pas de sapin de salle de bain.

— Si c'est la seule chose qui puisse te faire plaisir, Siana, je t'en achèterai un, va.

— Vraiment ? Je croyais que tu détestais les décorations de Noël.

— Évidement puisque c'est inutile, encombrant, et moche.

— Je demande le divorce ! m'écrié-je.

— Refusé. Mais si ça peut te rendre heureuse durant ces dix jours, on ira en choisir un demain, en ville. Mais je te préviens, il devra faire moins d'un mètre.

— Bon d'accord, je veux bien te garder encore un peu dans ma vie… Tu es sûr que tu ne voulais pas dire « entre deux et trois mètres » ? On a de la hauteur sous plafond.

Je pince les lèvres pour éviter de couiner et d'avoir l'air heureuse, mais mes stupides yeux s'humidifient.

— Pas question.

— C'est de la torture.

— Pour moi aussi, je te signale ! soupire-t-il.

Je glousse en secouant la tête, et lui lance un « merci » timide.

— De rien, sourit Knox qui a compris que j'avais mille émotions en train de fuser dans mon petit cœur. Repose-toi un peu à présent, ça ne sera pas de tout repos, ce dîner. Marguerite va sûrement t'interroger sur nous. Je suis certain qu'elle savait que j'avais menti à propos de ma fiancée. Je n'ai jamais donné son nom, ni de détails sur elle.

— Tu peux très bien dire que tu ne souhaitais pas parler de moi parce que tu ne savais pas si ça collerait entre nous.

— C'est une bonne idée.

Il fronce pourtant les sourcils et m'observe avec une attention gênante. Alors je vais m'assoir dans le joli fauteuil de velours rose pâle, juste en face du magnifique sapin, dont je branche la prise. Les lumières douces qui se mettent à clignoter me mettent en joie.

— Pourquoi est-ce que tu m'aides, Siana ? Sincèrement, je n'ai rien fait pour mériter que tu t'impliques réellement dans cette histoire.

— J'ai commis une énorme erreur, Knox, et j'ai failli te causer des soucis monumentaux. Si je suis ici, c'est avant tout pour me faire pardonner, parce que tu as pris le risque de ne pas me renvoyer, et je vais te prouver que je suis digne de confiance.

Un petit sourire triste effleure son visage.

— Merci, miss Cactus. Merci beaucoup.

— Pfff, c'est moi qui devrais te remercier, mais je ne le ferai pas, parce que ta grand-mère vaudrait presque la peine de me retaper six mois de chômage.

Knox éclate de rire, puis prend place dans le fauteuil face au mien.

— Je compatis, sincèrement. Moi je la connais depuis trente ans.

— Je comprends un peu mieux ton humeur massacrante de tous les jours. Les autres membres de ta famille sont pareils ? Pitié, dis-moi que non.

— Non, je te rassure. Mon père et Nora sont plutôt détachés de tout. Ils ne prennent plus la peine d'être outrés des propos de Marguerite. Angel, lui, est son chouchou, mais je crois que c'est parce qu'il est adorable et que nous, on a passé l'âge d'être mignons. Quant à mon frère, Graham, avec lui ce sera compliqué. Nous ne nous entendons pas franchement bien, même si parfois les choses semblent aller mieux. Je ne sais pas trop. Je n'arrive pas à le cerner.

— Je ne suis pas rassurée, là. Je crois même que je suis un peu plus stressée, encore. Je m'installerai près de ton père et de sa compagne, à table. Je me sentirai plus en sécurité.

Knox toussote doucement.

— Quoi ?

— C'est Marguerite qui s'occupe du placement à table. Si tu veux mon avis, tu seras à côté d'elle.

— Dis-moi que tu plaisantes.

— Est-ce que ça m'est déjà arrivé ?

Je pousse un grognement, et ôte mes bas avant d'allonger mes jambes devant moi, histoire de me détendre. De petits frissons naissent sur ma peau, ce qu'il semble remarquer. Aussi, il approche son siège du mien, prend mes pieds pour les poser sur ses genoux, et soupire lourdement.

— Tu es gelée.

Quand il ôte sa veste pour la poser sur mes jambes glacées, mon cœur se met à palpiter avec fureur. Et quand je le regarde, juste là, près de moi, dans sa simple chemise blanche avec sa cravate à moitié dénouée, le froid n'existe plus pour moi. Ténébreux, mystérieux, attirant, cet homme est comme un ouragan qui dévaste tout sur son passage sans rien laisser derrière lui. Ni volonté ni fierté. J'ai envie qu'il me ravage, et j'ai envie qu'il le fasse tout de suite.

Mon pied glisse lentement sur sa jambe, mais avant même que je ne puisse esquisser un mouvement supplémentaire, une cloche tinte à travers l'étage.

— Qu'est-ce que c'est que ça ?

— Le dîner est servi. Nous devons descendre, mademoiselle Pérez, ronronne-t-il. Mais si tu souhaites remettre ces choses à plus tard, tu sais où me trouver.

— Oui, au pied de mon lit, lancé-je avec un petit sourire hautain.

Knox secoue la tête, mais me tend son bras pour m'aider lorsque je rechausse mes escarpins. Je le regarde en rougissant, étonnée par son côté si gentleman alors qu'il ne montre que du dédain, chez *Sullivan Inc*. Qu'a-t-il pu lui arriver pour qu'il méprise autant les gens qui l'entourent ? Est-ce que sa famille a tant détruit son estime de lui qu'il se comporte avec les autres de cette façon ? Pour mettre tout le monde au même niveau que lui ? Ou y a-t-il autre chose qui le hante ?

Et pourquoi est-ce que moi, j'ai droit à tant de tendresse alors qu'il n'en montre à personne d'autre ? Ces questions me retournent l'esprit.

— J'espère que tu es prête pour le combat qui s'annonce, il risque d'être violent, me met-il en garde.

— Super. Vous êtes au courant que les repas sont des moments de plaisir qui doivent être vénérés ?

— La seule chose que ma famille vénère, c'est l'argent. Le reste passe après, et de très loin.

Je commence à croire que j'aurais vraiment préféré être virée, là…

Chapitre 25 — Siana

Knox enlace ma taille tandis que nous sortons de la chambre et descendons au salon. Un petit cri de surprise m'échappe quand un chat adorable traverse la pièce pour aller se cacher, mais j'oublie vite mes palpitations. Je suis éblouie par la décoration. Vraiment. J'en viens même à me demander si nous sommes toujours dans l'antre du diable, ou si tout cela n'était qu'un vague cauchemar.

Au salon, le sapin naturel est sublime, et avec les bûches dans la cheminée qui crépitent doucement, la grande pièce est parfumée d'une bonne odeur de nature, même si celle-ci se couvre peu à peu des effluves d'un rôti aux légumes grillés.

C'est si chaleureux !

Sur le manteau de la cheminée sont disposés des dizaines de bougies et de bocaux contenant des guirlandes électriques, et sur le mur, juste au-dessus, est disposée une superbe guirlande de grosses chaussettes tricotées à la main, et sûrement fourrées de petits cadeaux pour toute la famille.

Sur la table basse du salon, près de deux sofas couleur brun clair, se trouve une jolie table basse en bois blanc, sur laquelle se trouve un vase de fleurs fraîches, et un petit saladier en cristal rempli de boules de noël dorées et rosées. Quant à la tringle à rideaux au-dessus de la baie vitrée, elle est ornée d'une guirlande de houx aux baies d'un blanc pur, et on y a ajouté quelques lumières clignotantes et de jolies fleurs roses et beiges.

— Je veux vivre ici, répété-je à Knox, les yeux pleins d'étoiles.

— Tu changeras d'avis dans cinq, quatre, trois…

— Oh, vous voilà enfin, s'exclame Marguerite d'un ton dédaigneux.

Elle est déjà installée au bout de la table de la salle à manger, avec tout le monde. Il ne reste que deux sièges libres l'un à côté de l'autre. Et juste à sa gauche. Super.

— Je prends la chaise la plus éloignée, grommelé-je tout bas.

— Nous vous attendions. La ponctualité ne fait pas partie des qualités de votre peuple, Maria.

— C'est Siana, dit Knox d'un ton cordial.

— C'est pareil.

— Vous avez raison, Marjorie. C'est la même chose, pépié-je avec un grand sourire.

— C'est Marguerite !

Son petit ton outré me fait dire qu'elle n'oubliera plus mon prénom de sitôt. Enfin, je n'en suis même pas sûre. Elle est capable de tout, si je me fie à ses petits yeux mesquins.

Knox me conduit à nos places, et je réalise qu'il y a de larges étiquettes avec nos prénoms posées près des verres en cristal, et que mon siège se trouve… juste à côté de la vieille mégère. Génial !

Mon imbécile de fiancé étouffe un petit rire, et me jette un regard du genre « je te l'avais bien dit ». Je lui réponds d'un coup d'œil glacial à la « je vais vraiment te tuer, toi ! ».

Quand nous sommes enfin installés, Marguerite tape dans ses mains et tout le monde commence à se servir dans les multiples plats délicieusement garnis autour de la table. Les légumes d'hiver grillés sentent particulièrement bon. J'attrape le plat en porcelaine tout chaud, et je lance un grand sourire à Knox.

— Des légumes, mon lapin câlin ? proposé-je.

À sa tête, j'ai plutôt l'impression que c'est moi qu'il veut dévorer.

Angel, assis juste face à moi, se met à rire. Il n'y a que sa petite tête qui dépasse de la table.

— Toi, tu vas avoir quelques soucis pour manger, mon chou.

Il glousse davantage, appréciant son nouveau petit surnom.

— Personne ne s'est occupé d'Angel ? gronde Knox.

Mon fiancé fusille son frère du regard, tandis que ce dernier ne se préoccupe que de moi. J'ai l'impression qu'il connaît tous nos secrets et qu'il attend le bon moment pour nous forcer à les dévoiler. Ça m'angoisse.

Knox se lève, et va prendre son filleul dans ses bras, le soulevant de son fauteuil roulant tandis que Graham dépose deux gros coussins dessus. Quand Knox le réinstalle — me faisant totalement craquer pour lui au passage — le bonhomme est enfin à la bonne hauteur.

— Mieux ? je lui souris.

— Oui. Maintenant, au moins, je vois mon assiette, glousse-t-il.

— Passe-la-moi, je vais te servir.

Il me la tend à travers la table, et je me lève pour lui mettre tout ce qu'il pointe de sa fourchette.

— Du rôti, et des carottes, mais pas les navets, et pas les poireaux, mais de la purée, et de la sauce, mais pas les champignons, et pas les lardons, dicte-t-il.

— Quoi ? Pas de lardons ? Mais c'est trop bon les lardons ! grogné-je.

— Bon, alors un seul pour goûter.

— Oh, toi, tu parles à mon cœur, bonhomme. Je ne peux que louer ton immense courage.

Angel rit à nouveau, et son père me regarde soudain avec un grand sourire charmeur. Je le lui rends, ce qui fait de l'effet à Knox. Du coin de l'œil, je le vois serrer les poings, qu'il cache sous la table, et je sais qu'il est dans une colère monstre, là. Je ne comprends juste pas pourquoi. Après tout, il n'est ici avec moi que pour faire semblant, non ?

Je réalise que Marguerite me regarde également avec intérêt, et je me demande soudain si elle n'est pas en train de lire dans mes pensées.

Vieille sorcière puante, lui lancé-je avec fureur.

Bon, elle ne réagit pas. C'est déjà une bonne chose.

Quand j'ai fini de servir Angel, je passe à Knox, qui nous a versé du vin, et je m'installe à nouveau. J'ai à peine croqué dans une carotte fondante que Marguerite me lance :

— Êtes-vous une *call-girl* ?

Je m'étouffe si fort sur ma bouchée que je me tourne vers elle, au cas où Knox me fasse un Heimlich. Ça me fera une bonne excuse pour cracher mon légume mâchouillé dans sa vieille figure ridée.

— Marguerite ! râle Knox.

— Mère ! s'indigne monsieur Sullivan.

— C'est quoi une *call-girl* ? s'amuse Angel.

— C'est une strip-teaseuse ou une prostituée, selon qui le demande, expliqué-je au bonhomme.

Bin oui, il a bien le droit de savoir. Après tout, c'est mamie qui a lancé le sujet.

— Et non, je ne suis pas une *call-girl* ! Knox me paye un assez bon salaire pour que je n'aie pas besoin de vendre mes charmes. Pourtant, je peux vous dire qu'il apprécierait une petite *lap dance* ce soir, histoire de se détendre. Tu es trop stressé, chéri, soupiré-je en posant ma main sur son poing toujours serré sous la table.

Furieux, il fusille sa grand-mère du regard. Il est temps pour moi de balancer l'histoire stupide qu'il nous a concoctée.

— J'ai rencontré Knox à une soirée de gala, où j'étais invitée en tant qu'experte, je vous signale. Je suis diplômée en Histoire de l'Art.

— Vous ? Parce qu'il y a des musées à Mexico ? Et vous faites comment pour les trouver, avec vos sombreros sur la tête ?

— Je vais la tuer, soupiré-je tout bas.

Knox pose le bras sur le dossier de ma chaise et me caresse la nuque pour m'apaiser, ce qui fonctionne agréablement bien.

Je fusille tout de même Belzébuth du regard.

— Il y a aussi des crématoriums. Je dis ça, je ne dis rien…

Elle hoquète sous le choc, et recommence à manger sans cesser de me dévisager.

— Et donc, vous étiez à ce fameux gala, où était-ce, encore ?

— À New York, bien sûr. Même si je ne voulais pas céder à ses avances, j'ai fini par craquer. Il est tellement mignon, vous ne trouvez pas ?

Je souris, et il se penche vers moi en grognant pour déposer un baiser sur ma joue. À mon oreille, il glisse :

— C'est toi qui étais censée être la charmeuse, ma puce.

J'ai pris quelques libertés avec son histoire, certes.

Ça a l'air de beaucoup plaire à Graham, qui me regarde à présent comme un serpent prêt à mordre.

— Mignon ? se moque-t-il. Mon frère est tout sauf mignon. Il est égoïste, arrogant et froid.

— Avec toi, peut-être.

Je hausse les sourcils, et sens le poing de Knox se serrer sur ma nuque. Que son frère l'insulte aussi ouvertement doit être difficile. Pourtant, il se reprend pour ne pas me faire mal, et boit une gorgée de vin avant de fixer Graham d'un regard agacé.

— Avec moi, il est loin d'être froid ou égoïste, souris-je.

— Même lorsqu'il te met la fessée ? Tout le monde sait que c'est le petit plaisir de Knox.

Je rougis, et m'étouffe encore un petit peu.

— Eh bien… Oui. En fait, j'adore qu'il me claque le popotin.

— Oh la catin ! s'indigne mamie.

— Hé, je vous signale que j'ai juste répondu à la question ! C'est lui qui devrait être insulté pour oser révéler des choses intimes à tout le monde. Après tout, si je vous demandais quand on vous a brouté le minou pour la dernière fois, ce serait moi la perverse, il me semble.

— Je ne fais pas ces choses diaboliques ! s'écrie Marguerite.

— Au moins maintenant on sait pourquoi vous êtes de mauvaise humeur.

Offusquée, elle s'apprête à répliquer, mais Angel nous fait tous taire.

— Ça veut dire quoi « brouter le minou » ? piaille-t-il.

Oh… Mon… Dieu…

— C'est… C'est quand tu goûtes au chat, mon chou.

— Le chat, ça se mange ? couine-t-il.

— Certaines personnes aiment beaucoup ça. Et tu sais quoi ? je suis sûre qu'un jour toi aussi tu adoreras. Sauf si tu préfères les aubergines. Ou que tu aimes les deux, en fait.

— Siana, soupire Knox, je crois qu'il vaut mieux s'arrêter là.

— C'est vrai. Tu comprendras quand tu seras plus grand, Angel.

Il hoche la tête, mais je vois qu'il zieute soudain vers le matou, allongé sur un bras du sofa, et qu'il a l'air horrifié. Je crois que je peux comprendre. La bestiole toute grise est plutôt mignonne. Vouloir la manger serait traumatisant.

— Il s'appelle comment ? demandé-je au bonhomme tandis que les discussions reprennent bon train autour de la table.

— Le Chat.

— Très original. Qui a choisi le prénom ?

— C'est moi, lance-t-il tout fier.

— Tu devrais peut-être faire travailler un peu ton imagination, tu sais.

Mamie manque de s'étouffer, mais tient sa langue.

Qu'est-ce que j'ai encore dit de travers ?

— Mais ça lui va bien, Le Chat, non ?

— Oui, j'avoue. Mais si tu en as un deuxième, tu feras comment ?

— Je l'appellerai Le Chat Numéro Deux.

— Toi, tu es un petit malin.

Il sourit comme un filou, dévoilant ses petites dents de lait.

— Mais quand même, tu manques d'imagination. Il faudrait lire un peu plus, mon chou.

Cette fois, mamie ne peut plus tenir sa langue.

— On ne parle pas de cette façon à Angel !

— Pourquoi ?

— Parce qu'il est…

Elle baisse de quelques tons et penche la tête en me regardant avec colère.

— Han-di-ca-pé, murmure-t-elle.

— Je dois vous dire une chose que vous n'allez peut-être pas aimer, mais tout le monde le voit, ça.

— Alors faites attention à ce que vous lui dites, Maria.

— Écoutez, Marjorie, le gosse est handicapé, c'est un fait, mais pourquoi le traiter comme ça, avec tant de pincettes ? Il est comme nous tous, je vous signale. Pas vrai, mon chou ?

Fier et débordant d'un petit plaisir sans nom, il sourit de tout son être et hoche la tête.

— Le traiter comme s'il était différent, c'est le rendre différent, et le faire se sentir différent. Pourtant, il est comme nous tous, sauf qu'il a un fauteuil pour lui tout seul.

Ne sachant plus quoi dire à part peut-être « sale catin », ce qu'elle se retient de faire, Marguerite sonne sa petite clochette et deux domestiques débarquent pour débarrasser la table avant de servir le dessert, de petites tartelettes aux myrtilles, qui m'offusquent totalement. Surtout quand personne n'en dépose une devant Knox.

Furieuse, je repousse mon dessert.

— Vous ne mangez pas, Siana ? s'interroge monsieur Sullivan.

— Si Knox est privé de dessert, je le suis aussi.

— Il est si difficile, aussi.

— Il n'est pas difficile, il est *allergique*. Et puis ce n'est pas comme si c'était compliqué pour vous de faire autre chose. Vous n'aviez qu'un ordre à donner à vos serviteurs, Belzébuth.

— Comment osez-vous m'appeler de cette façon ? s'écrie-t-elle.

— Quand on veut empoisonner mon fiancé, je réagis très mal !

— Ne t'inquiète pas, ma puce, j'ai l'habitude, soupire-t-il en embrassant ma pommette.

Le pire, c'est que dans la lassitude que je ressens au fond de sa voix, je sais que c'est la vérité.

— Viens, on va aller voir au frigo s'il y a autre chose.

Il prend ma main dans la sienne et nous nous levons pour rejoindre un petit couloir qui donne sur la pièce en question, qui se trouve à l'écart du salon/salle à manger. Deux domestiques, qui s'y trouvaient, filent en vitesse pour nous laisser notre intimité.

Une fois isolée de la petite bande, je souffle de soulagement.

— Pas trop dur ? me demande-t-il en sortant du réfrigérateur deux mousses au chocolat, dont une qu'il me tend.

— Ça va beaucoup mieux, à présent.

Je déguste mon dessert, adossée au plan de travail en marbre beige, Knox tout près de moi. Quand j'ai fini et qu'il jette nos pots à la poubelle, je lui lance un petit regard agacé.

— Je te préviens, dis-je soudain tout bas, tu n'as pas intérêt à être un sale pervers de Christian Grey. Si tu me fouettes un jour les fesses, je te marave les testicules, c'est clair ?

Il éclate de rire, et balaye soudain mes cheveux vers l'arrière.

— Ton petit cul est sain et sauf avec moi, Siana. Je ne suis pas ce genre d'homme.

— Mais ton frère a dit…

— Graham sait.

— Il sait quoi ?

— Que toi et moi, ce n'est pas vrai. Je lui dis tout. Il est mon seul confident au monde, et il voulait juste me mettre dans l'embarras.

— Mais pourquoi est-ce que tu lui parles si tu sais qu'il te le renverra violemment en pleine figure ? Ce n'était pas très appréciable, qu'il te prenne à partie de la sorte. Ta grand-mère a failli en faire une crise cardiaque.

— Je n'ai personne d'autre, tu ne comprends pas ? Il est mon unique lien encore intact avec le monde extérieur.

— Tu es sûr qu'il est intact, Knox ? demandé-je en l'enlaçant doucement. Parce que moi, j'ai plutôt l'impression qu'il est endommagé, et qu'il te fait du mal.

— J'ai l'habitude, me dit-il pour la seconde fois de la soirée.

Mon cœur se met alors à saigner pour lui.

Chapitre 26 — Siana

Je caresse doucement les cheveux de Knox, les peignant du bout des doigts sans parler. Il a l'air d'aimer, d'apprécier, d'adorer, parce que ses yeux se ferment un instant et quand il les rouvre, ils ont une profondeur qui pourrait me faire chuter à ses pieds.

J'entrouvre les lèvres. J'ai envie de lui dire mille choses, mille choses sans intérêt, mais qui le détourneraient de ses pensées ; mille choses futiles, mais qui ne pourraient jamais réparer une vie de mauvais traitements.

Alors je me tais.

— Je n'aime pas te voir triste, miss. Et si tu souriais un peu pour moi, s'il te plaît ?

— Je ne fais pas ce genre de choses sur commande. Il me faudrait une autre mousse au chocolat pour ça.

— Alors je vais t'en offrir une autre.

Pourtant, il ne bouge pas, restant contre le plan de travail, tandis que je suis pendue à son cou. Avec douceur, ses mains se posent sur les creux de ma taille, et je me demande s'il va me soulever pour libérer le passage, sauf que… non. Il reste là, comme ça, comme si c'était le meilleur moment de sa journée. Et c'est peut-être le mien également.

Ce moment de calme serein, sans aucune tension, sans aucune pression entre nous est précieux. Je le vois pour la première fois comme il est vraiment. Ni le patron arrogant ni l'homme exigeant. Il est juste lui. Fatigué d'être sans arrêt la cible de sa famille, d'être sur la défensive avec tout le monde. Il sait qu'avec moi, il peut être lui sans aucune contrainte, sans aucune crainte, parce que je ne suis qu'un rôle à jouer. Un rôle qu'il contrôle.

Soudain, des voix retentissent, et je reconnais celle de Graham et de l'une des domestiques qui nous approchent un pas après l'autre.

Prise d'une soudaine envie de faire regretter à cet abruti ce qu'il a infligé à son frère, je me tourne vers Knox, et me mets à caresser langoureusement son torse en souriant avec mutinerie.

— Siana, qu'est-ce que tu fabriques, murmure-t-il, tendu et le regard enflammé.

Je lui sors une petite moue boudeuse, tandis que les deux intrus entrent dans la cuisine.

— J'espère que tu ne m'en veux pas trop d'avoir parlé aussi mal à ta grand-mère, mon lapin.

— Pas du tout. Je crois qu'elle l'a un peu mérité.

— Ah bon ? Tu es sûr ? Parce que si jamais tu voulais me punir, je crois que moi aussi, je le mériterais. Et tes grandes mains pourraient… disons… me mettre une petite fessée comme tu adores tellement le faire.

Je ronronne et l'embrasse tout doucement, tout lentement, sur la bouche.

Sa façon de me serrer si soudainement contre lui me fait gémir et d'un seul coup, sa langue me dévore, vorace, sans me laisser l'espace de respirer. Ses doigts sauvages agrippent le tissu de mon haut, et je hoquète contre sa bouche, me demandant s'il va l'arracher et m'asseoir sur le plan de travail central pour me faire toutes ces choses indécentes auxquelles je pense trop souvent.

Mais toujours dans le contrôle, Knox se contente de me relâcher doucement.

— Montons, souffle-t-il à peine sa dégustation terminée.

Ce simple mot est éraillé de désir, d'un désir si féroce qu'il est incapable de le brider. Une fois prononcé, il m'embrasse à nouveau et je me retrouve incapable de lui résister, moi aussi. Je m'accroche à sa nuque, à sa chemise, griffant au passage son torse parfait.

Il me pousse vers la sortie. Moi marchant à reculons. Lui me guidant, sa bouche toujours sur la mienne. Je glousse et finis par me retourner et l'attirer vers les escaliers après avoir glissé la main dans la sienne.

Du coin de l'œil, je repère Graham, furieux, qui nous observe comme s'il cherchait à se venger. Mais de quoi ? Du fait que son frère ait pu faire croire en un stupide mensonge destiné à lui laisser un peu de lest dans cette famille bancale ? Je crois que je déteste cet homme du plus profond de mon cœur.

Lorsque nous arrivons dans le salon, je rougis un peu, mais ça m'amuse de voir tous ces gens qui nous fixent avec étonnement. À mon avis, monsieur Sullivan ne s'était jamais comporté de la sorte devant qui que ce soit. À mon avis, il n'avait même jamais montré le moindre sentiment, la moindre émotion à personne, et de voir ses beaux yeux sombres flamboyer de désir et de plaisir doit les étonner. Et je les comprends, franchement, parce qu'en étant la cible de ce regard noir, en étant celle pour qui ces sentiments fusionnent, je me sens exaltée. Comme s'il était un incendie dévastateur et moi, l'essence se répandant doucement autour de lui.

Mes lèvres s'entrouvrent. Il remarque ce léger mouvement.

Mes pupilles qui se dilatent.

Mon souffle qui accélère.

Et il comprend, il comprend certainement qu'il me plaît, qu'il m'attire, qu'il me fascine.

— Bonsoir, tout le monde, gronde Knox sans jeter le moindre regard à qui que ce soit encore autour de la table. Nous allons nous coucher. On se revoit demain.

Nous commençons à monter à l'étage, mais au milieu de l'escalier de marbre, lorsque nous avons quitté le champ de vision de la tablée, il perd le contrôle, me plaque à la rambarde et m'embrasse à nouveau avec tellement de passion et de désir que je suis presque prête à lui céder là, tout de suite. Nos souffles s'intensifient. Nos regards s'accrochent l'un à l'autre avec plus d'envie que jamais.

Tout contre mes jambes, je sens son sexe déjà dur et j'ai envie de lui. Comme jamais je n'avais envie d'aucun homme de toute ma vie ! Je ne parviens que difficilement à me souvenir qu'il est mon boss, mon supérieur, l'homme capable de me virer en cas de problème et surtout… Je ne suis pour lui qu'un mensonge qu'il étale auprès de ses proches. Je ne suis rien, à part la femme qui ne sera à ses côtés que dix jours. Dix jours durant lesquels il va subir, s'énerver. Dix jours qu'il déteste déjà, et qu'il détestera jusqu'au dernier. Je sais que tout ça, ces baisers, ces caresses, c'est une mauvaise idée. Mais je ne peux plus rien arrêter.

Nous finissons par gravir les dernières marches au pas de course.

Je glousse tandis que mes talons cliquettent sur le marbre, puis sur le plancher de l'étage, et lorsque Knox me fait entrer dans notre chambre avant de me plaquer à la porte, je sais qu'il va être dur pour moi de reprendre le contrôle.

Il me presse contre le battant, se plaque contre moi. Je l'embrasse jusqu'à oublier qui je suis, et frémis de tout mon être lorsqu'il se baisse un peu pour caresser mes cuisses, puis agripper mon postérieur de ses mains violentes, brutales, excitantes.

Mon prénom s'échappe de ses lèvres. Aussi doux que ses caresses sont puissantes.

Et c'est là que je dois agir. Avant de faire une bêtise. Avant de mettre en péril tout ce que j'essaye de me construire. Une carrière, un avenir, aussi professionnels que parfaits pour ne plus jamais avoir à pleurer à cause d'un homme.

— Knox, arrête, haleté-je alors que ses lèvres dévorent ma gorge.

— Quoi ?

— Arrête, répété-je en gloussant.

Il se redresse, et pose ses poings serrés contre la porte, de chaque côté de ma tête.

— Je ne souhaitais pas que tout aille si loin entre nous. C'était juste un jeu, tu comprends ? Je voulais simplement punir ton frère d'avoir été méchant avec toi.

— Tu me punis aussi, je te signale, bougonne-t-il.

— Désolée, je n'ai pas eu le temps de te prévenir, mais tu aurais pu comprendre tout seul que ce n'était pas… vrai.

Son regard se durcit et m'épingle sous les flammes de son désir. Un sourire lent se dessine sur son visage, comme pour me défier de lui redire que ma façon de l'embrasser, de le toucher, de le désirer n'était réellement pas « vraie ».

— Ma belle, quand tu mets du sexe sur le tapis, crois-moi, il n'y a plus rien à comprendre. Mon cerveau se met sur off et qui prend le relai, à ton avis ?

Je baisse les yeux en voyant son sexe dur et tendu dessiner un contour très avantageux dans son pantalon de costume.

Mon Dieu, si seulement j'avais un peu moins de volonté…

— Ton esprit détraqué ? ris-je. Et je n'ai pas parlé de sexe, juste d'une petite fessée, je te signale.

Il se penche vers moi, son nez frôlant le mien et son regard intense plongé au fond de mes yeux écarquillés. Son souffle balaye ma bouche. Il est chaud. Presque brûlant.

— Et qu'est-ce qui se serait passé, à ton avis, une fois ta jupette relevée et ta culotte baissée ?

— Je n'ai jamais parlé d'avoir les fesses à l'air pour ma punition.

— Sauf si c'est moi qui décide, miss.

Il me sort alors son grand sourire de prédateur, et je le pousse pour qu'il aille à la salle de bain et disparaisse de ma vue. Je vais finir par craquer et l'embrasser à nouveau, s'il reste près de moi.

Excitée, je me jette dans le lit, et profite de l'obscurité pour fermer un peu les yeux. Seule la lumière de la salle d'eau éclaire un peu la pièce, et ça me suffit pour être apaisée. Je l'entends faire couler la douche, chantonner même un peu. Je ne me serais jamais imaginé que cet homme pouvait fredonner. Et bien, en plus. Sa voix grave, rauque et sensuelle me fait de l'effet.

Je prends une profonde inspiration, et quand la porte de la salle de bain s'ouvre enfin, mon souffle se coupe dans ma gorge. Knox débarque, marchant vers moi comme s'il dirigeait le monde.

Ses cheveux sombres sont humides.

Il porte un pantalon de coton gris clair et… c'est tout.

Son torse parfait, musclé, est sans la moindre imperfection, sans le moindre défaut, si ce ne sont ces quelques gouttelettes qui roulent entre ses abdos, et que j'ai envie de lécher jusqu'à plus soif.

— Le spectacle est agréable ?

— Hein ? Quoi ? Je… je ne vois rien, il fait tout noir, babillé-je.

Knox renifle, amusé, puis il se couche au sol, sur le tapis de plaids qu'il s'est constitué. Je lui ai fait une offrande de deux coussins dans ma grande générosité. Il m'en reste encore douze, j'ai compté.

— Ne me pique pas mes oreillers pendant que je suis partie, ou je vais me fâcher !

— À tes ordres, soupire-t-il en levant les yeux au ciel.

Et les bras pour les mettre derrière sa tête, faisant saillir ses biceps magistraux.

Je file m'enfermer dans pièce d'à côté avant de me jeter sur lui comme une folle furieuse, et une fois sous la douche, je prends bien soin de régler l'eau sur la température la plus froide supportable par mon corps douillet. Quand je sors trente minutes plus tard, je grelotte, mais au moins, je ne pense plus à mon patron ultra sexy et à moitié nu allongé au pied de mon lit. Bon d'accord, j'y pense encore. Mais moins.

Je sèche mes cheveux rapidement, les attache en chignon au-dessus de ma tête, agacée par toutes les mèches ondulées qui retombent sur mes épaules nues, puis j'enfile ma nuisette de soie bordeaux et de dentelle noire. Elle… est… magnifique ! Sulfureuse. Je me regarde dans le grand miroir sur pied au fond de la pièce, ravie de constater que je me trouve jolie.

Avant, je me sentais bien. Dans ma vie comme dans mon corps.

Mais ma descente aux enfers m'a fait souffrir d'une horrible façon, me forçant à remettre en question tout ce que j'étais. Qui j'étais. Plus je désespérais de retrouver du travail, plus je me sentais horrible et insignifiante. Ça m'a fait du mal. Tellement de mal.

J'ai remonté lentement la pente grâce à Lani et c'est de travailler pour Knox, à présent, qui me rend mes lettres de noblesse. Enfin, façon de parler.

Quand je suis prête à aller me coucher, j'éteins la lumière et me retrouve dans la chambre dans le noir le plus complet. Oh bon sang, il est où le lit, hein ?

Je tâtonne un peu dans le vide, avance de quelques pas, puis mon petit orteil entre en collision avec un ****** ** putain *** de ***** ** truc ********* à la ***** con de ***** sa ****** mère !

Knox allume soudain la lampe de chevet, et je me fige face à lui. Avant de plaquer les mains sur ma poitrine.

— Hé ! Qu'est-ce que tu fabriques ? couiné-je.

— Je t'évite de te tuer en te prenant un sapin en pleine figure. Ou de prendre ton pied en tombant sur moi, sourit-il.

— Éteins cette lumière !

— Pourquoi ?

— Parce que je suis toute nue, bordel !

— Siana, tu as une nuisette, je te signale.

Qu'il dévore d'un regard sulfureux, en plus, ce bougre.

— Justement !

Je me trémousse, les joues complètement rouges, en me demandant si je peux libérer une main pour tirer sur le bas de mon vêtement.

Comprenant mon supplice, Knox soupire lourdement.

— Va au lit, bon Dieu. Promis, je ne regarde pas.

Il ferme les yeux, agacé, mais son petit sourire me donne envie de lui donner un coup de pied en passant. Dommage que mon petit orteil soit tellement douloureux que je vais sûrement me retrouver avec un hématome de la taille de son immeuble.

Je grimpe finalement dans le lit en grommelant, avant de me pelotonner dans les draps en satin de coton si doux et si moelleux.

— Tu ne t'es pas fait trop mal ? demande Knox en se redressant.

Il m'observe avec attention, mais je suis une femme forte.

Non c'est faux, je suis douillette et je souffre le martyre.

— Ça va.

— Vraiment ?

— Oui, pourquoi ?

— Tu as l'air d'avoir envie de tuer quelqu'un. Ou quelque chose. Genre un buffet en chêne.

— J'ai super mal, mais j'ai déjà connu pire. Tu as déjà dormi sur des miettes de chips ? C'est l'enfer, franchement. Comme du sable, mais en piquant. Et ça rentre partout, également. Par-tout.

Il éclate de rire et se recouche, un simple drap tiré sur le bas de son corps.

Je me penche vers lui et lui souris.

— Tu ne vas pas avoir froid ? Tire sur la couette sinon, on devrait pouvoir se la partager, vu qu'elle fait au moins quatre mètres.

— Tout devrait bien se passer. Bonne nuit, miss Cactus. J'ai été heureux de t'avoir à mes côtés aujourd'hui. Ça m'a... ça m'a permis de souffler un peu. J'ai peut-être trouvé ça très charmant que tu prennes ma défense.

— Je recommencerai aussi souvent qu'il le faudra.

— Vraiment ?

— Bien sûr. Tout le monde mérite d'avoir quelqu'un dans sa vie que se bat pour lui. Je serai ton chevalier servant, tout comme tu as été le mien en décapitant mon dragon. Tu as bien tué Andrew après qu'il m'a rendue riche, j'espère ?

— Si seulement, rit-il. C'est peut-être mon plus gros regret en trente ans d'existence. Ne pas avoir pu lui arracher le cœur.

— Dire que Graham a dit que tu n'étais pas mignon. Je ne sais pas ce qu'il lui faut de plus, gloussé-je.

Comme si mon compliment le touchait au plus profond de lui, son visage s'adoucit et un petit sourire illumine ses traits

J'éteins la lampe de chevet, histoire de ne pas le trouver trop craquant, et je m'endors rapidement, le sourire aux lèvres moi aussi.

Mais bien sûr, un idiot finit par me réveiller à trois heures du matin.

Un petit bruit me fait sursauter, et je me redresse dans le lit en regardant partout autour de moi. De la lumière filtre sous la porte de la salle de bain.

Knox.

Qu'est-ce qu'il fabrique à une heure aussi illégale, sérieusement ?

Furieuse — parce que bon, je ne suis pas une Cendrillon qui se réveille heureuse avec des petits oiseaux dans la tignasse et des souris perverses qui la dessapent —, je me lève et le rejoins dans la pièce d'à côté.

Penché en avant, les poings serrés sur la pierre glaciale de la vasque, il a la tête baissée et le souffle lourd.

— Mais qu'est-ce que tu fiches ? marmonné-je en m'approchant de lui pour me saisir d'un verre en cristal.

Je le remplis d'eau, en bois une gorgée.

— Retourne te coucher, Siana, grogne Knox.

— J'aimerais bien, si quelqu'un n'avait pas décidé que l'obscurité, c'était surfait. Qu'est-ce qui t'arrive ?

— Rien, je ne parvenais pas à dormir, c'est tout.

Il se redresse enfin, l'air épuisé.

Attristée, je pose la main sur son épaule musclée, mais il frémit et me repousse. Son regard se tourne vers moi, se baisse un peu vers ma poitrine alors je le fusille du regard.

— Mes yeux sont plus haut. Et plus beaux…

Un petit rire lui échappe.

— Tout est beau, chez toi, Siana. Et c'est bien ça mon problème.

C'est quand il se tourne enfin vers moi que je réalise son énorme souci. Un souci de belle taille.

Il s'adosse au mur derrière lui, les mains dans son dos comme s'il cherchait à les tenir loin de moi. Mon souffle s'intensifie en le regardant de haut en bas, traitement qu'il est en train de m'infliger également, là.

Je suis tout de même agacée qu'il ait osé me réveiller. Surtout à cause d'une broutille pareille !

En mordillant ma lèvre inférieure, je m'approche de lui, et glisse un index le long de son biceps. Puis de son torse. Et de ses abdos durs et finement sculptés.

— Et si je te dis que je connais un moyen parfait de te faire… remettre les pieds sur terre ? murmuré-je.

— Alors je te demanderai de ne pas trop tarder, ma belle, parce que je commence à souffrir.

Amusée, je souris, et glisse le doigt sous l'élastique de son pantalon avant de tirer un peu dessus. Je me contente de le regarder dans les yeux, d'admirer sa bouche sensuelle s'entrouvrir d'un plaisir à venir. Puis je balance mon verre d'eau sur son membre.

— Putain ! s'écrie Knox.

— Ça va mieux ? Je peux dormir maintenant ?

— Honnêtement, tu ferais même bien d'y aller tout de suite, petite peste, parce que je suis à deux doigts de t'assommer pour que tu arrêtes de me sourire comme une diablesse.

J'embrasse sa joue, même s'il me grogne dessus, avant d'obéir bien sagement.

Lorsque Knox sort à son tour de la salle de bain, je fais beaucoup moins la maligne.

— Tu es tout nu ! m'exclamé-je.

En masquant mes yeux tout de suite après.

Et en écartant les doigts.

— Espèce de pervers ! Exhibitionniste !

— C'est de ta faute, fallait pas mouiller mon pantalon de pyjama.

— Si j'avais su…

— Si tu avais su, quoi, Siana ? Qu'aurais-tu fait ? grogne-t-il.

— Rien, marmonné-je.

— C'est bien ce que je me disais.

— Tu as oublié la lumière de la salle de bain, je te signale. On dirait vraiment que tu ne penses plus à rien quand ton pénis est sous tension.

— Arrête de parler de lui comme s'il n'était pas là, merci.

Il s'éloigne. Mon Dieu, son postérieur musclé est absolument magistral.

Lorsque la lumière est enfin éteinte, je suis soulagée de ne plus avoir ce pervers… sexy et envoûtant… et parfait devant les yeux. Je me rendors encore rapidement, mais cette fois, je n'ai plus le sourire aux lèvres, mais l'esprit plein de pensées cochonnes. Merde, c'est Knox qui devrait me lancer un verre d'eau froide à la figure, pour le coup.

Chapitre 27 — Knox

Un petit couinement adorable me réveille à neuf heures du matin, alors que le jour est déjà levé.

Je me redresse douloureusement. Dormir par terre, ce n'est franchement pas la chose la plus facile à faire, mais bon, pour cette peste, je suis prêt à tous les sacrifices. Après tout, je lui fais bien louper son Noël en famille pour l'avoir ici avec moi, avec des gens qui me détestent sans que je ne sache pourquoi.

Le lit étant vide, je me lève, m'étire, et repère son petit cul posté à l'une des fenêtres de la chambre.

— Qu'est-ce que tu fais ? grogné-je.

— Il a neigé, Knox ! Tu sais ce que ça veut dire ?

— Qu'il fait froid ? soupiré-je.

Je la rejoins et me poste juste derrière elle, la chaleur de son corps inondant le mien.

Je me penche un peu à la fenêtre, et enlace sa taille par inadvertance. Ou par réflexe. Ou parce que j'adore ça…

— Non, ça veut dire qu'on va pouvoir faire un bonhomme de neige en revenant de notre petit tour en ville !

Merde, j'avais oublié ma promesse.

— J'ai quelques coups de fil à passer avant, par contre.

— Du boulot ? Monsieur Sullivan, vous êtes en vacances, me gronde-t-elle en se retournant doucement. Hé ! Et encore tout nu, en plus.

— Quelle observatrice, me moqué-je.

Téméraire, elle reste près de moi et observe au loin les sapins couverts de neige. Moi, c'est elle que je regarde. Si elle savait l'effet qu'elle me fait, si elle savait le bien de sa soie contre ma peau et de sa chaleur heurtant ma chair glaciale… Mais non. Siana n'a d'yeux que pour le paysage hivernal, recouvert d'un manteau de poudreuse, et qui fait briller des milliers d'étoiles dans ses pupilles.

— Si tu veux, je t'emmène faire un tour en forêt, en rentrant. Au milieu des arbres. Tu pourrais imaginer leur mettre à tous des guirlandes et des boules.

— Arrête, tu m'excites, glousse-t-elle.

Son impatience colore ses joues d'un joli rose. Une seconde, mes mains glissent sur sa nuisette pour l'approcher de moi et la seconde suivante, elle m'échappe, court vers sa valise pour farfouiller dedans, puis elle file vers la salle de bain.

Bon sang, j'avais besoin de ma dose, là. D'elle, de moi, de nous l'un contre l'autre. Après les baisers sulfureux que nous avons échangés hier, après avoir pensé à elle toute la nuit, putain, j'avais besoin de ma dose.

Je profite néanmoins de ma solitude pour enfiler un costume élégant et coûteux, et lorsque Siana revient dans notre chambre, mon souffle se coupe. Elle porte des leggings ultra moulant et sexy, imitant des bas rouges rayés de blancs, des jarretelles en fourrure et un mini-short en velours carmin. Son pull blanc, large et douillet, est recouvert de petits rennes rouges pailletés. Elle a attaché ses cheveux en chignon apocalyptique et elle est sublime.

Sans me prêter le moindre regard, elle retourne à sa valise pour en sortir des bottines noires fourrées, avec un lacet de soie dorée, et une fois prête, elle me sourit de tout son être.

— On part quand tu es prêt, mais ne te presse pas surtout, je peux attendre. Genre, deux ou trois minutes. Tu sais quoi ? Je vais aller prendre mon petit-déj' pendant que tu passes tes coups de fil.

Dire que je vais passer la journée avec elle alors qu'elle a l'air d'avoir bouffé des piles électriques…

— Non c'est bon, j'appellerai plus tard. Allons manger, puis on ira se promener. Je ne voudrais pas que tu t'impatientes, me moqué-je.

Elle tape dans ses mains, heureuse pour la première fois depuis que nous sommes arrivés, mais quand nous sommes au rez-de-chaussée, elle se renfrogne. Marguerite et Graham sont assis à table, une tasse de thé devant eux. Et ils nous attendent, visiblement.

— Knox. Maria, lance ma grand-mère.

— Belzébuth, soupire la jeune femme.

— Bonjour tonton Knox ! Bonjour tata Siana ! sourit Angel qui pousse son fauteuil vers nous.

— Hé, salut mon chou ! Tu as vu comme il a neigé cette nuit ?

— Ah bon ? s'extasie-t-il en buvant les paroles de Siana.

— Je vais te montrer, dis-je en le prenant dans mes bras avant de le porter à la baie vitrée.

J'appuie sur le bouton de la télécommande sur un buffet, et les rideaux s'ouvrent lentement sur l'immense jardin de la propriété.

— Waouh ! s'extasie Angel. Tu crois que la neige c'est froid, tonton ?

— Bien sûr que c'est froid, précise Siana. Tu n'as jamais été dehors en hiver ?

— Évidemment que non ! couine mamie. Il est… han-di-ca-pé.

— Oui, enfin, c'est un être humain, je vous signale. La neige ne va pas le tuer.

Graham et Marguerite la regardent alors comme si elle venait de leur annoncer la fin du monde. Elle lève les yeux au ciel.

— Il est juste un peu surprotégé, me moqué-je en me penchant vers elle tandis que le bonhomme regarde le paysage avec des étoiles dans les yeux.

— Il n'est pas surprotégé, il est juste traité comme s'il était différent. Tu sais quoi, mon chou ? Demain, toi et moi on fera un bonhomme de neige, mais ne le dis à personne, d'accord ?

Il hoche la tête, heureux.

— Je croyais que tu devais en faire un avec moi aujourd'hui ? ronronné-je.

— Je pense qu'il y a assez de neige pour toute une famille de bonshommes, tu sais.

J'embrasse sa joue, puis ramène Angel à son fauteuil. Il insiste pour prendre son déjeuner à côté de Siana, alors je le place près de Marguerite, histoire qu'il y ait une petite barrière mignonne entre eux, et lorsque nous sommes tous installés, elle secoue sa clochette et ses domestiques apportent des boissons chaudes, des gâteaux et des fruits frais l'instant suivant.

— Qu'est-ce que je te sers, petit chou ?

— Du chocolat chaud et du gâteau à la crème.

— Très bon choix. On t'a déjà dit que tu étais meilleur pour choisir tes repas que le nom de ton chat ? glousse Siana.

Ma grand-mère s'étrangle, mais Angel est tellement amusé qu'il éclate de rire.

— Promis, je ferai mieux la prochaine fois. Mamie Margie, on peut avoir un autre chat s'il te plaît ? s'enquiert Angel avec sa plus belle bouille craquante.

Marguerite soupire lourdement.

— Je ne suis pas un refuge. Le Chat n'aimera peut-être pas, en plus.

— Mais si, il veut un frère, il me l'a dit !

— C'est ça… Et comment aurait-il accompli un exploit pareil ?

— Euh… il a dit… miaou miaou, miaou, miaou miam.

— Moi qui pensais qu'il manquait d'imagination, s'amuse Siana.

— En plus, si je le broute, il lui manquera un morceau alors il faudrait un deuxième chat.

Je manque de m'étouffer sur un rire.

— Tu ne vas pas manger Le Chat, Angel, tempère Marguerite.

— Même pas pour goûter ? Tata Siana a dit que c'était bon !

— Les Mexicains passent leur temps à se souler, pas étonnant qu'ils racontent n'importe quoi ! Entre ça et la drogue, il est normal que ça ne tourne plus très rond, là-dedans, grommelle-t-elle en se tapotant la tempe.

Je m'apprête à m'énerver et à l'engueuler, mais Siana pose une main douce sur la mienne.

— Qu'est-ce que tu prends, mon lapin câlin ?

— Rien, je vais juste boire un café noir.

— Tu ne déjeunes pas ?

— Jamais. En général, je commence à bosser tôt, je n'ai pas le temps.

Je rougis soudain, mon pouls s'élevant à fond. J'espère qu'aucun de mes proches n'a remarqué que je venais de donner des informations capitales à ma pseudo fiancée sur ma vie. Une toux désagréable me prend à la gorge, mais je me détends en me rendant compte que personne n'a fait attention.

— Jamais le temps pour rien, en effet. Pas même pour sa famille, renifle Marguerite. J'espère au moins que ça vaut le coup et que cette fois, tu ne vas pas faire faillite.

Je me crispe, et prends le temps d'attraper le pichet de chocolat chaud pour en servir une tasse à Siana qui le fixe avec envie depuis quelques secondes. Pourtant, elle pâlit soudain si fort que je me demande si elle pourra avaler quoi que ce soit.

Elle me jette un petit regard discret, embarrassé, triste, mais je fais semblant de l'ignorer.

— Alors quoi, il ne vous en a pas parlé, Maria ?

— C'est Siana, grogné-je.

— Bien sûr qu'il m'en a parlé ! s'offusque-t-elle d'un mensonge qui est comme de la cendre au creux de ma bouche.

— Alors pourquoi cet air étonné ? Parce que vous êtes une…

— Si vous prononcez le mot *call-girl*, mamie, je vous jure que je vous fais un strip-tease au milieu du salon, pour que vous jugiez vous-même de mon manque de talent pour la chose. En fait, il se pourrait même que je tombe à un moment où à un autre. Mon sens de l'équilibre n'est pas extraordinaire. Ce qui m'étonne, c'est surtout que vous mettiez un sujet pareil sur le tapis. Un sujet qui blesse Knox alors qu'il a visiblement pris sur lui, sur son temps et son travail pour venir ici et fêter Noël en famille. Quand on aime les gens, on ne passe pas son temps à leur faire des reproches ou à aborder des sujets difficiles, je vous signale. Viens, Knox, on s'en va. Je préfère manger en ville avec toi plutôt qu'ici avec ces gens.

Elle se lève, le menton relevé, une fierté tout excitante sur le visage.

Je la suis le sourire aux lèvres, oubliant tout ce qui vient de se passer tellement je suis concentré sur son fessier qui se trémousse juste devant moi, mis en valeur de façon presque indécente dans son legging de noël.

Grand-mère la regarde de haut en bas, mécontente, mais franchement, je commence à me foutre de son avis. Siana a raison. Mieux vaut être seuls que mal accompagnés.

Nous montons pour prendre nos manteaux, nos gants, et elle enfile son joli petit bonnet à pompon.

Le regard qu'elle me lance est soudain radouci, pourtant, elle n'ouvre pas la bouche jusqu'à ce que nous soyons enfermés dans ma voiture, à rouler au ralenti sur les routes somptueuses recouvertes de neige qui brille sous les éclats d'un soleil timide.

— Ce n'est pas grave, d'avoir eu un raté, tu sais. Ça arrive à tout le monde.

— Sauf à ma famille, marmonné-je.

— Ta grand-mère est un monstre et ton frère un imbécile. À choisir, je préfère la faillite.

— Je n'ai pas fait faillite, Siana, soupiré-je alors.

— Mais Marguerite a dit…

— Elle dit ce qui l'arrange, ou ce qui me fait passer pour un raté, en réalité. Ce qui s'est vraiment passé, c'est que mes associés, lorsque j'ai créé ma première entreprise, m'ont trahi, et m'ont tout volé avant de me foutre à la porte. J'ai perdu tout ce que j'avais. Tout. Mon logement, ma réputation, mes clients. Je me suis retrouvé à la rue. Sans rien.

— Mon Dieu, je suis tellement désolée. Est-ce que c'est pour cela que tu gères ton entreprise complètement seul à présent ? Que tu ne fais plus confiance à personne ?

— Entre autres.

— Il ne faut pas. Tous les gens qui t'entourent ne sont pas des profiteurs. Tu te fais du mal pour rien, Knox.

— Pas pour rien, mais pour ne pas reproduire les mêmes erreurs. C'est différent.

Un petit soupir lui échappe, aussi, je pose la main sur la sienne. Ou plutôt, sur son horrible moufle rose ornée de petits flocons dorés.

— Je rêve ou tu t'inquiètes pour moi ?

— Peut-être un peu. C'est Noël, il faut être heureux. C'est le moment ou jamais de pardonner, de repartir sur de nouvelles bases saines et d'être bien dans sa vie. C'est pour ça que toutes les décorations sont pleines de paillettes, tu vois ? Pour nous rendre un peu heureux, quelques jours dans l'année quand le reste de notre existence a pu être dur, ou difficile ou simplement décevant. Noël, c'est le renouveau.

— C'est ta façon de voir les choses. Pour moi, c'est le seul moment de l'année que je passe avec des gens qui me reprochent jusqu'à mon existence. Difficile de leur pardonner.

— Et si tu te pardonnais à toi-même, alors ?

— Pourquoi ?

— Pour avoir fait confiance aux mauvaises personnes, pour avoir vécu des moments difficiles, pour ne pas avoir su qu'on te trahirait. Tu sais, rien de tout cela n'est vraiment de ta faute, Knox, alors te faire du mal en le pensant, c'est injuste envers toi-même.

— Tu sais quoi ? Je crois qu'il est temps de te nourrir. On t'a déjà dit que tu causais beaucoup moins la bouche pleine ?

— Hé ! C'est méchant ! Oh regarde, une boutique qui vend des donuts ! s'écrie-t-elle soudain.

Je me gare juste devant, et la laisse aller se chercher ses pâtisseries tandis que j'envoie quelques e-mails importants. Lorsque Siana revient à la voiture, elle a un donut dans la bouche, deux gobelets fumants dans les mains, et un sachet marron coincé sous le menton. J'éclate de rire et sors de la voiture pour venir lui ouvrir la porte et la débarrasser. Je mets ce que je pense être son chocolat chaud dans le porte-gobelet, et quand enfin sa main est libre, elle croque dans sa friandise à pleines dents.

— Hum, c'est trop bon !

— Tu as pris quoi ?

— Pour toi, un grand café noir et quelques mini donuts avec des fourrages différents, au cas où tu voudrais quand même prendre un petit déjeuner. Et pour moi, tout ce qui avait du chocolat.

— Merci.

Pourquoi est-ce que je grogne comme ça, bordel ? C'est la chose la plus gentille que qui que ce soit n'ait jamais faite pour moi.

Je remonte, et roule jusqu'à la marina pour me garer devant le front de mer. Ce matin l'océan est déchaîné et charrie avec lui une écume semblable à la neige qui tombe des arbres, tout autour de nous.

— Oh là là c'est tellement beau, Knox ! s'extasie Siana. On dirait que des paillettes tombent des sapins, sous le vent et le soleil !

Et l'eau ! tu as vu comme elle est bleue ? C'est splendide ! On pourrait aller sur la plage, tout à l'heure ?

— Bien sûr.

— Merci !

Quand c'est elle qui prononce ce mot, étrangement, il a l'air plein d'émotions.

Comme tout ce qu'elle dit, en général. Comment est-ce qu'elle fait pour toujours tout prendre à cœur, comme ça ? Si je devais penser, réfléchir, agir avec mon cœur, bordel, je ne prendrais que des mauvaises décisions.

Même si… même si franchement, la dernière fois que j'ai choisi avec mon cœur, quand je l'ai engagée, je crois que ça en fait était une décision merveilleuse.

Nous mangeons tranquillement au chaud dans la voiture, à regarder les vagues danser juste pour nous. Le sable est blanc, nacré, recouvert d'une neige immaculée qui la fascine et la laisse perdue face au spectacle. Moi, je suis tourné vers elle. Cet océan, je l'ai vu des milliers de fois. Mais Siana avec de la magie dans les yeux et un sourire apaisé, c'est la première fois.

Je déguste quelques beignets qu'elle a formidablement bien choisis, puis quand j'ai fini, je romps le charme, parce que je crois que je pourrais rester toute la journée à l'admirer, et franchement, ça me fait angoisser.

— Nous devrions y aller. La nuit tombe tôt en ce moment, et j'ai comme l'impression que tu vas entrer dans chaque boutique de cette fichue ville.

— Chaque boutique sans exception, pointe-t-elle.

Lorsque je sors de la voiture, je suis étonné par la pureté de l'air sur le front de mer. À force de vivre à New York, j'avais presque oublié à quel point les parfums de la nature pouvaient être aussi agréables. Même s'ils le sont moins que l'odeur de fleurs, de savon et de chocolat de Siana.

— Quoi ?

— Il y a du sucre sur tes lèvres, miss Cactus. On dirait que tu viens de te faire un rail de coke.

— Le sucre glace c'est la vie, marmonne-t-elle en se pourléchant.

Bordel. J'aurais dû me taire et la déguster moi-même.

Une fois sa toilette terminée, elle me tend la main et je rougis légèrement.

— Aurais-tu oublié que nous sommes fiancés, mon lapin ?

L'oublier ? bordel non. Regretter que ce ne soit pas vraiment le cas ? Seigneur, oui. Mille fois oui.

Au lieu de prendre sa main, je pose le bras sur ses épaules, la presse contre moi et je commence à lui faire découvrir Old Greenwich, l'une des petites villes balnéaires les plus riches de la côte. Les rues enneigées rendent Siana émerveillée, et les jolies petites boutiques, plus décorées les unes que les autres, lui font de l'œil.

Elle entre d'abord dans une parfumerie qui fabrique des savons artisanaux. Je parie qu'elle va acheter le rouge rayé de blanc, ou le vert en forme de sapin. Oui, ce sera définitivement le vert.

Lorsqu'elle ressort, nous avons à peine fait trois pas qu'elle m'attire vers une boutique vintage aux couleurs de Noël. Elle parcourt les rayons en parlant à tout le monde, en se retenant d'acheter des babioles qui lui tapent à l'œil et qui, souvent, brillent de mille feux. Elle craque finalement sur un petit sapin en bois, gravé à la main, et ressort pour entrer dans un chalet qui vend des souvenirs. Puis dans un magasin de linge de maison. Et dans une boutique d'artisanat. Je finis par l'attendre dehors, et réclame ses sacs tandis qu'elle achète de plus en plus.

Quand mes pauvres chaussures de luxe ne peuvent supporter un flocon de neige supplémentaire, je l'attends sur le perron d'un magasin dont je ne vois rien, et je passe les quelques coups de téléphone que j'ai en attente depuis ce matin. Puis elle revient. Plus souriante que jamais. Deux énormes cabas dans les mains.

— Oh mon Dieu ! Tu aurais dû venir, Knox ! Cet endroit est magnifique ! Il y avait de la musique de Noël et des automates qui dansaient pour les clients, c'était…

— Je suis au téléphone, grogné-je.

— Oh, pardon, murmure-t-elle.

Elle rougit et baisse les yeux.

Je passe quinze minutes à parler avec mon client avant de finalement raccrocher, et de composer un autre numéro.

— Tu es en vacances, dit doucement Siana en posant la main sur la mienne.

— *Tu* es en vacances. Moi, je dois continuer à faire tourner ma société.

— Je pensais qu'être loin de ta famille te rendrait un peu plus heureux, mais tu n'as pas vraiment l'air de t'amuser, Knox.

— C'est parce que ce n'est pas le cas.

Mon ton est un peu plus cassant que je ne l'aurais voulu. Quand je vois son petit nez se retrousser, je sais que j'ai été trop loin.

— Excuse…

— On devrait rentrer, soupire-t-elle en me coupant la parole. Tu seras mieux au chaud pour contacter tes clients.

— Siana…

Mais c'est trop tard, elle s'est mise en marche pour rejoindre la marina.

Même les boutiques les plus décorées, les plus colorées, celles de l'autre côté de la route où elle voulait passer en redescendant n'attirent plus son attention.

Une fois sur le parking, j'ouvre le coffre où nous mettons toutes ses emplettes, puis j'y balance mon téléphone et verrouille la Bentley pour l'empêcher de monter.

— Qu'est-ce que tu fais ?

Son ton dépité, presque abattu, me rend nerveux et aussi, terriblement coupable.

— Je t'ai promis une journée en ville, alors nous allons passer la journée dans cette fichue ville, Siana.

— Même si tu n'aimes pas ?

— Il se pourrait que… ça ne me déplaise pas totalement. Peut-être parce que j'y suis avec toi, et que toi, tu aimes ça, je ne sais pas.

Son sourire parfait revient sur ses lèvres charnues.

— Je te fais aimer Noël ? glousse-t-elle.

— Pas même en rêve. Mais je déteste moins ça que quand je suis arrivé.

— C'est un progrès. Allez viens, j'ai repéré un vendeur de hotdogs ambulant. Son camion est décoré avec une guirlande lumineuse en saucisses ! Il faut trop que j'envoie la photo à Lani.

— Hâte de voir ça aussi, marmonné-je.

— On y mangera ce midi. Enfin, un peu plus tard dans l'après-midi plutôt parce que les donuts, ça tient au corps. Et le chocolat chaud aussi. Et tous les échantillons que j'ai grignoté dans les magasins de la ville. Mon Dieu, je passe mon temps à manger ! Je suis un ogre ! Je suis Shrek ! halète-t-elle.

— Siana ?

— Oui ?

— Arrête de parler, par pitié, ris-je. Surtout si c'est pour dire des absurdités.

— Tu peux toujours la ramener, monsieur Je-déteste-le-monde-entier-et-je-ne-parle-qu'en-grognant.

— Je ne vais tout de même pas m'adresser à des étrangers !

— Ils te connaissent tous depuis que tu es marmot, je te signale. D'ailleurs, il paraît qu'une fois, tu t'es baladé ici en slip. Et il se pourrait que j'aie vu les photos.

— Oh bordel… Madame Crample ?

— Madame Crample. Elle t'admire beaucoup, tu le savais ?

— Non. C'est vrai ?

Je rougis un peu tandis que nous nous arrêtons devant de jolis petits sapins décorés de blanc nacré. La vitrine toute en lumières de la bijouterie, près de nous, illumine les traits dorés de Siana.

— Bien sûr que c'est vrai. Elle m'a raconté qu'une fois, tu étais venu tout seul à la plage parce que personne ne voulait t'y emmener, à la villa. Tu avais six ans. Déterminé, tu as passé près d'une heure à faire un château de sable avant de te mettre en slip pour aller nager. Elle t'a aperçu depuis sa maison, et elle a eu peur pour toi parce que les vagues étaient terriblement dangereuses. Quand elle a voulu venir te dire de faire attention, tu as eu si peur qu'elle te reconduise chez Marguerite que tu t'es enfui tout nu dans les rues de la ville.

Je ris. Bon sang, j'avais complètement oublié cette anecdote. Je me demande bien pourquoi…

— Elle lit les journaux tous les jours depuis sa plus tendre enfance. Dès qu'elle voit ton nom dans les colonnes, elle découpe les articles. Elle m'a dit qu'elle avait toujours su que tu deviendrais un grand homme.

— Comment est-ce qu'elle peut savoir une chose pareille ?

— Je lui ai dit que tu possédais une entreprise réputée dans l'expertise d'œuvres d'art.

— Tu parles de moi aux gens ?

— Oui, mais en bien. Et puis c'est elle qui m'a parlé en premier. Tout le monde dans ce patelin est déjà au courant que je suis ta fiancée, par ailleurs. Belzébuth a dit que j'étais ta bonne action de l'année. Vieille morue.

— Venant d'elle, c'est un compliment. Elle aurait pu dire que je t'ai payée pour être avec moi.

— Qu'elle ose, et je te jure que je lui pète les rotules, bougonne-t-elle.

Détendu, je l'emmène visiter le reste de la ville et finalement, vers quatorze heures, nous retournons voir son marchand de hotdogs.

La photo qu'elle envoie à Leilani est d'une laideur ! Une guirlande de saucisses lumineuses en plastique et à paillettes, avec ma tête dépitée juste à côté, et la sienne tout heureuse. Oui bon, j'ai été incapable de dire « non » à son selfie. La faute à ses grands yeux suppliants, aussi. Ce qu'elle m'agace !

« Ce n'est pas cette saucisse que j'aurais voulu voir… » répond aussitôt la colocataire.

Je toussote, gêné au possible.

« Je ne vois pas de quoi tu parles, perverse ! »

« Ne me force pas à le dire, Siana… »

« Tu es insupportable ! »

« De la saucisse de monsieur Sullivan, bien sûr ! Quoi ? C'est toi qui m'as forcée à mettre les mots sur mes pensées ! »

« Je ne t'ai pas forcée, sale menteuse ! Et monsieur Sullivan lit tout par-dessus mon épaule. »

« Oh merde… »

Oh merde, en effet.

Je me redresse, faisant style de rien, mais le petit gloussement de Siana me fait rougir davantage.

Comme pour ne pas enfoncer le clou, elle se tourne vers le vendeur, et me commande la totale, avec tellement de garniture que tout dégouline dans la petite barquette en carton. Heureusement que c'est bon, parce que franchement, c'est un enfer à manger. Une serviette et des couverts en argent, ce n'est tout de même pas trop demander…

— Ça ne vaudra jamais le hotdog new-yorkais que je dois encore te faire goûter, mais c'est déjà ça. Tu aimes ?

— Je préfère les véritables restaurants, maugréé-je. Ceux avec assez de bon sens pour offrir des serviettes qui ne soient pas en papier.

— Pauvre petit riche, va, rit-elle.

— Je te signale que j'ai été plus pauvre que toi, mademoiselle Pérez.

— Oui, mais tu savais que ta famille t'aiderait en cas de souci, non ?

— Tu leur donnes trop de crédit, Siana. Quand je me suis retrouvé dépossédé, mon frère a souri et ma grand-mère m'a dit qu'elle se doutait que je n'arriverais à rien dans la vie. Certes, elle m'a offert un toit, mais… je ne sais pas.

— Tu n'y étais pas à ta place, sous ce toit.

Sa voix si douce est apaisante, et pour mon cœur, et pour mon âme.

— Oui.

— Qu'as-tu fait pour remonter la pente ? Moi c'était les chips et Leilani.

Elle envoie d'ailleurs un nouveau selfie de nous avec nos hotdogs à son amie. Son téléphone se met alors à buzzer sans s'arrêter. Je crois que Lani a toute une panoplie de blagues sur les saucisses, et elles font bien rire ma peste.

— Moi ? La vengeance. On m'a poignardé le dos, et avec ce putain de couteau, je leur ai tout repris à mon tour. Avec les derniers dollars qu'il me restait, j'ai payé leur personnel pour qu'ils les trahissent et j'ai récupéré leurs plus gros clients, leur proposant des contrats qui ne me rapportaient rien, mais qui prenaient beaucoup à ces salauds. Petit à petit, je me suis refait, puis j'ai créé ma société sur les cendres de la leur.

— Knox ! C'est mal !

— Et alors ? Tu penses que j'ai pu avoir le moindre scrupule, franchement ?

— Honnêtement ? Oui. Je suis certaine que tu en as perdu le sommeil.

— Petite peste, va, grogné-je tandis que nous déambulons au rythme des chansons diffusées par les haut-parleurs.

Siana se dandine. Sautille dans les petits tas de neige. Essaye de me mettre son bonnet sur la tête, mais elle est trop petite, alors je l'enfonce sur sa propre tête, jusqu'à son petit nez délicat, et elle éclate de rire.

— Dis-moi que j'ai tort, Knox.

Son ton est soudain sérieux.

— Non. J'y ai beaucoup réfléchi, j'ai failli ne pas le faire et putain, le dixième jour d'affilé à me faire traiter comme de la merde par Marguerite m'a convaincu de passer à l'action. Ils m'ont blessé, Siana. Ils m'ont tout pris. Pourquoi est-ce que j'aurais passé l'éponge là-dessus ? Pourquoi est-ce que j'aurais voulu les voir réussir après tout ce qu'ils avaient piétiné ? J'ai agi, et je n'ai pas regretté une seule seconde.

— Vraiment ?

— Bon d'accord, une ou deux secondes, mais pas plus.

— Moi je pense que tu regrettes plus que tu ne le penses, sinon, tu n'aurais pas autant ressassé leur trahison jusqu'à traiter tout le monde autour de toi comme des ennemis potentiels.

— Est-ce que je ne t'ai pas déjà demandé d'arrêter de parler ? grogné-je.

— Et tu crois que, d'une, j'aime obéir et de deux, je vais arrêter de te dire ce que je pense ?

— Non. Comment est-ce que j'ai pu y croire une seconde, franchement ?

— Hum hum, approuve-t-elle en hochant la tête.

La nuit va tomber dans une heure, maintenant. Je n'ai pas envie de retourner à la villa, mais il va falloir se faire une raison.

— Et si je te montrais l'endroit que je préfère, à Old Greenwich ?

— Mais on devait aller sur la plage ! Et acheter des biscuits ! Et faire un bonhomme de neige.

— Choisis ce que tu préfères.

Elle se tapote le menton, observe la ville qui s'illumine petit à petit. Au loin, on entend la mer, et si on montait encore un peu en haut de la rue principale, on pourrait en voir les vagues turquoise.

— Allons dans ton endroit préféré, décide-t-elle.

— Mais… Et les biscuits ?

— On reviendra demain.

— Demain, je dois bosser, Siana. Je ne fais que repousser l'inévitable, tu sais.

— Je prendrai un taxi. Je t'ai dit que j'étais riche à présent ?

— Toi, tu ne connais pas les prix du coin…

Je nous ramène à la voiture où le coffre est en souffrance, une fois qu'elle y met ses derniers achats. Nous montons dans l'habitacle, et comme Siana frissonne un peu, je mets le chauffage à fond. Je nous fais sortir de la ville, et une fois sur les hauteurs, je me gare près d'une toute petite station essence tellement décorée qu'elle doit faire clignoter les yeux de Siana.

Sur le parking, je lui propose une boisson chaude qu'elle décline.

— Si je continue à boire du cacao, j'en aurais plus dans les veines que du sang. Pas sûre que ce soit très bon pour la santé…

Je ris, et prends sa main pour l'entraîner vers le côté du bâtiment. Là, sous un auvent de bois, se trouve un petit banc où je m'asseyais, autrefois, en attendant que mon grand-père ait fini de faire le plein de son pick-up. Je prends place sur l'un des côtés, et la jeune femme se place tout contre moi. Ma main retrouve la sienne. Mon regard est aimanté par son sourire.

— Tout est si beau, ici, c'est dingue. On peut rester jusqu'à ce que la nuit soit tombée ? S'il te plaît, gémit-elle.

— Tout ce que tu voudras, Siana.

Nous nous pelotonnons l'un contre l'autre et alors que le jour s'éteint, la ville, que l'on aperçoit en contrebas, s'allume peu à peu, se pare de milliers de lumières et nous offre le plus beau des spectacles, si ce n'est la splendeur de cette femme.

Chapitre 28 — Knox

— Je sais que tu roules à vingt kilomètres-heure pour ne pas retourner à la villa, pouffe Siana.

— Je suis prudent à cause de la neige et de ma sublime voiture de collection.

— Si tu peux te garer dans le Queens sans crainte, tu peux rouler sur de la neige avec tes pneus hiver.

— Parce que tu as envie de rentrer, toi, peut-être ?

— Pfff, non. Cette journée était si merveilleuse ! J'aurais voulu qu'elle dure encore plus longtemps.

Je bloque tout l'air dans mes poumons en nous imaginant terminer la soirée dans un petit restaurant chaleureux, près d'un feu de cheminée et je frissonne doucement.

Siana n'est pas ma fiancée.

Il faut que je m'en souvienne.

Parce que dès que nous rentrerons à New York, cette mascarade sera terminée.

Et j'y mettrai fin moi-même.

Dès que la villa est en vue, un acide féroce se déverse dans mes veines, mais je l'ignore.

Nous nous engouffrons dans la maison rapidement, histoire de nous réchauffer, mais personne ne se trouve au rez-de-chaussée.

— Viens, dis-je à Siana quand nous nous sommes débarrassés de nos manteaux et nos chaussures.

Je l'entraîne vers le sofa le plus proche de la cheminée, ravive le feu et je m'assois à l'opposé du foyer, pour lui laisser la place la plus chaude. Siana, à l'aise, s'allonge de tout son long, sa tête sur mes cuisses, et elle me sourit.

— Je pourrais m'habituer à ça, je crois.

— À moi ?

— Non, à cette maison moderne. Tu sais, dans mon appartement, on doit tirer sur les rideaux pour les ouvrir. On se croirait au Moyen-Âge.

J'éclate de rire. Mon Dieu, cette femme est une perle. Elle glousse un peu à son tour, et je me surprends à passer la main dans ses cheveux un peu humides de neige. Ils sont doux, si longs qu'ils coulent entre mes doigts comme de la soie.

— Tu n'as pas froid ?

— Non, je me sens bien, là. Je pourrais m'habituer à ça aussi, je crois.

— À moi ?

— Oui, mais seulement quand tu ne fais pas ta tête de mule.

— Ça arrive ? lance une voix grave qui nous rejoint.

— Graham, grogné-je. Que fais-tu ici ?

— J'ai entendu parler, je me suis dit que vous étiez enfin rentrés. Vous êtes partis très longtemps. Grand-mère s'est demandé si vous n'étiez pas en route vers le Mexique pour faire passer de la drogue. Ou si vous ne vous étiez pas enfuis.

— J'y ai pensé, mais je ne suis pas une lâche, pépie Siana.

Mon frère rit, ce qui me fait serrer les poings. De quel droit est-ce qu'il regarde Siana de cette façon, d'ailleurs ? Il la dévore de ses yeux bruns, un sourire appréciateur sur le visage, comme si elle n'était qu'une poupée qu'il convoite.

Il prend place dans le sofa face au nôtre, et la contemple d'un air intéressé, de ses jolies jambes moulées dans son legging, jusqu'à sa poitrine qui se soulève lentement. Si elle le voyait faire, elle lui ferait probablement une réflexion cinglante.

Je lance un regard meurtrier à mon frère, qui finit par me fixer avec un petit air supérieur.

— Alors, qu'avez-vous fait de beau ?

— Nous nous sommes pris une chambre dans un motel, histoire que monsieur Sullivan me paye pour mes services, se moque Siana avec un air si sérieux que Graham rougit.

— Tu… vous…

— Nous avons fait des achats, grommelé-je de peur qu'il ne s'imagine des choses.

Qu'il ne l'imagine, elle.

— J'ai acheté des cadeaux à mon amie Leilani, et quelques bricoles pour mes parents. Et aussi tout un tas de choses inutiles pour moi, sans compter de nouveaux sapins pour ma collection.

— D'ailleurs, j'ai oublié de t'emmener en forêt. Ce sera pour demain, après le boulot.

— Oh là là, on a encore un millier de choses à faire ! Les bonshommes de neige, le tour à la plage, la forêt ! Je ne sais pas si tu auras le temps de travailler, demain, en fait…

Siana me lance un petit clin d'œil.

— Est-ce que tu essayes de m'attirer à l'extérieur pour que je cesse de bosser ?

— Peut-être. Ça fonctionne ?

— Non. Je prends du retard dans mes dossiers, et je déteste ça.

— C'est vrai qu'ils sont plus importants que ta famille, pointe Graham.

— Quelle famille ? Celle qui passe son temps à l'agresser ? marmonne Siana en se redressant. Peut-être que s'il travaille autant, c'est justement pour ne plus vous voir parce que vous êtes des imbéciles.

— Pardon ? couine Marguerite en arrivant dans la pièce.

— Et merde… marmonné-je.

— Oh, ne faites pas comme si vous étiez sourde, Belzébuth. Vous n'aviez aucun problème auditif pour dire à tout le monde en ville que je suis là parce que Knox a eu pitié de moi.

Elle relève le menton, hautaine. Je n'ai jamais connu qui que ce soit qui ose tenir tête à cette femme et je crois qu'au fond de moi, j'aime ça. Que Siana se batte pour moi comme si elle était la seule au monde à se préoccuper de mon sort. Ça me fait du bien. Un bien fou. Ça me fait respirer, en réalité.

— Où sont passés les domestiques ? La table n'est pas encore prête, c'est inadmissible, lance ma grand-mère pour changer de sujet.

— Ils ont été occupés à monter nos achats à l'étage, Grand-mère. Je vais me charger de préparer…

— N'y songe même pas, Knox Sullivan ! Ta place n'est pas dans la cuisine ! Tu n'es ni une femme ni un employé de maison, je te signale.

Oh là là, Siana monte au créneau, je le sens tout de suite.

Elle se redresse dans le sofa, et fusille Marguerite d'un regard assassin.

— Et si vous mettiez à jour votre calendrier, hein ? Les femmes dans la cuisine, ça date de la Préhistoire, au moment où vous êtes née. Là, on est dans une ère merveilleuse où même si les femmes sont encore traitées comme de la merde, elles ne l'acceptent plus. La popote, tout le monde s'y colle. Ce n'est pas parce que tu as une bite que tu ne sais pas faire chauffer de l'eau, je vous signale.

— Je confirme. Je suis un cuisinier hors pair, quand je m'y mets, souris-je.

Histoire de décevoir encore plus cette femme horripilante.

— Toi tu es parfait, mon lapin câlin, susurre Siana.

— Tu me le payeras, murmuré-je à son oreille quand Graham éclate de rire.

Mon père et sa compagne débarquent l'instant suivant, papa nous présentant une bouteille de tequila luxueuse qu'il tend à Siana.

— Petit cadeau. Nous avons pensé qu'un clin d'œil à vos origines serait le bienvenu.

Siana glousse, comprenant que mon père cherche à la taquiner.

— Merci beaucoup, je suis très touchée. Vous savez quoi ? Je vais lancer un petit défi.

Elle attend que Grand-mère ait quitté la pièce, afin de pester sur le personnel, pour se lever et observer la bouteille.

— Knox, tu bois un shot à chaque fois que Belzébuth te dit quelque chose de méchant. Monsieur Sullivan, vous et votre compagne vous buvez dès qu'elle prononce le mot pédophile. Moi, je me prends un shot à chaque fois qu'elle dit quelque chose de raciste.

— On va tous finir torchés, maugréé-je.

— Aucun risque, je tiens bien l'alcool.

— Et moi ? demande Graham.

— Toi, tu ne joues pas parce que tu es comme elle.

Il se renfrogne et moi, j'exulte de la façon dont il semble vexé.

Mais Siana déteste être mesquine, et elle rougit de sa méchanceté.

— Bon d'accord, tu bois dès qu'elle a peur que je vexe Angel.

Une fois les rôles distribués, nous prenons place autour de la table et Marguerite revient, poussant le fauteuil d'Angel. Elle l'installe, et va s'assoir avant de secouer sa clochette. Les domestiques apportent les plats encore fumants de ragout, de purées de courge, de pommes de terre et de salade.

Angel semble dépité.

— On peut avoir des frites s'il te plaît, mamie ? sourit-il.

— Dis donc mon chou, tu ne vas pas forcer tout le monde à cuisiner alors qu'il y a plein de bonnes choses sur la table, quand même ? lui lance Siana.

Mamie lui fait les gros yeux.

— S'il veut des frites…

— Oui je sais, il est han-di-ca-pé alors il peut tout avoir. Mais tu sais quoi, Angel ? Si tu veux des frites, tu ne pourras pas manger en même temps que nous, donc tu ne pourras pas avoir de dessert parce qu'il sera trop tard. Toujours intéressé ?

Le gamin observe attentivement la purée. Tandis que Graham prend son shot de tequila en levant les yeux au ciel, Angel choisit finalement de ne pas opter pour les frites.

— Vouloir priver un petit handicapé de son dessert, il n'y a que les immigrés pour être aussi cruels, marmonne ma grand-mère. Et que des imbéciles pour oser fricoter avec ces gens, alors qu'ils n'en veulent qu'à notre argent.

Et trois nouveaux shots sont avalés. En deux phrases, Grand-mère a réussi à viser presque toute la tablée. La brûlure de l'alcool me fait du bien, mais je vois déjà les yeux de Graham briller d'étourdissement. Il va le sentir passer, demain.

— Siana a raison. Angel doit apprendre à se contenter de ce qu'on lui sert. Vous le couvez trop, madame Sullivan, dit doucement Nora.

— Oh toi, on ne t'a pas demandé de la ramener. Demande à mon fils qu'il coupe ta viande en petit morceau, ou tu risques de t'étouffer, ce qui ne serait pas une grande perte.

Siana s'étrangle un peu et bien qu'elle ne soit pas concernée par l'insulte, elle boit un shot en levant son verre à Nora. Même si mon père réprouve la façon dont ma grand-mère parle de sa compagne, cette dernière semble prendre les choses un peu mieux depuis l'arrivée de Siana.

Avant, elle était dévastée à chaque fois que Marguerite osait la rabrouer. On dirait que ma fausse petite amie est parvenue à remonter le moral des troupes, à tout prendre à la légère de cette façon. Et surtout, à répliquer quand on l'agresse. Et je dois dire que c'est un spectacle agréable à regarder.

— Maria, passez-moi la salade, voulez-vous ?

— Siana, marmonné-je tandis qu'elle boit son shot.

Elle tend ensuite la salade, et Marguerite se saisit du saladier de façon un peu trop brusque.

— Je savais que les Mexicains buvaient trop, mais vous, ma fille, vous tenez le bon bout. Vous en êtes au moins au troisième verre en cinq minutes.

— Ah vraiment ? Vous avez compté celui-ci ? s'amuse ma fiancée en buvant à nouveau.

Puis elle se tourne vers moi, le regard déjà trouble, mais un grand sourire aux lèvres.

— Non, sérieusement, je tiens bien l'alcool. Mais je crois que Belzébuth va creuser ma tombe, là.

— T'inquiète, je te porterai jusqu'à la chambre quand tu ne tiendras plus.

— Tu es un amour, sourit-elle.

Et je crois que l'alcool fait déjà effet parce qu'elle m'embrasse doucement, faisant grogner Graham qui nous fusille du regard. Je me demande s'il est jaloux, et de quoi. Est-ce parce que grand-mère croit en mes mensonges ? Parce que Siana joue son rôle à merveille ? Ou parce qu'elle est tellement belle et lumineuse qu'il pense qu'elle est trop bien pour moi, même si rien n'est vrai ? Je n'en sais rien.

— Alors, Maria, Vous avez une famille ? Knox ne nous a rien dit à leur sujet. Tu les as déjà rencontrés, d'ailleurs ? Ou bien est-ce qu'ils sont restés au Mexique ?

Merde… La question qui fâche. Comment répondre à ça ? Je…

— Ils vivent à New York. Leur plus grand rêve dans la vie était de voler le travail des gentils blancs. Et non, Knox ne les a pas encore rencontrés. Nous attendions de voir si les choses étaient vraiment sérieuses entre nous, déclare Siana, et on va dire que tout s'est approfondi ces dernières semaines. Nous avions prévu les présentations pour le retour de vacances d'ailleurs. Pas vrai, mon lapin ?

Je hoche la tête, désespéré, tandis qu'Angel se moque de moi en se faisant des oreilles de lapin avec ses doigts. Je lui tire la langue, ce qui le rend encore plus hilare.

— Et ma famille compte plus que tout au monde pour moi. Mes parents sont très pauvres et mes frères dealeurs et marchands d'esclaves. C'est d'ailleurs comme ça qu'ils nous ont fait passer le mur. Je crois même qu'ils recherchent en ce moment des « matures » blanches pour leurs clients aux goûts très douteux, alors je serais vous, je me méfierais. Qui sait ce qui pourrait se passer si vous ne vous tenez pas tranquille. P't-être que je leur dirais de venir vous chercher en pleine nuit.

Siana sourit lascivement, tandis que Marguerite pâlit.

— Vous n'oseriez pas ! Je vais appeler la police ! couine-t-elle.

— Oh c'est bon, ne vous inquiétez pas ! Je plaisante ! Mes parents sont à la retraite, et j'ai trois frères. Ils possèdent une entreprise de construction qui marche bien. Je suis très fière d'eux.

— Et est-ce qu'ils sont fiers de vous, à vendre vos charmes pour une bonne place dans l'entreprise réputée de mon petit-fils ?

Siana ouvre grand la bouche, heurtée pour la première fois par ses propos. Mais je crois qu'elle est trop fière que Marguerite réalise enfin que ma société est renommée pour se battre avec elle.

— Mon cul ne m'a jamais aussi bien rapporté, mémé. Vous devriez essayer de temps en temps, ce petit cuisinier mignon que vous employez vous ferait peut-être le plus grand bien.

— Hé, comment ça, il est mignon ? marmonné-je en serrant le poing.

— Quoi ? J'ai des yeux, tu sais. Et ils *voient* des choses.

— Comme d'autres hommes ? Je crois que je n'aime pas trop ça, mademoiselle Pérez.

— Ne me dis pas que tu ne regardes jamais ailleurs ?

Elle me sourit.

— Non, grogné-je.

Et c'est la vérité.

Graham éclate de rire, et lance à Siana un regard lascif qui me met mal à l'aise.

— Nous pensions tous qu'il allait entrer dans les ordres après Sandra. Les femmes et lui, c'était terminé.

— Qui est Sandra ?

— La ferme, Graham, m'énervé-je.

Et je suis sérieux. S'il ne la boucle pas, je me casse.

— Ça suffit, fiston, intervient papa avec une autorité qui force tout le monde à se taire.

Ça me fait du bien, bordel. Je peux me remettre à respirer.

— Que toutes les personnes qui n'ont rien d'agréable à dire se taisent, et ça vaut pour le reste de la soirée, c'est clair ? ordonne-t-il.

Tout le monde baisse les yeux vers son assiette.

Charmant.

— Demain je fais un bonhomme de neige ! s'exclame alors Angel qui semble être le seul encore capable d'être gentil. Siana me l'a promis !

Marguerite pince les lèvres en la fusillant du regard.

— C’est bien vrai, mon chou, même si c’était censé être un secret. Enfin, et si j’arrive à me lever. Je sens la gueule de bois arriver à un point…

— Si Marguerite n’a plus le droit de parler, tu devrais être sauvée pour le reste de la soirée, glissé-je à son oreille.

Elle glousse, et m’embrasse à nouveau. Seigneur, j’adore cette version d’elle qui ose et n’a plus de limites. Je lui souris à mon tour, conscient qu’elle est un peu éméchée, mais elle a l’air si heureuse et détendue que je me demande si elle sait ce qu’elle fait. Si elle réalise qu’elle me touche, m’embrasse, et me rend… heureux, moi aussi.

— Siana, tu pourrais ne pas te lever, demain ? couine Angel, ses grands yeux soudain pleins de tristesse.

— Écoute, mon chou, la tequila ce n’était pas une bonne idée. Un jour, tu le comprendras toi aussi, surtout si tu vis ici. Mais tu sais quoi ? Si demain à midi je ne suis pas réveillée, demande à Knox de venir agiter la clochette de mamie à mes oreilles. Ça devrait m’aider.

— Tonton Knox, demain tu pourras agiter les clochettes à tata Siana ?

— C’est une phrase que Leilani pourrait prononcer, glousse-t-elle.

— Compte sur moi, Angel. Je connais le moyen idéal de réveiller miss Tequila.

Je ronronne un peu en l’enlaçant, mes mains glissant sur ses cuisses, moulées dans ses leggings.

— Ah bon ? Tu fais comment, tonton ?

— Hum… Je…

— Il me fait des bisous, et comme il sait que je déteste ça, je me réveille et je le frappe, se moque-t-elle.

— Tu n’aimes pas les bisous de tonton Knox ?

Siana me regarde avec un air espiègle.

— Ça dépend des jours, en fait. Tu sais que parfois, Knox est très méchant ! Il a dit qu’il n’aimait pas les sapins de Noël, tu te rends compte ?

Angel ouvre grand la bouche.

— Tu as raison, prive-le de bisous, tata Siana. Il ne les a pas mérités !

Elle éclate de rire, ce qui me fait lever les yeux au ciel.

Le reste du dîner se passe dans le calme le plus complet, et lorsqu'il se termine et que tout le monde se dirige vers le salon pour se poser, je refuse de les accompagner. J'aide Siana à monter dans la chambre, prétextant que nous sommes épuisés après notre journée dehors.

Tout ce que je veux, personnellement, c'est être seul avec elle.

Je la fais assoir sur le bord du matelas où elle se met à rebondir en gloussant.

— Et ça dit tenir l'alcool, me moqué-je. J'ai des doutes.

Au fond de la chambre, je repère nos achats et sors une large boîte que j'emmène dans la salle de bain.

Je me lave, me change puis ouvre mon petit cadeau destiné à Siana. Un joli sapin d'une cinquantaine de centimètres, déjà entièrement décoré en beige et doré. Je le pose sur le meuble, entre nos deux vasques, puis je retourne dans la chambre, vêtu d'un simple caleçon.

Siana est encore en train de rebondir, assise sur le lit.

— À ton tour, miss Tequila. Et ne sautille pas dans la douche, tu risquerais glisser.

— Moi ? Glisser ? Je suis sur ces deux jambes depuis des années, Monsieur. Je sais m'en servir, dit-elle en trébuchant.

Heureusement, je suis assez proche d'elle pour la rattraper.

— N'hésite pas à crier si tu as besoin que je vienne m'aider à te laver, plaisanté-je.

Quand j'entends son ronronnement sexy, je me dis que ce ne serait pas une mauvaise idée. Elle. Moi. Son corps splendide sous la paume brutale de mes mains.

Puis elle vacille encore un peu et je soupire.

Bordel, elle est beaucoup trop ivre pour cela. Je le sais, parce qu'elle est en train de me caresser le torse en prononçant des mots cochons, chose qu'elle ne ferait jamais si elle était lucide.

— File, miss Tequila. Avant que je ne te mette au lit pour insubordination.

En boudant, elle disparaît dans la pièce d'à côté, et je reste planté au milieu de la chambre, anxieux de ce qu'elle va penser de son cadeau.

Un petit couinement excité me parvient alors, et elle revient en courant, la main sur le cœur et les larmes au bord des yeux.

— Il y a…

— Quoi ? Quelque chose ne va pas ? souris-je.

— Il y a…

Un autre couinement lui échappe, si aigu qu'il me fait rire. Je la rejoins pour l'enlacer, et murmure un « de rien » à son oreille.

— Quand l'as-tu acheté ?

— Aujourd'hui. Figure-toi que je n'étais pas tout le temps au téléphone, et pendant que tu parlais à tous les vendeurs que tu croisais, moi aussi j'ai fait des emplettes.

— C'est magnifique. Merci, Knox ! Il est sublime !

Elle me serre fort contre elle, faisant fondre mon cœur dans ma poitrine serrée dans un étau. J'ai envie de l'éloigner avant de trop m'attacher et pourtant, j'en suis incapable. J'aime l'avoir au creux de mes bras, j'aime l'avoir près de moi et j'aime la rendre heureuse. C'est aussi simple que cela.

Avec douceur, elle m'embrasse une dernière fois, avant de disparaître pour de bon.

Le pouls un peu trop rapide, mon esprit engorgé de quelques images interdites, je m'allonge dans le lit après avoir allumé la lampe de chevet, et je me passe la main sur les yeux.

Bon sang, j'ai l'impression de faire n'importe quoi, en ce moment.

Siana est censée jouer un rôle.

Alors pourquoi est-ce que ça me semble si naturel, lorsqu'elle m'embrasse ?

Et pourquoi je n'ai qu'une seule putain d'envie dans mes journées, à savoir qu'elle recommence ? Ça me tue.

Je finis par me redresser, furieux de m'être laissé envoûter par cette petite peste, lorsque la porte de la salle de bain finit par s'ouvrir. Siana en émerge, sa main délicate sur le battant de bois et un sourire sublime, sensuel, plein de luxure sur les lèvres.

Je déglutis. Difficilement. Et baisse les yeux sur sa nuisette blanche excitante, avec son bustier de dentelle qui met en avant sa poitrine ronde et généreuse. Puis qui s'évapore en voiles légers, et si transparents qu'ils ne laissent pas la moindre place à l'imagination, concernant le fait qu'elle n'ait pas de petite culotte.

Bordel.

Elle va me tuer.

Elle… va… me… tuer.

Chapitre 29 — Knox

Siana s'avance lentement vers moi, telle une sublime panthère ayant les yeux sur sa proie. Plus rien d'autre ne compte pour elle. Ni pour moi, d'ailleurs, pour ce que ça vaut.

À chaque millimètre qui l'approche, mon sang pulse plus fort dans mes veines, ma peau me brûle davantage, mon sexe se gonfle avec tant d'ardeur que je grimace de douleur.

Elle est belle. Elle est sensuelle. Elle est… dangereuse. Pour moi, pour mes pensées, pour mon stupide cœur qui ne bat que pour elle.

Lorsqu'elle arrive près du lit, elle s'arrête un instant et caresse ses longues mèches sombres, encore un peu humides.

— Je croyais que tu voulais me rejoindre sous la douche ? minaude-t-elle.

— Rien de bon n'en résulterait, mademoiselle Pérez.

— Au contraire. Tout est bon lorsque nous sommes à deux, non ?

Oui. Putain, oui !

— Rien de tout ceci n'est réel, Siana, grogné-je.

— Vraiment ?

Elle esquisse une moue boudeuse et adorable puis, avec grâce, elle grimpe sur le lit et me chevauche. Ses cuisses sont chaudes. Son regard brûlant. Et de la sentir tout contre mon membre dur me fait un bien fou, tellement dingue que j'oublie durant un instant que je ne dois pas la toucher.

Mes mains se posent sur ses flancs, et serrent avec violence ces pans de tulle blanc et virginal.

Elle va me faire craquer ! Ce n'est pas possible !

Conscient de ce que je ressens pour elle, j'ôte mes mains de sa taille et les passe dans mes cheveux, grognant face à ma faiblesse. Face à elle.

Elle qui me regarde comme si j'étais son roi, son empereur, le seul homme de sa vie. Elle qui me regarde comme si elle me désirait, et je me demande comment c'est possible, bordel, alors que je passe mon temps à la blesser.

Curieuse, elle baisse le regard et se mordille la lèvre inférieure, en frottant son bassin contre ma hampe.

— C'est moi qui te fais cet effet ? murmure-t-elle en rougissant.

— Putain, Siana ! Évidemment que c'est toi ! m'écrié-je, décontenancé par… toute cette situation.

J'agrippe ses poignets avec violence et l'attire à moi, jusqu'à ce que sa belle gueule d'ange se retrouve à un centimètre à peine de mon visage.

— Et je vais te dire un secret, parce que je sais que demain, tu ne te souviendras plus de rien.

— Quel secret ? susurre-t-elle.

— La raison pour laquelle je m'enferme dans mon bureau tous les matins durant dix minutes, Siana, c'est parce que tu me fais bander. Tellement, tellement fort que je suis obligé de digérer, de décompresser, de me désenivrer de toi. Je t'attends tous les jours dans ma voiture, et je sors quand tu t'approches pour pouvoir monter au trentième à tes côtés, puis je fais mine d'envoyer un ou deux messages le temps que tu te déshabilles. Je te vois te dandiner pour ôter ton manteau, ça me plaît. Puis je te regarde des pieds à la tête, dans tes escarpins et tes mini-jupes sexy, ça me fait tellement d'effet, tu n'imagines pas !

— Hé !

— Quoi ? rougis-je. Tu me trouves répugnant ?

— Non. C'est juste que je ne me dandine jamais !

— Bébé, tu bouges ton petit cul en t'extirpant de ton manteau moulant, puis tu te déhanches pour l'accrocher à la patère, avant de te pencher en avant pour mettre ton sac sur le bureau et y chercher ton téléphone. Tu es un putain de fantasme qui me fait perdre les pédales tous les matins, et je suis accro à ça. À tout ce que tu me fais. À ce rush de sang qui me rend dur et à cet afflux d'adrénaline qui fait tellement pulser mon cœur que ça me tiraille dans la poitrine. Siana, je perds tout sens de la réalité quand tu es près de moi, et le pire, c'est que je n'en ai rien à foutre. Tu me plais. Tout chez toi me fait de l'effet, que ce soient tes rires, tes sourires, tes petits discours pour me faire comprendre à quel point je suis un connard ou ta façon d'avoir les larmes aux yeux quand tu es émue. Tout est parfait chez toi. Mais je suis quand même heureux de pouvoir te dire tout cela en sachant que tu ne te rappelleras de rien demain matin.

— Bien sûr que je m'en souviendrai. C'était si beau, Knox, lance-t-elle émue.

Elle se penche sur moi pour effleurer mes lèvres, mais je la saisis soudain à la taille, et je l'embrasse jusqu'à ce que nos lèvres soient si soudées qu'elles commencent à être douloureuses. Pourtant, je ne peux pas m'arrêter. Ma langue s'immisce en elle, réclame sa passion, sa brutalité, sa saveur. Et elle me donne tout, bordel, quand bien même je ne mérite rien.

Mes mains glissent sur sa nuisette et soudain, sa peau chaude m'apaise et me calme. Mes paumes, au bas de ses reins, se figent pour ne pas profiter d'elle, et mon baiser se fait plus doux. Si doux qu'un petit gémissement lui échappe paisiblement. Je le déguste, amusé de lui faire ressentir tout cela alors que nous ne sommes même pas intimes.

Et j'aimerais tellement, tellement pouvoir un jour tout avoir de cette femme.

Mais c'est impossible.

Je suis fait pour être solitaire.

Elle a besoin d'être accompagnée.

Je ne serais jamais l'homme qu'il lui faut, et même si ça me fait mal, c'est la réalité.

Siana se redresse doucement lorsque je la libère.

Mon pouls se calme quand je me dis qu'elle va se coucher, et que je vais m'éloigner d'elle pour de bon. Cependant, elle se met à onduler des hanches, frottant sa petite chatte contre mon sexe toujours aussi dur, et je serre la mâchoire pour ne pas me mettre à gémir à mon tour. Mais putain, qu'est-ce que c'est bon ! Mes muscles se tendent. Mon souffle s'indiscipline.

J'ai la peau en feu et sa façon de me dévisager avec sensualité ne fait rien pour me calmer. Ce soir, elle est complètement libre, affamée, et je veux qu'elle me dévore tout entier !

Mutine, elle me sourit, sachant pertinemment à quel point elle me tente, là ! Quelle peste. Quelle…

Je lâche un soupir lourd et presque douloureux, et quand elle soulève le tulle de sa nuisette pour me montrer le spectacle, c'est son prénom qui passe la barrière de mes lèvres. Il y est écorché, dangereux, presque violent.

Mes poings se serrent malgré moi pour m'éviter de faire une connerie, de la toucher, de l'inciter à aller plus loin alors que clairement, on ne devrait pas. Mais voir sa chair sensible et sublime se frotter contre mon caleçon noir me fait durcir encore plus. Et je ne peux pas détourner le regard, bon sang. Je n'y arrive pas.

C'est elle qui coupe court à ce show quand elle se penche en avant pour me clouer au lit, m'embrassant à son tour sans me laisser le loisir de réfléchir, d'agir, de la repousser. Je le veux ? Je n'en sais rien. Je ne sais plus. Tout ce que je sais, en revanche, c'est que j'adore la douceur de sa bouche contre la mienne, et ses lèvres si acharnées qui me dégustent comme si j'étais son dessert préféré.

— Monsieur Sullivan, ronronne-t-elle alors, et si nous passions aux choses sérieuses ?

Ses mains glissent sur mon torse. Elle relève un peu le buste.

Puis avec le plus beau des sourires, elle baisse les bretelles de sa nuisette et se remet à se déhancher tout contre moi, ses yeux mi-clos pleins de désir et de plaisir.

— Tu aimes ça, pas vrai ? Prendre ton pied avec moi, murmuré-je d'une voix tendue.

— Oui. Tu es celui avec qui je veux jouir, Knox.

Ses mouvements se font plus lascifs, plus appuyés. Elle est presque prête à trembler entre mes bras, mais quand elle souhaite se déshabiller, je me fige.

— Siana, soupiré-je.

Je la caresse, presse la chair de ses hanches entre mes doigts, et remonte le long de ses bras, avant de remettre les bretelles de sa nuisette en place. Aussitôt, son beau visage se pare d'éclats de doute et de tristesse.

— Je… je croyais que tu m'aimais bien, dit-elle, les larmes au bord des yeux. Et que tu me trouvais jolie.

— Siana, je trouve que tu es la femme la plus belle, la plus lumineuse, et la plus agaçante de cet univers tout entier. Personne d'autre ne trouvera jamais grâce à mes yeux, j'en suis certain. Tu es la seule et unique à pouvoir me faire rire, enrager, et sourire avec tant de facilité.

— Alors pourquoi est-ce que tu ne veux pas t'amuser avec moi ?

— Parce que tu es bourrée, ma belle.

— Oh c'est faux !

Elle se redresse, les mains sur les hanches.

— En revanche, c'est vous, Monsieur, qui devriez me bourrer.

Son sourire coquin me fait un effet magistral.

— Seigneur, je vais te répéter cela mot pour mot demain matin, je te signale.

— Oui, oui.

— Tu vas rougir de honte et ne plus savoir où te mettre.

— Impossible ! Je n'ai pas honte de vouloir que tu me prennes.

— On verra ça quand tu seras sobre…

— Tout à fait ! En attendant, au boulot, Monsieur. Allez, juste un petit coup vite fait.

— Non.

— Mais je te veux ! Ce sera bien ! gémit-elle en ondulant des reins de plus en plus fort.

Ce qu'elle est belle, bordel, avec les pans de sa nuisette qui s'écartent encore, ses cheveux dénoués qui retombent sur sa poitrine, et sa peau dorée que j'ai envie de déguster.

— Non. Tu es ivre, et il n'est pas question que je te fasse jouir si c'est pour que tu oublies tout demain matin, ma belle. Quand je te prendrai, quand je vais te bourrer, je veux que tu t'en souviennes jusqu'à la fin de ta vie, c'est clair ?

— Très clair, Monsieur, boude-t-elle en me faisant un salut militaire.

Puis elle fond sur moi et m'embrasse encore comme une vraie petite furie.

Je la laisse faire.

Elle prend tout. Demande tout. Se déhanchant contre moi de plus en plus fort jusqu'à ce que finalement, elle jouisse si violemment qu'elle me mord la lèvre, envoyant une onde de plaisir et de douleur dans tout mon corps.

Et quand elle est repue, rassasiée, apaisée, elle me sourit, des étoiles jusqu'au fond de ses yeux.

— C'est à ton tour, maintenant, souffle-t-elle.

Sa main glisse entre nous. Pourtant, avant qu'elle n'ait pu m'atteindre, je la renverse dans le lit, ce qui la fait rire. Moi qui pensais la faire taire en lui jetant un regard noir, elle passe le bout de sa langue sur ses lèvres pulpeuses, écarte les cuisses, puis elle se saisit de ma main pour la glisser sur le miel chaud qui humidifie sa peau.

Seigneur, qu'est-ce que j'ai fait pour mériter de vivre un tel enfer ?

— C'est moi qui te fais ça ? demandé-je à mon tour en reprenant ma main pour laper chacun de mes doigts.

— Oui. Tu n'imagines pas comme j'ai envie de toi, Knox. C'est presque difficile de me retrouver seule à tes côtés, de te sentir m'enlacer, de te laisser m'embrasser. Mais je n'arrive pas à te repousser, même quand tu m'exaspères. Je suis accro.

— Moi aussi, avoué-je. Tu es une trop grande tentation pour moi, Siana. Le plus beau, et le plus cruel de tous mes péchés.

— Je suis un péché ? Un interdit ?

— La plus grande de toutes mes fautes, mais aussi, la plus douce. Irrésistible. La plus parfaite d'entre elles.

— Alors pourquoi est-ce que tu n'as pas voulu aller jusqu'au bout, quand nous étions dans ton bureau ?

Sa façon d'en parler, tout en timidité et en douleur, me fait réaliser que je l'ai blessée plus que de raison. Plus qu'elle n'ose se l'avouer, également.

— Parce que j'avais peur de ce que tu pourrais me faire ressentir, ma belle. J'avais peur de succomber, de craquer, de t'adorer.

— Tu m'adores ? sourit-elle.

— Ça m'arrive. Je te déteste souvent, aussi.

— Méchant.

— Voilà, c'est comme ça que tu devrais me voir. Allez, il est l'heure pour toi de dormir, à présent, petite peste. J'en ai marre de te dire tous mes secrets.

D'un geste vif, j'attrape un plaid que je coince sous moi, avant d'en recouvrir son corps et de lui passer un bras autour de la taille, histoire de l'empêcher de bouger. Elle ressemble à un fichu burrito, à présent. Bordel, pourquoi est-ce qu'elle est aussi craquante avec cette couverture en pilou rose et son air furieux ?

— Je ne suis pas fatiguée, grogne-t-elle.

— Ah bon ? Moi je le suis pourtant, mais c'est sûrement parce que tu m'épuises.

— Hé !

— Avoue que tu aimes me torturer.

— C'est totalement faux !

— Dors, ordonné-je à nouveau en riant. Et prie pour que je sois assez sympa pour ne pas te rappeler toutes les choses cochonnes que tu m'as demandé de faire, quand tu seras sobre.

Agacée, elle me tourne le dos, se pelotonnant tout contre moi, et quand elle finit par s'endormir, je me calme. Plonge à mon tour dans le sommeil. Et me fais réveiller par une douleur fulgurante dans le dos, alors que je me retrouve au sol, sur mon lit d'appoint au pied du sien.

Non, mais cette peste vient de me virer de mon propre pieu ! Je n'arrive pas à y croire !

Putain, et pourquoi est-ce que je ne lui en veux pas du tout, même quand je vois sa petite tête furieuse se pencher vers moi pour m'incendier ?

Mon Dieu… Je suis véritablement fou de cette femme, quelle galère !

Chapitre 30 — Siana

Quand je me réveille, j'ai bien chaud. Et je suis emmitouflée dans un plaid tout moelleux. Et un homme est pressé contre moi, m'entourant d'un bras viril, dur, excitant. Non, mais je rêve ? Knox a dormi avec moi !

Furieuse, je me retourne, tire un grand coup sur le plaid pour lui faire faire un roulé-boulé et il chute au sol la seconde suivante. Nous avons dû nous endormir avec la lampe de chevet allumée car elle brille toujours, éclairant ce tout début de journée encore sombre.

Le pouls alourdi par sa proximité et son parfum suave, je me penche au-dessus du matelas pour le regarder de mon air le plus méchant possible. Étalé de tout son long sur le sol, l'air renfrogné, il me sourit soudain comme s'il ne pouvait pas s'en empêcher.

— Qu'est-ce que tu fichais dans mon lit, espèce de pervers dépravé ! m'exclamé-je.

— Alors ça c'est la meilleure. C'est toi qui t'es jeté sur moi hier soir, je te signale.

— C'est totalement faux ! Je ne suis pas ce genre de femme !

— Vraiment ? C'est pour ça que tu es en train de me montrer tes seins, ma puce ? minaude-t-il.

— Quoi ?

Je baisse les yeux et couine en observant mon décolleté plus que sulfureux, pour le coup, et qui met en valeur… Oh là là, tout ce que mère Nature m'a généreusement offert. Je tire sur mon plaid et, les joues en feu, je me cache dedans.

— J'ai mis ma nuisette blanche… soufflé-je.

— Ouais.

— Celle qui est…

— Transparente, complète-t-il. Et si tu veux tout savoir, tu n'as pas de culotte, et tu m'as demandé de te bourrer. Je ne savais pas que tu pouvais être si vulgaire, miss Tequila. Je crois que je suis choqué.

— Oh mon Dieu, gémis-je en m'enfouissant sous ma couverture. Oh mon Dieu… On a fait quelque chose ?

— Non, Siana, même si tu étais franchement partante pour un petit rodéo rapide.

— Je ne sortirai plus jamais de cette chambre. De ce lit. Je ne pourrais plus jamais te regarder en face, soupiré-je. Et pourquoi est-ce que j'ai rêvé de truites, d'ailleurs ? Tu as parlé de pêcher ou quoi ? Qu'est-ce qui s'est passé après mon cinquième shot de tequila, sérieusement ?

— Il s'est passé beaucoup, beaucoup de choses. Je t'en raconterai peut-être certaines, un jour, si tu es sage. Mais puisque tu m'as viré du lit comme un malpropre, je te dirai juste que tu es une véritable reine pour ce qui est de me chauffer, Siana. Et crois-moi, il m'en faut beaucoup en général pour bander aussi fort.

— Faites que cette journée s'arrête enfin.

— Il est six heures du matin, chérie. Tu as le temps de sentir ta peine.

— Génial.

— Mais si tu veux un petit bourrage rapide pour décompresser maintenant que tu es sobre, je suis dispo, rit-il.

— Je crois que tu apprécies un peu trop la situation à mon goût, marmonné-je. J'ai vraiment dit ça ? Non, ne réponds pas. La moi ivre est pire que tout. Une fois, j'ai dragué Lani en lui disant qu'elle ressemblait à ma coloc. C'est décidé, j'arrête l'alcool cette année.

— Tu es au courant que demain, c'est le réveillon de Noël ?

— Évidemment ! Si on était à Pâques, je n'aurais jamais promis d'arrêter l'alcool un an tout entier !

Je l'entends rire, alors je lui balance un coussin, avant d'essayer de me rendormir. C'est peine perdue. À sept heures, je me redresse, emmitouflée dans mon plaid, et Knox fait de même. Il grimace, visiblement en souffrance. Aussitôt, je descends du lit, m'agenouille à son côté et glisse délicatement les mains autour de sa taille.

— Tu as mal ? Qu'est-ce que tu as ?

Inquiète, je plonge dans ses beaux yeux sombres, mais il me fait la tête.

— C’est à cause de toi. Tu m’as fait tomber du lit, je te signale.

— Oh je suis sincèrement désolée ! J’étais… confuse, à mon réveil, je n’ai pas réfléchi.

— Pas grave. Ça va passer. Et puis je le méritais un peu, je t’ai forcée à être ma fiancée, après tout.

— Non, tu ne méritais absolument pas que je te blesse, Knox. Et puis tu sais quoi ? je suis ridicule. Dors dans le lit avec moi. Il n’y a pas de raison pour que tu doives être au sol comme un moins que rien, c’est stupide.

— Tu es sûre ? rougit-il. Tu n’avais pas l’air ravie de te réveiller à mes côtés, ce matin.

— Oui, mais bon, j’étais surprise. Et puis tu me collais ! Je dors seule depuis des années, ça m’a fait tout drôle, gloussé-je.

— Je peux te révéler un secret ?

— Vas-y.

— Moi aussi je dors seul depuis des années, mais j’ai adoré m’endormir à tes côtés.

Son sérieux fait accélérer le rythme de mon cœur. Doucement, lentement, je l’approche et nos lèvres s’effleurent avec tendresse. Je voudrais que ce moment dure pour l’éternité. Je voudrais qu’il ne cesse jamais, mais du bruit dans le couloir fait éclater notre petit moment.

— C’est sûrement Le Chat qui fait sa ronde, sourit Knox.

Je secoue la tête, amusée, puis file à la salle de bain pour… faire des trucs qui se font dans les salles de bain. C’est là qu’un petit couinement m’échappe.

— Tu m’as acheté un nouveau sapin !

— On en a déjà parlé hier soir, je te signale. Je savais bien que tu ne te rappellerais de rien.

— Peut-être que je devrais me prendre une nouvelle cuite pour oublier tout ce que tu m’as rappelé, alors. Enfin bref, merci !

Je me précipite vers lui, l’aide à se relever et le serre dans mes bras de toutes mes forces. Il rit, embrasse mon front, et je me sens soudain toute gênée, toute intimidée, parce que ce geste si intime parle à mon cœur.

Pour mettre fin à ce petit moment étrange, je ramasse ses coussins et son plaid, puis je retourne admirer mon sapin. Il… est… magnifique ! J'espère franchement que je pourrai le reprendre avec moi en partant d'ici.

Avec pudeur, j'ôte la couverture enroulée autour de mon corps, et me regarde dans le miroir en secouant la tête.

— Comment est-ce que j'ai pu être assez lucide pour enfiler une nuisette pareille, et assez saoule pour demander à mon patron de me culbuter ? Quelle misère, me morigéné-je.

En plus, c'est vraiment, vraiment très transparent !

Mon Dieu, Knox a vu mon minou, c'est le désespoir le plus total !

Je fais une toilette rapide, enfile mon peignoir Père Noël, en velours et pilou rouge et blanc, et je le rejoins en boudant.

Il est assis sur le bord du lit, son téléphone entre les mains, probablement à envoyer des tas d'e-mails. Il a enfilé son pantalon de pyjama et un tee-shirt noir qui met en valeur son teint pâle, et même comme cela, tout simple, il est saisissant.

— Allons boire un café avant que tout le monde se réveille, dit-il en abandonnant son smartphone.

Il relève la tête, m'adresse un grand sourire et me rejoint pour m'enlacer.

— Ne fais pas cette tête. Tu as le plus joli minou du monde, se moque-t-il.

Est-ce que lui aussi lit dans les pensées, ou est-ce que je suis si lisible que ça ?

Je gémis, désespérée, et le laisse m'entraîner au rez-de-chaussée.

— Oh merde, murmuré-je.

Marguerite et Graham sont déjà là, bien habillés, alors que nous sommes tous les deux pieds nus et en pyjama. Mes cheveux sont dans tous les sens, j'ai toujours des palpitations après les révélations de Knox, et… oh, et puis merde ! J'ai le droit d'être au bout de ma vie, quand même. Ce n'est pas tous les jours qu'on demande à son patron de faveurs sexuelles, après lui avoir montré sa minette !

— Grand-mère, Graham, les salue mon fiancé en me tirant une chaise.

Je m'y installe, et constate, ravie, qu'une cafetière et une théière contenant du chocolat sont déjà disposées sur une planche de bois, au milieu de la table. Elle est décorée de branches de sapin et de quelques fleurs d'hiver. C'est mal si j'ai envie de tout emporter dans mes valises en partant d'ici ?

Je sers à mon homme un café noir, et me prends un chocolat chaud dans un magnifique mug en forme de boule de Noël.

— Je sais que tu veux le voler. Je te le dis tout de suite, ça ne vaut pas le coup. Marguerite te ferait châtier à l'ancienne. Torture, noyade, ce genre de choses.

— Ça vaudrait le coup. C'est la plus belle tasse du monde ! murmuré-je.

— Je t'en achèterai une, va. Ça me ferait de la peine qu'elle te fouette.

— Ah ? Pourtant, c'est toi qui voulais que je reçoive la fessée il n'y a pas si longtemps, encore. Et tu étais partant pour me la donner en plus !

— Oui, mais apparemment, ce n'était qu'une embuscade mesquine et cruelle.

Il pousse un petit soupir, mais son sourire est de retour.

J'approche ma chaise de la sienne, me mets tout contre lui, et sirote mon chocolat chaud en remarquant soudain le regard étonné de Marguerite et celui, froid, de Graham.

— Quoi ? marmonné-je.

— Rien.

J'ai surtout l'impression qu'elle est étonnée que Knox et moi nous entendions si bien.

— Je remarque juste que les goûts de mon petit-fils en matière de femme sont toujours aussi mauvais.

C'est étrange, mais je me demande si elle ne me chercherait pas juste parce que ça lui fait plaisir de m'asticoter, et pas parce qu'elle ne m'aime pas. Ça ressemble à une sorte de jeu, pour elle. Je décide de ne pas répondre, quoi qu'il en soit. Je suis trop bien, là, tout contre Knox.

Son bras est enroulé autour de mon ventre, et la façon dont il caresse mon peignoir tout doux me rend heureuse. La cheminée crépite. Le sapin clignote. Je dois encore glisser tous les cadeaux que j'ai achetés en secret en dessous, mais il va falloir que je me lève en pleine nuit pour le faire. Pas question qu'on me surprenne ! Je veux que ce soit une surprise !

Quand nous avons terminé nos tasses, je me lève pour aller les mettre dans l'évier de cuisine, soupirant de déception quand je regarde par la baie vitrée. Il fait encore trop noir pour pouvoir admirer la neige et la forêt.

Lorsque je me retourne, je sursaute.

Graham est tout près de moi, et son regard se baisse vers ma poitrine, alors que les pans de mon peignoir se sont écartés. Je les resserre contre moi. Pas question qu'un autre Sullivan voie mon minou !

— Pas trop dure, la nuit ? demande-t-il en souriant.

— Quoi ? Comment ça, « dure » ? couiné-je

Bon sang, est-ce qu'il sait que j'ai fait du rentre-dedans à Knox comme une fichue excitée en manque ?

— Avec toute la tequila que tu as bue, j'espère juste que tu n'as pas eu trop mal à la tête.

— Oh, ça ! Non, du tout, je tiens très bien l'alcool.

Même s'il a tendance à me rendre nympho, apparemment.

— Tant mieux. Au pire, n'hésite pas à demander, j'ai une trousse de premiers soins dans ma chambre. Il suffit de toquer au bon endroit.

— Trop aimable. Je suis sûre que tu donnerais de ton temps si j'en avais besoin.

— Comment le sais-tu ? sourit-il.

Si Knox a tout du prédateur excitant et saisissant, son frère semble cacher un côté perfide qui me fait froid dans le dos.

— Une intuition, ricané-je.

Sa main se pose sur la mienne quand j'ouvre le robinet pour laver les tasses.

— Ce n'est pas ton travail. Laisse.

Il ferme le mitigeur, son corps si près du mien que je me tends légèrement. C'est là que Knox débarque. Il s'arrête sur le seuil de la cuisine, le regard plus sombre que jamais, et ses poings se serrent en nous voyant si proches l'un de l'autre.

Comme pour l'énerver davantage, Graham pose le bras sur mon épaule, faisant légèrement s'écarter mon décolleté.

Knox marche alors vers nous de son pas lourd et dominateur, puis il me saisit à la taille pour m'embrasser comme jamais il ne l'avait fait. Avec violence, fureur, besoin, désespoir, peur, et une dominance qui ne me laisse clairement pas indifférente.

Je le laisse faire, m'accrochant à son tee-shirt de toutes mes forces pour ne pas être tentée de glisser les mains dessous, mais lorsqu'il se redresse, Knox n'a plus rien de l'homme posé et serein qu'il était ce matin.

Une rage sombre et pesante illumine ses pupilles, sans que je ne sache à quoi elle est due.

Il jette à son frère un sourire dangereux, puis d'un geste tendre, il resserre les pans de mon peignoir sur ma poitrine.

— Viens, allons nous habiller, chérie. On n'a plus rien à faire ici.

Je hoche la tête, et tandis que nous montons les escaliers, j'entends Graham et Marguerite se disputer. Je ne comprends pas ce qu'ils se disent, mais je m'en moque un peu.

— Qu'est-ce que c'était que ce cinéma ? soupiré-je.

— Rien. Ne t'inquiète pas, c'est toujours comme ça, ici.

Mouais, je ne suis pas convaincue.

Knox glisse alors sa main dans la mienne pour la caresser, et juste comme ça, j'oublie cette étrange impression qu'ils me cachaient tous les deux quelque chose de terrible.

Nous entrons dans la chambre, et il attrape directement son téléphone avant de s'assoir sur le bord du lit. Il se jette dans le boulot pour oublier qu'il est toujours en colère, et je ne veux pas qu'il soit comme ça. Qu'il ait de la peine.

Je le rejoins, attrape son smartphone pour le poser sur la table de nuit, et quand il relève la tête vers moi, il semble étonné que je me soucie de lui. Je glisse une main sur sa joue, sa mâchoire virile, dans ses cheveux un peu décoiffés.

— Dis-moi ce que tu as.

— Rien. Je te le dis, c'est toujours comme ça. Graham et moi ne sommes pas les meilleurs amis du monde.

— Non, vous êtes frères, ça devrait être encore plus beau et plus solide, entre vous.

Ses bras passent autour de ma taille, et je souris quand il soupire, pressant le visage contre mon ventre.

— Les choses ne sont pas aussi simples que dans ta famille.

— Dans ma famille, les disputes sont violentes, chéri. Mais elles se terminent toutes autour d'un hotdog, à faire la paix pour le bien des saucisses. Mince, ce n'était pas censé sonner aussi tordu.

Knox éclate de rire, et se reprend soudain, le rouge aux joues. De la façon la plus adorable au monde, il remonte la manche de mon peignoir, qui a glissé le long de mon épaule, et c'est à moi de rougir.

— Knox, murmuré-je, même si je ne sais pas trop quoi dire après cela.

Est-ce que j'ai envie de parler, de toute façon ?

Je m'approche un peu plus près de lui, le forçant à écarter les jambes pour m'accueillir. Et avec le plus doux des sourires, j'embrasse ses lèvres déjà avides des miennes. Il les accueille et les dévore et les possède comme s'il y avait pensé toute la nuit. Et soudain, je le pousse dans le lit et détache lentement la ceinture de mon peignoir.

Il chute à mes pieds dans un bruissement des plus excitants.

Knox le suit du regard, avant de remonter lentement le long de mes jambes, des voiles transparents de ma nuisette, de ma poitrine qui se soulève à présent avec fracas. Un peu gênée, un peu gauche, je passe les bras dans mon dos pour dégrafer mon bustier blanc, et je me retrouve soudain nue devant cet homme. Nue devant lui, alors que je ne l'avais plus été devant qui que ce soit depuis si longtemps.

Mon souffle se coupe un peu. Mon pouls accélère.

Mon Dieu, qu'est-ce que je suis en train de faire ?

Et pourquoi est-ce que je suis toute nue, encore ?

Oh là là…

Soudain tendue, je croise les bras sur mes seins et détourne le regard.

— Tu étais beaucoup moins timide cette nuit, ma puce, sourit Knox.

— J'étais surtout beaucoup trop bourrée.

— C'est ce que je me suis tué à te dire, rit-il. Mais tu sais, timide ou survoltée, je te trouve belle comme tu es, Siana. N'aie pas peur. Je ferme les yeux si tu veux te rhabiller et que tu me le demandes. Je te regarderai comme une putain d'œuvre d'art si tu ne me dis rien. Dans tous les cas de figure, rien de ce que tu fais ne me laisse jamais indifférent.

Il me lance un petit regard plein de charme et de passion, et Seigneur, je me demande comment est-ce qu'il peut parvenir si facilement à me faire craquer, même quand je me sens sur le point de me briser.

Mon pouls ralentit un peu, et avec audace, je m'agenouille sur le lit, juste à son côté. Je balaye son corps d'un regard torve et fasciné. Même à travers son tee-shirt moulant, on remarque ses muscles, la fermeté de son torse. Même avec ce pantalon de coton, je vois bien que je ne le laisse pas de marbre, et ça me plaît.

Rassurée, je libère ma poitrine puis, du bout de l'index, je caresse sa cuisse ferme qui frémit à mon contact.

— Allez viens, lance-t-il d'une voix soudain éraillée. Monte-moi, si c'est ce que tu veux.

Je m'exécute aussitôt parce que vraiment, c'est ce que je veux le plus au monde à cet instant. Je chevauche son bassin, son sexe déjà dur, et mes lèvres s'écartent sur un gémissement rauque en le sentant frotter contre mon intimité.

— Besoin d'un nouvel orgasme, miss Tequila ? sourit-il en mettant les mains derrière sa tête.

Ses biceps se gonflent, son pouls s'intensifie.

— J'ai toujours besoin d'un orgasme quand c'est toi qui les offres, avoué-je.

— Putain, Siana…

Son air amusé disparait au profit d'une intensité qui assombrit son regard, son air prédateur, la faim que j'aperçois au fond de ses yeux.

D'un geste vif, il ôte son tee-shirt. Le balance au sol. Et enfin, ses mains agrippent mes hanches avec une férocité qui me fait trembler de plaisir. Je le dévore à mon tour d'un regard appuyé. Je ne me rends même pas compte que je navigue au-dessus de lui pour me faire du bien.

Les mains de Knox se détachent un peu de ma chair généreuse, remontent le long de mes flancs et il prend mes seins en coupe en grognant comme un animal.

— Ça te plaît ? susurré-je.

— Tu n'imagines pas le nombre de fois où je me suis imaginé faire ça, rétorque-t-il en les palpant. Mais il y a beaucoup, beaucoup d'autres choses que j'ai imaginées à votre propos, mademoiselle Pérez, gronde-t-il.

Et soudain, l'une de ses mains se glisse sur ma gorge et sans douceur, il me rapproche de lui jusqu'à ce que nos souffles, nos lèvres s'effleurent. Jusqu'à ce que nos regards se croisent et s'affrontent dans le tumulte de nos émotions.

— Ah oui ? Et à quoi est-ce que vous pensiez, monsieur Sullivan ?

— Pour commencer, à ça…

Il se redresse brutalement, ses bras m'enserrant fort avant que ses mains ne se plantent dans la chair de mes fesses. Il me touche, me marque, me caresse tandis que sa bouche se referme sur l'un de mes seins qu'il se met à lécher de toutes ses forces. Les gémissements qui m'échappent le rendent plus pressant, encore, l'incitant à me téter, à me mordiller, jusqu'à ce que j'en tremble de plaisir.

Ma peau me brûle. Mon pouls me fait mal. J'ai chaud, si chaud que de petites perles de rosée naissent au creux de mes reins. Mais jamais je n'avais pris un tel plaisir de toute ma vie, et j'en veux encore. Et j'en veux plus.

Je me mets à me frotter plus fort contre son membre, ce qui le fait rire.

Il cesse alors de me titiller, laissant juste ses doigts plantés dans mes fesses lorsqu'il m'entraîne avec lui dans le lit. Allongée sur lui, ma poitrine pressée contre son torse, j'admire un instant son regard amusé, son sourire magnifique, et je me dis que je n'ai jamais vu d'homme plus beau, plus dur, plus intrigant, plus complexe que Knox Sullivan. Et pourtant, j'aime tout de lui.

— Est-ce que tu veux que je te dise ce que tu as fait hier soir, ma puce ? ronronne-t-il.

Maintenant que nous ne sommes plus en train de nous amuser, de petits frissons me font trembler. Il attrape le plaid qu'il remonte jusqu'à mes reins, et me vole un baiser apaisé.

— Est-ce que je vais avoir honte ?

— Il y a des chances.

— Est-ce que je vais vouloir me cacher ?

— C'est certain.

— Alors ne dis rien et oublie tout, ordonné-je.

— Je veux bien me taire, mais il est impossible que j'oublie la façon dont tu t'es fait plaisir, Siana.

— Oh… Bon sang… Qu'est-ce que j'ai fait ?

— Tu as changé d'avis ?

— Oui, dis-moi. Ce suspense me tue !

— Ah, il ne faut pas t'inquiéter. Vraiment. Ce n'était rien de plus que ce que tu fais à présent, sourit-il.

Il s'amuse beaucoup trop de cette situation, je trouve…

— Ma belle, tu t'es frottée contre moi jusqu'à jouir, hier. Et c'était bon, putain.

Je rougis de plus belle, avant de me redresser pour observer nos corps, à cet endroit si intime où ils se touchent. D'un geste adroit, j'écarte la boutonnière de son pantalon, et j'en sors son sexe dur, appétissant, où j'enroule les doigts avec délicatesse. C'est à son tour de gémir, et de prendre du plaisir, de me dévorer d'un regard paresseux.

— Est-ce que tu as envie de recommencer, Siana ? halète Knox.

Je fais la moue, pas franchement décidée.

J'ai peut-être envie de le torturer.

Sans répondre, je me trémousse un peu, et place son sexe entre mes lèvres luisantes de miel, avant de le masturber lentement, très lentement, le lubrifiant de tout son long tandis qu'il regarde le spectacle en râlant de plus en plus fort. Il se passe une main dans les cheveux, y serrant le poing avec puissance, avant de les plaquer toutes les deux sur mes cuisses.

— Siana, murmure-t-il avec emphase. Tu veux jouir sur moi ?

— Hum non, minaudé-je en cessant tout mouvement.

À nouveau, je me plaque contre lui, et il remonte le plaid sur mes fesses pour me tenir chaud. Il ne le remarque même pas, pourtant, mais il prend soin de moi dès qu'il le peut. De petits gestes tendres et adorables qui font fondre mon cœur.

— Alors qu'est-ce que tu veux ?

Son intérêt est flagrant dans chaque mot écorché qui sort de sa bouche, dans ses doigts qui caressent avec délicatesse le creux de mon dos, la courbe de mes seins pressés contre son torse.

— Je veux que tu me touches, avoué-je alors. Je veux que tu enfonces tes doigts en moi tout en m'embrassant, puis que tu dévores mes seins en me faisant jouir. C'est ça que je désire, monsieur Sullivan.

— Et depuis quand avez-vous des pensées aussi impures à mon sujet, miss ?

— Depuis trop longtemps, mais chut ! Mon patron ne doit pas l'apprendre, gloussé-je.

Il m'enlace brutalement, me pressant tout contre lui, et il m'embrasse comme si la terre ne tournait plus que pour nous. Je me perds un instant magique, merveilleux entre ses bras, le laissant me serrer, alors que son autre main balaye mes longues mèches sombres qu'il finit par serrer dans son poing.

Je ne m'étais jamais sentie aussi bien de toute ma vie, quand soudain, des voix résonnent dans le couloir.

On frappe à la porte sans aucune douceur, et l'instant suivant, Graham et Marguerite entrent chez nous.

— Dehors ! hurle Knox.

— On ne vous a jamais appris la notion d'intimité ? marmonné-je.

— Graham ! s'écrie Marguerite en se cachant les yeux. Tu m'as menti !

— Je te jure que non ! Knox dort par terre. Ils ne sont pas vraiment ensemble !

Le rouge me monte si fort aux joues que j'ai l'impression d'être en feu. Ce sale petit rat d'égout est encore en train de trahir son frère ! Non, mais il va me le payer ! Je le jure !

— Lapin, dis-leur de partir s'il te plaît, boudé-je en détournant la tête pour embrasser doucement la mâchoire de Knox, avant de descendre dans son cou, puis sur son torse.

Si qui que ce soit pense que nous ne sommes pas ensemble, les choses vont sûrement changer dans trois… deux… un…

Je lèche les abdos de mon homme, qui frémit sous ma petite langue habile, et sa main replonge dans mes cheveux pour les agripper avec brutalité.

J'entends les pas furieux de Marguerite qui n'est pas franchement intéressée par ce qu'il se passe ici. Graham, en revanche, s'attarde sur le pas de la porte. Knox lui lance un regard mauvais, sombre et plein de violence.

— Ferme la porte en partant, tu seras gentil, ricane-t-il. Et pour ton information, je suis très bien installé, dans mon lit, là. Hum…

Son gémissement me fait frémir quand je titille de la pointe de la langue les muscles au bas de son ventre. Graham claque la porte juste avant que je ne descende plus bas, et dès que nous nous retrouvons seuls tous les deux, je ne perds plus une seconde supplémentaire, et je prends Knox dans ma bouche, suçant son gland avec gourmandise avant de descendre… lentement… jusqu'au bas de sa hampe.

Je le sens tressauter au creux de ma bouche, je sens la perle d'écume amère rouler sur ma langue et me faire saliver. Alors avec envie, je me mets à le déguster tout doucement, observant ses yeux briller, s'assombrir, jusqu'à ce qu'enfin il se répande en moi sans se priver.

Je goûte à son plaisir, déguste sa crème, et j'ai à peine le temps de l'avaler qu'il me plaque au lit et m'embrasse comme un damné.

— Rappelle-moi ce que tu veux, ma belle. Dis-moi ce qui te fais le plus envie, là. Que je te touche ? Que je t'embrasse ? Que je te goûte ? Rappelle-moi ce que tu veux, grogne-t-il.

— Que tu me caresses en m'embrassant, haleté-je.

Il s'exécute l'instant suivant, sa langue se fourrant au creux de ma bouche, m'étouffant de sa possessivité tandis que ses doigts s'activent, avec hargne et talent, entre mes cuisses frémissantes. Il est doué. Il est parfait. Et il me faut à peine quelques secondes pour jouir rien que pour lui, juste grâce à lui, mon corps se cambrant dans une symphonie de plaisir vaporeux.

Lorsqu'il lèche ses doigts en me dévisageant, je me demande comment je peux avoir encore plus envie de lui.

Et lorsqu'il redresse délicatement mon menton pour m'embrasser une dernière fois, je comprends comment. C'est parce que sous ses abords de connard, sous les airs durs et inaccessibles qu'il cherche à se donner, il y a tout un monde qui se cache dans son cœur. Un monde où rien n'est vraiment cruel, où tout est ordonné et parfait. Et surtout, un monde où il tient aux gens, où il s'inquiète pour eux et les comprend. Même s'il préfère ne jamais le montrer à qui que ce soit.

La chaleur qui irradiait dans mes veines quelques secondes plus tôt finit par redescendre un peu, et bien sûr, quand je grelotte, Knox m'offre à nouveau le plaid tout doux que je vais finir par adopter.

— Je crois que je pourrais me recoucher, à présent, lancé-je. J'ai assez travaillé pour aujourd'hui.

— Hé ! Tu me considères comme du boulot ?

— Peut-être. Tu m'as engagée pour être ta fiancée, après tout, le taquiné-je.

Comme il le prend mal, j'embrasse sa joue et recoiffe tendrement ses mèches démontées.

— Je plaisante, Knox. Tu sais que je ne fais pas… ce genre de choses à la légère.

Il est spécial, à mes yeux. J'aimerais que parfois il s'en aperçoive, qu'il cesse de se considérer avec tant de hargne qu'il puisse voir que certaines personnes l'aiment pour de vrai. Son père, qui prend sa défense lorsque personne d'autre ne le fait. Angel, qui l'adore et le regarde avec tant de fierté. Et moi aussi, je suis complètement sous le charme de cet homme. Et je trouve qu'il a du cran, de venir ici pour faire plaisir à cette famille qui le maltraite. Il a eu du courage, de reconstruire entièrement sa société quand on lui a tout volé.

Et il ne voit rien de tout cela, parce que tout le monde s'obstine à lui dire qu'il n'est qu'un raté. Ça me fait tellement mal.

— Tu viens avec moi en ville aujourd'hui ? lui demandé-je, histoire de le sortir de cet endroit plein de doutes et de malheur.

— Non, j'ai du boulot, mais amuse-toi bien, d'accord ? Je veux que tu en profites.

— Sans toi ? Ce sera difficile. Allez, rien qu'un tout petit tour de rien du tout. Une ou quatre heures. S'il te plaît !

— Arrête d'être adorable, pitié ! Je ne peux pas, vraiment pas, ma puce. J'ai des appels urgents et très importants à passer, et ils risquent de durer des heures. Mais je penserai à toi. Probablement à ta petite chatte affamée. Et à ta bouche sur ma queue.

— Pervers, je ris.

— C'est à cause de toi, je te signale. Tu es la seule à t'être déshabillée, si mes souvenirs sont bons. Et crois-moi, ils sont très, très bons.

Je glousse, avant de sortir du lit pour passer à la salle de bain. Quand j'en sors, Knox se moque un peu. J'ai mes leggings à motifs bonshommes de neige, mes bottines, et un gros pull rouge avec plein de petits flocons argentés dessus.

— Je descends appeler un taxi. Toi, tu n'oublies pas de te reposer un peu. Il n'y a pas que le boulot dans la vie, Sullivan.

— J'y penserai.

— C'est ça…

Je secoue la tête, avant de rejoindre le rez-de-chaussée pour passer mon coup de fil, puis je m'engouffre dans un long couloir, et frappe à la porte du fond, celle où un panneau « chez Angel » est pendu.

— Oui ?

J'entre dans la grande chambre, et le trouve à son bureau en train de jouer avec des petits soldats.

— Salut bonhomme, est-ce que tu es prêt pour aller faire un petit tour en ville ?

— Vrai de vrai ? couine-t-il.

— Vrai de vrai. Je te l'ai promis, non ?

— Oui, mais… je croyais…

Il baisse les yeux, et tourne son fauteuil vers moi.

— Écoute, Angel, je sais que ta famille n'est pas très à l'écoute, et qu'ils te dorlotent peut-être un peu trop, mais moi je ne fais jamais de promesses en l'air. Alors si nous te trouvions des vêtements un peu plus chauds, hein ? Parce que franchement, la neige c'est froid. Froid de chez froid.

— Plus froid qu'une glace ?

— Presque pareil, en fait.

— Oh, alors d'accord ! sourit-il. Je ne veux pas me transformer en Esquimau. Surtout qu'ils ont un bâtonnet.

— Effectivement, ce ne serait pas très agréable, ris-je.

Il porte ce matin son petit pantalon classe et pull à longues manches tricoté par Marguerite. Même s'il est mignon avec ces petits motifs en bonnets de Noël à pompons blancs, il va avoir trop froid, dehors.

Je lui trouve un pull un peu plus épais, et un second en laine, que je l'aide à enfiler, puis je déniche un pantalon en velours côtelé — sérieusement ? — que je l'aide à mettre par-dessus l'autre. À ses pieds, j'ajoute une paire de chaussettes épaisses, je lui lace des petites bottines adorables, et je me demande s'il arrivera encore à respirer une fois que je lui aurais mis son manteau.

— Je vois que tu as un magnifique sac derrière ton fauteuil. Tu penses qu'il y a de la place pour y mettre un joli plaid, juste au cas où ?

— Bien sûr ! c'est là que mamie met son sac à main quand on va promener en été. Et il est très gros. Elle met plein de gâteaux pour moi dedans.

— Petit filou, va. Tu la mènes à la baguette, Margie, pas vrai ?

— Je n'ai pas de baguette, moi, sourit-il.

— Hum. Tu vois très bien ce que je veux dire.

Il glousse tandis que je l'entraîne vers le salon.

Le taxi est arrivé et nous klaxonne, au cas où nous n'aurions pas remarqué la présence d'une énorme voiture jaune devant la villa.

Une domestique arrive en courant, et sort le manteau, les moufles et le bonnet d'Angel avant de les lui enfiler avec précaution.

— Quel petit prince, soupiré-je, amusée.

Je me couvre à mon tour, mais avant que je ne puisse sortir, Knox descend de l'étage et m'enlace pour m'embrasser.

— Amuse-toi bien.

— Tu me l'as déjà dit, ça, Monsieur.

— Oui, mais pas avec un baiser.

Je glousse en rougissant. Parfois, j'y croirai presque, à cette mascarade. À ses sentiments. À sa douceur. Puis je me demande s'il joue toujours le jeu parce que moi, j'en ai clairement fini avec ces conneries. Pourtant, je suis incapable de trouver le courage de lui en parler. Et de réaliser qu'en réalité, lui, il est toujours dans son rôle.

Graham arrive avec Marguerite, et je commence à me demander s'ils n'ont pas une pièce secrète, tous les deux, où ils planifient leur futur contrôle du monde. C'est louche.

— Maria, j'espère que vous allez prendre grand soin de mon arrière-petit-fils. Il est…

— Si vous me dites « han-di-ca-pé », je vais m'énerver…

— Il est fragile.

— Mais non mamie ! Ça va aller, je te le promets ! Je te jure que je meurs d'envie de jouer dans la neige et d'aller me promener !

Il lui fait ses grands yeux de chien battu, ce à quoi elle ne peut résister. Pourtant, je vois une grande détresse dans son regard. Elle tient sincèrement au bonhomme, et c'est beau.

— Souhaitez-vous nous accompagner, Marguerite ? lui demandé-je même si honnêtement, ça m'écorche la langue.

— Non. Mes vieux os ne supportent plus le froid, grommelle-t-elle en redressant le menton.

Elle file ensuite s'installer près de la cheminée en tricotant, et je me tourne vers Graham, que je fusille du regard.

Comme Margie est à portée d'oreilles, je souris avec un air voyou sur le visage.

— Tu sais quoi, Graham, quand tu as débarqué dans notre chambre tout à l'heure avec tes propos calomnieux, je me suis juste dit que tu étais jaloux du bonheur de ton frère. En fait, je pense que tu n'es juste qu'un sale pervers.

Il se met à pâlir, et Marguerite se tourne vers nous.

— Non seulement tu voulais mater, mais en plus, en allant dans ta chambre tout à l'heure pour savoir si je pouvais emmener Angel, je suis tombée sur tes magazines pour fétichistes des pieds poilus. Je suis choquée, Graham ! Choquée ! Ces photos pornographiques sont honteuses, et en plus, tu les laisses à la vue de tout le monde, comme ça ! Tu me dégoûtes !

Mamie crie à son petit-fils qu'il n'est qu'un sale pervers, tandis qu'Angel me regarde, intrigué.

— Ça veut dire quoi fétichiste ? s'enquiert-il.

Ouf, c'est le seul mot qu'il a retenu…

— C'est quand quelqu'un aime beaucoup trop quelque chose, bonhomme.

— On pourrait dire que tata Siana est fétichiste des donuts, par exemple, se moque Knox qui me regarde avec des étoiles dans les yeux.

S'il n'a jamais osé rabrouer son frère, moi, je ne vais pas me gêner ! Pas question que je le laisse empiéter sur notre intimité, ou quoi que ce soit nous concernant. Même si nous ne savons probablement pas nous-mêmes ce qu'il se passe entre nous.

— C'est de bonne guerre, murmure-t-il, pourtant gêné.

— Dans mon monde, quand on cherche à trahir ses proches, on s'excuse, grogné-je tout bas en le fusillant du regard.

Il ne dit rien. Bon sang, ces deux hommes ne pourraient pas être plus opposés et pourtant, ils sont fondamentalement faits de la même souche. Aussi agaçants l'un que l'autre, et allergiques au dialogue. Génial.

— Bon, je vais y aller. Des instructions avant que nous partions ?

— Non. Prends bien soin de Siana, fiston.

Il sourit un peu avant de me jeter un regard tout de même inquiet.

— Je ne vais pas l'abîmer, promis, marmonné-je.

— Je le sais.

— Alors cesse de t'inquiéter. Allez viens, mon chou, laissons-les se disputer en paix. Nous, on a mieux à faire. Tu ne vas pas me rouler sur les pieds par contre, j'espère. Je suis douillette !

Angel éclate de rire, et quand le chauffeur de taxi vient m'aider à l'installer, je réalise que tout le monde est à la porte, à nous regarder comme si nous étions bizarres. J'espère qu'ils ne sont pas en train de croiser les doigts pour que je le ramène en un seul morceau ! C'est vexant à la fin !

Quand nous sommes prêts, je m'installe à côté du petit gars, et il leur fait coucou. Juste pour les faire un peu flipper, je me signe en leur lançant un regard effrayé, et je lance au chauffeur de nous conduire sur la jetée.

— Knox m'a promis de m'emmener à la mer, hier, mais nous n'avons pas eu le temps. Alors aujourd'hui, on va en profiter, qu'est-ce que tu en dis ?

— Oui ! Ce serait génial ! couine-t-il. Je n'ai jamais le droit d'y aller.

— Quoi ? Mais pourquoi ? Qui sont ces monstres qui t'interdisent des choses aussi cool, franchement ?

— Tout le monde. Mon fauteuil ne va pas sur le sable.

— Ah… oui… Mais ça, c'est juste un détail technique ! Moi, je te jure qu'on va y aller.

— Merci, Siana. Est-ce qu'on pourra voir Nemo ?

Ses grands yeux innocents et pleins de plaisir me font rougir. Comment lui dire…

— Je ne crois pas, mon chou. Je ne sais pas où se trouve la sonnette de sa maison.

— Ah, c'est vrai. Alors est-ce qu'on va voir des crevettes ?

— Je ne peux rien te promettre.

Est-ce que les crevettes vivent sur la plage ? Je suis New-Yorkaise, je n'ai pas la réponse à ces questions existentielles, sérieux !

Le chauffeur nous dépose sur le front de mer quelques minutes plus tard, et quand j'ai réinstallé Angel sur son siège, je le conduis sur la petite jetée en bois sous un vent léger, un soleil radieux, et moins cinq fichus degrés.

— Tu n'as pas froid, mon chou ?

— Non, ça va.

— Super. Allons voir l'océan de plus près, alors. Je ne m'en suis jamais approchée, mais ne le dis à personne. Ce sera notre secret, d'accord ?

— D'accord. Moi aussi je dois t'en dire un ?

— Tu as des secrets ? gloussé-je.

— Oui, des tas ! J'aime bien les crevettes.

— Ça, je l'aurais deviné toute seule.

— Je parle avec Le Chat, mais il ne me répond jamais.

— Le vilain.

— Pourtant, je vais arrêter mes études l'année prochaine, et nous inscrire dans un cirque. On fera des numéros, lui et moi. Je lui apprendrai à sauter dans un cercle ou à faire de la trompette. On deviendra riches.

— J'ai des doutes.

— Et j'ai une amoureuse.

— Quoi ? Dis-moi tout ! Comment est-ce qu'elle s'appelle ? m'exclamé-je

— Safya. Elle dit que je ressemble à une crevette parce que j'ai la peau rose pâle. Je suis sa crevette, glousse-t-il.

C'est trop mignon ! Est-ce que je suis en train de couiner, les larmes aux yeux ? Oui, tout à fait.

— Elle a de longs cheveux noirs, et plein de petites tresses, et des yeux marrons. Et aussi, elle m'offre toujours un biscuit à la récré, et quand quelqu'un m'embête, elle se bat pour moi. Safya, c'est la plus belle du monde. Et la plus gentille. Parfois, j'aimerais bien me battre pour elle quand on l'embête, mais elle le fait elle-même. Elle est forte. Et quand elle pleure, je lui dis de venir sur mes genoux et je prends un mouchoir pour essuyer ses yeux. Je n'aime pas quand elle est triste, mais j'aime quand même un peu, parce que quand ses larmes sont sèches, elle embrasse ma joue et elle sourit. Je t'ai dit que Safya c'était la plus belle du monde ?

— Oui, mon chou. Et tu sais quoi ? Tu n'as pas besoin de te battre pour elle, parce que tu lui offres déjà tout ce dont elle a besoin. Un mouchoir et plein d'amour quand elle va mal, c'est suffisant.

— Vraiment ?

— Bien sûr. Toutes les filles n'ont pas besoin d'un chevalier. Elles sont parfois leur propre chevalière. Mais la tendresse, l'amour, la douceur, ça, tout le monde en a besoin dans la vie, et d'après la façon dont tu parles de Safya, je suis sûre que tu lui en donnes beaucoup.

Angel hoche la tête, rassuré.

Nous marchons encore quelques mètres le long de la digue, puis je m'arrête.

— Tu crois que quelqu'un pourrait voler ta chaise si on l'abandonne ici quelques minutes ?

— Je ne sais pas. Mais elle est lourde. Il devra être costaud, alors tu pourras lui courir après, au pire.

— Moi, courir ? Hum, je préfère t'en racheter une nouvelle, crois-moi, gloussé-je.

Je prends Angel dans mes bras. Seigneur, il est si léger que j'en ai un pincement au cœur. Puis, seuls au monde, nous descendons sur la plage, et je suis émue au possible. Tout est magnifique. Du sable pur et recouvert de neige jusqu'aux vagues qui brillent comme si elles charriaient des milliers de diamants. Des sapins couverts de flocons, en haut de la falaise, jusqu'au vent parfumé des embruns qui nous fouette le visage. C'est tout simplement parfait !

Je regrette tellement que Knox ne soit pas là !

Angel, aussi émerveillé que je le suis, couine de plaisir.

Nous nous approchons de l'eau et je crie quand elle vient éclabousser mes bottines.

— Non, mais tu as vu ça ! hurlé-je. Elle m'attaque ! Vite, fuyons !

Je fais des zigzags en suivant le courant, trottinant le long de la plage en le berçant dans mes bras. Angel glousse sans s'arrêter, et d'un seul coup, il me regarde avec ses grands yeux pleins d'espoir. Et surtout pleins de questions existentielles auxquelles je ne pourrais sûrement pas répondre. Les gosses…

— Pourquoi elle est si jolie, l'eau ?

— Pour qu'on l'admire sans se lasser, déclaré-je.

— Tu crois que ça a bon goût ?

— Je ne sais pas. Paraît que c'est salé. Tu veux goûter ?

Il fait la moue, réfléchit quelques secondes, puis il hoche la tête.

Nous nous asseyons tous les deux sur le sable qui mouille mon postérieur. Mon Dieu, je vais attraper un rhume de foufoune ! Et quand une vague arrive vers nous, je me penche en avant et nous y trempons l'index.

— À trois. Un, deux… trois ! ris-je.

On lèche notre index en même temps, avant de faire une grimace terrible.

— C'est dégueulasse, franchement.

— Tu as dit un gros mot ! Mamie serait fâchée.

— Elle est tout le temps fâchée, aussi. Et puis ce n'est pas de ma faute. Tu trouves ça bon, toi, l'océan ?

— Pas du tout.

Il fait une petite grimace, avant de sursauter, les yeux soudain écarquillés.

— Oh non, Siana ! crie-t-il alors. Et si un poisson vient de faire pipi dedans ?

Je me relève d'un bond, le serrant toujours contre moi, et je cours jusqu'à la jetée en criant comme une folle furieuse. Il fait pareil, bien sûr, ce qui nous vaut quelques coups d'œil agacés, mais je m'en fous. Je m'amuse trop.

— On a bu du pipi de poisson ! m'exclamé-je en le remettant dans son fauteuil. Qu'est-ce qu'on peut faire pour se laver la bouche ? Je pense à un chocolat chaud, bien sûr. Tu crois que ce serait une bonne idée ?

— Le chocolat chaud, c'est toujours une bonne idée !

— Je savais qu'on s'entendrait bien, toi et moi, mon chou. Tu n'as pas froid ? Dis-moi si tu veux ta couverture.

Il refuse, alors je pousse son fauteuil jusqu'aux premières rues commerçantes, sous un soleil éblouissant qui illumine la neige et le gel recouvrant fenêtres et toitures.

— Siana, tu peux baisser la lumière ?

— On ne baisse pas le soleil ! ris-je.

Je nous prends deux cacaos dans une crêperie, avant d'aller m'installer sur un petit banc de bois, sur le perron de la boutique. Je place Angel juste à côté de moi, et comme deux petits vieux, nous sirotons notre boisson chaude, son plaid en travers de nos jambes. Oui, parce qu'avec les fesses mouillées, moi j'avais froid.

— Siana, pourquoi mamie t'appelle Maria ?

Parce que c'est une vieille bique fripée et moisie.

— C'est mon deuxième prénom, mon chou. Et le cinquième, aussi.

— Dans ma classe, il y a deux John, trois Jane, et trois James aussi, mais pas de Siana. J'aime bien. C'est joli.

— Merci. Angel est un magnifique prénom également.

— C'est mamie qui l'a choisi quand je suis né. Elle a dit que c'était un miracle que je sois vivant.

Il tourne ses grands yeux vers moi, adorable et plein de cette franchise enfantine qui fait battre mon cœur sous le coup d'une douleur sourde.

— Oh, mon chou, qu'est-ce qu'il s'est passé ?

— Quand j'étais encore petit, dans le ventre de ma maman, elle a eu un accident avec sa voiture. Mamie dit qu'elle est montée au ciel, et qu'elle m'avait toujours dans son bidon alors elle a crié sur tous les docteurs et tous les infirmiers pour qu'ils m'aident, et voilà, je suis là. Même si ma colonne verticale est toute cassée.

Je glousse, les larmes aux yeux.

— Tu es exceptionnel, mon chou. Mamie a bien choisi en te nommant Angel.

— Siana, tu crois que ça se peut, que quelqu'un que nous n'avons jamais vu nous manque ?

— Bien sûr. Tu penses souvent à ta maman ?

— Tous les jours. Mamie m'a offert une photo d'elle, mais je dois la cacher. Elle dit que papa est trop triste quand il la voit.

Je hoche la tête, la gorge nouée. Marguerite n'est pas si méchante, on dirait. Elle protège Angel de tout son cœur et doit vivre avec un homme qui noie apparemment son chagrin dans la froideur, la méchanceté et l'alcool. Quelle tristesse. Quel malheur. J'ai mal pour eux et je me demande si je vais encore réussir à les détester après ces révélations.

— Tu sais, si elle te manque de tout ton cœur, tu peux demander à Marguerite de te parler d'elle, mais tu peux aussi le demander à ton papa. Même s'il a mal, même s'il est triste, je suis sûre que ça lui ferait du bien de se souvenir de moments jolis, doux et tendres qu'ils ont passés tous les deux. Et s'il n'est pas d'accord, dis-le-moi et je lui botterai les fesses.

Angel glousse, et boit une gorgée de chocolat qui lui laisse une moustache en chantilly. Je fais de même, et nous prends en photo tous les deux pour faire un petit coucou à Knox, nos gobelets rouges et blancs levés devant nous. Il me répond presque aussitôt d'un smiley les yeux levés au ciel.

« Tu es chocoholique, je te signale. Ou comme on dit de nos jours, fétichiste du chocolat ».

Je lui renvoie un petit doigt d'honneur qu'il n'a pas l'air de très bien prendre.

« Vous savez ce que je vais faire avec ce doigt, mademoiselle Pérez ? Non ? Alors je vous laisse imaginer la chose… ».

Je lâche un petit rire, avant de remarquer qu'Angel est un peu trop calme.

— Les gens me regardent, murmure-t-il soudain en rougissant et en baissant les yeux.

— Et alors ? dis-je doucement en lui relevant le menton. Ce n'est pas grave. Les gens regardent tout le temps ceux qu'ils trouvent différents, parce que nous ne sommes pas vraiment faits dans le même moule qu'eux, mais ça n'empêche pas d'être heureux, non ?

— Je ne sais pas.

— Ah bon ? tu es en train de me dire que ton chocolat chaud n'est pas bon ?

— Oh si, il est trop trop bon !

— Et notre petit tour sur la plage n'était pas bien ?

— J'ai adoré, Siana.

— Alors tu vois ? Tu passes un super moment. Pourquoi le gâcher juste à cause de quelques regards ? Tu ne dois pas te sentir mal pour ça, et encore moins avoir honte d'être toi-même. Tu vois, moi aussi on me regarde souvent, parce que mon moule à moi est un petit peu plus épais que celui de la moyenne. Mais ce n'est pas grave. Je m'en fiche. Il faut savoir accepter son propre moule tel qu'il est, sinon on se retrouve à pleurer, et ça, ça ne va pas du tout !

— Tu as déjà pleuré parce que tu étais différente ?

— Bien sûr. La semaine dernière, en plus. Knox m'a emmenée dans une boutique qui ne voulait pas de gens comme moi chez eux. Mon moule ne leur plaisait pas, et ça m'a rendue très triste. Mais tu sais quoi ? Knox m'a dit que j'étais jolie comme je l'étais, et je l'ai cru. Et je l'ai aussi un peu pensé, mais ça c'est parce que ma meilleure amie Lani m'a forcée à acheter des nuisettes sexy. Bref, c'est une autre histoire que tu n'as pas l'âge d'entendre.

Il glousse.

Je me demande si parfois il comprend tout ce que je babille.

— Mais toi tu es vraiment jolie, Siana, soupire-t-il alors. Moi, mon fauteuil est moche, et il le sera toujours.

— Tout d'abord, il n'est pas moche ! Il est… pas extraordinairement beau, c'est vrai, mais moche est un bien grand mot. Et puis il y a toujours moyen de changer ça. Si on le customisait un peu ? Pour que tu le trouves à ton goût. Mon *abuelita* est aussi en fauteuil roulant, tu sais. C'est ma grand-mère. Avec ma maman, nous avons une tradition qui consiste à embellir son fauteuil pour les fêtes. À Pâques, aux vacances d'été, au *Dia de los muertos* et à Noël. Tu veux voir ?

— Oui.

Je sors mon téléphone de ma poche, appuyant sur quelques touches pour le déverrouiller.

— Siana, j'ai vu ton mot de passe ! s'exclame Angel.

— Ah bon ? Mince alors, tu vas pouvoir farfouiller dans mon téléphone si tu t'en souviens et que je le laisse traîner.

— Je vais toujours m'en rappeler, il est facile à retenir ! C'est étoile, étoile, étoile, étoile !

— Quelle mémoire, me moqué-je. Je suis impressionnée !

Je lui montre des photos de ma grand-mère et moi, son fauteuil décoré avec goût, et classe. Enfin pas toujours. Ma mamie a des goûts un peu spéciaux.

— Là, j'ai mis plein de petits papillons sur les rayons de ses roues, parce qu'elle adore les papillons. Là, j'ai customisé les poignées de son fauteuil avec du tissu à motifs flammes. Elle pète le feu, ma mamie ! Elle voulait avoir l'air d'une bikeuse alors elle a également acheté des gants noirs avec des petites épines métalliques sur les doigts, et un débardeur en cuir, mais ça n'allait pas très bien avec ses robes multicolores, alors elle a laissé tomber le look *bad girl*. Et là, pour les vacances, j'ai mis des guirlandes de coquillages et des filets à l'arrière. Elle n'a même pas voulu les enlever avant le Noël suivant, c'était trop joli.

— Est-ce que je peux avoir la même chose ? s'extasie-t-il, les yeux brillants.

— Tu aimes les papillons ?

— Pas trop.

— Les coquillages ?

— Que les crevettes.

— Alors non. Mais on peut te faire une petite mise en beauté toute spécialement conçue pour toi, qu'est-ce que tu en penses ?

— Ce serait trop bien !

— Qu'est-ce que tu aimes le plus au monde ?

— Safya !

— Et à part les êtres humains, alors ?

— Noël ! s'écrie-t-il.

— Alors, va pour Noël. On ne devrait pas avoir trop de mal à trouver de quoi rendre ton moule encore plus beau, mon chou.

Il pépie d'impatience, et tout comme hier, je nous entraîne de boutique en boutique. En plus, maintenant, je connais toutes celles où je suis sûre de trouver mon bonheur. Nous commençons par trouver des mini-grelots adorables que j'accroche aux rayons de ses roues. Quand nous passons à la boutique suivante, dans un tintamarre adorable, Angel exulte. Je lui choisis une guirlande électrique avec de petites étoiles, que j'enroule autour d'une guirlande rouge brillant, et je la mets à l'arrière de son fauteuil, tout autour du sac qui y est accroché. Aux poignées avant et arrière, j'accroche de petites décorations mignonnes. Il choisit une boule dorée et un petit gnome trop mignon. Moi, je prends un petit sapin à paillettes et un joli renne en fausse fourrure.

— Quoi d'autre, mon chou ? Dis-moi tout ce qui te plairait.

— Une couronne ! s'écrie-t-il.

— Vraiment ? Tu sais qu'en plus, je suis la reine des couronnes ! Je vais t'en créer une de toute beauté !

Finalement, nous décidons d'accrocher la guirlande rouge et électrique entre les deux poignées arrière, et nous passons près d'une heure à choisir les décorations parfaites pour une petite couronne de branchages, dans laquelle il place de petits animaux mignons, des lumières, de jolis nœuds et… oui, peut-être un mini donut à paillettes. Je crois que je déteins sérieusement sur cet enfant.

Lorsque j'accroche la guirlande au sac, je le prends en photo et lui montre le résultat.

— Alors, tu en penses quoi ?

— C'est trop beau, Siana ! Mais…

Il se tapote le menton de l'index en réfléchissant.

— Je crois qu'il nous en faudrait plus.

— Plus de quoi ?

— De tout ! glousse-t-il.

— Oh toi, si je n'étais pas amoureuse de ton oncle, je crois que je te déclarerai ma flamme.

Une vendeuse près de nous pousse un petit couinement adorable. C'est là que je me rends compte de ce que je viens de dire. Et pour oublier ce que je ressens, tout ce que je ressens, je me remets à faire les boutiques avec Angel, achetant davantage d'ornements pour son fauteuil jusqu'à ce qu'il brille plus qu'un fichu phare en pleine nuit.

Bien sûr, je recommence mes achats compulsifs, empilant les boîtes sur ses genoux, mais bon, c'est lui qui l'a réclamé, aussi ! Quand les boîtes sont un peu trop hautes, je les réarrange pour faire un trou au niveau de son visage, histoire qu'il voie la route. Ça le fait tellement rire que je m'y mets de bon cœur, moi aussi.

Et j'oublie un petit peu avoir avoué aimer Knox…

Surtout quand je trouve des leggings extra et trop mignons pour Angel ! Et les pantoufles qui vont avec… Ai-je besoin de préciser qu'il y a beaucoup de sapins imprimés dessus ?

Lorsqu'il est temps pour nous de rentrer, après un bon repas chaud dans un petit restaurant douillet, et un passage chez un primeur, Angel me boude un peu.

— Tu voulais rester, mon chou ? demandé-je tandis qu'un taxi nous ramène à la villa.

— Oui. Papa et mamie ne veulent jamais m'emmener dehors. Ils n'aiment pas qu'on nous regarde.

— Alors tu pourras leur dire que ce n'est pas grave que les gens vous observent, et que tu as le droit d'avoir un moule différent de celui des autres. Et si un jour vraiment le regard des gens te pèse, tu sais ce que tu dois faire ?

— Non, soupire-t-il.

— Une grosse grimace ! La grimace la plus vilaine et la plus laide du monde.

Je me place devant lui, baisse la tête au niveau de la fente entre nos boîtes d'achats, et je lui montre comment faire. Angel éclate de rire, ce qui efface un peu de la tristesse sur son visage.

— Mais de toute façon, nous étions obligés de rentrer.

— Pourquoi ?

— Ne t'aurais-je pas promis de faire un bonhomme de neige, par hasard ?

— Oui ! J'avais oublié ! On va en faire un pour de vrai ?

— Bien sûr. Alors, toujours triste de rentrer ?

— Non ! Tu es la meilleure personne du monde, Siana !

Il me tend les bras, menaçant de faire tomber tous nos achats en avalanche, et je me penche vers lui pour le serrer contre moi. Et stabiliser les boîtes. Quand le taxi nous a ramenés, je dépose mes sacs en carton et mes jolies boîtes au sec, sur le perron, et j'attrape mon panier en osier de chez le primeur. Je le passe à mon bras, et entraîne Angel un peu plus bas dans l'allée, où il peut rouler en toute tranquillité.

Je remets le plaid sur ses genoux, attrape une grande brassée de neige, et la dépose sur son giron.

— Je veux que tu me fasses la plus belle boule du monde, d'accord ? Ce sera sa tête ! Moi, je m'occupe de son corps !

Je m'enfouis dans les cinquante centimètres de neige sur la pelouse et commence à amasser la poudreuse, quand d'un seul coup, je reçois une boule en pleine figure.

— Hé ! c'est méchant, ça ! gloussé-je en en jetant une sur Angel.

— C'était même pas moi ! rit-il à son tour.

Et il m'en renvoie une.

C'est là que j'aperçois Knox qui s'approche de nous en se moquant.

— Angel, à l'attaque ! hurlé-je.

On se met alors tous les deux à assaillir Knox qui rit en se rapprochant, les bras en avant pour se protéger. Je ne m'arrête dans mes offensives que lorsqu'il me prend entre ses bras pour me faire tourner la tête d'un baiser glacé.

— Je croyais que c'était avec moi, que tu devais jouer dans la neige, déclare-t-il.

— Chacun son tour, monsieur Sullivan. Mais si tu veux nous aider, tu es le bienvenu.

— Évidemment que je vais aider !

Nous redonnons de la neige à Angel qui nous fait une jolie petite tête, et avec Knox, nous formons la plus jolie bedaine du monde.

— Vas-y, mon chou, dépose la tête sur le bonhomme.

Knox le prend dans ses bras pour le placer au-dessus de notre montagne de neige et… peut-être que je couine un peu, mais je ne l'ai jamais trouvé aussi sexy qu'à cet instant.

— Oh, il y aurait des vélos, ici ? demandé-je soudain. J'ai une idée !

— Bien sûr, c'est au garage.

Angel nous attend sagement tandis que nous courrons jusqu'aux grandes portes blanches, sur le côté de la maison. Elles s'ouvrent lorsqu'il a tapé le code digital, après avoir ôté ses gants de cuir, et il me fait entrer dans cet endroit immaculé et, encore une fois, plus grand que tout mon appartement.

— Tu m'as manqué, miss Cactus, souffle-t-il à mon oreille après s'être approché tout près de moi.

— Vraiment ? Toi qui étais si occupé au boulot, tu as pensé à ta petite employée agaçante et qui parle trop ?

— Hum oui, et tu ne m'as même pas laissé la moindre seconde de répit.

Il me prend doucement dans ses bras et m'embrasse encore, profitant de ce petit tête-à-tête qui ne durera pas.

— Alors, que voulais-tu voir avec ces vélos ? demande-t-il en soupirant.

— En fait, j'ai déjà trouvé que ce je veux !

Dans le fond du garage, trois bicyclettes sont accrochées au mur, de même que quelques roues de rechange. J'en attrape deux, et il me sourit en comprenant ce que je cherche à faire. Nous retournons auprès d'Angel qui exulte, quand je place les roues de chaque côté de notre bonhomme pour lui faire un fauteuil roulant.

— Et maintenant, le clou du spectacle ! m'exclamé-je.

J'attrape une carotte, de gros boutons noirs, un chapeau et une écharpe dans mon panier en osier, et je les offre à Angel. Knox le reprend dans ses bras et en riant, il construit son tout premier bonhomme qui, loin d'être une franche réussite, a le mérite d'être quand même parfait.

Lorsqu'il a terminé, Angel serre fort Knox dans ses bras, et alors que tout allait bien, Graham sort de la maison et nous rejoint.

Je vois mon homme se tendre, se redresser, repousser tout le bonheur qu'il y avait dans ses yeux un instant plus tôt pour se façonner un masque dur et impassible. Et ça me brise le cœur.

Chapitre 31 — Siana

Graham se plante près de nous, un grand sourire aux lèvres en me regardant, et un air presque envieux en observant son frère. Knox remet Angel sur son fauteuil et, à présent libre, il en profite pour m'enlacer, comme si j'étais un objet de convoitise ou de dispute, entre eux.

J'ai du mal à saisir ce qu'il se passe, du mal à comprendre à quoi tout cela rime.

— Votre petit tour s'est bien passé ?

— Papa, c'était trop bien ! Tu as vu mon fauteuil ? Je suis décoré comme un sapin de Noël !

— C'est super, mon grand. Va montrer ça à mamie !

Marguerite, qui se tient sur le perron tout emmitouflée dans des couches et des couches de vêtements, nous observe sans que je ne sache si elle est heureuse qu'on soit rentrés, ou triste que je sois encore en vie…

Bref !

— Merci, Siana, d'avoir offert à Angel un petit moment en ville. Il était tellement excité, quand tu lui en as parlé.

— Pas de quoi, vraiment, ça m'a fait plaisir. Mais tu sais que tu peux le faire aussi, si tu veux. Il n'est pas en sucre. On a même goûté l'océan, et aucun de nous n'a péri dans d'atroces souffrances. Même si c'était clairement dégoûtant.

— Tu as fait quoi ? se moque Knox en riant.

— Rien. Rien du tout, bafouillé-je. En tout cas, c'est injuste de priver Angel de choses aussi simples juste parce que vous avez peur pour lui. Je comprends, vraiment, vous voulez le protéger. Mais à trop en faire, vous le rendrez malheureux, et je crois que ce n'est pas ce que vous voulez, dans le fond.

Le téléphone de Knox sonne, et il s'éloigne pour décrocher. Graham en profite pour s'approcher de moi, ce qui lui fait serrer les poings. Je me demande si sa colère a un rapport avec son frère, ou avec le fait qu'il me parle.

— Tu as décoré tout son fauteuil ? s'amuse Graham en regardant la couronne à l'arrière, qui brille et clignote.

— C'est lui qui a voulu. Je ne suis pas responsable des vingt-sept décorations kitsch qui pendent de partout, promis !

— Ce n'est pas grave. Il y avait longtemps qu'il n'avait pas été aussi heureux. Comme quoi il suffit d'une seule personne et…

Il se rapproche encore, ce qui ne me plaît pas franchement. Je n'aime pas trop la façon dont il me fait les yeux doux, même s'il sait que Knox et moi jouons la comédie.

— Je vais rentrer, rougis-je. On se voit plus tard. Je dois encore planifier ma vengeance, te tuer et t'enterrer dans le jardin pour le sale coup que tu nous as fait.

Il se fige, peut-être un peu choqué, puis il éclate d'un rire bruyant qui attire l'attention de Knox. Je le rejoins. Il éloigne le téléphone de son oreille, me fixant avec gravité.

— Je retourne à la maison, souris-je en serrant sa main dans la mienne.

— Ne me touche pas, siffle-t-il alors en s'écartant, furieux.

Et il se détourne aussitôt, ignorant la blessure qu'il vient encore de m'infliger.

Bouleversée, c'est Graham qui me raccompagne à l'intérieur, une main dans mon dos et l'air visiblement inquiet.

— Tu vas bien ? Tu sais, il peut être dur parfois, mais il ne le fait jamais exprès.

— C'est ce que je pense aussi, murmuré-je. Ça n'enlève pourtant rien à la sensation d'être…

— Une moins que rien à ses yeux ?

— Oui.

Je lui souris en rougissant. Voilà pourquoi il déteste tant son frère. Il a l'impression de ne rien représenter pour lui, pourtant, si Knox se confie à Graham, c'est qu'il lui fait confiance, et qu'il est probablement la seule personne au monde avec qui c'est le cas.

Avant de rentrer, je me retourne vers mon patron, toujours au téléphone au fond de l'allée.

Cependant, son regard nous foudroie et nous met mal à l'aise. Il est si froid que je préférerai être le plus loin de lui possible, à cet instant.

— Je crois qu'un pauvre type va passer un sale quart d'heure s'il a le malheur de dire un mot de travers, maugrée Graham.

— Clairement. Je n'aimerais pas être en train de parler avec lui, là.

Je glousse, même si en toute honnêteté, je me sens mal à l'intérieur.

J'aimerais savoir ce qui lui passe par la tête pour qu'il soit dans une telle colère, j'aimerais pouvoir le rassurer, l'aimer en toute franchise, et le lui avouer. Tout est tellement compliqué avec Knox.

Quand je referme la porte derrière nous, je remarque que Marguerite a installé un Angel radieux devant la cheminée, et qu'il y a une jarre de chocolat chaud sur la table basse, ainsi que plusieurs jolies tasses en porcelaine.

— Venez, il faut se réchauffer, ordonne-t-elle.

Graham ôte son manteau puis va s'allonger dans le sofa, disparaissant de ma vue.

— C'est gentil, mais je vais vous abandonner.

— Knox lui fait la tête, précise Graham.

Et je ne sais pas pourquoi…

Je rougis face au regard scrutateur de Marguerite. J'ai l'impression qu'elle sait ce que ça fait, d'être face à la colère de cet homme. Pour la première fois depuis mon arrivée, je sens un peu de compassion dans ses yeux, mais je n'arrive pas à le supporter. C'est trop.

— À plus tard.

Je monte aussitôt les escaliers, histoire qu'elle ne me demande pas de précisions sur nos « rapports de couple ». Surtout après ce qu'elle a surpris ce matin.

Une fois dans la chambre, je soupire lourdement, et passe directement à la salle de bain pour me faire couler un bain brûlant. J'ôte mes vêtements que je dépose près du radiateur, et quand je me glisse dans l'eau, un calme intense me détend enfin.

Durant près de cinq longues et sublimes secondes.

Avant qu'une tornade n'entre dans la pièce.

Knox déboule, le visage déformé par une haine qui me laisse muette. Je me fige, les bras croisés sur ma poitrine, mais il ne m'a même pas vue.

Sans sa veste et pieds nus, il paraît moins important, moins puissant, mais aussi beaucoup plus sauvage. Il me fait frissonner de plaisir malgré moi.

En grognant, il ôte sa cravate qu'il balance à l'autre bout de la pièce, puis il serre les poings sur le marbre de la vasque.

— Hé ! J'aurais pu être en train de faire pipi, je te signale ! Vous avez vraiment un problème avec l'intimité dans cette maison !

Knox se redresse en sursaut, et d'un seul coup, toute la haine, toute la rage qui hantait son beau visage se dissout sous le coup de la surprise. Avant qu'il ne fronce les sourcils.

— Siana ?

— Euh non, je suis Mariah Carrey, marmonné-je.

Puis j'entonne *All I want for Christmas is you* d'un ton si faux que je me donne mal à la tête.

— Siana, bordel, qu'est-ce que tu fais ici ?

— Tu es aveugle ou tu veux un indice ? Ça commence par « bain » et il n'y a pas vraiment de fin puisque c'est en une syllabe.

Je lève les yeux au ciel, ce qui ne le fait pas franchement rire.

— Où est Graham ? grogne-t-il.

— Aucune idée. La dernière fois que je l'ai vu il était au salon avec ta famille. Comment veux-tu que je sache ce qu'il a fait après ?

— Je ne sais pas. Parce que tu es rentrée avec lui et j'ai cru que… j'ai cru que vous étiez allé dans sa chambre, putain, ça m'a fait disjoncter.

Il se précipite alors vers moi, s'agenouille à mes pieds et il prend ma mâchoire entre ses mains.

— Dis-moi qu'il n'y a rien entre vous, Siana. Dis-le-moi.

— Tu es un imbécile si tu penses que c'est le cas, m'écrié-je, en colère à mon tour. Non, mais ça ne va pas de penser des trucs comme ça ! Je vais te…

Il me coupe la parole d'un baiser appuyé, osé, si parfait qu'il me vole chaque souffle d'air dans les poumons. Et d'un seul coup, il grimpe dans la baignoire, caresse doucement mes mâchoires, agrippe mes cheveux et il me contemple comme si j'étais l'unique merveille de son monde.

Un nouveau baiser me laisse sans voix, sans peur, sans doute. Éprise comme jamais.

Puis son regard s'assombrit dangereusement, et sa voix rauque résonne jusqu'au fond de ma poitrine.

— T'es à moi, putain, Siana.

Je bats des paupières.

Une partie de moi a envie de lui crier dessus, de lui dire qu'il peut toujours courir et que je n'appartiens à personne, bordel ! Mais la fêlure que j'aperçois dans son regard à cet instant, la faille qui se creuse doucement en lui m'en dissuade. Il est honnête, là, avec moi. Peut-être pour la toute première fois. Et je ne veux pas être cette femme qui le blesserait volontairement. D'autant que peut-être… oui, peut-être que je veux être à lui.

Il baisse les yeux par pudeur, conscient d'avoir fait montre de ses sentiments, et lorsqu'il aperçoit mon corps nu, moite et doré juste pour lui, un gémissement sexy lui échappe.

Son regard hurle encore ce « t'es à moi » qui m'excite et lorsque sa main s'agrippe à ma taille avec violence, c'est à mon tour de craquer. Je l'attrape par sa chemise humide, l'approche de moi et je réclame sa bouche avec autant d'ardeur que possible.

Knox me dévore et me possède. Il ne me laisse pas la moindre possibilité d'avoir une once de timidité. Ce soir, ici, il n'en est plus question. Plus question du tout.

J'enroule les jambes autour de sa taille et en sentant mon intimité tout contre lui, il se redresse. Le regard noir, l'air dangereux, sulfureux, il descend sa braguette et sort son sexe déjà dur. Je halète, dans l'attente de le recevoir. Mon cœur bat à mille à l'heure et je n'ai qu'une envie, c'est de le sentir en moi.

Avec un sourire affamé, il empoigne mon bassin pour le relever un peu afin de glisser son gland épais le long de ma fente, puis entre mes lèvres déjà couvertes de miel.

— Knox, gémis-je, prends-moi. Maintenant !

Je me cambre. J'ai la peau en feu. Je veux qu'il me touche, qu'il m'embrasse, qu'il me baise. Lorsqu'il s'immisce enfin en moi d'un coup de reins puissant, je laisse échapper un cri de plaisir qui semble lui plaire, à en juger par son air jouissif et l'instant suivant, il me pilonne de toutes ses forces, ses doigts enfoncés dans ma peau, son regard plus féroce que jamais.

L'eau brûlante se déchaîne autour de nous.

Ma poitrine tressaute à chaque fois que ses hanches se heurtent aux miennes.

Ses ongles, agrippés à mes flancs, me font un mal qui flirte avec le plaisir et même si j'adore tout ce qu'il me fait, tout ce qu'il m'offre, là, j'aimerais plus. J'aimerais son corps pressé contre le mien et sa bouche lourdement plaquée à la mienne.

D'un geste lascif, je caresse ses biceps durs, effleure sa mâchoire du bout des doigts.

— Alors quoi ? Tu vas me prendre comme ça, sans même te rapprocher de moi ? le tenté-je.

Il grogne. Se redresse encore un peu, admirant son sexe s'enfoncer en moi sans la moindre trace de douceur. Puis ses mains se plaquent sur mon ventre charnu, remontent jusqu'à mes seins qu'il masse avec dextérité, et lorsqu'enfin elles glissent sur mon visage, il se radoucit, me cloue au fond de la baignoire et m'embrasse de toute son âme en jouissant dans un grondement suave.

— T'es à moi, putain, répète-t-il, la fracture dans son regard s'écartelant encore un peu.

— Oui, Knox. Je suis à toi, tout à toi.

Ce n'est qu'une fois les mots prononcés que j'ai l'impression qu'il se ressoude enfin.

Chapitre 32 — Knox

Je n'arrive pas à croire en cette violence qui m'a broyé les os.

Qui m'a brisé le dos.

Qui m'a bousillé si fort que je n'arrivais plus à respirer. Plus du tout.

En voyant Siana rentrer à la maison avec Graham, j'ai tout de suite imaginé le pire. Comment aurait-il pu en être autrement, de toute façon ? Il *est* capable du pire.

Et moi, je m'étais déjà préparé à souffrir, à morfler, à ne pas m'en relever.

Qu'il me vole Siana et… j'en serais mort, à l'intérieur.

Alors quand je suis rentré, et que j'ai voulu aller défoncer la porte de sa chambre comme c'est déjà arrivé une fois, j'ai su que je ne l'aurais pas laissé s'en sortir indemne à nouveau. J'ai su que je l'aurais tué, s'il avait été au lit avec Siana.

Mais de la trouver seule dans sa baignoire, indignée que j'ai pu la penser infidèle, ça m'a… Je ne sais pas. Ça m'a rassuré, ça m'a réparé.

— T'es à moi, putain, grogné-je une nouvelle fois en plongeant dans son regard encore brillant de plaisir.

Parce que c'est ce que je ressens, c'est ce que je veux, c'est l'effet qu'elle me fait. Celui d'un putain de soleil qui illumine ma vie entière, et je ne veux pas la laisser m'échapper. C'est impossible.

Je me demande si elle arrive à voir tout le courage qu'il m'a fallu pour lui dire ça, pour lui avouer, même à demi-mot, à quel point elle compte pour moi. C'est dingue comme elle me pousse à dépasser mes limites, à être moins égoïste, moins solitaire. C'est dingue comme elle me fait du bien.

Sans qu'elle ne s'en rende compte, je pense, un sourire sublime se dessine sur ses lèvres charnues, et ses petits doigts caressent le carré de ma mâchoire, la dureté de mes épaules tendues.

J'attends sa réponse.

Avec impatience. Même si je n'en montre rien.

Et je sais qu'elle est le genre de femme à me dire d'aller me faire foutre, ce qui me ferait franchement rire, même si ça me blesserait.

Ses lèvres s'écartent un peu, et j'y fixe le regard, dans l'attente de ces mots qui vont me blesser ou me sauver, je n'en sais rien.

— Oui, Knox.

Elle hésite une seconde, juste une petite seconde.

— Je suis à toi, tout à toi, finit-elle par dire.

Et merde, j'ai l'impression que c'est soudain le plus beau jour de toute ma putain de vie !

Je me penche sur elle pour l'embrasser, la goûter sans me presser, mordillant sa lèvre inférieure et suçant sa petite langue diabolique avec entrain. Tandis que je me gorge de son parfum, ma queue toujours fourrée profondément en elle, Siana ôte un à un les boutons de ma chemise, que je finis par balancer au sol déjà détrempé.

Le pouls battant à mille à l'heure, j'observe son corps sublime, moite, et caresse sa poitrine, la faisant gémir de plaisir. Leur masse voluptueuse entre mes mains féroces me donne envie de lui faire toutes sortes de choses scandaleuses, mais pour l'heure, j'ai faim, bordel. J'ai tellement faim.

Je les prends à pleines mains, me penche en grognant, et je les suce l'un après l'autre comme un animal sauvage qui n'aurait rien eu à dévorer durant des jours.

Je sais que je vais la marquer, je sais que mes doigts vont former des ecchymoses sur sa peau dorée et si sensible, mais je ne peux pas m'arrêter, je ne peux pas reculer, je ne peux plus me retenir. Surtout pas quand ses gémissements se font de plus en plus lourds et suaves. Surtout pas quand elle prononce mon prénom d'un ton si bandant, si excitant que je recommence à durcir en elle.

Pourtant, je finis par me reculer même si mon cœur, bordel, continue de battre à fond à un rythme étourdissant.

— Qu'est-ce que tu fais ? souffle Siana d'une voix agacée. Reviens.

— Si tu penses que je vais partir maintenant, tu te trompes lourdement, ma belle.

Je me contente d'ôter le reste de mes vêtements, et une fois nu, je me rassois dans la baignoire. Siana m'approche, m'entoure de ses jambes sulfureuses, et avec cette tendresse qui la caractérise tellement, elle m'enlace et me sourit comme une déesse que j'ai envie de vénérer jusqu'à la fin de ma vie.

Au creux de sa paume, elle met un peu de gel douche parfumé et comme si c'était la chose la plus naturelle au monde, elle commence à me laver.

À masser mes épaules.

À découvrir chaque muscle de mon torse et je me laisse faire, parce que je sais que dans les secondes à venir, c'est elle qui va y passer. Et moi non plus, je ne louperai pas le moindre millimètre de sa peau crémeuse.

Dire que je lui ai interdit si souvent de me toucher. Dire que je l'ai repoussée, alors que son contact est encore meilleur que tout ce que j'aurais pu imaginer !

— Ça suffit, grogné-je néanmoins. C'est à mon tour, miss Cactus. Et il n'est pas question que j'attende une seconde de plus.

— Toujours à donner des ordres, oh là là, soupire Siana en faisant la moue.

— Je suis ton patron, je te signale. C'est mon boulot d'en donner, et le tien d'obéir.

— Si tu crois que c'est de cette façon que je vois les choses, tu te trompes du tout au tout, mon lapin.

Elle glousse, mais se laisse faire lorsque je la caresse, les mains gorgées de savon, glissant sans se presser sur chaque parcelle de sa chair pulpeuse. Le plaisir qu'elle ressent est beau, sensuel, fascinant. Ses paupières se ferment et s'ouvrent à un rythme lent, dévoilant ses prunelles brillantes et si sombres. Qui m'envoutent. Qui me charment. Son corps se cambre et frémit à chaque recoin sensible que je découvre, tandis que ses longues mèches dansent à chacun de ses soubresauts. Elle est belle. Non. Elle est plus que belle, elle est sublime, et elle est à moi ! Et j'espère de toute mon âme qu'elle ressent la même chose pour moi.

Lorsque son buste est couvert de bulles blanches, je prends de l'eau en coupe entre mes mains, et la rince, redécouvrant ces courbes qui me mettent dans tous mes états.

Siana le remarque, bien évidemment, alors elle se rapproche un peu de moi, et tout en picorant mes lèvres, ses doigts s'enroulent autour de ma hampe dure et elle se met à me masturber doucement. Lentement. Comme une petite peste qui aimerait trop me torturer.

Je la regarde faire.

Je la regarde se mordiller la lèvre inférieure en s'appliquant à me faire souffrir.

Ses bagues brillent sous la lumière douce de la salle de bain. Elles brillent contre ma queue qu'elle serre de plus en plus fort.

J'ai le pouls en vrac. Le cœur en souffrance. La peau en feu.

Et même si elle tente de faire durer mon plaisir, mon supplice, mon calvaire, je me répands pourtant à une vitesse dingue sur ses seins. Quand j'aperçois ma semence la nacrer, je réalise que jamais aucune femme ne m'avait fait un tel effet. Jamais aucune d'elle ne m'avait fait fantasmer à un point pareil.

Alanguie, elle se recouche dans la baignoire, le souffle lourd, mon sperme roulant sur sa poitrine. Si j'avais mon téléphone à portée de main, je l'aurais filmée pour pouvoir regarder ces images tous les jours, toutes les nuits, jusqu'à bander à en avoir mal.

— On dirait que tu aimes ce que tu vois, minaude Siana en me dévisageant d'un air sulfureux.

— Je ne sais pas si « aimer » est le mot juste, ma belle. Qu'est-ce qu'il y a de plus fort que ça ? Il me faudrait un terme qui soit plus percutant, qui désignerait cette putain de fascination que j'éprouve pour toi, et cette façon que tu as de me rendre toujours fou de désir. Seigneur, Siana, avec toi, même le mot luxure semble trop fade et inexact.

Elle me sourit, pensant certainement que c'est du vent, tout ça. Mais si elle savait comme j'en ai mal, là, d'avoir déjà joui et pourtant, d'avoir encore envie d'elle. C'est une torture. C'est cruel. C'est un jeu qui finira par me faire crever dans la douleur.

Le souffle court, je parcours son buste de mes mains avides de sa douceur, et du bout des pouces, je caresse la pointe durcie de ses seins, où j'étale ma semence avec attention.

T'es à moi, t'es à moi, t'es à moi, ma belle. Ma Colombienne. Ma petite peste accro à Noël.

D'un geste vif, je redresse son bassin, l'offrant tout à mon regard conquis, et mon pouce racle mon sperme sur sa poitrine. J'en apporte un peu entre ses lèvres intimes, et je l'y étale doucement avant de la masturber avec autant de lenteur qu'elle m'en a infligé quelques minutes plus tôt.

Un petit grognement adorable lui échappe.

— Alors, mademoiselle Pérez, vous n'êtes pas contente que je m'occupe si bien de vous ?

— Plus vite, se contente-t-elle de supplier.

— Aux dernières nouvelles, j'étais le seul à donner des ordres, il me semble.

Pour lui prouver qu'elle est loin d'être en position de supériorité, je ralentis encore le rythme, et étale ma nacre le long de sa fente, entre ses fesses magistrales, avant de reprendre mes mouvements appliqués.

Il devient pourtant vite évident que je suis faible, trop faible face à elle. La voir se tordre de plaisir, l'entendre gémir de désir me rend vite dingue, et sans aucune once de retenue, je me mets à la masturber avec vigueur, suivant le rythme de ses cris pour la faire jouir le plus fort possible. Et lorsqu'enfin ça arrive, je l'écrase de mon poids, noue les bras autour d'elle pour la garder contre moi, et je l'embrasse jusqu'à me gorger du moindre de ses gémissements.

Je les déguste, je les adore, je les vénère. Je voudrais qu'il y en ait plus, mais je crois que ma petite peste est complètement vidée de ses forces.

Épuisée, les bras noués à mon cou et les yeux à présent clos, elle est plus belle que jamais. Ses joues sont rougies. Son corps frémit encore sous le mien, comme si cet orgasme avait été si fort qu'il continuait à se répercuter sur le moindre millimètre de sa peau. Bordel, c'est trop beau.

Je reste tout contre elle un long moment, à embrasser sa joue, ses taches de rousseur, son petit sourire satisfait et adorable. Et quand il devient évident qu'elle ne parvient plus à se réchauffer, je prends le pommeau de douche, fais couler l'eau chaude, et j'efface un à un ces petits frissons qui l'agacent.

Nous finissons par sortir de notre bain et une fois habillés, Siana s'écroule dans notre lit.

Je marche vers elle, m'assois sur le rebord, et ris en observant ses leggings rouge brillant, ceux qu'elle portait le jour où je l'ai vue à la patinoire. Son joli petit pull va avec ses chaussettes. Elles sont beiges, avec des feuilles de houx en paillettes vertes et de minuscules pompons rouges pour représenter les baies. C'est dingue ce qu'elle peut être adorable, même comme ça.

— La première fois que je t'ai vue dans ce pantalon, j'ai bien cru mourir de chaud malgré les moins dix degrés qu'il faisait à New York.

— Tu me trouves sexy ? glousse-t-elle. Vraiment ? Je croyais que tu détestais les vêtements du commun des mortels, monsieur Sullivan.

— Je ne les déteste absolument pas. Je suis d'ailleurs devenu un grand partisan du legging au bureau, je crois. Siana, quand j'ai voulu que tu sois comme nous, que tu te présentes ici dans des vêtements classes et distingués, ce n'était pas pour effacer la femme que tu es, parce que je t'adore comme ça. Ce que je voulais, c'est que ma famille n'ait pas de reproches supplémentaires à te faire, autre que le fait d'être ma supposée fiancée. Je ne voulais pas qu'ils s'en prennent à toi.

— Je peux supporter la critique de gens que je ne connais même pas, Knox. Je me fous de ce qu'ils pensent de moi. En fait, la seule chose qui me blesse, c'est qu'ils te blessent, toi. Le reste ne compte pas et ne comptera jamais à mes yeux. Maintenant, dis-moi pourquoi tu étais en colère tout à l'heure, s'il te plaît.

Elle pose sa main sur la mienne, mais je m'extirpe de son étreinte et me lève pour marcher jusqu'aux fenêtres. J'admire la neige qui tombe avec élégance. La forêt qui ne fait que croître d'année en année, sans jamais s'arrêter.

— Je n'avais rien. Laisse tomber.

— Laisser tomber ? Tu plaisantes, j'espère. Knox, tu étais furieux ! Tu m'as fait peur ! Dis-moi ce qui t'est arrivé, et ne me mens pas, par pitié. Je sais que tu me caches quelque chose.

Elle me rejoint, m'enlace. Comment ne pas craquer lorsqu'elle me regarde avec ses grands yeux pleins de douceur, d'attention et de tristesse.

— Je déteste quand tu parles avec mon frère, Siana, c'est aussi simple que ça. Tu peux m'appeler connard, tu peux m'appeler égoïste, tu peux m'appeler jaloux, tout est vrai. Je ne supporte pas que tu sois à ses côtés.

— Je l'avais bien compris, idiot. Mais pourquoi ? Je ne fais rien de mal !

— Pas pour le moment, non, grogné-je en sentant mes muscles se tendre et devenir douloureux.

— Qu'est-ce que tu insinues ?

La blessure que je viens de lui infliger se répercute sur les traits de son visage, sa beauté s'effaçant peu à peu au profit d'un air outré. J'ai beau m'en vouloir, je ne parviens pas à agir différemment, ce qui me blesse tout autant qu'elle.

— Rien. Rien du tout.

Encore une fois, je lui échappe en traversant la chambre, histoire de sortir prendre l'air, mais elle me rattrape, s'accroche à moi et cette fois, ce sont ses larmes qui me font flancher.

— N'essaye même pas de te tirer, Sullivan ! s'écrie-t-elle. Dis-moi immédiatement pourquoi tu penses que je ne suis qu'une salope prête à se retrouver dans le lit de ton frère ! J'exige une réponse, et je la veux maintenant !

— Bon sang, Siana, ce n'est absolument pas ce que je sous-entends ! grondé-je en pâlissant. Je suis désolé, tu sais. Désolé de réagir comme ça, de ne pas supporter que tu l'approches, mais je n'ai jamais demandé à avoir des sentiments pour toi, merde ! Et je n'ai jamais demandé à détester mon frère, à le mépriser, à le découvrir en train de se taper mon ex ! hurlé-je.

Et c'est lorsque les mots sont enfin posés sur tous mes sentiments que l'abcès se perce entre nous. Siana se radoucit, me prend dans ses bras, même si je ne le mérite absolument pas. Et je la serre contre moi, parce qu'elle est la seule au monde à me faire du bien et à m'apaiser.

— Je suis désolée. Il s'agit de Sandra, n'est-ce pas ? Vous en avez parlé l'autre jour et…

— Oui, c'est elle. Nous étions fiancés, il y a quelques années. Je suis venu passer Noël ici et une chose en entraînant une autre, elle s'est rapprochée de Graham. Graham qui la faisait rire, qui la charmait, qui l'a baisée. J'aurais pu le tuer, ce jour-là, mais j'ai choisi de me casser, parce que je ne voulais plus voir ces gens de toute ma vie. Mais la famille… C'est une plaie, pas vrai ?

— Non. Certaines familles se respectent et s'aiment, Knox, et toi, tu mérites tout cela. Tu sais, si j'avais su que parler à ton frère te ferait de la peine, je ne me serais même pas approchée de lui.

— C'est un peu extrême, marmonné-je. Tout comme mon comportement, je suppose, mais comme je te l'ai dit, je ne fais pas exprès d'avoir autant de ressentiment.

— Bien sûr que non, et c'est même tout à fait normal. Tu sais, je ne l'aimais pas tellement, Graham, avant cela. Et à présent, je ne peux plus le supporter. Il te fait du mal, Knox, et il le fait avec un grand sourire aux lèvres ! C'est inhumain.

— C'est du passé, surtout. Je devrais pouvoir le mettre de côté, non ?

— Comme si les trahisons s'oubliaient aussi vite ! soupire-t-elle. Il a ruiné ton couple. Moi, à ta place, je l'aurais tué dans d'atroces souffrances. Puis je serais allée manger un hotdog en son nom et sur sa tombe.

Je ris, parce que bordel, il n'y a que cette femme pour adoucir mes peines et me donner la sensation de ne pas être entièrement monstrueux.

— Est-ce que tu aimais ta compagne ? murmure-t-elle soudain en caressant mes cheveux.

Oui, mais pas autant que je t'aime toi, ma peste.

— Oui.

— Elle ne te méritait clairement pas, dans ce cas.

— Personne ne mérite d'être avec moi, Siana, tu ne l'as pas encore compris ? Je détruis tout sur mon passage, je blesse tout le monde. Si je suis solitaire, ce n'est pas par choix, mais par devoir.

— Arrête. S'il te plaît, arrête de te dénigrer ! Tu vaux plus que ce que tu crois, tu vaux plus que ce qu'on veut te faire croire. Et si tu t'ouvrais juste un tout petit peu au monde qui t'entoure, les gens le remarqueraient très vite, Knox.

— Peut-être que je ne veux pas qu'on le voie, justement. Peut-être que je préfère que tout le monde me méprise, parce que c'est plus facile comme ça.

— Rien n'est facile dans ta vie, chéri.

— Si. Toi, tu es facile. Rien n'est plus facile, même, que de te côtoyer. Tu es heureuse d'un rien, souriante dès que possible, et tu es aussi la plus belle femme du monde, ce qui ne gâche rien.

Elle glousse en rougissant, et détourne le regard, mais j'agrippe son menton, la force à relever la tête et je l'embrasse comme un possédé. Son souffle se coupe, ses doigts griffent mon dos en me plaquant tout contre elle et oui, j'en suis persuadé. Rien n'est plus facile que d'aimer cette femme.

Quand je la libère, elle s'évente des deux mains, tenant à peine debout tant elle est épuisée. Je la prends entre mes bras, la conduis aux fauteuils de brocard à l'autre bout de la pièce, et j'ouvre les stores pour qu'elle admire la neige tomber sur les sapins de la forêt.

— Repose-toi un peu, pupuce. Ce soir, tu m'as invité dans ton lit, je te rappelle, et je vais te faire honneur.

— Pas si tu m'appelles encore pupuce, renifle-t-elle en me foudroyant du regard.

Un éclat de rire m'échappe.

— Tu ferais presque peur, tu sais ?

— Hé ! Je suis très terrifiante, je te signale ! J'ai du sang colombien, il est brûlant, impertinent et…

— Agaçant, oui, j'avais remarqué.

Elle me tire la langue, pourtant, quand je recule vers la porte, elle se renfrogne.

— Tu t'en vas ?

— Je dois passer un ou deux coups de fil pour terminer la journée. Je vais aller au bureau, au rez-de-chaussée, histoire de ne pas t'ennuyer. Reste ici au chaud, d'accord ?

— Arrête de me chouchouter. Je ne suis pas une gamine.

— Non, juste une femme à qui je tiens, alors bien sûr que je vais te chouchouter.

Avant de sortir, je lui apporte un gros plaid, puis je descends au rez-de-chaussée, où je croise Graham, seul au salon.

Il se lève à mon arrivée, et me sourit, un verre de bourbon à la main.

— À ta santé, mon frère. Comment va ta fiancée ? Tu l'as bien réchauffée ou comme à ton habitude, tu as été froid et distant, avec elle ? C'est peut-être moi qui devrais aller lui tenir chaud, tu ne penses pas ?

Ses paroles me heurtent en plein cœur. Fou de rage, je me précipite vers lui, l'agrippe à la gorge et le colle à moi, si bien que son haleine alcoolisée me donne la nausée.

— Tu sais, j'ai eu envie de te faire du mal quand tu as couché avec Sandra alors que je me trouvais sous le même toit que vous. Alors que j'allais lui demander de m'épouser et de passer sa vie à mes côtés. Mais avec Siana, bordel, c'est différent. Tout est différent. Tu l'approches encore et je te tue. Tu la touches, et je te tue. Elle est à moi. Elle est… à… moi. Fais-moi tous les reproches de la terre, Graham. Frappe-moi, dénigre-moi, humilie-moi, je n'en ai rien à foutre. Mais si tu éloignes cette femme de moi, je te jure que je ne me priverais pas de te massacrer, cette fois. Et le mot famille ne retiendra certainement pas mes coups, au contraire.

Je le relâche, et le regarde s'affaler dans le sofa le plus proche.

— Tu tiens à elle. Plus qu'à quiconque, on dirait. C'est presque étrange de te voir éprouver des sentiments. Mais est-ce qu'au moins elle sait ce que tu lui as fait ? Est-ce qu'elle sait que tu lui as menti pour qu'elle t'accompagne ici ?

Je déglutis. Et me rends compte que de confier tous mes secrets à cet homme qui m'a trahi si souvent est plus que de la stupidité. C'est du suicide.

— Non. Et si tu lui dis quoi que ce soit, ta mort sera plus lente encore que dans tes cauchemars les plus sombres. Fais gaffe à toi, Graham. Je ne plaisante plus, cette fois. Tu as bousillé une partie de ma vie juste pour t'amuser, mais je ne te laisserai jamais recommencer.

Je me casse et m'enferme dans l'ancien bureau de mon grand-père, où les bibliothèques et les vieux livres sont légion. Je m'installe dans son fauteuil en cuir, observe la pièce sombre où des piles de bouquins s'élèvent de partout. Je devrais faire venir Siana ici. Je suis certain qu'elle décorerait tout et qu'elle mettrait des sapins de Noël dans tous les coins, histoire d'égayer les lieux.

Ou peut-être que j'ai juste envie qu'elle soit près de moi, parce que je suis complètement accro à elle. Le problème, c'est que je ne sais absolument pas comment le lui dire. Le lui avouer. Ni même si elle partage mes sentiments.

Chapitre 33 — Siana

Après trente minutes à regarder la neige tomber, je me sens détendue, prête à affronter une Belzébuth shootée au speed, même, s'il le faut.

Je descends au rez-de-chaussée où Graham se trouve, affalé dans un sofa, à boire de l'alcool. Il me jette un regard intrigué, presque scrutateur, qui me met mal à l'aise. On dirait qu'il cherche un moyen de lire mes pensées, de découvrir ce que je ressens, mais c'est trop personnel, bon sang ! Je ne veux pas qu'il sache que j'ai envie de le fouetter à la guirlande électrique, histoire que ce ne soit pas trop glauque.

Près de lui, Angel caresse Le Chat et d'un seul coup, il lui mord la queue ! L'animal, agacé, piaille et se sauve en feulant, laissant le môme avec des poils dans la bouche. Il toussote, crachote, en riant comme un petit fou.

— Angel ! m'écrié-je. Qu'est-ce que tu fiches ?

Graham, qui se demande dans quel monde il vit, a juste haussé les sourcils.

— Tu as dit qu'on pouvait brouter des minous, et que c'était bon ! pépie-t-il. Mais en fait, c'est dégoûtant ! Ou bien c'est Le Chat qui est périmé.

— Le chat doit en effet être périmé, soupiré-je, histoire qu'il ne retente plus de le croquer. Et si tu allais te laver les mains à la cuisine, pour qu'on prépare une petite douceur tous les deux, mon chou ?

— J'aurais le droit de cuisiner aussi ?

— Bien sûr !

— Même si je suis un garçon ?

— Angel, n'écoute jamais les conneries que Marguerite peut proférer. Les garçons peuvent cuisiner, porter du rose, mettre des jupes, se maquiller. Bref, chacun est libre de faire ce qu'il veut de son moule, pas vrai ?

Il hoche la tête et guide son fauteuil vers le couloir dans une symphonie de grelots et de clignotements. C'est trop mignon.

— C'est quoi, un moule ? s'enquiert Graham en m'observant.

Je m'assois sur le sofa face au sien.

— Un moule, c'est tellement de choses. Notre peau, notre corps, la petite âme qu'il contient, nos insécurités, nos formes, nos manques et nos ajouts.

— Des ajouts ?

— Oui, tous nos ajouts. Un fauteuil roulant, une canne, des prothèses mammaires, des extensions de cheveux, des bras artificiels, des lunettes. Un moule, c'est nous entier, et Angel avait des insécurités par rapport à sa chaise quand nous étions en ville. Je lui ai dit qu'il ne fallait pas, et que tout le monde avait un moule différent. Qu'il fallait s'accepter comme cela, parce que personne d'autre ne le fera pour nous.

— Tu lui fais du bien, tu sais. Tu pourrais rester ici plus longtemps, si tu le voulais.

— Non merci, j'ai une vie à New York et une famille aimante. Mais si tu veux qu'Angel soit bien dans sa peau, commence peut-être par lui apprendre toi-même que la vie, ce n'est pas rester enfermé quand il pleut, ou faire les yeux doux à Marguerite pour avoir tout ce qu'il veut. Sinon, le jour où on lui dira non, il risque de se prendre une sacrée claque dans la figure, ce bonhomme, et honnêtement, je ne suis pas certaine qu'il mérite une telle violence.

J'abandonne Graham pour rejoindre Angel en train d'observer Le Chat, perché sur le plan de travail.

— Oh toi, tu vas passer un sale quart d'heure si tu restes là, gloussé-je en le prenant dans mes bras pour le faire sortir. Mon chou, je te promets que cette bestiole est périmée ! Si tu la goûtes encore, ta langue risque de tomber.

Il pousse un petit cri. Heureusement que j'ai de quoi le calmer un peu.

Je sors mon panier à provisions du cellier, au fond de la cuisine, là où les domestiques l'ont rangé à notre retour de promenade. J'en sors de jolies pommes rouges que je dépose sur le plan de travail central, avec tout un tas d'ingrédients que j'ai achetés en ville tout à l'heure.

Je lave les fruits, ouvre tout un tas de placards pour prendre des planches à découper et quelques couteaux, puis je soulève Angel pour le placer sur un haut tabouret près de moi.

— Qu'est-ce qu'on va faire, Siana ?

— On va préparer une tarte aux pommes et au caramel pour faire plaisir à Knox.

— Oh j'adore le caramel !

— Moi aussi. C'est meilleur que le minou, en plus.

Il glousse, alors j'embrasse sa petite joue mignonne en commençant mes préparations.

Je fais une pâte à tarte classique, que j'étale dans le fond d'un superbe plat en céramique rose pâle. Ensuite, j'attrape une fourchette que je confie à mon commis.

— Ton rôle, si tu l'acceptes, c'est de faire de beaux motifs tout autour du rebord de la pâte avec la fourchette.

Je lui montre en prenant sa main dans la mienne, et en écrasant délicatement la préparation avec les dents de la fourchette.

— Tu te sens prêt à relever le défi ?

— Oui ! ça a l'air facile.

— Alors applique-toi, mon chou, parce que ça doit être la plus belle de toutes les tartes, d'accord ?

— Tonton Knox sera fier de nous, promis !

Je souris, et m'attelle à un caramel que je détends à la crème fraîche, pour qu'il soit coulant et onctueux.

Quand Angel a terminé, je lui fais piquer le fond de tarte, et il me fait un joli cœur. Je verse dessus le caramel chaud, et lui réserve le fond de la casserole sur une spatule.

— Trop bon !

— Super, on a bien travaillé. Mais maintenant, c'est le plus dur. Couper des tranches de pomme parfaites.

Marguerite débarque à ce moment-là, nous regardant avec suspicion.

— Mamie, on fait de la tarte pour tonton Knox ! s'extasie Angel.

— Une tarte aux pommes et au caramel. C'est ce qu'il préférait quand il était petit, se radoucit-elle.

— Voulez-vous nous aider ? proposé-je. Il reste à s'occuper des fruits.

— Je veux bien, merci, répond-elle avec un petit air supérieur.

Elle prend place sur un haut tabouret à côté d'Angel, et je me mets à éplucher les pommes avant de les leur donner. Marguerite les coupe en quatre, ôte les trognons, puis elle les donne à Angel qui fait de petits quartiers avant de les disposer avec précision dans le plat.

Une fois que nous en avons terminé, je ne suis pas peu fière du résultat.

— Elle est parfaite, déclaré-je.

— On peut goûter, maintenant ?

— Elle doit cuire, d'abord.

J'ajoute un peu de cannelle et de vanille sur le dessus, l'enfourne, et débarrasse le plan de travail sous le regard attentif du bonhomme.

— Je crois que j'adore cuisiner, déclare-t-il soudain.

— Angel ! s'étrangle Marguerite. Les garçons…

— S'il te plaît, mamie, lance-t-il avec son grand regard de voyou adorable et craquant, je pourrais refaire une tarte demain ?

— Si tu veux, capitule-t-elle.

— Toi, tu iras loin dans la vie, mon chou. Si tu manipules ta famille à un âge aussi jeune, je me demande ce que ce sera quand tu auras l'âge de draguer les filles ou les garçons de ta classe.

— Il est trop jeune pour ce genre de discussions, Maria ! s'écrie mamie.

— C'est Siana, gronde Knox en entrant dans la pièce, avant de m'étreindre doucement.

— Tonton, Siana, mamie et moi on t'a fait une tarte ! Elle est au four, mais tu vas voir comme elle est jolie.

— Tu m'as préparé à manger ? s'étonne-t-il.

— Oui.

— Qu'est-ce que c'est ?

— Une surprise, bien sûr, souris-je.

Agacé, il va ouvrir le four, puis se tourne vers moi, le regard soudain lourd d'émotions.

— Pomme caramel, souffle Angel.

— Ma préférée. Celle qui me rappelle mon enfance dans les vergers. Tu as retenu ?

— Bien sûr. Je n'oublie rien, sauf… quand j'oublie des choses. Ce qui arrive assez souvent en fait, mais mon patron ne doit jamais l'apprendre.

— Je ne lui dirais rien, promis, rit Knox en venant m'embrasser.

Je le prends dans mes bras, et on entend tous les deux Marguerite maugréer que nous sommes des sauvages et des obsédés. Je crois qu'elle a un peu raison.

Elle quitte la cuisine avec son petit-fils, ce qui me laisse seule avec Knox et mes pensées sulfureuses.

— Tu sais, tu as le droit de lui dire que tu ne t'appelles pas Maria.

— Techniquement, il s'agit peut-être de mon deuxième prénom. Et du cinquième. Mais si je l'avoue, on va tomber dans les clichés, gloussé-je.

— Tu t'appelles deux fois Maria ?

— Oui. J'ai le prénom de mes deux grand-mères, Maria Carlita Valentiana et Maria Consuela.

— Je dois tous les retenir ? se moque-t-il.

— Oui, parce que tu es mon fiancé et que tu devras tous les répéter à l'église, quand on se mariera.

— Vivement que je puisse t'appeler Madame Sullivan, alors.

— Madame Pérez Sullivan, s'il te plaît.

— Siana Maria Carlita Valentiana Maria Consuela Pérez Sullivan. Mon Dieu, tu ne fais jamais dans la facilité, je me trompe ?

— Non. Tu n'imagines même pas le nom de notre petite fille, quand nous en aurons une !

Knox se remet à rire, et lorsque le four sonne, je sors la tarte et en coupe quelques parts fines.

— Ce sera pour le dessert, ce soir. Pas question que l'on dépose encore une tarte aux myrtilles près de toi, ou je te jure que je tue quelqu'un !

— Tu défends ton territoire, ma puce, ronronne-t-il doucement. J'adore que tu cherches à me protéger comme ça.

— C'est normal.

— Tu sais quoi ? Et si on dégustait cette tarte ici, juste toi et moi au calme. Elle mérite qu'on lui fasse honneur, après tout, et pas dans les cris et les remarques acerbes.

— C'est une bonne idée.

Knox sort deux petites assiettes, des fourchettes, et je nous sers à chacun une part, qu'il recouvre de chantilly, prise au frigo.

— C'est délicieux, sourit-il après sa première bouchée.

— Vraiment ? J'avais peur de me rater, tu sais. Je voulais faire honneur à tes souvenirs, pas les gâcher.

— Tu ne gâcherais rien, même si tu le voulais. Les souvenirs ne sont pas censés être parfaits, ils sont censés être pleins d'émotions et de bonheur, Siana. Et celui-ci est définitivement mon préféré.

— Parce que tu étais un petit voleur de pommes et que tu adores commettre des crimes dans les vergers ?

— Non, ma belle. Je parle de là, maintenant. De toi qui me prépares un dessert avec tout ton cœur, un dessert qui fait partie de mes favoris, et que tu as d'ailleurs sublimé. De toi qui cherches à me faire plaisir parce que ma propre famille m'a servi un plat auquel je suis allergique. Mon souvenir préféré, c'est toi, Siana.

Émue, je pince les lèvres et déglutis avec difficulté.

— Je t'interdis de pleurer encore une fois à cause de moi, râle-t-il. Allez, viens-là.

Il m'ouvre les bras et je vais me pelotonner dans son étreinte, tandis que nous terminons notre tarte. La nuit tombe juste pour nous, à travers la baie vitrée, et le temps semble s'être arrêté.

Je ne sais pas ce que j'ai fait pour mériter de rencontrer cet homme, d'avoir une place dans sa société et dans sa vie. Mais je suis bien contente de l'avoir croisé. Il me rend plus fière, plus forte et plus grenouille que jamais. Oui, à force d'avoir les larmes aux yeux, je vais vraiment finir par me transformer en vieux crapaud !

Quand nous avons terminé, je passe au salon apporter une part à Marguerite et Angel.

— Et moi, je n'y ai pas droit ? grommelle Graham.

— Tu as des jambes pour marcher et des mains pour te servir, je te signale, persiflé-je.

Knox laisse échapper un petit rire, avant de m'enlacer et de s'assoir sur le sofa, m'entraînant dans sa chute.

— Tu étais vachement plus sympa quand Knox ne faisait que de me parler de toi.

— Tu… Quoi ?

— Graham, le réprimande Marguerite, les confidences de ton frère ne concernent personne d'autre que toi.

— Merci, Marguerite.

— J'espère que tu n'as rien dit de méchant, boudé-je tout de même.

— Non. Juste que tu étais une petite peste, une épine dans mon fichu pied, et la plus jolie du monde entier.

— Hum, je peux me satisfaire de ça. Bien joué, monsieur Sullivan.

— Un plaisir, miss Cactus.

— Mais tout de même, arrête de parler de moi dans mon dos ou je te botte les fesses, c'est clair ?

Angel glousse, égayant la maisonnée.

— On pourra voir ça, j'espère, rétorque son père en revenant.

— Bien sûr. Et je compte sur tout le monde pour filmer la scène, histoire qu'il s'en souvienne.

— J'ai compris, j'ai compris. De toute façon, tout ce que je dis finit toujours par me revenir en pleine figure, alors autant ne plus me confier à qui que ce soit.

Il soupire lourdement, fusillant Graham du regard.

— Ah, vous voilà enfin ! lance Marguerite tandis que Nora et Marcus rentrent d'une petite virée en ville. Qu'est-ce qui vous a pris tant de temps ? Le coloriage de Nora n'était pas assez facile ?

— J'ai surtout dû insister longtemps pour que Marcus se déshabille pour moi, histoire d'avoir un beau modèle à croquer, réplique la jeune femme.

Belzébuth, en super forme, manque de s'étouffer avec une pomme.

— Vous êtes tous des sauvages, ma parole ! Il serait peut-être temps de vous mater un peu. De mon temps, au moins, on pouvait corriger ses enfants quand ils n'étaient pas obéissants.

— Vous voulez dire au Moyen-Âge ? souris-je avec perfidie.

— Vous, vous êtes vraiment la pire, ma fille. Attendez un peu que je vous rosse les fesses !

— Hé !

— Marguerite, touche à Siana, et je te promets que tu le regretteras.

— De toute façon, on a tous convenu que Knox était le seul à pouvoir me mettre la fessée, plaisanté-je.

Je fais un petit clin d'œil à un Graham en colère. *Et toc, imbécile !* ça t'apprendra à vouloir humilier ton frère !

Knox laisse d'ailleurs échapper un petit rire amusé et peut-être un peu sexy.

— À quand ta prochaine bêtise, miss Cactus ? Je n'attends que ça, ronronne-t-il.

— Dépravés, marmonne Belzébuth.

— Ça, c'est bien vrai. Vous allez même devoir récurer la baignoire à fond, je pense. Elle a été utilisée à très bon escient.

— Siana ! rougit Knox.

— Tu vois ? La voilà ma bêtise. Tu es en colère, mon lapin ?

Je glousse en caressant sa joue rasée de frais, mais lorsqu'il me regarde avec tant de tension et de luxure au fond des yeux, j'ai du mal à me souvenir que nous ne sommes pas seuls, ce soir.

Le dîner arrive rapidement, et malgré les conversations qui s'éternisent, les disputes qui éclatent, Angel qui mate le chat d'un regard intéressé, rien ne me fait sortir de ma bulle. Ma main, glissant sur la cuisse de Knox, réchauffe sa peau et attise son désir. La sienne, qui trace de petits chemins délicats le long de mon bras et de mon cou, fait palpiter mon cœur comme jamais.

J'ai chaud.

Je… meurs… de… chaud.

— Arrête de me regarder comme ça, miss, glisse-t-il soudain à mon oreille.

— Comme quoi ?

— Comme si tu attendais ta fessée avec impatience.

— Mais c'est le cas, je te signale. Je t'ai déjà dit que tu avais des mains sexy ? Non, parce que vraiment, elles me font fantasmer.

— Avoue que tu ne rêves que de les voir suivre les lignes d'un Monet.

— Arrête de m'exciter comme ça, grondé-je en buvant une gorgée d'eau froide.

— Ce n'est qu'un juste retour des choses.

Ses lèvres se posent sur ma joue, et je remarque soudain que tout le monde nous regarde.

— Quoi ? Nous ne sommes pas en train de nous déshabiller, quand même !

— Non, vous êtes juste trop mignons ! s'exclame Nora en souriant. On n'avait jamais vu Knox aussi heureux.

— Fiston, celle-ci ne la laisse pas t'échapper.

— Hé, je ne suis pas une fichue tête de bétail à chopper au lasso, marmonné-je.

— L'idée est intéressante, susurre Knox.

— La fessée est ma limite, mon grand. Approche une corde de mes petits poignets délicats et je te marave la face. J'ai vu tous les Kung Fu Panda, je te signale.

— C'est qu'elle est violente, en plus, gronde Belzébuth.

— Je défends ma liberté, là.

— Ta liberté ?

— Ne me forcez pas à préciser, mamie, ou je le ferai.

— Comme si qui que ce soit pouvait vous empêcher de parler…

— C'est vrai, boudé-je. Mais j'ai le droit de ne pas vouloir être attachée pendant le sexe, je vous signale. Et bam ! Vous qui vouliez des précisions.

— Siana, pourquoi tonton Knox veut t'attacher ?

Ah ce gamin, toujours à poser les mauvaises questions.

— Parce que c'est un petit coquin, mon chou.

— Et que je ne veux pas qu'elle m'échappe, continue l'intéressé.

— T'inquiète, toi aussi tu devrais faire une grosse bêtise pour que je me fâche, lapinou en sucre.

Il grogne de son petit surnom, mais ses yeux flamboient d'une promesse torride en échange.

Le dîner s'écoule lentement et à vingt-trois heures, je ne tiens plus. C'est à présent Knox qui caresse mes cuisses, et la sensation est trop bonne, trop excitante pour que j'en supporte davantage.

— Bon… toussoté-je, gênée au possible et les joues en feu.

— Bon quoi ? se moque mamie.

— On vous laisse. Bonsoir, lance Knox, stoïque.

Comment fait-il pour avoir l'air si sûr, si fier, si froid ?

Il est impressionnant.

Même moi, qui sais précisément de quoi il est capable dans la chambre et ce qu'il meurt d'envie de faire, je pourrais croire qu'il n'éprouve rien du tout, à cet instant.

Sans plus prêter attention aux autres, je m'échappe dans le grand escalier de marbre et Knox me rattrape rapidement, enlaçant ma taille pour me retenir contre lui. Ses lèvres se perdent dans mon cou, son bassin rencontre le mien. Je glousse lorsqu'il mordille mon oreille et gémis quand son sexe déjà dur se frotte contre mes fesses.

— Chambre. Immédiatement, gémis-je alors.

Sa main se glisse dans la mienne et nous nous mettons à courir jusqu'à notre petit refuge.

Knox claque la porte sur nous, la ferme à clef, et je m'éloigne de lui en reculant, sans le quitter des yeux. Son regard est intense, dur et sombre, si sombre qu'il allume un brasier au bas de mon ventre.

Seule la lumière de la lampe de chevet nous éclaire et c'est bien suffisant. Je n'ai pas besoin de plus pour sentir son désir incendier la pièce.

Avec volupté, je commence à me déshabiller, ne gardant que mon pull et ma petite culotte en dentelle. Et lorsqu'il se met à marcher vers moi, faisant tambouriner mon cœur dans ma poitrine, je me demande à quelle sauce je vais être mangée. Et j'ai hâte.

Chapitre 34 — Knox

Quand j'ai rejoint Siana au cœur de la pièce, je lève la main pour caresser sa joue, mais j'abandonne, comme un lâche, en cours de route. Je l'épingle d'un regard dur à la place. Et l'observe sans me presser, sans me lasser, de son air farouche, excité, bandant, jusqu'à ses petits orteils qui se crispent dans l'attente de ce qui va suivre.

Je sais que si je la touche maintenant, tout sera terminé avant d'avoir commencé.

Je vais la déshabiller, l'enlacer, la baiser là, au milieu de la chambre, de toutes mes forces.

Mais ma petite peste a envie de jouer, et je ne vais pas lui refuser ce plaisir, il n'en est pas question.

Mon pouls s'élève de plus en plus, tandis que j'observe sa poitrine qui se soulève, ses cuisses dénudées que je veux palper, ses lèvres généreuses que je veux dévorer. Je la contourne. Lui tourne autour, soulevant de l'index son large pull pour observer son petit cul charnu. Et d'un seul coup, je ne peux plus me retenir. Je l'agrippe, presse ses fesses sans aucune douceur, et je me penche vers elle pour murmurer à son oreille :

— Dites-moi ce que vous voulez, mademoiselle Pérez. Dites-moi tout.

Aguicheuse, elle se cambre un peu, frottant son séant contre ma hampe dressée.

— Une petite fessée parce que je n'ai pas été sage, monsieur Sullivan.

— Juste une ? Parce que vous avez été très vilaine, Mademoiselle.

— Alors je vous laisse juge, patron.

Elle soupire lorsque mes doigts glissent sur sa dentelle ; un son pur, chaud, et ténu.

Le léger frémissement de ses muscles me laisse à penser qu'elle est prête, qu'elle est complètement prête, alors je m'assois dans le lit, les jambes allongées devant moi, le cœur à présent lourd et douloureux dans chacun de ses battements, et je la regarde se tourner pour me faire face.

Lentement, elle m'approche.

Lentement, elle grimpe sur le lit pour s'agenouiller à mon côté. À force de mordiller sa lèvre, elle est un peu rougie, alors je prends son menton avec douceur dans l'une de mes mains, et je l'embrasse avec légèreté.

— Auriez-vous peur, mademoiselle Pérez ?

— De vous ? s'amuse-t-elle. Non. De ce que je veux de vous ? Peut-être un peu.

Et sans plus tarder, elle se couche en travers de mes genoux, redressée sur ses coudes, ses jambes battant doucement l'air dans l'attente de sa punition.

J'aimerais avoir les nerfs de lui donner ce qu'elle veut, là, tout de suite, mais je suis trop faible face à ce qu'elle me montre, et je suis incapable de me mettre au boulot immédiatement.

Je remonte les manches de ma chemise blanche sur mes avant-bras, puis calmement, je soulève le pull de Siana, dévoilant les courbes de son dos creusé. Calmement, je baisse sa petite culotte de dentelle rose fluo jusqu'à mi-cuisses avant de glisser l'index du sillon de son échine jusqu'à sa petite chatte.

Ses frémissements font gonfler mon sexe déjà dur comme pas permis, et une légère douleur s'épanouit jusque sous ma peau, tant j'ai besoin de jouir.

— Monsieur Sullivan, gémit Siana.

— Une réclamation à me faire, miss ? grogné-je.

— Vous m'aviez promis une punition…

— Et elle arrive, ma belle. Mais avant, je veux jouer, moi aussi.

Et le spectacle est beaucoup trop beau pour que je m'en prive.

Mes mains se plaquent sur ses fesses que je malaxe, écarte, et serre de toutes mes forces, putain, tellement elles sont sublimes. Je la caresse, la fais mouiller petit à petit, et quand son miel recouvre chacun de mes doigts, je la fais jouir bruyamment, lourdement, avant de sucer ce nectar qui me rend dingue.

— Maintenant, Knox, me supplie-t-elle alors.

— Maintenant quoi ? demandé-je en toute innocence.

— Je veux ma fessée !

— Toujours au singulier, hein ? Laisse-moi te dire que quand j'en aurai fini avec toi, tu regretteras probablement d'avoir commencé, ma puce.

Amusé, je glisse un doigt en elle et de ma main libre, je lui mets une petite tape sur une fesse. Son gémissement est ténu, mais ses muscles se contractent de plaisir autour de mon majeur et bordel, ce que c'est excitant !

Je recommence deux, trois, quatre fois, lançant un lent va-et-vient de mon doigt sans cesser de frapper son cul pulpeux et sublime. Bordel, j'ai le cœur qui va lâcher, le souffle si brûlant qu'il me burine les poumons.

Mon regard est aimanté à la perfection de sa chair dorée, à ce miel qui coule lentement le long de mon majeur. Je le retire, le lèche à nouveau, l'enfonce, le retire. Et tout doucement, je la caresse entre les fesses, observant les petits frissons qui prennent naissance au creux de ses reins.

— Tu sais quoi ? susurré-je. Un jour, je te prendrai là.

— Dans tes rêves, s'indigne-t-elle. Toi qui aimes tant les voitures, tu peux t'imaginer bien clairement qu'il y a un gros panneau sens interdit sur mon petit cul, merci bien !

— Quel dommage, soupiré-je.

Mon doigt glisse sur la courbe de ses fesses, la rondeur de ses formes de femme, puis replonge au creux de son corps.

— Et là, alors ?

— Là ? Ce serait « vitesse illimitée », Monsieur, souffle-t-elle.

Je cesse alors de m'amuser avec elle, et me mets à la pilonner de deux doigts, en me remettant à gifler son beau cul qui bouge à chacun de mes putains de mouvements. Je suis fasciné par le spectacle, hypnotisé par la beauté de ce corps qu'elle m'offre sans aucune gêne, sans aucun doute.

Mes mains se font de plus en plus violentes, exigeantes, à mesure que ses gémissements deviennent bruyants, et sonores, et libérés.

Je me lâche complètement, je lui donne tout ce qu'elle veut et j'en demande plus, encore.

Lorsqu'elle jouit contre ma main, un sentiment de plaisir incroyable irradie le long de ma queue, et Siana se redresse un peu.

Je la vois extatique, les yeux mi-clos et brillants.

Je la vois épuisée, les lèvres entrouvertes et le souffle court.

Pourtant, elle recule un peu, à quatre pattes sur le lit, puis elle se penche en avant pour ouvrir ma braguette et me prendre dans sa bouche. Les fesses relevées pour me montrer la marque de mes mains sur sa chair moite et rougie. Perlée de sueur.

Je passe les doigts dans ses longs cheveux emmêlés que j'agrippe de toutes mes forces et, les yeux rivés à ses fesses, je guide chacune de ses dégustations avec une lenteur qui oscille entre plaisir et douleur. Mais qu'est-ce que c'est bon, putain. Qu'est-ce que c'est bon ! Chacun de ses coups de langue me fait rêver, haleter, trembler. Jusqu'à ce que finalement je me répande en elle, et que je la regarde se redresser, un grand sourire aux lèvres, et un peu de nacre au coin de la bouche.

Je l'essuie du bout du pouce, et soudain, sa petite langue rose et humide le lèche tandis qu'elle me fixe de son regard sulfureux.

Seigneur, cette femme va me tuer.

Avec tendresse, je la prends entre mes bras jusqu'à ce qu'elle me recouvre de son corps, et j'embrasse le bout de son nez.

Elle a l'air exténuée, mais ravie, ce qui me rassure parce que j'ai l'impression d'y avoir été trop fort, d'avoir poussé toutes ses limites. Son séant est rouge vif, son sourire sublime, et avec douceur, je repousse ses longues mèches humides de son visage.

— Vous avez bien travaillé, Monsieur, ronronne-t-elle. Mais je ne sais pas si je pourrais m'assoir où que ce soit demain, à part dans la neige.

Son petit gloussement est tellement adorable.

— Je reviens, murmuré-je en me levant du lit.

— Tu vas où ?

Je ne réponds pas, passant à la salle de bain avant de descendre à la cuisine. Je mets la crème hydratante dans le congélateur, et me sers un verre d'eau que je vide d'un trait, avant de le remplir à nouveau pour Siana.

À la lumière de la veilleuse au-dessus des plans de travail, j'aperçois Graham qui débarque, l'air toujours aussi furieux.

— Frangin, souris-je. Il faut que je te remercie, tu sais pour… Enfin, tu as compris. J'ai passé une excellente soirée grâce à toi.

— Tu ne la mérites pas, crache-t-il en s'adossant à l'un des meubles, à l'autre bout de la cuisine.

— J'en suis bien conscient, crois-moi.

— Siana est merveilleuse avec toi. Elle te défend alors que tu lui mens, Knox. Et toi, qu'est-ce que tu fais pour elle à part la baiser comme un animal ?

— Je te défends de parler d'elle de cette façon, grogné-je.

— Ou sinon quoi ? Tu seras honnête avec elle ? Laisse-moi rire.

— Qu'est-ce que tu cherches à me dire, là ? Qu'elle serait mieux ici, avec toi ? Tu ne vaux pas mieux que moi, Graham. Dans le genre famille tordue, je crois qu'on ne fait pas pire.

— Peut-être, mais Angel l'adore, elle le fait rire et…

— Tu cherches une mère pour ton môme, c'est ça ?

J'éclate d'un rire amer et dangereux.

— Commence par être un vrai père, on parlera du reste un autre jour. Tout ce dont ton gamin a besoin, c'est d'amour. Ce que Siana lui a offert. Ce que tu n'es pas capable de faire, parce que tu passes ton temps à t'apitoyer sur ton sort et à envier les autres. Ouvre les yeux. Angel n'a pas besoin de Siana. Il a besoin de toi. Et où est-ce que tu es pendant ce temps-là ? Ah oui… Dans la cuisine en train de me dire que tu veux que ma compagne s'occupe de ton gosse. Bravo. Je te félicite pour ton rôle de père de l'année.

Dégoûté, je récupère ma crème, mon verre d'eau, et je remonte pour rejoindre ma petite peste.

Elle est allongée sur le ventre, à présent complètement nue, et elle me jette un petit regard amusé en me voyant l'approcher.

— Tu es un amour, dit-elle en buvant délicatement jusqu'à la dernière goutte du précieux liquide que je lui tends.

— C'est faux. Je voulais juste profiter de toi et de ton corps une dernière fois avant de dormir.

Je grimpe sur le matelas, à califourchon sur elle, et je dépose une généreuse quantité de crème glaciale sur son joli cul. Je la masse un long moment, jusqu'à ce qu'elle s'endorme, en réalité, puis je me déshabille avant de la rejoindre au lit et d'éteindre la lumière. Je la prends dans mes bras. La serre contre moi.

Et je me demande si ce sera la dernière fois, parce qu'il faudra bien que je lui dise la vérité un jour, non ? Que je lui dise qu'elle n'est pas ici à cause d'une erreur au boulot, mais parce que je suis un connard. Et je pense en toute honnêteté qu'elle ne me pardonnera pas.

Je m'endors après des heures à chercher un sommeil qui tente de m'échapper, et quand le matin arrive, je réalise que j'ai passé une nuit presque blanche. Je suis épuisé. De mauvaise humeur.

Mais tout va un peu mieux quand Siana s'étire tout contre moi, avant de miauler comme un petit chat affamé.

— Salut, souris-je en enlaçant sa taille pour presser son dos nu contre mon torse.

— Hum, marmonne-t-elle.

Elle s'enfouit sous la couverture en boudant, et mon humeur s'assombrit davantage.

— Quelque chose ne va pas ?

Mon inquiétude lui fait pointer son petit nez dehors.

— Aujourd'hui, c'est Noël.

— Non, on est le vingt-quatre.

— Mais ça compte ! Noël c'est un pack, Knox. Le vingt-quatre et le vingt-cinq sont des jours inséparables.

— Ça te rend triste ? Je pensais que tu adorais ça.

— Oui… Mais je ne suis pas avec ma famille, et je… J'ai du mal à encaisser. Je suis désolée. Ce n'est pas juste envers toi, parce que j'adore ta présence et je suis heureuse à tes côtés, mais je vais devoir les appeler, les voir tous ensemble. Je crois que je ne vais pas réussir à m'en remettre.

Bordel, mais qu'est-ce que j'ai fait ?

— Je suis désolé.

— Tu n'y es pour rien, allons ! lance-t-elle tristement. Et puis tu sais quoi ? La seule raison pour laquelle je ne suis pas en train de pleurer, c'est parce que je sais que je mérite de passer Noël avec Belzébuth. J'ai fait une erreur stupide, et je l'assume totalement. Grâce à ta grand-mère, je ne commettrai plus aucune faute de toute ma vie, c'est chouette non ?

— C'est une façon de voir les choses.

Je me tais, parce que j'ai la gorge écorchée de mes mensonges et le cœur bousillé de son petit air heureux qui cache mal, très mal, la tristesse qu'elle ressent.

Je la serre dans mes bras. Embrasse ses joues, ses épaules dénudées, jusqu'à ce que sa peau rosisse de mes attentions.

Il est près de onze heures quand nous nous levons enfin, et c'est uniquement parce que je lui ai promis un tour en forêt, aujourd'hui.

Siana enfile ses leggings les plus sexy. Mon Dieu ! Est-ce qu'elle réalise qu'elle est une véritable torture pour mon corps en manque, là ?

Ce satané pantalon imite un petit short rouge, des bas de résille noire, et des jarretelles avec un joli nœud rouge sur le devant. Son pull épais est blanc, avec un simple flocon doré sur le devant.

Je n'ai jamais aimé Noël de ma vie.

Noël, c'est la famille, et ma famille est dysfonctionnelle. Haineuse. Insupportable.

Pourtant, avec cette femme, j'ai envie d'acheter des foutus sapins de salle de bain, d'aller me promener en ville, d'acheter des chocolats chauds et de découvrir quelle tenue elle va se choisir au jour le jour.

Siana me rend presque humain.

— Tu ne vas quand même pas porter un costume ? boude-t-elle en m'observant, une fois que je suis vêtu à mon tour.

— Je n'ai que ça, Siana.

— C'est considéré comme une trahison dans certains pays, tu sais ?

— Quoi donc ?

— De mal s'habiller pour Noël. Les pulls moches existent pour une seule et unique raison, Knox. Être portés en décembre.

— Le jour où tu me verras avec un pull de Noël, ce sera à mon enterrement. Et seulement parce que tu auras soudoyé le thanato pour qu'il m'en enfile un. Hé ! Ne me regarde pas comme ça ! m'écrié-je.

— Comme quoi ?

Son petit sourire voyou me fait craquer.

— Comme si tu étais déjà en train de réfléchir à quel pull m'acheter ce jour-là.

— C'est faux, s'indigne-t-elle.

— Menteuse.

— Bon d'accord. Mais je te jure qu'il ne sera pas moche du tout ! Il y aura dessus un imprimé Mona Lisa avec un bonnet de Noël, et une guirlande de hotdogs autour du col.

— Tu veux me coller la honte même dans la tombe, ma parole. Espèce de peste !

J'éclate de rire, et la conduis au rez-de-chaussée où une bonne odeur inonde déjà tout l'étage.

Marguerite est dans son fauteuil, Angel sur les genoux, en train de lui lire une histoire.

Graham, près d'eux, se lève à notre arrivée et semble furieux de nous voir sourire tous les deux. Je me renferme aussitôt, lui lançant ce regard froid que je réserve au reste du monde, sauf à Siana.

— Frangin.

— Knox. Siana. Vous avez loupé le petit-déjeuner.

— On s'est couchés tard, ronronne ma peste.

— Parce que tu as fait la trainée avec ton patron, c'est ça ?

Heurtée, Siana recule d'un pas. Je n'ai pas autant de maîtrise qu'elle, je ne suis pas capable de m'éloigner de lui pour le laisser gagner cette bataille. Mon poing se serre, et je le frappe de toutes mes forces jusqu'à ce que sa tête parte sur le côté.

Marguerite crie et deux domestiques emmènent Angel dans sa chambre.

Je suis triste pour le bonhomme. Triste qu'il ait assisté à ça. Mais putain, il dépasse les bornes !

— Ne parle plus jamais à Siana de cette façon ! grogné-je.

— Sinon quoi ? Vous n'êtes même pas ensemble, putain ! Elle est ton employée, et tu l'as emmenée ici pour pouvoir cacher ton mensonge ridicule. Celui qui te fait honte. Tu n'es pas assez bien, Knox. Pour qui que ce soit.

— Tu te trompes ! lui lance Siana en s'avançant pour se placer devant moi, tandis que mon frère se frotte la joue. Je ne me suis jamais vendue pour de l'argent, même lorsque j'étais au fond du gouffre. J'ai toujours gardé la tête haute, contrairement à toi, qui passes ton temps à être jaloux et mesquin avec ta propre famille. Tu envies Knox pour son argent ? Je te signale qu'il a travaillé comme un dingue pour monter sa société et la faire prospérer. Il bosse le week-end, il bosse durant ses vacances, et toi, qu'est-ce que tu fais ? Toute la journée à boire vautré dans le canapé. Tu ne réalises pas ta chance de tout avoir, un toit, un frère qui te fait confiance, de l'argent, alors que tu n'as jamais rien fait pour les mériter. Et pire encore ! Tu jalouses Knox pour son argent alors que tu as tout l'or du monde avec ce petit garçon qui te regarde comme si tu étais son héros, un prince, un roi, un chevalier ! Angel t'aime de tout son cœur, et si tu veux mon avis, c'est bien plus important que tout ce que tu penses de l'argent. Alors arrête les conneries, Graham. Arrête de t'apitoyer sur ton sort de pauvre petit gosse de riche sans rien d'autre pour lui qu'un compte en banque fourni sans effort et l'amour d'un gamin dont tu te fous.

— Je ne me fous pas de mon fils, grogne-t-il.

— Alors pourquoi est-ce que tu m'insultes devant lui ? Pourquoi est-ce que tu t'en prends à Knox devant lui ? Pourquoi est-ce que tu ne vas pas en ville avec lui, alors qu'il en a envie à longueur de journée ? Parce que le canapé est confortable ? Parce que c'est plus facile d'envier les autres que de se bouger ? En vrai, c'est toi qui es pathétique, Graham. Parce que tu as tout, mais tu ne vois rien.

— Tu me trouves pathétique ? grogne-t-il en s'approchant d'elle.

J'enlace Siana pour la faire reculer.

— Tu me trouves pathétique ? C'est la meilleure, celle-là. Est-ce que tu sais au moins que si tu es ici…

— La ferme, Graham ! m'écrié-je.

— Si tu es ici, ce n'est pas parce que tu as commis une erreur avec les clients de *Sullivan Inc*, ma belle.

— Je te jure que si tu ne la boucles pas, je te démonte, le menacé-je d'une voix lourde de fureur.

Mais c'est trop tard. Siana me regarde à présent avec une fêlure au bord des yeux et un air si choqué qu'elle semble prête à s'effondrer.

— Quoi ? murmure-t-elle.

— C'est Knox qui s'est trompé en te donnant le nom de ses clients. Toi, tu es là juste pour qu'il s'amuse avec toi. Il t'a menti, il t'a trahie, et il recommencera parce qu'il est comme ça. Personne ne peut lui faire confiance parce que lui, il ne fait confiance à personne. Tu pensais être différente, mais tu es juste comme toutes les autres. Un simple prénom, une simple évasion dans sa longue vie triste et…

Siana le gifle avant qu'il ne termine sa phrase.

— Tu… Es… Pathétique, répète-t-elle, les larmes dévalant ses joues.

Puis elle se tourne vers moi, et mon cœur se brise en mille morceaux en réalisant que je l'ai perdue. Parce que jamais elle ne m'avait regardé avec autant de colère, de peine et de douleur. Et je sais que ça, tout ça, c'est irréparable.

— Et toi, tu es encore pire.

Elle monte à l'étage en courant, et Marguerite nous rejoint, visiblement furieuse.

— Pour une fois, je suis d'accord avec elle. Vous me faites honte, les garçons. Que vous vous battiez entre vous, ça vous regarde. Mais blesser tout le monde sur votre passage, c'est irresponsable ! Dans vos chambres ! Calmez-vous, et surtout, ne vous repointez pas ici tant que vous n'aurez pas des excuses à vous présenter.

Je dévisage Graham avec froideur et une haine qui, je le sais, ne tarira jamais, puis je disparais pour rejoindre Siana. Je la trouve dans la chambre, plantée devant la fenêtre, les bras croisés.

— Sia… murmuré-je.

Elle se tourne vers moi, le regard débordant de colère.

— Tu m'as menti !

— Je suis désolé.

— Désolé ? Encore un mensonge, non ? Parce que tu n'es jamais vraiment désolé de rien, Knox. Si tu l'étais vraiment, je serais avec mes proches, là, pas en train de subir cette famille pourrie qui ne sait pas aimer. Tout comme toi.

— Je suis désolé, répété-je, et même si tu ne me crois pas, c'est la vérité. Je suis égoïste, je suis un connard, mais c'est comme ça que j'ai grandi, parce que c'était le seul moyen pour moi de m'en sortir, d'avoir quelqu'un pour prendre soin de moi. J'étais le seul à le faire, bordel ! Alors je commets des erreurs. Sans arrêt. Surtout avec toi, parce que je ne sais pas comment me comporter avec un être humain aussi doux, aussi parfait, aussi honnête que toi et ça me tue, je te le jure. Ça me tue de t'avoir fait du mal et pourtant, si c'était à refaire, je crois que je recommencerai. Je crois que je t'emmènerai à nouveau avec moi, parce que oui, je suis égoïste, et que j'ai passé les cinq meilleurs jours de toute mon existence avec toi, Siana.

Elle éclate de rire, des larmes plein les yeux.

— Je rêve ! Tu es en train de me dire que tu m'arracherais à nouveau à ma famille si tu le pouvais ? En sachant à quel point ça m'a blessée ?

— Je… Non… Si… Enfin, je ferais les choses différemment, je…

— Tais-toi, grogne-t-elle. Tais-toi, tu ne dis que des horreurs, Knox ! Et tu le fais en connaissance de cause, parce que tu aimes ça. Tu aimes blesser les gens, ça rend tes propres blessures moins douloureuses.

Je baisse les yeux, heurté à mon tour. Elle a raison, putain.

— Tu aimes blesser les gens parce qu'après, ils n'osent plus te faire du mal.

Elle m'approche, un pas après l'autre, alors je recule parce que je déteste qu'elle flirte autant avec la vérité. Cette vérité que je suis incapable de m'avouer.

— Dis-moi que je suis un monstre, maintenant, ordonne-t-elle.

— Quoi ? Non !

— Si. Dis-le, puisque tu le penses.

— Putain, Siana, je ne penserai jamais une telle chose de toi !

— Tu mens encore, et encore, et encore ! hurle-t-elle. Dis-moi que je vais te trahir comme tes associés t'ont trahi, Knox. Dis-moi que je vais te blesser comme ton frère l'a fait, et te tromper comme Sandra t'a trompé.

Elle s'approche encore, je recule encore.

— Dis-le.

— Non, grogné-je.

— Je suis une salope. Je suis une ordure. Avoue, ça te fera du bien !

— C'est impossible, merde, alors arrête tes conneries ! m'écrié-je à mon tour.

Elle me pousse à bout, elle me pousse dans mes retranchements. Quand je suis acculé au mur, j'ai l'impression d'être un animal sauvage qui pourrait la dévorer si elle ne prend pas garde.

— Dis… Le… Moi, grogne-t-elle une dernière fois en se plantant devant moi.

J'attrape ses mâchoires de toutes mes forces et plante les doigts dans ses joues.

— C'est impossible ! hurlé-je. Impossible, parce que tu n'es pas toutes ces choses, Siana ! Tu n'es pas eux, tu n'es pas un monstre, tu n'es pas… eux, répété-je d'une voix fébrile, en réalisant tout cela.

Elle hoche la tête, consciente que je viens de me prendre en pleine gueule toutes mes insécurités et l'injustice de ce que je lui ai infligé ces dernières semaines.

— Alors pourquoi est-ce que tu me traites comme si c'était le cas ? gémit-elle. Pourquoi est-ce que tu me traites comme si j'allais te trahir, te blesser et te tromper ? Je sais tout le mal qu'on t'a fait, Knox. Je sais tes failles et tes blessures, je sais ta haine — envers les autres comme envers toi-même. Mais imaginer le pire venant des gens, c'est vivre avec un fardeau encore plus lourd et surtout, c'est leur manquer de respect. Et je t'ai déjà dit ce que faisaient les gens à qui on manquait de respect. Ils finissent invariablement par te trahir. Que ce soit en partant, ou en t'oubliant.

— Siana…

Bordel, de me retrouver face à tout le mal que je lui ai fait, ça me coupe le souffle, ça me broie les poumons.

Je l'enlace pour l'approcher de moi, mais elle me repousse avec une brutalité que je ne lui avais jamais vue.

— Ne m'approche pas, Knox ! Tu es... Tu es ce que je déteste le plus au monde, là, et je ne veux plus te voir ! Sors d'ici ! Laisse-moi tranquille ! Laisse-moi respirer et essayer de ne pas pleurer, parce que putain, tu viens de me trahir ! Toi ! Tu hais les gens qui t'ont fait cela, et tu me l'as infligé sans même un seul regret ! Alors maintenant, rappelle-toi de ce que tu as ressenti quand on t'a fait ce sale coup, et multiplie-le par mille, parce que moi, mes émotions, elles sont toujours tellement amplifiées ! Et moi, mes émotions, elles étaient toutes à toi, tu sais. Mais maintenant il n'y a plus rien, et je veux que tu partes !

Furieuse, elle me balance un coussin, puis un livre, puis autre chose. Je ne le vois pas parce que je lui obéis, et je sors dans le couloir, les larmes aux yeux.

J'ai blessé, j'ai trahi, j'ai humilié la personne que j'aime le plus au monde et ça, c'est impardonnable.

Incapable de m'éloigner, je m'adosse au mur juste à côté de la chambre et j'entends Siana pleurer de tout son être. Ça me creuse la poitrine, ça me brûle les veines, la chair, le cœur.

Au bout d'un long moment, un bruit de téléphone retentit, et des cris de joie éclatent dans la chambre, avant de s'éteindre.

— Siana, Princesa, qu'est-ce qui t'arrive mon bébé ?

— Rien, papa. Salut maman, coucou tout le monde ! Je vous appelle pour prendre de vos nouvelles.

Il y a un sourire dans sa voix, mais probablement toute la tristesse du monde dans ses yeux. Je la connais trop, je l'imagine trop.

— Ma chérie, dis-nous ce qui ne va pas ! Si qui que ce soit t'a fait du mal, je peux être là dans dix minutes, peu importe où tu te trouves sur cette planète ! grogne monsieur Pérez.

— Personne n'a rien fait, je suis juste triste parce que je suis loin de vous et que vous me manquez, ment-elle. Ici, tout est horrible. Les gens se détestent et se blessent entre eux, je vous jure que c'est affreux ! Vous me manquez tellement.

— Tu nous manques aussi, Princesa. J'ai interdit à tout le monde d'ouvrir ses cadeaux ce soir ! On le fera tous ensemble quand tu viendras à la maison.

— Oh tu es génial, papa !

— On n'est pas d'accord là-dessus, sœurette, ajoute une voix grave.

— Je me doute bien, mais je me ferai pardonner, Rodrigo. Je vous ai acheté à tous plein de surprises ! Je vous ai dit que j'étais riche ?

— Au moins mille sept cents fois, grogne son frère.

Je souris. À moi aussi elle l'a dit un paquet de fois. Je me demande ce qui la rend la plus fière, dans cette histoire. Qu'elle puisse enfin payer son loyer sans arriérés, ou qu'elle soit capable d'acheter des cadeaux à ses proches sans avoir la boule au ventre. Parce qu'elle est comme ça, Siana. Elle est généreuse, altruiste, et elle pense toujours aux autres avant elle.

Je ne la mérite pas. Graham avait raison.

Et pourtant… Pourtant, je suis incapable de penser à une seule seconde de ma vie où elle ne serait plus à mes côtés, où elle m'aurait oublié.

Angoissé, je descends au rez-de-chaussée et je vais m'enfermer dans le bureau de mon grand-père. J'aurais aimé passer voir Angel pour m'excuser, mais je suis certain qu'il n'a pas envie de me voir, là. Tout comme Siana, et tout le reste de cette foutue baraque.

Je me pose dans le fauteuil en cuir, après m'être servi un cognac, et je me tourne sur le côté pour voir, après une heure, la neige se mettre à tomber.

Quand Marguerite entre dans la pièce, je suis étonné de la voir.

— Je savais que je te trouverais ici. Déjà quand tu étais petit, c'était la pièce où tu te réfugiais toujours quand tu allais mal.

— Je vais très bien, au contraire.

— De même que ton amie, dont les sentiments se lisent avec une facilité déconcertante, tu ne peux rien cacher non plus, Knox. Plus tu es froid, plus tu vas mal.

— Et alors ? Qu'est-ce que ça peut te faire ?

Elle soupire, et s'assoit dans le fauteuil face au bureau.

— Ça me fait beaucoup de peine, en réalité.

Mon air étonné la fait rire, et je me rends compte que je n'avais jamais entendu ma grand-mère rire. Du moins, plus depuis qu'elle a perdu son mari.

— Je suis comme j'ai été élevée. Je n'y peux rien, c'est comme ça. Mes parents étaient sévères et pas vraiment enclins aux émotions. Toi aussi, Knox, tu es comme nous t'avons élevé et tu n'as pas à en rougir. Oui, tu peux être égoïste, mais qui ne le serait pas dans ta situation ? Nous t'avons poussé à ne penser qu'à toi, et à dépasser tes limites sans penser aux autres ni aux conséquences. Mais tu sais quoi ? Les gens changent, et changer, c'est ce qui nous fait évoluer. Tu n'avais besoin de personne dans ta vie avant de rencontrer Siana et à présent, tu réalises qu'il ne suffit plus d'être arrogant pour tenir le monde entre tes mains, parce que deux autres petites mains cherchent à se glisser dans les tiennes, et qu'à deux, il est bien plus facile de supporter le poids de la vie.

— Qu'est-ce que tu cherches à me dire, grand-mère ?

— Oh, tant de choses, mon chéri. Mais surtout, je veux te mettre un bon coup de pied au cul. Si tu n'as pas compris le message, je vais être plus claire : c'est *maintenant* qu'il faut changer, Knox. Pour la personne que tu aimes. Du moins, si tu veux la garder dans ta vie.

Je rougis. Fort.

— Oui, je sais que Siana n'a jamais été ta fiancée, et je sais aussi que tu lui as menti depuis le début. Mais tu sais quoi ? À la seconde même où vous avez débarqué tous les deux ici, j'ai aussi réalisé que vous étiez amoureux, même si vous n'en saviez rien vous-mêmes.

— Alors pourquoi est-ce que tu n'as pas cessé de l'insulter, bordel ?

— Parce qu'une femme capable de me tenir tête est une femme digne d'un Sullivan ! glousse-t-elle.

— Grand-mère, tu es le mal incarné.

— Comment oses-tu ? grogne-t-elle, pourtant amusée.

Elle se sert un cognac à son tour, puis regarde la neige tomber de plus en plus fort. Une tempête se prépare, et elle va être violente.

— J'ai toujours su que Sandra n'était pas faite pour toi, avoue-t-elle soudain. Elle passait son temps à flirter avec Graham dans ton dos, cette catin. Si j'avais su qu'elle passerait à l'acte, je l'aurais brisée de mes propres mains pour qu'elle ne te blesse pas, Knox. Mais tu sais quoi ? C'était un mal pour un bien. Un bien mexicain, mais bon, il y a pire.

Elle rit à nouveau, puis se lève pour s'en aller. Avant qu'elle ne parte, je la rejoins et la serre dans mes bras.

— Ton frère t'aime, même s'il est comme toi. Incapable de le montrer. Vous êtes des imbéciles, tous les deux. Il pense que tu le détestes parce que tu prends tout le monde de haut alors il cherche à te blesser, mais bon Dieu, parlez un peu, tous les deux ! Réglez-moi vos histoires de qui est le plus stupide une bonne fois pour toutes !

— Bien, bien, j'irai lui parler.

— Sans tarder.

— Promis. Mais d'abord, il faut que j'aille voir Siana. Elle fait la tête.

— Et elle a bien raison. J'espère qu'elle ne te pardonnera pas de sitôt, fiston. Tu as bien mérité d'être misérable quelques jours.

— Je suis sûr qu'elle me pardonnera si je menace de manger une tartelette aux myrtilles entière histoire de souffrir comme il se doit.

Et elle a le toupet de rire, en plus ! Je la chasse du bureau pour me calmer un instant, et quand je retourne à la chambre, je la trouve déserte.

Une panique sans nom me saisit soudain, et je fouille la chambre de fond en comble, soulagé de constater que ses valises sont encore là. Bon sang, si elle s'était enfuie, je crois que j'aurais été capable de retourner la terre entière pour la retrouver !

Je fais le tour de l'étage en frappant à toutes les portes, au cas elle où elle se soit mise à vagabonder, et quand je descends, je me sens étourdi par une très, très mauvaise impression.

— Siana ? hurlé-je à travers la maison.

Je vais chez Graham, chez Angel, chez Marguerite.

Au salon, à la cuisine, dans les commodités.

Elle n'est nulle part !

— Siana ? hurlé-je à nouveau.

Autour de moi, ma famille s'est réunie, anxieuse.

— Que se passe-t-il, fiston ? demande mon père en posant une main sur mon épaule.

Je suis perdu.

Je me sens mal.

— Je me suis disputé avec Siana, avoué-je.

D'un seul coup, je cours vers l'entrée de la maison, et ouvre le placard où le cintre, sur lequel se trouvait son manteau, est à présent vide.

— Je me suis disputé avec Siana, et maintenant elle est partie alors que la tempête de neige est en train de tout recouvrir !

J'ouvre la porte à la volée, et un vent violent souffle vers nous, me forçant à refermer en vitesse. Bordel, si Siana est dehors par ce temps, elle risque sa vie ! Et tout ça, c'est à cause de moi !

— Qui l'a vue en dernier ? Qui l'a aperçue depuis notre dispute ? hurlé-je, les mains tremblantes.

— Elle… Elle est allée dans la forêt, sanglote Angel qui approche son fauteuil de nous, les grelots tintant joyeusement.

— Quand, mon grand ?

— Il y a longtemps. Je croyais qu'elle était déjà rentrée.

Je secoue la tête. Je lui avais promis ses fichus sapins, et voilà maintenant qu'ils vont avoir sa peau ! Je me sens mal, bordel. J'ai besoin d'elle. Besoin de la retrouver.

J'enfile mon manteau à toute allure, et Marguerite se précipite vers moi.

— Qu'est-ce que tu fais, Knox ? C'est de la folie ! Ne sors pas par ce temps ! Je vais appeler la police !

— Je suis désolé, Grand-mère, mais je dois partir tout de suite. Si Siana est dehors… Seigneur, elle va mourir de froid, et la nuit va bientôt tomber ! Je dois y aller. Appelle les secours et préviens-les quand même. Je reviens vite. Promis.

Et pas sans elle.

Tout le monde me regarde avec circonspection.

— Je viens avec toi, miaule Angel.

— Moi aussi, me disent Graham, mon père et Nora.

— Non. Restez ici. Si elle revient, appelez-moi immédiatement. En attendant, Graham, donne-moi les clefs de ton 4X4.

Il me les tend immédiatement.

— Tiens, tonton, pour quand tu retrouveras Siana, me lance Angel avec un plaid entre les mains.

— Merci, bonhomme.

Je le fourre sous mon manteau, et je cours vers le garage où la Bentley et le pick-up de mon frère sont garés. Je démarre immédiatement, et je roule jusqu'au chemin forestier qui traverse la propriété. Il neige tellement que je ne vois aucune trace d'elle, alors je suis angoissé, putain, et j'ai peur, et j'ai le cœur en vrac, et j'ai la gorge en feu à force de hurler son prénom à travers les vitres ouvertes.

Les flocons sont énormes, froids, et de plus en plus frénétiques dans le vent qui se lève.

Je l'appelle, encore et encore, sans m'arrêter en descendant la forêt.

Et putain, j'ai l'impression d'être en train de crever à petit feu alors que personne ne me répond.

Chapitre 35 — Siana

Quand mes larmes ont séché, je n'ai qu'une envie, c'est d'aller prendre l'air.

J'étouffe, ici, entre ces murs immaculés et ces gens pleins de ressentiment.

Je sors de la chambre sur la pointe des pieds, au cas où Knox ne soit dans le coin et quand je réalise que je suis seule, j'en profite pour descendre tous les cadeaux que j'ai achetés et les mettre au pied du magnifique sapin qui clignote, abandonné, dans le salon. Je l'admire. J'essaye de me calmer. Mais rien n'y fait. Je reste furieuse, et je n'ai pas envie de revoir Knox durant ces prochaines heures. Ou décennies.

En fait, j'ai juste envie d'être seule pour ce Noël le plus pourri du monde. L'unique chose qui pourrait le rendre moins pire, ce sont des sapins. Et pour ça, je sais exactement où aller.

Mes bottines fourrées aux pieds, je me sens prête à affronter le froid. Enfin, si les températures ne sont pas trop dures, faut pas abuser, non plus.

Je repère la porte de la chambre d'Angel ouverte, et avant de partir, je ressens le besoin d'aller le voir. Je le trouve sur sa chaise, au bureau, les épaules tombantes et tous ses petits soldats balayés, comme s'ils avaient subi sa tristesse.

— Salut, bonhomme.

Il renifle, et tourne ses grands yeux tristes vers moi.

— Pourquoi papa et tonton Knox se sont battus, Siana ? Est-ce qu'ils se détestent ?

— Ils se sont juste disputés, mais ce n'est pas si grave. Dans les familles, il arrive toujours qu'on soit méchant les uns envers les autres, mais les choses se réparent. C'est obligé.

C'est un affreux mensonge, mais Angel n'a pas besoin de le savoir. Parfois, même quand il s'agit de la famille, il y a certaines choses qu'on ne peut pas pardonner.

— Tu ne dois pas être triste ou avoir peur pour autant, mon chou. On va dire que ton père avait un peu mérité de se faire remettre à sa place, et Knox aussi l'aurait mérité, en fait. Bon sang, je lui aurais bien collé mon poing dans la figure !

Le bonhomme glousse un peu.

— Je sais que ce n'est pas facile, en ce moment.

— Ce n'est jamais facile quand tonton est là. Pourquoi tout le monde est méchant avec lui ?

Mon cœur se pince. Douloureusement.

— Je ne sais pas, bonhomme. Mais tu sais quoi ? Pour compenser, tu devrais être super gentil avec Knox. Ça lui ferait plaisir d'avoir un peu d'amour.

— D'accord. Tu crois qu'il aime les câlins ?

Oh non, il déteste ça.

— Il adore, mon chou.

Je lui souris et embrasse sa petite joue.

— Je vais sortir un peu, j'ai besoin d'air. Mais quand je rentre, je veux que toute la tristesse que tu ressens ne soit plus là, d'accord ?

— D'accord.

Je retourne au salon et m'habille bien chaudement avant de sortir de la maison. Le ciel est plombé, mais plus un seul flocon ne tombe. Je suis triste. Un petit peu de neige, ça n'aurait pas été de refus, histoire d'avoir quelque chose de beau dans cette journée.

Je traverse l'allée de la propriété, et je m'engouffre rapidement dans la forêt, sous les larges branches des magnifiques sapins qui pointent si haut que l'on voit à peine leur cime. Ici, je peux respirer. L'air est pur, brûlant de froid, et tout est calme. Loin des cris et des trahisons des Sullivan.

J'avance le long d'un sentier qui zigzague, prenant bien garde à laisser une trace dans la neige, histoire de retrouver mon chemin.

Au bout d'une demi-heure à peine, je me retrouve soudain devant un immense lac ! Il est magnifique, et ses eaux glacées reflètent les sapins qui l'entourent. C'est sublime.

Fascinée par le spectacle, je me retourne, et trouve un petit refuge au sec sous un immense arbre aux branches hautes. Je vais m'installer contre le tronc, les fesses congelées sur un tapis d'épines moelleuses, et j'observe un long moment le plus beau paysage que je n'aie jamais vu.

Mais rapidement, mon cœur me tiraille, et les larmes me remontent aux yeux.

Mon Dieu, comment est-ce que j'ai pu être assez stupide pour faire confiance à Knox Sullivan ? Et surtout, pour tomber amoureuse d'un homme assez égoïste pour vouloir faire les mêmes erreurs encore et toujours sans se remettre en question ? Je suis stupide. Je suis une idiote ! Je suis… tellement, tellement malheureuse.

Ma famille me manque. Knox me manque. Cet imbécile de ****** bouffeur *********** de cul *** de ****** chèvre poilue ***** ! Il… me… manque.

Je baisse la tête et la couvre de mes bras, puis je reste là un long moment à compter les battements de mon cœur jusqu'à ce qu'ils ralentissent, jusqu'à ce que la douleur soit moins diffuse, mais c'est impossible. Je la sens qui m'oppresse et me coupe le souffle. Je la sens qui se propage dans chacune de mes veines comme un poison qui me gangrène.

— Putain, grogné-je. Qu'est-ce que j'ai fait !

Il faut que je bouge. Que je cours. Que je m'évade.

Je me relève en époussetant mes fesses pleines d'aiguilles de pin, et c'est là que je remarque que tout a disparu autour de moi. Je ne vois plus rien ! Il neige si fort que le lac est invisible, que le chemin que j'ai emprunté pour venir ici a disparu.

Une peur sans nom me saisit. J'ai froid. Je suis terrifiée. Et je suis bloquée ici, en pleine nature, au milieu d'une forêt que je ne connais pas et qui aura ma mort. Un couinement m'échappe, et je halète, halète, halète, le cœur au bord des lèvres.

— Siana ! hurle-t-on au loin.

C'est un mirage, non ? Un fichu mirage. Je suis peut-être déjà en train de mourir, en fait ?

— Knox ? couiné-je.

Le vent me renvoie mon espoir en pleine figure, et je me sens stupide d'avoir espéré. Espéré quoi ? Qu'il se mettrait en danger pour moi ? Une femme qu'il n'a emmenée que pour lui servir de barrière entre sa famille pourrie et lui. Je suis débile.

Je me tais, réalisant que personne ne me retrouvera jamais, ici. Alors j'ai deux choix. Soit je meurs de froid sous cet arbre, malheureuse et abandonnée. Soit je tente de retrouver la maison et si je crève au passage, ce sera comme une fichue guerrière qui avait envie d'un donut et d'un chocolat chaud, et pas d'avoir une congère aux fesses.

Motivée, je prends mon courage à deux mains et affronte la tempête, me mettant en marche avec des flocons dans les yeux et les cheveux en mode Chewbacca.

J'avance, et j'avance, un millimètre après l'autre, complètement giflée par le vent et la neige, alors que l'eau glaciale qui s'infiltre peu à peu sous mes vêtements transit ma peau de froid. Je grelotte tellement que j'ai du mal à réfléchir.

Où se trouve mon arbre, d'abord ? Il faut que je retourne dessous. Je ne pourrais jamais retrouver la villa, c'est certain !

— Siana ! hurle-t-on à nouveau.

Bon d'accord, si c'est un mirage, il est vachement réaliste. Et il me donne aussi vraiment plein d'espoir !

— Knox ? Knox ! hurlé-je de toutes mes forces en tremblant comme une feuille, parce que j'ai toujours aussi peur, et je le veux, et je veux qu'il me sauve, et je ne suis pas une guerrière, moi !

Je veux juste des donuts !

— Siana !

J'aperçois un peu plus loin deux phares qui m'éblouissent, mais je m'en fous ! Je me précipite vers eux et d'un seul coup, on m'enlace, et on me serre, et plus rien d'autre ne compte que cet instant.

— Siana, ma belle ! Il faut qu'on se mette à l'abri ! s'écrie Knox en coupant le moteur et en fermant portes et fenêtres de son 4X4.

— Tu ne me ramènes pas à la maison ?

— Impossible. Je vais nous faire foncer droit dans un arbre, avec cette tempête. Suis-moi, il y a une cabane à quelques mètres à peine.

Bordel, j'ai failli mourir à côté d'un abri dans la forêt ? Ça aurait été la honte ultime.

Knox me prend par la main, et m'entraîne à travers les arbres, jusqu'à ce qu'enfin, nous nous trouvions devant une minuscule cabane au bord du lac. Il prend la clef sous un gros pot de fleurs et m'ouvre la porte. Je m'engouffre immédiatement à l'intérieur, et lorsqu'il a refermé, Knox se précipite vers la cheminée pour l'allumer.

L'endroit est cosy, spartiate, mais avec tout le confort nécessaire pour passer un bon moment.

Figée le dos à la porte, je le regarde s'activer, et lorsqu'il me rejoint, j'ai autant envie de l'embrasser que de le gifler. Idiote !

— Déshabille-toi, ordonne-t-il soudain.

— Non, mais ça ne va pas, sale pervers ! bredouillé-je, la mâchoire raidie de froid.

— Siana, tes vêtements sont trempés de neige ! Il faut que tu te réchauffes avant d'attraper une pneumonie, allons ! Je te jure que je ne regarde pas, mais déshabille-toi et va te mettre devant le feu. Ta santé est plus importante que le fait de me détester.

Je grogne, mais obéis finalement, me retrouvant toute nue devant le feu, vulnérable et intimidée. Je serre les bras contre moi puis, la tête baissée, Knox se rapproche un pas après l'autre.

Il ôte son manteau, sort un plaid en pilou de sous les revers, puis il m'enlace doucement pour le tenir tout contre mon corps. Tant mieux, parce que je ne suis plus capable d'esquisser le moindre geste, tant j'ai froid.

— C'est Angel qui t'a prêté ce plaid. Il est inquiet pour toi. Comme tout le monde à la villa. Dès que la tempête sera tombée, je te ramène, mais en attendant, restons ici. C'est la cabane de pêche de mon grand-père. On y sera bien.

Il m'approche un peu du feu, puis m'aide à m'assoir, me gardant tout contre lui, mon dos contre son torse, de sorte que j'entende chacun de ses battements de cœur.

Je me détends au fil des minutes, et ferme les yeux jusqu'à m'endormir. Mais mon sommeil est entrecoupé de cauchemars, et à chaque fois que je me réveille, Knox me serre un peu plus contre lui. Et je le déteste un peu plus fort.

Une fois que je suis bien éveillée, ses mains glissent vers les miennes et il referme les doigts dessus.

— J'ai eu tellement peur, avoue-t-il en glissant le visage au creux de mon cou. Ne me refais plus jamais ça, Siana. Ne me fais plus jamais peur comme ça.

— Ne t'inquiète pas, ça ne risque pas de recommencer. Je suppose qu'après cette débâcle, je n'aurais qu'à me trouver un nouveau boulot, ce sera plus simple pour tout le monde.

— Non.

— Bien sûr que si ! Et tu peux me lâcher, à présent.

Comme il ne bouge pas, je me mets à hurler.

— Lâche-moi ! Ne me touche pas !

Nous nous relevons tous les deux et nous affrontons du regard. Je le vois blessé. Je le vois défait. Et ça me fait plaisir autant que ça me fait de la peine.

Honteux, il recule et se met à étaler mes vêtements près du feu pour qu'ils sèchent.

— Et alors quoi ? Tu te sens mal, c'est ça ? Dis-moi à quel point ça te tue, Knox, que je te balance ces mots à la figure.

— C'est une torture, avoue-t-il d'une voix blanche.

— Alors rappelle-toi de toutes ces fois où tu me les as jetés comme à un chien, ces mots. Rappelle-toi chacune de ces fois. Quand nous venions d'être intimes. Quand je m'inquiétais pour toi. Quand je voulais simplement être près de toi. Imagine à quel point ça m'a blessée.

— Je n'ai jamais souhaité ça, Siana. Que ce soit le fait de te faire du mal ou de me rapprocher de toi, mais c'est arrivé, et j'ai mal géré, je le sais. À chaque fois que j'ai voulu arranger les choses, tout a empiré, et j'ai passé ma vie à être seul. J'ai passé ma vie à ne m'occuper que de moi, parce que j'étais le seul à vouloir le faire, mais tu as tout changé, et pour toi, je veux faire les choses correctement. Pour toi, je veux que tout soit mieux. Est-ce que tu sais ce que j'ai fait avec ton cactus, putain ?

— Oui. Tu l'as rangé dans ton tiroir.

— Demande-moi pourquoi, me supplie-t-il d'une voix dure.

— Pourquoi ?

— Parce que j'avais peur, Siana. J'avais peur de le bousiller. Être seul, être terrorisé à l'idée d'une trahison m'a forgé tout en dureté et en lames d'acier. Je suis en colère. Presque tout le temps. Avant, je passais ma vie à bousiller tout ce qui se trouvait autour de moi, au bureau. J'ai brisé des objets inestimables, j'ai balancé à travers la pièce tout ce qui me tombait sous les mains, alors au fil des années, je n'ai plus été capable d'acheter quoi que ce soit d'autre. Je n'ai pas de décoration au bureau, pour ne rien casser d'autre. Pour ne plus m'emporter comme un connard. Et puis tu as déposé ce petit cactus mignon sur mon bureau et j'ai eu si peur de le casser, Siana, parce que je savais que ce serait ton cœur à toi qui se briserait si je le faisais. Alors pour être sûr de le protéger, je l'ai enfermé dans mon tiroir, à l'abri de ma colère. Je ne voulais pas te blesser, je ne voudrais jamais faire une chose pareille, au contraire, même. Je veux te faire plaisir. Dis-moi tout ce que tu veux, tout ce qui te passe par la tête et je te l'offrirai, je te l'apporterai. Laisse-moi me faire pardonner, s'il te plaît.

— Si tu veux vraiment me faire plaisir, alors dès que la neige ne tombera plus, rentre chez toi. Retourne à la villa. Laisse-moi seule ici, parce que je préfère être isolée dans cette cabane qu'entourée de loups. Mais qu'est-ce que je dis ? Les loups ne s'entretuent pas, eux. Vous, si.

— Je ne peux pas. Tu m'en demandes trop, là, bordel ! grogne-t-il. Je t'en supplie, laisse-moi une chance de te prouver à quel point je peux être bien, à quel point je peux t'aimer, Siana, parce que c'est ça, la vérité. Je t'aime. Et je veux passer Noël avec toi. Je veux que tu passes un moment extraordinaire, même si tu es loin des tiens. Même si ça n'arrivera jamais à la cheville de ce que tu as vécu avec ta famille. Je veux réparer mes torts, je veux t'offrir un Noël parfait, qui te fera sourire un peu à défaut de te rendre heureuse.

Je suis figée. Le visage neutre. Les paupières papillonnant doucement.

— Siana ? Tu vas bien ?

Knox me rejoint et resserre la couverture autour de moi.

— Qu'est-ce que tu as dit, là ? soufflé-je.

— J'ai dit que je voulais une deuxième, ou plus probablement une millième chance de te prouver que je peux te rendre heureuse. Je sais que j'ai déjà grillé pas mal de cartouches, mais je veux faire des efforts pour toi, parce que tu les mérites, et si seulement je pouvais te rendre aussi heureuse que toi tu me rends heureux, alors je serai un homme comblé.

— Pas ça, espèce d'idiot ! couiné-je.

— Ah tu parles de ces mots-là.

— Ouiii ! Répète ! J'ai mal entendu, je crois.

— Je t'ai dit que je t'aime, miss Cactus. Et c'est la vérité, même si tu ne me croiras probablement pas.

— Knox, tu es venu à ma rescousse en pleine tempête de neige !

— Oui. Et je ne serais jamais rentré sans toi à mon bras, tu m'entends ? grogne-t-il en plaquant les mains sur mon visage. Tu comptes plus pour moi que ma propre vie, que mes stupides insécurités. En fait, tu comptes plus que tout au monde.

Attendrie, je l'embrasse, passant les mains autour de son cou tandis que la couverture glisse le long de mon corps. Je sursaute, et tente de la rattraper, mais sans cesser de m'embrasser, Knox attrape mes poignets et les repasse à son cou.

Je me fonds alors dans son étreinte, tout contre lui, et j'oublie que je l'ai détesté, que je l'ai méprisé, parce qu'en réalité, s'il m'a fait si mal, c'est parce que moi aussi, je tenais à lui de tout mon cœur.

— Je t'aime, murmuré-je quand il me relâche un peu.

— Tu en es sûre ? Il y a une minute encore, tu voulais me tuer dans d'atroces souffrances, je l'ai vu à ton petit air furieux.

— Oui, bon, j'en ai toujours envie, que les choses soient claires ! Mais si tu as trouvé le cran de faire face à des émotions que tu ne pensais pas pouvoir ressentir, je peux faire la même chose, patron.

Il rit, et se baisse pour ramasser mon plaid, que j'enroule autour de moi comme une robe en pilou.

Knox m'entraîne vers le canapé, après l'avoir placé devant la cheminée, et nous nous allongeons l'un contre l'autre, alors que la neige ralentit sa chute doucement.

— Tu me pardonnes ? soupire-t-il, anxieux.

— Peut-être. Ça dépendra du dessert de ce soir.

— Je promets de te cuisiner celui de tes rêves, si rien n'est à ta convenance.

— Dire que j'ai failli rompre avant le repas de Noël ! gloussé-je.

— Imagine ce que tu aurais loupé !

— La misère, pas vrai ?

Je l'embrasse du bout des lèvres, et caresse sa joue en plongeant dans son regard toujours aussi torturé.

— Merci d'être venu me sauver, Knox. Tu n'imagines pas à quel point j'étais terrifiée.

— Bien sûr que je peux l'imaginer. Je te connais, Siana. Et puis j'étais obligé de venir. Je n'aurais sûrement pas survécu si tu m'avais abandonné. Sans toi, je perds une part de moi. La part pleine d'humanité et qui essaye de survivre. C'est à cause de ton petit cul, ça. Il m'a réappris à aimer.

— Je savais que tu n'étais qu'un sale pervers ! ris-je.

— Moi ? C'est toi qui m'as montré tes fesses à notre première rencontre, je te signale.

— Dans tes fantasmes, oui !

— Tu crois ça ? Je peux te décrire en détail la petite culotte de dentelle rouge que tu portais.

— Comment…

— Bébé, c'est moi que tu as croisé en bas de l'ascenseur quand tu as glissé sur une flaque.

— Oh bon sang ! C'est pour ça que tu voulais m'engager, avoue ! Tu avais vu la marchandise et elle te plaisait trop. Pervers. Comme je l'ai dit.

— C'est pour ça que je ne voulais pas t'engager, surtout, soupire-t-il. Tu m'as fait envie, tu n'imagines pas à quel point. Je n'avais plus ressenti ça depuis des années, et voilà que tu te pointes pour un boulot après m'avoir montré tes fesses et fait rebattre mon cœur. Comment est-ce que j'étais censé réagir ? Je voulais t'expulser de ma vie pour ne plus jamais avoir à faire confiance à qui que ce soit, mais je ne sais pas. Tu m'as touché. Tu étais à la fois forte et vulnérable. Pleine de vie et de piquant. J'ai craqué. Pour toi. Sur toi. Et ce, depuis le premier jour, Siana.

— Arrête ou je vais encore pleurer, marmonné-je.

Il me sourit.

Me serre plus fort.

Et finit par m'embrasser jusqu'à ce que la neige cesse de tomber.

Nous retrouvons la voiture un peu après, et quand nous rentrons à la villa, j'ai l'impression que tout le monde est soulagé.

Marguerite pose un pichet de chocolat chaud sur la table, Angel approche son fauteuil pour serrer mes jambes contre lui, et Graham s'excuse. Pas seulement auprès de moi, mais à son frère, également, ce qui suffit à me laisser totalement muette.

— Je préviens les secours que vous êtes de retour ! clame Nora.

— J'ai dit qu'il y avait du chocolat chaud ?

— Merci, Grand-mère, sourit Knox. Mais on va remonter un peu pour se préparer. Ne nous attendez pas.

— Le repas sera servi à dix-huit heures, Knox. Ne sois pas en retard, ou je te jure que tu auras affaire à moi. Cette année, Noël se fera sans anicroche, je suis claire ? Le premier qui dit un mot de travers sera puni.

— Comment ? glousse Siana.

— J'ai mes secrets, chérie, et vous n'aimeriez pas les découvrir.

— Bon, je suppose qu'on va passer Noël dans le silence le plus complet, alors !

En riant, je monte dans la chambre et m'affale dans le lit aussitôt.

— Seigneur, je ne sais pas si je suis prête pour le match de catch qui s'annonce.

— Tout ira bien. Quand Marguerite est énervée comme ça, personne n'ose la contrarier. Tout ira bien.

— Tu l'as dit deux fois. Étrangement, on dirait que tu veux y croire toi-même.

— Mais j'y crois ! N'est-ce pas ce que l'on appelle la magie de Noël ?

— Ça, ce serait de manger des donuts sans grossir.

— Il y a des choses formidables que tu peux manger sans grossir, ma puce. Je te fais une liste ?

— Je rêve ou tu es en train de dire des choses salaces ? ris-je.

— Je n'y peux rien, tu es là, toute sexy devant moi. Je suis un homme faible, Siana. Et j'ai des yeux pour voir.

— Je suis vautrée dans le lit comme un phoque avec les cheveux en pétard et mes habits tout froissés.

— C'est ce que je dis. Tu es toute sexy…

Il gronde et plonge le visage au creux de mon cou pour m'embrasser. Mon Dieu, ce que j'aime ça ! Sa peau contre le mienne et son corps réchauffant le mien.

— Tu es fou, m'exclamé-je en souriant.

— Fou de toi, et ça, c'est pour la vie.

Oh…

Je le repousse et cours à la salle de bain pour qu'il ne voie pas encore mes yeux de crapaud.

— Siana ? Qu'est-ce que tu fais ?

— Je me prépare pour le réveillon. N'entre pas, d'accord ? Je suis toute nue, crié-je.

— Tu es encore en train de pleurer ?

— Même pas vrai !

Il ouvre la porte pour me rejoindre, puis me prend entre ses bras.

— Vas-y, pleure autant que tu le veux. Je serai toujours là pour sécher tes larmes, Siana.

Bah voilà ! Je ne peux plus me retenir à présent, et je fonds pour lui, pour cet homme au cœur si grand, mais si écorché qu'il l'a caché des années derrière des barbelés.

— Merci, soufflé-je en lui souriant, même s'il est tout flou.

— Avec plaisir, miss Grenouille. Avec plaisir.

Outrée, je le mets à la porte et la lui claque au nez.

— Je te jure que je vais te donner du « lapinou câlin » à toutes les sauces si tu m'appelles encore une seule fois comme ça, c'est clair ? crié-je.

Il me répond d'un rire, et je lève les yeux au ciel. Il est temps de m'activer.

Chapitre 36 — Knox

Siana passe près d'une heure dans la salle de bain. J'en profite pour enfiler un costume propre, avant d'enlever ma cravate. Je ne veux pas paraître trop strict ou trop formel. Trop boss ? Trop froid. Merde, je veux qu'elle me voie comme un homme qu'elle adore, et pas comme le patron qui l'a emmenée de force dans sa famille cinglée avant de manquer de l'assassiner dans sa forêt enneigée.

Mon Dieu, qu'est-ce que je ne lui aurais pas fait…

Lorsque la porte de la salle de bain s'ouvre enfin, je me lève du fauteuil de brocard, les mains dans les poches, puis Siana apparaît et… je suis ébloui. Ébloui par son sourire, par la lumière douce de la salle de bain qui dore son teint déjà parfait. Ébloui par son petit rire et par la beauté de ses traits.

Elle porte une robe sublime, au haut noir décolleté sur le devant et dans le dos. Sa jupe est légèrement bouffante, tout aussi sombre, mais elle est ponctuée de petites étoiles dorées et de bonshommes en pain d'épice en velours. Dans ses escarpins vertigineux qui galbent ses jambes parfaites, elle est superbe.

Elle tourne une fois sur elle-même, le mouvement soulevant sa jupe avec grâce, me laissant voir par la même occasion sa petite culotte de dentelle rouge.

— Recommence, grogné-je d'une voix rauque, autoritaire, en m'appuyant au mur le plus proche.

Je serre les poings au fond de mes poches. Pour la première fois de ma vie, ce n'est pas pour contenir ma rage, mais pour dompter ce désir qu'elle fait naître en moi. Un désir ravageur qui me donne envie de la plaquer dans le lit pour lui faire… Seigneur… Mes poings se serrent plus fort.

Siana se remet à tournoyer, son rire inondant mon âme et mon cœur, et soudain, je n'ai plus envie de quitter cette chambre. Plus envie de continuer à vivre dans ce monde de dingue. Je veux rester avec elle ici, dans cette petite bulle de douceur, et ne plus jamais en sortir.

Près de moi, je branche le sapin de Noël qui se met à clignoter lentement, faisant étinceler toutes les décorations qu'il contient.

J'attrape mon téléphone dans ma poche et lance, le son au maximum, un slow de saison. Une chanson si belle, si douce que Siana se calme, émue.

— *I'm dreaming of a white Christmas*, entonne Bing Crosby.

— *Just like the ones I used to know*, continue-t-elle.

Je souris à mon tour et la rejoins, glissant une main dans la sienne et l'autre à sa taille.

Je l'embrasse.

Et pose le front contre le sien.

Puis je commence à l'entraîner dans une danse lente, et maladroite, et ridicule, mais je continue parce que l'avoir tout contre moi me rend heureux. Heureux comme je ne l'avais jamais été. Et je me fous d'avoir des failles et des doutes, je me fous que personne au monde ne me comprenne ou ne m'apprécie. Tant qu'elle, elle continue à me vouloir à ses côtés, alors je pourrai subir toutes les trahisons du monde, je m'en relèverai. Je m'en remettrai, car rien ne pourra me voler ce que j'ai de plus précieux au monde. Siana. Cette femme qui m'a redonné foi en tout ce qui m'entourait.

Une autre chanson se lance. Puis une autre encore.

Sur *Have yourself a merry little Christmas*, je la fais tournoyer une dernière fois et enfin, nous nous figeons au cœur de la chambre, les yeux dans les yeux, pressés l'un contre l'autre.

Je crois que je me demanderai toute ma vie ce qu'elle a bien pu voir en moi qui lui plaise tant. Tout le monde s'est toujours heurté à cette armure hérissée de piques que j'ai soudée tout autour de moi. Comment a-t-elle pu trouver la faille ? Comment a-t-elle pu déjouer toutes mes astuces pour repousser le monde entier ?

— À quoi est-ce que tu penses ? demande-t-elle doucement en m'enlaçant.

— À toi. Et à nous. À ce qui a bien pu te passer par la tête pour que tu me fasses entrer dans ta vie alors que je n'ai fait que te blesser durant ces dernières semaines.

— C'est parce que je vois au-delà de ce que tu montres aux gens, Knox. Ta petite carapace n'a aucun secret pour moi.

Elle glousse, ce qui me fait grogner.

— Elle n'aurait jamais dû te laisser m'approcher.

— Et si c'était toi, en fait, qui m'avait ouvert une petite brèche ? Tu y as pensé ?

Mon pouls, qui s'affolait de sa proximité si excitante, ralentit soudain et je penche la tête sur le côté.

Mais… Oui… Et si elle n'avait pas vraiment été la seule à vouloir cette histoire ? Et si, quelque part, moi aussi j'avais voulu lui faire une place à mes côtés ?

— Ne me regarde pas comme ça, Knox. Tu crois vraiment que je me serais accrochée si j'avais pensé que tu n'étais qu'un connard égoïste ? Tu es quelqu'un de bien qui se comporte mal pour ne pas souffrir. Tu es un homme complexe et j'adore découvrir toutes ces facettes que tu caches et qu'il faut polir. Tu as beau aimer être seul, je crois qu'un peu de paillettes de Noël ça ne t'a pas fait de mal.

— Je déteste Noël, Siana.

— Vraiment ? Parce que tu viens de danser trois slows tout contre moi, mon cœur. Et c'étaient des chansons de saison.

Je rougis.

— Je déteste toujours autant quand tu as raison à propos de moi, tu sais.

— Oui, mais comme tu m'adores, tu vas me pardonner.

— On verra. Maintenant si tu es prête, je crois que nous pouvons passer au repas.

— Oh oui ! Je meurs de faim ! Manquer de mourir, ça fait relativiser, tu sais. Je me disais « Siana, tu as vraiment abusé sur les chocolats chauds et les desserts cette semaine. Ce soir, c'est salade ». Et puis merde, on n'a qu'une vie, non ? Imagine si je m'étais gelé les fesses à mort dans la forêt, je n'aurais jamais pu remanger un gâteau de toute ma vie !

— Évidemment, puisque tu aurais été morte.

— Bref, ce soir, je vais faire péter les desserts, et si qui que ce soit se met en travers de mon chemin, je mords.

— J'adore les femmes de caractère, me moqué-je.

Nous descendons et nous installons à table, alors que tout le monde est déjà réuni.

Angel exige un câlin qui s'éternise, avant de finir dans mes bras, ce qui me gêne un peu. Même si je l'adore. Et que je le remets à sa place une minute plus tard.

Mon père et Nora se confondent en questions pour savoir si Siana va mieux, Graham lui présente ses excuses une nouvelle fois, et à moi aussi, au passage, ce qui me laisse sans voix.

Grand-mère lui sert un grand verre de tequila qu'elle boit d'un coup en lui faisant un petit clin d'œil. Je crois qu'elle sait que c'est sa façon de lui dire qu'elle est heureuse que Siana soit rentrée saine et sauve.

Marguerite secoue alors sa clochette, et on nous apporte à table des plats incroyables, qui font pétiller ses jolis yeux.

— Oh mon Dieu, vous êtes au courant que nous ne sommes que sept, ce soir ? Non parce que vous allez avoir des restes pour les trois prochains mois, je crois.

— C'est Noël, chérie. S'il y a bien un jour où on peut se permettre de faire des folies, c'est celui-ci, renifle Marguerite.

— Je vous rejoins totalement là-dessus.

Une dinde aux marrons à la peau croustillante et épicée trône au centre de la grande table, près d'un jambon au miel et à la cannelle. De la purée, des patates douces, de la salade arrivent ensuite, avec une belle tourte aux légumes, et les carottes caramélisées. Une tarte aux pommes et une aux poires sont placées en bout de table, puis arrivent les sauces et les confits. Mon Dieu, Siana est sur le point de me faire une attaque.

— Demain, régime, grommelle-t-elle. Mais ce soir, c'est la fête, bébé !

Elle tape dans ses mains, sort son téléphone et lance sa compil' de Noël la plus dynamique. Angel crie en dansant sur son fauteuil, ce qui ravit Marguerite.

Et nous passons alors plus de trois heures à grignoter, à parler, à nous amuser comme une vraie famille. Comme ce n'était plus arrivé depuis des années. Et même si Marguerite demande à

Siana si Noël à Mexico est aussi chaleureux, ma brunette ne prend pas la mouche. Enfin, pas vraiment.

— Bien sûr que Noël est chaleureux chez nous ! s'exclame-t-elle. Il fait toujours chaud et l'argent de la drogue nous permet d'acheter les meilleurs piments pour notre paon farci traditionnel. Un délice ! Toutes les petites vieilles qu'on kidnappe sont parfaites en cuisine, une fois qu'elles ne font plus le trottoir.

Marguerite couine, indignée, et Angel nous regarde avec de grands yeux ronds.

— Pourquoi les mamies sont sur des trottoirs ? s'enquiert-il.

— Elles vendent leurs charmes, mon poussin. Tu comprendras quand tu seras grand. Ton père t'expliquera mieux.

— Merci pour le fardeau, marmonne Graham.

Siana éclate de rire et vers vingt-trois heures, nous passons tous au salon pour un petit digestif. Tradition familiale oblige. Je la prends tout contre moi, caresse ses cheveux et embrasse sa tempe. J'ai eu tellement peur pour elle, tout à l'heure, bordel. J'ai l'impression d'avoir les nerfs encore à vif, la boule au fond de ma gorge m'étouffe toujours. Mais elle est là, et elle est à moi, et jamais plus je ne la laisserai être blessée par qui que ce soit. Même par moi.

Angel finit par demander à venir sur ses genoux.

Elle le sert contre elle, lui raconte une belle histoire de petits lutins malins qui voulaient croquer des chats pleins de puces. Je ne suis même pas sûr qu'il y ait une morale, ou une logique. En fait, son récit n'a ni queue ni tête, mais le gamin rit tellement que tout le monde se prend au jeu et lui pose des questions épineuses sur ses personnages.

— Comment ça « pourquoi Le Lutin numéro Un n'a pas de vrai prénom ? ». Il s'appelle Le Lutin numéro Un, qu'est-ce qu'il vous faut de plus ? grogne-t-elle. Je vous signale que vous avez un Le Chat dans cette maison. Bref. Le Lutin numéro Deux était en train de manger du thé au chou et au concombre quand soudain…

— Le thé se boit, il ne se mange pas, se moque mon père.

— Si, quand il y a des morceaux, dedans. Soit, un bruit résonna dans sa maison-champignon.

— Pourquoi est-ce qu'il vit dans un champignon et pas dans une souche, par exemple ? la coupe Nora. Il serait protégé des cueilleurs et des souris.

— Dire que je t'aimais bien… grogne Siana.

Elle reprend son histoire sans s'occuper de la question, et minuit arrive rapidement lui faisant couper court : le lutin finit par avoir des puces sur la langue à force de brouter des minous, et Angel esquisse un petit couinement paniqué en tirant la sienne pour la frotter.

— Oh mon Dieu, c'est l'heure des cadeaux ! s'exclame soudain Siana, rayonnante. Oh dites-moi que je peux les distribuer, s'il vous plaît ?

— Bien sûr, accepte Marguerite.

— Moi aussi, dit ? propose Angel.

— Évidemment, mon chou. On ira plus vite à deux !

Ils se précipitent ensemble au fond du salon, et Siana lui donne quelques boîtes, qu'il apporte aux concernés quand elle lui a lu les étiquettes.

Des piles de cadeaux s'étalent sur les genoux de tout le monde, tandis que ceux d'Angel s'empilent sur la table basse. Ce gosse a été tellement gâté, c'est fou !

Une fois que tout le monde a ses présents, je rougis parce que je réalise que Siana n'en a aucun, alors que je reconnais son écriture sur plusieurs étiquettes. Elle en a acheté à tout le monde, elle. Et pourtant, elle semble heureuse de voir les autres déballer et s'amuser de ses trouvailles ! C'est fou comme elle a été généreuse.

À mon père et Nora, elle a acheté une bonne bouteille de vin et des bouchons d'oreille.

— Pour quand Belzébuth vous saoule, murmure-t-elle en ricanant.

À Graham, elle a offert un magazine pour fétichistes des pieds, ainsi qu'un manuel pour être « moins con en toutes circonstances ».

— J'espère que tu vas le lire, se moque-t-elle avec un clin d'œil.

Angel ouvre une superbe boîte toute brillante, et crie de plaisir en découvrant de la décoration pour Halloween. Des fausses toiles, des petites araignées à pincettes, une guirlande de citrouilles lumineuse et des petits fantômes en tissu argenté.

— Bonhomme, tu auras le plus beau des fauteuils le trente-et-un octobre. Je compte sur toi pour le décorer à merveille, d'accord ?

— Seulement si tu me promets de venir pour le faire avec moi, déclare-t-il, les lèvres tremblant un peu de plaisir.

— Bien sûr. Et je me déguiserai pour aller faire du porte-à-porte avec toi. On va avoir tellement de bonbons, je te le promets, ce sera extra.

— Pour de vrai ? crie-t-il. Je ne suis jamais allé chercher des bonbons, Siana !

— Je m'en serai bien douté, mon chou. Et pour de vrai ! Je tiens toujours mes promesses.

— Alors promets-moi de te déguiser en prof sexy pour Halloween, glissé-je à son oreille.

Elle me regarde, un petit sourire coquin sur le visage.

— En prof ? C'est ça ton fantasme ? Même pas l'infirmière ou la fliquette ?

— Qu'est-ce que tu crois ? Qu'il n'y aura qu'un seul Halloween entre nous ? Bébé, l'infirmière et la fliquette seront pour les deux suivants. Ensuite, il y aura la bibliothécaire, la joueuse de tennis, et peut-être même aussi la secrétaire. Oh oui ! J'ai changé d'avis. Tu seras ma petite secrétaire coquine, l'année prochaine.

— Je veux bien, mais à une seule condition.

— Laquelle ?

— Toi, tu seras mon petit papa Noël chaud comme la braise.

— Hors de question ! grogné-je.

Elle éclate de rire, et m'embrasse avec malice.

— C'est donnant-donnant, mon cœur. Tu as quelques mois pour y réfléchir.

Bordel, elle va me tuer ! Parce que je suis définitivement en train de me demander où acheter un foutu costume de père Noël, là.

— Oh, Marguerite va ouvrir mon cadeau ! s'extasie-t-elle alors. Je suis sûre qu'elle va adorer !

Ma grand-mère sort d'une petite boîte noire une tasse qui se veut presque classique.

— Elle est toute blanche ! Vous auriez au moins pu faire un effort, Maria.

— Toutes mes excuses, répond-elle, mielleuse.

En réalité, du côté où regarde Marguerite, la tasse est effectivement blanche. Mais de notre côté à nous, il y a son visage agacé avec, écrit en lettres rose fluo « Ne me parlez pas tant que je n'ai pas fini mon café. Ou ôté le balai au fond de mon cul. »

Graham s'étouffe sur une gorgée de bourbon tandis que mon père et Nora ne s'arrêtent plus de rire. Tout le monde retourne à ses cadeaux, et Siana pose la main sur la mienne.

— Ouvre-les, par pitié ! L'attente me stresse !

Je baisse les yeux sur mes paquets encore emballés.

— Pourquoi ?

— J'ai peur que tu ne les aimes pas, rougit-elle.

— Ils viennent de toi. Je les aimerai quoi qu'il arrive, murmuré-je. Et merde, je retire ce que j'ai dit, grogné-je en ouvrant le premier.

Il s'agit d'un caleçon rouge avec des petites cannes à sucre imprimées dessus.

— Oh allez, ne fais pas cette tête. Tu sais ce qu'on fait avec ces bonbons ?

— Non.

— On les suce, glisse-t-elle à mon oreille.

— Bordel, Siana, arrête de me tenter comme ça !

J'ouvre un bouton de ma chemise, tant je meurs de chaud.

— Espèce de Hippie ! marmonne alors Marguerite.

Je lève les yeux au ciel, avant d'ouvrir un deuxième cadeau. Il contient cette fois une sublime écharpe bien chaude, noire, et de grande qualité.

— C'est… C'est parce que j'ai gardé la tienne alors que j'aurais dû te la rendre plus tôt, rougit-elle à son tour. Je l'aimais tellement ! Elle était toute douce et surtout, elle portait ton odeur. Je me disais que tu en aurais sûrement une autre chez toi, mais tu as passé tout le mois de décembre sans en mettre une et j'étais terrifiée à l'idée que tu n'attrapes froid et que tu tombes malade. À cause de moi.

— J'ai vécu à New York toute ma vie. Le froid ne me fait pas peur. Les petites pestes qui me montrent leurs fesses à la première rencontre, par contre, je gère un peu plus mal.

— Mais non, tu as été… bon d'accord, très, très nul et compliqué. Tu t'es amélioré, pourtant. C'est le principal, non ? se moque-t-elle.

— J'adore que tu parviennes à voir tous mes efforts. J'aimerais qu'il y en ait plus, que ce soit évident et aujourd'hui encore, j'ai déconné.

— Knox, ne te fais pas de souci pour tout cela. Je sais à quel point faire confiance à quelqu'un te faisait peur, et te voilà à sortir durant une tempête pour me sauver. Te voilà à me murmurer des mots doux à l'oreille, alors que tu ne supportais même pas que je te touche. Je vois tout ce que tu fais. Je vois tout, mon cœur.

— Merci, murmuré-je. Et tu sais, j'ai toujours détesté qu'on me touche, mais si je te l'ai interdit, c'est parce qu'avec toi, j'adorais ça. Et ça me fichait la trouille, bordel.

— Tu as d'autres raison d'avoir peur dans la vie, je te préviens.

Avec un grand sourire, elle me tend l'enveloppe bleue au ruban doré, le dernier de mes cadeaux. Je l'ouvre à toute vitesse, curieux de ce que je vais y découvrir, et je ris aux éclats en voyant un bon de réduction pour des pneus chez un concessionnaire près de chez elle.

— Je suis sûr que ce n'est pas si dangereux, chez toi.

— Moi, je suis étonnée que personne ne t'ait encore volé tes jantes. Tu dois être le mec le plus chanceux au monde.

— Ça, j'en suis bien conscient.

Je l'enlace, et nous passons encore un petit moment à regarder mes proches s'extasier de leurs cadeaux. Quand nous montons enfin nous coucher, il est une heure du matin, mais Siana ne tient plus debout. La journée a été éreintante. Il est temps de passer à la suivante.

Elle file à la salle de bain et revient dans sa jolie nuisette de soie bordeaux et de dentelle noire. Elle se glisse dans les draps avec moi, et je l'enlace avec douceur.

— Est-ce que tu souhaites appeler tes proches ? proposé-je.

Elle grogne un non, avant de s'enfouir sous les couvertures.

— Pourquoi ? Je suis sûr que tu en meurs d'envie, dis-je en la rejoignant sous la couette.

— Bien sûr que j'en ai envie, mais si je le fais, tu vas encore m'appeler miss Grenouille.

— Oh, ma puce.

Mon cœur se compresse. Je lui ai volé son Noël. Ça me tue.

— Je suis désolé.

— Non, c'est comme ça et c'est tout. Et puis ce n'était pas si pourri, ce soir. J'ai même passé un bon moment. Et toi ?

— Moi aussi, mais uniquement parce que tu étais là.

— Tu vois ? Tout avait un but. C'était écrit. J'étais destinée à venir dans cette famille pour y remettre un peu d'ordre.

— C'est une belle façon de voir les choses. Un peu plus polie que « mon patron est un connard égoïste ». Je crois que je préfère.

— Il faut toujours voir le positif dans la vie.

— C'est toi mon positif, Siana. C'est toi ma vie, aussi.

Je l'embrasse avec possession, enfouissant ma langue dans sa petite bouche chaude et accueillante, tandis que mes mains explorent la soie de sa nuisette sexy.

— Si je suis ta vie, toi, tu es mon sapin de Noël, murmure-t-elle.

— Tu vas me vexer.

— Pourquoi ? Les sapins de Noël, c'est de la magie ! C'est ce que tu représentes pour moi, Knox. Mon petit miracle de fin d'année. Sans toi, qui sais où j'en serais à présent ? Tu m'as donné ma chance quand tout le monde me tournait le dos, et tu m'as aimée comme personne ne l'avait fait. Tu penses que tu ne vaux pas le coup, que tu n'es pas assez bien. Pour personne ! Mais moi, je trouve que tu es l'homme le plus merveilleux au monde. Tu répares tes erreurs, tu t'excuses quand tu le dois, et tu vas de l'avant en essayant d'être meilleur. C'est ça, être quelqu'un de bien.

Je fronce les sourcils et l'embrasse encore, parce que j'ai l'impression qu'elle va me frapper si je lui dis qu'elle a tort.

Elle finit par s'endormir entre mes bras, et je me sens bien. Tellement bien. Parce qu'elle est avec moi et que c'est tout ce dont j'avais besoin au monde pour être en paix. Pourtant, je ne peux pas m'empêcher de penser à sa famille qui se languit d'elle. À Siana qui a refusé de les appeler de peur de pleurer. Sa peine me broie la poitrine et m'éraille le cœur.

Je suis incapable de dormir, cette nuit-là.

Incapable.

Je ne fais que respirer son parfum suave et me gorger de sa chaleur. Caresser sa peau douce et me demander ce que j'ai fait pour la mériter. Alors au petit matin, j'allume la lampe de chevet et je me redresse dans le lit.

— Siana ? Il est l'heure.

— L'heure de quoi ? marmonne-t-elle.

— De partir.

— Il fait encore noir.

— Normal, il est cinq heures.

— Alors il est l'heure de te tuer dans d'atroces souffrances. Où est le couteau que je planque sous mon oreiller ?

— Sûrement dans ton appartement, me moqué-je. Allez, ma puce, je te promets que ça vaut le coup.

— Qu'est-ce qui vaut le coup ? miaule-t-elle en se redressant difficilement.

Ses cheveux sont emmêlés, aussi, je les dégage de son visage et l'embrasse avec douceur.

— Ton cadeau de Noël, bien sûr ! J'y ai réfléchi des jours et des jours durant, pour tout te dire. Je t'ai acheté des présents en me demandant si tu aimerais. En étant sûr que tu détesterais. Alors j'ai continué à chercher, mais toutes ces babioles sont inutiles, Siana. Elles sont… matérielles. Et toi, tu es une femme qui se nourrit de joie et petits bonheurs. Et cette nuit, j'ai enfin trouvé ce que j'allais t'offrir et qui te plairait le plus au monde. Je t'emmène à New York.

Tu vas passer Noël avec ta famille, ma belle, c'est une promesse que je te fais.

— Quoi ? couine Siana, les yeux écarquillés.

— On rentre à la maison.

Tu rentres à la maison.

— Oh mon Dieu ! Merci, merci, merci ! s'exclame-t-elle en se jetant dans mes bras.

Elle me serre et m'embrasse et me serre encore plus fort.

Je savais que rien au monde ne la rendrait plus heureuse de que vivre sa tradition de Noël préférée avec sa famille.

— Attends ! J'ai cru comprendre que tu m'avais acheté des cadeaux ? Et euh… Je peux quand même les avoir ou… ?

Elle me sert une moue adorable qui me fait rire.

— Je te les attrape.

Je sors une large boîte dorée de sous le lit, et je le dépose entre ses mains.

— Qu'est-ce que c'est ?

— Pour une femme qui adore Noël, tu n'as pas encore saisi le principe d'un cadeau ? Alors je t'explique, tu dois ouvrir la boîte, et…

Elle me tire la langue, s'exécute, et couine si fort que je me tais.

— Tu n'as encore rien ouvert ! me moqué-je.

— Et alors ? Tu as pensé à moi, et c'est ce qu'il y a de plus beau au monde ! s'exclame-t-elle.

Elle observe le contenu du coffret, et en sort plusieurs petits cadeaux qu'elle dispose devant elle.

— Est-ce que je les ouvre du plus petit au plus grand ? Du plus grand au plus petit ? Ou dans le désordre le plus total ? Mince, je ne peux pas choisir !

Elle ferme ses jolis yeux, en pioche un au hasard, et l'ouvre pour découvrir une superbe montre en or, au bracelet fin.

— Elle est étanche, déclaré-je en la mettant à son bras. Tu ne seras plus obligée de noyer Bob l'éponge les jours de pluie.

— Merci, souffle-t-elle en admirant le cadre nacré et les aiguilles délicates qui tournent avec grâce.

Le présent suivant est une bague ornée d'une émeraude, et je lui avoue qu'elle me rappelle la beauté de ses yeux verts. Qui commencent à s'humidifier. Je ne peux faire autrement que de rire, amusé. Les boucles d'oreilles en forme de donuts la font rire à son tour. Elle les met, et repousse ses cheveux en arrière.

— Comment tu me trouves ? glousse-t-elle.

— Belle, comme toujours.

Le porte-clefs en cactus trouve sa place à son sac à main, et lorsqu'elle revient au lit, c'est la tasse en forme de boule de Noël qui la fait sourire de plaisir.

— Tu en as trouvé une autre ! C'est... Merci ! Elle est sublime !

— En fait, je l'ai achetée à Marguerite. Quand je lui ai dit que c'était ça ou je la volais pour toi, elle m'a frappé ! Et escroqué de cent dollars.

— Mon Dieu, tu as payé cette tasse cent dollars ? Je vais avoir peur de l'utiliser, tu en es conscient ?

— Tu as intérêt à t'en servir tous les jours, ma belle. Sinon, je te la confisque.

— Méchant !

— Seulement trois fois par jour. Durant huit heures environ. Tu veux que je te dise un secret, à présent ?

Elle hoche la tête, heureuse et sublime.

— Tu as gardé le plus beau cadeau pour la fin.

Siana se jette aussitôt dessus et déchire le papier cadeau pour découvrir une belle malle en bois.

— Pourquoi ne me les as-tu pas offerts tout à l'heure ? demande-t-elle en ouvrant la serrure de bronze.

— Je voulais te les offrir dans l'intimité. Je ne savais pas si tu aimerais et...

— Tu ne voulais pas que ma déception s'étale à la vue de tous. Comment as-tu pu penser une seule seconde que je pourrais ne pas aimer, Knox ? Tous ces cadeaux, ils viennent du fond de ton cœur et ils ont une histoire. Une histoire que nous connaissons tous les deux. Ma montre qui m'a mise en retard quand tu m'as ordonné d'être à l'heure, le petit cactus que tu as caché dans ton bureau pour ne pas le casser. Les donuts, l'émeraude, tout ça, c'est magnifique. C'est trop, mais magnifique.

— Ouvre la malle, Siana, ordonné-je avant qu'elle ne me mette encore sur un piédestal.

Elle s'exécute, et son couinement devient presque inquiétant.

— Oh mon Dieu, oh mon Dieu, oh mon Dieu ! Tu m'as offert l'un des Nymphéas ! Un Monet ! Et c'est un vrai, je le vois ! Oh mon Dieu ! Éloigne-le de moi immédiatement ! ordonne-t-elle.

— Tu le détestes ? grondé-je, le cœur en vrac, en refermant le coffre.

— Tu plaisantes ? Il est sublime et je suis sur le point de lui pleurer dessus, Knox ! Je suis un monstre ! Je vais abîmer une toile de maître ! Oh mon Dieu, oh mon Dieu, oh mon Dieu !

Elle s'étale dans le lit comme une étoile de mer, le souffle court. Je m'agenouille alors à côté d'elle et l'observe, le sourire aux lèvres et le pouls qui s'emballe.

Cette femme et ses émotions… Bordel, elle me met à mal.

— Est-ce que je dois appeler les urgences ?

— Peut-être. Je suis au paradis ? Tu es Dieu ?

— Non.

— Alors je suis encore en vie ? Pas toute gelée dans la forêt comme un glaçon en manque de donuts et tu n'es pas ma lumière au fond du tunnel ?

— Non, tu es bel et bien en vie, Siana.

— Mais je n'ai pas mérité tous ces cadeaux. Je t'ai crié dessus et je t'ai dit des horreurs.

— Que je méritais toutes.

— C'est faux. Et là, tu me fais un cadeau qui coûte des millions ! Je crois quand même que je suis en train de faire une crise cardiaque.

— Mais non. En plus, il vient de ma collection personnelle, ce tableau. Je l'ai eu pour une bouchée de pain à une vente aux enchères dans une petite ville à l'autre bout du pays. Bon, il va quand même falloir que je m'occupe de ton appartement. Il faudra que je fasse installer une serrure sécurisée chez toi.

— Et dans ma chambre ! Je vais l'accrocher en face de mon lit pour l'observer tous les jours. Enfin, quand j'aurai enlevé ma toile de Maître avec mon père Noël zombie. Les Nymphéas sont tout de même plus jolis.

— Ravi que tu aimes, ma puce. Mais maintenant, il faut qu'on se prépare. On a une longue route à faire.

— Oh oui ! Mes parents vont être tellement heureux, Knox !

Avant de se lever, elle me saute à nouveau dans les bras pour m'embrasser, puis elle se prépare en cinq minutes à peine. Legging vert lutin, pull rouge, chaussettes de Noël, elle est plus colorée que jamais. Nous fermons nos valises, éteignons derrière nous et j'approche la voiture du porche pour tout mettre dans le coffre.

— Que se passe-t-il ? gronde Marguerite qui débarque en peignoir, les cheveux en pétard et l'air agacé.

— Je vais aller dire au revoir à Angel, rougit ma compagne en baissant le regard.

— Désolé de t'avoir réveillée, Grand-mère. Siana et moi partons. Je la ramène à New York.

— Mais… Je pensais que tu avais passé un bon moment, Knox.

Sa voix se casse un peu, me donnant l'impression d'être le pire homme au monde. Je la blesse. Alors que je pensais qu'elle serait soulagée.

— J'ai passé un très bon moment, rassure-toi. C'est juste que Siana aimerait elle aussi passer Noël en famille, tu comprends ?

— Bien sûr.

— Mais ?

— Il n'y a pas de « mais », Knox. Je vois que tu l'aimes, et pour les gens qu'on aime, on est parfois prêt à partir en plein hiver, à cinq heures du matin, parce qu'une femme qui adore sa famille est loin des siens. Fais bonne route, et préviens-moi quand tu arrives. Mexico, ce n'est pas la porte à côté.

— Grand-mère !

Elle me lance un petit sourire amusé, puis va s'asseoir dans son fauteuil.

Je remonte le couloir pour rejoindre la chambre d'Angel et dire à Siana que je suis prêt, quand je les surprends tous les deux en train de parler. Je m'adosse au mur, à l'extérieur de la chambre, et souris, ému.

— Tu me promets de bien prendre soin de ton moule, mon chou ?

— C'est juré, Siana.

— C'est bien. Parce que tu sais, on n'en a qu'un, et il faut l'aimer à tout prix même quand il n'est pas parfait, même quand il n'est pas comme les autres moules, et même quand on essaye de te faire croire qu'il faut le changer. Crois-moi, ce n'est jamais une bonne idée d'écouter les autres. Aime-toi comme tu es, Angel. C'est comme ça que tu es le mieux.

Elle se penche sur son lit pour l'embrasser, et il noue les bras à son cou pour la garder près de lui.

— On se voit à Halloween, d'accord ?

— Oui.

— En attendant, sois bien gentil avec Marguerite, mais un peu moins avec Graham. Il a mérité une crise d'adolescence précoce.

Il glousse. Je ne suis toujours pas certain qu'il comprenne tout ce qu'elle dit.

Lorsque Siana se redresse, je réalise que j'étais en train de l'espionner, alors je me cache dans la cuisine, plongée dans le noir, et lorsqu'elle arrive au salon, c'est Marguerite qui la harponne.

— Siana.

— Oh, bonjour, je suppose ? Désolée de vous avoir réveillée, et désolée de vous enlever Knox. Je sais que ce n'est pas idéal, mais…

— Non, ce n'est rien. Nous avons assez abusé de son temps et de sa patience. Je pense qu'il est heureux de partir. Être ici ne lui a jamais vraiment plu.

— Vous comprenez pourquoi, n'est-ce pas ?

— Oui.

— Alors faites-en sortes qu'il se sente chez lui ici, la prochaine fois, et je suis certaine qu'il restera avec plaisir. Vous êtes sa famille. Aimez-le et soutenez-le de toutes vos forces, parce qu'il le mérite.

— Je le sais. Tout comme il mérite de t'avoir trouvée sur son chemin, Siana. Prends soin de lui, ma jolie. Il n'est pas facile à vivre tous les jours, mais c'est de famille.

— Je veux bien vous croire, rit-elle.

Je les laisse parler quelques minutes, tout en tapant un mail pour le boulot. Quand j'émerge enfin dans le salon, j'ai la gorge nouée.

— Il est temps, ma puce, dis-je en enlaçant Siana.

Nous saluons ma grand-mère, et montons en voiture. L'allée est dégagée, les routes les sont aussi, et nous rejoignons rapidement l'autoroute. Siana est si excitée qu'elle sort son téléphone pour lancer des chants de Noël.

Dire que je vais être enfermé dans cet habitacle festif durant une éternité…

— Oh j'ai reçu un mail ! s'étonne-t-elle.

— Qu'est-ce que c'est ?

— Je ne sais pas, on dirait que ça vient de toi. Tu m'as écrit ?

— Presque. J'ai écrit à toute la société.

— Knox…

Sa voix est douce, agréable, et pleine d'émotion.

C'est là qu'elle se met à lire mon message, et je suis gêné. Gêné d'avoir écrit de telles choses, gêné d'avoir montré à tant de gens qu'il y a un être humain derrière le monstre qu'ils pensent avoir comme patron.

— « Chers employés. »

La voix de Siana tressaute un peu.

— « Voilà sept ans maintenant que nous nous connaissons, sept ans que je vous fais peur. Sept ans que vous me voyez vous regarder de haut et vous donner des ordres sans jamais dire un seul merci. Aujourd'hui, je vous le donne, ce merci. Et il est sincère. On m'a fait remarquer, il y a peu, que j'exigeais de vous une soumission totale, un respect inébranlable, sans jamais rien vous donner en retour, et ce n'est pas juste. Sachez que si vous faites partie de mes salariés, c'est que je vous ai choisi et que j'ai confiance en vous, même si je ne le dis jamais. Alors merci pour ces années, ces mois, ou ces quelques jours (bonjour, miss Cactus) à mes côtés. J'espère que vous passerez de merveilleuses fêtes de fin d'année, parce que vous le méritez. Et lorsque vous reviendrez au boulot, il se peut que je laisse ce fichu sapin jusqu'au trente-et-un janvier, histoire de me rattraper pour ces années sans une seule décoration. Et peut-être aussi que le sapin de l'année prochaine sera encore plus beau, plus décoré, plus resplendissant pour égayer vos longues journées à mes côtés. Mais pitié, ne vous permettez plus jamais de commander des décorations en forme de saucisses, bon sang ! Sincèrement, Knox Sullivan ».

Siana lance une petite musique de Noël toute guillerette, et me regarde avec des étoiles dans les yeux.

— Quoi ? grommelé-je.

— Tu leur as dit merci.

— C'est toi qui m'as dit de le faire.

— Non, je t'ai dit que tu devrais avoir honte de les traiter comme tu l'as fait, nuance.

— Mais tu avais raison, Siana. Je n'ai pas été juste avec eux ni avec toi. J'ai toujours traité tout le monde comme des traîtres et des ennemis potentiels alors qu'ils ne m'ont jamais tourné le dos et tu es la seule à avoir osé me le hurler.

— Tu sais, je suis toujours disponible pour enguirlander les gens. C'est ma passion.

Je ris, et le reste de la route se fait dans un parfait moment de complicité, ma main sur la sienne et sa jolie bouche chantant affreusement mal.

— Oh ! Il faut absolument que je passe à mon appartement pour prendre les cadeaux de mes proches ! s'exclame Siana quand nous arrivons à New York.

Je la conduis chez elle où elle passe en coup de vent, déposant des tas de sacs à l'arrière de la voiture, puis nous roulons un kilomètre à peine pour rejoindre la petite maison de ses parents. Une demeure plus que modeste, mais tellement décorée que mes rétines menacent de se faire la malle.

— Très chic, marmonné-je en levant les yeux au ciel.

— Tu as vu ? C'est trop beau ! Un jour, j'aurai un jardin et je le décorerai autant qu'eux.

— Ma puce, si tu décores plus que ton intérieur, tu risques de devoir faire un emprunt à la banque.

— Hé !

Elle me tire la langue, et nous sortons dans les flocons qui virevoltent autour de nous.

— Mes frères habitent tous ici, ici et là, lance-t-elle en pointant quelques logements de l'index. Je suis la seule à m'être éloignée, ça n'a pas plu à tout le monde.

— Tu habites à dix minutes à pied. Une minute en voiture.

— C'est trop pour mes parents.

Elle pouffe, pourtant sérieuse, et j'attrape tous ses sacs pour qu'elle soit tranquille. Avec douceur, elle s'accroche à mon bras et nous remontons une minuscule allée bien entretenue avant de nous poster à la porte.

Il y a au moins une dizaine de gnomes qui nous regardent. Cette manie étrange doit être de famille.

— Bon… Eh bien je te souhaite un magnifique Noël, Siana. J'ai été heureux de… de passer ces derniers jours avec toi, et j'espère que tu me pardonnes mes torts. On se voit bientôt.

Je souris, embrasse sa joue, mais elle grogne en s'accrochant à moi.

— Tu ne veux pas passer Noël avec moi ?

— Bien sûr que si ! C'est ce dont j'ai le plus envie à ce moment, mais nous sommes chez tes parents, et tu as peut-être besoin d'être seule avec eux.

— Mon cœur, Noël ce n'est pas la fête où on met les autres de côté. Viens avec moi, je te présenterai tout le monde, et tu verras ce que c'est que d'être en famille.

— D'accord.

Merde. Pourquoi est-ce que j'angoisse, d'un seul coup ? Pourquoi est-ce que j'ai l'impression de ne pas être assez bien ? Assez…

— Calme-toi, tout le monde va t'adorer, Knox.

— Ça m'étonnerait. Je ne suis pas très agréable au premier abord. Ou au deuxième. Ni même à tous les autres, bon sang, Siana ! C'est une mauvaise idée que je rencontre tes parents. Ils vont me détester. Tout le monde me déteste toujours. Même toi, ça t'est arrivé.

— Sois zen.

— Zen ? Ce n'est même pas un mot que je connais. Je suis…

Sur le point de faire une crise cardiaque, mais trop tard. La porte s'ouvre sur un petit bonhomme aux cheveux gris et à la moustache broussailleuse.

— Princesa ! s'écrie-t-il. Dios mio !

— Surprise !

Et elle serre son père dans ses bras alors qu'il lui fait des yeux de grenouille, lui aussi.

Madame Pérez accourt en entendant les cris et elle les enlace de toutes ses forces en criant de plaisir. Ronde, les cheveux blancs et les joues rosées, elle respire la joie de vivre, c'est dingue.

— Siana est là, les garçons ! crie-t-elle.

Elle l'attire à l'intérieur, et j'ose à peine entrer, tant je me sens comme un étranger.

— Knox, viens ! insiste-t-elle en me jetant un regard, tandis que ses parents l'éloignent de moi.

Je prends une profonde inspiration et les suis finalement dans un ensemble salon, salle à manger et cuisine tellement plus décorés que l'appartement de Siana. Je ne savais même pas que c'était possible ! Il y a une telle présence de lumières clignotantes, de paillettes et de rennes que je me sens bizarrement observé. Sur la table, les bouteilles d'alcool sont entourées de housses isothermes en forme de pulls d'elfes, et les verres se trouvent dans de petits traineaux rouges en fer forgé. Les assiettes, rouges évidemment, contiennent des serviettes vertes et les couverts sont noués dans une ficelle brune qui retient également quelques branchages. Des jarres lumineuses en fausse neige pailletée projettent de jolis reflets vers le plafond, comme de petites étoiles qui dansent et illuminent la pièce.

Je ne parlerai pas des trois sapins de Noël qui encombrent la pièce et dévorent presque tout le salon. Ils font briller les yeux de

Siana, mais elle n'a pas le temps de se gorger de l'ambiance, de la musique de fête, de la table apprêtée avec soin ou des décorations qui la ravissent.

Ses trois frères la prennent dans leurs bras dès qu'elle entre dans le salon, et elle les embrasse tour à tour en riant de plaisir.

Je n'aurais jamais pensé être heureux un jour. Mais de la voir aussi resplendissante au milieu de ses proches, c'est ce que je ressens. Et ça fait du bien.

— Tout le monde, je vous présente Knox.

Ses joues rougissent, elle se demande sûrement si je serai d'accord qu'elle en dise un peu plus sur nous, mais elle a peur de me mettre mal à l'aise.

— Mon patron, tranche-t-elle alors.

Je lui souris, touché qu'elle cherche à me materner, même si je crois que personne n'est dupe. Les trois hommes me regardent avec un petit air supérieur, qui me fait réaliser que ce n'est pas vraiment agréable d'être jaugé de la sorte. Et honnêtement, je me sens un peu mal à l'aise et intimidé parce que je sais que s'ils pensent quoi que ce soit de mal à propos de moi, alors Siana les écoutera. Leur avis a l'air de tellement compter pour elle ! Et pourtant, ils ont les pulls les plus moches que je n'aie jamais vus. L'un est marron, avec quelques décorations imitant le corps d'un bonhomme en pain d'épices, l'autre vert avec une guirlande lumineuse qui clignote vraiment et le dernier… Mon Dieu, le dernier représente un père Noël tout nu allongé devant une cheminée, avec un gros cadeau au niveau de son entrejambe.

Je commence à comprendre pourquoi Siana m'a choisi. Tout le monde dans cette famille a mauvais goût, c'est dingue.

— Knox, voici mes frères, Fernando, Mateo et Rodrigo.

Fernando vient me prendre dans ses bras, mais Siana glousse en disant que ce n'est pas vraiment mon truc. En plus, Mateo et Rodrigo se mettent à l'insulter et à lui rappeler que le jour où Siana leur présenterait quelqu'un, il devrait le menacer en premier, et faire ami-ami seulement après. Ça me fait rire.

— Voici leurs compagnes et compagnon, continue ma Latina sans se démonter. Malia, Jenny, Riley, et mes parents Carmen et

Manuel qui ont un petit sourire qui ne me dit rien qui vaille. Là, dans la cuisine, c'est ma grand-mère.

Nous nous tournons tous vers la pièce en question.

— Abuelita ! hurle Siana.

— Elle est un peu sourde, se moque sa maman.

— Je ne peux pas aller la surprendre en cuisine, c'est un coup à lui faire avoir un arrêt. Ou à me prendre un coup de torchon. Ou de boîte de conserve.

La grand-mère nous fait finalement face, après avoir terminé d'essuyer la vaisselle, et lorsqu'elle aperçoit Siana, son visage tout entier s'illumine. Ses cheveux roses permanentés sont constellés de paillettes, et elle porte un pull vert sur lequel elle a cousu à la main une guirlande rouge et des petites boules en forme de tacos.

Elle roule jusqu'à nous, son fauteuil décoré comme s'il s'était crashé en plein atelier du Père Noël, et Siana se penche pour l'embrasser. Leur étreinte est longue, chaleureuse et pleine de plaisir.

Avec dextérité, elle place ses appareils auditifs à ses oreilles, puis quand Siana se redresse, elle me regarde avec un air scrutateur qui me met mal à l'aise. Bordel, est-ce qu'elle voit que je suis un connard ? Et que j'ai couché avec Siana alors que nous ne sommes pas mariés ? Et que j'ai des pensées impures envers ma jolie brune, là, tout de suite, alors qu'elle s'est penchée juste devant moi comme pour me mettre en appétit ?

Oui, je suis sûr qu'elle sait.

Siana recule un peu pour me rejoindre et nos mains s'effleurent. Sa chaleur me rassure, m'apaise, alors je lui souris une nouvelle fois tandis que mon pouls se calme.

— Abuelita, voici Knox, mon patron. Knox, voici Maria Consuela, ma grand-mère.

— Ton patron, cariña ?

Son accent chantant est plein de malice et de doute.

Elle hausse les sourcils, et prend sa main dans la sienne afin d'observer la bague ornée d'une émeraude que je lui ai offerte.

— Très bon choix, niño. Ce vert va magnifiquement bien avec les yeux de ma petite-fille.

— Comment est-ce que vous savez que ça vient de moi ? m'empourpré-je davantage.

— Le regard d'un homme ne trompe jamais sur ses sentiments, et tu regardes ma petite fille comme si elle était une déesse. Bienvenue dans la famille, fiston.

Elle m'ouvre les bras ; alors, avec raideur et gêne, je la serre une seconde contre moi.

— Passons à table ! s'écrie Manuel.

— Mais papa, il faut ouvrir les cadeaux, avant ! boude Siana. Ton estomac peut bien attendre quelques instants.

— On ne fait pas attendre les empanadas, grogne-t-il

Mais il ne peut rien refuser à la jeune femme et quand il voit sa bouille toute triste, il soupire et abandonne la partie. Tout le monde passe au salon pour déballer les cadeaux. Siana est gâtée. Toute la famille est gâtée, en fait ! Voyant que je reste sur le côté, à observer Siana avec plaisir, Maria Consuela m'offre en douce un mini empanada que je déguste en lui lançant un clin d'œil. Elle glousse en s'éventant de ses deux mains, puis retourne à ses cadeaux.

Une fois tous les paquets en tas à ses côtés, Siana se lève du canapé et vient me sauter dans les bras. Je l'accueille avec un plaisir impossible à dissimuler et je l'embrasse de toutes mes forces. Debout près des sofas, je ne passe pas franchement inaperçu, avec cette jolie brune entre les bras.

— Tout le monde nous regarde, murmuré-je.

Siana glousse et me pousse vers le couloir.

— Mon lapin, je suis triste, soupire-t-elle en faisant la moue. J'aurais dû te garder un cadeau pour que tu aies de quoi déballer, ce midi ! C'est nul !

— Ce n'est rien, je t'assure. J'ai tout ce qu'il me faut pour être heureux.

— Quoi ?

— T'avoir offert ton Noël de rêve, ici, avec les tiens.

— Mais tu n'as rien à ouvrir !

— Alors tu sais quoi ? Tout à l'heure, quand on ira chez toi, tu mettras ta nuisette blanche et on dira que c'est toi, mon cadeau de Noël.

Elle rougit, ses yeux brillants d'un millier d'étoiles et de promesses toutes plus chaudes et tentatrices les unes que les autres.

— C'est une bonne idée, monsieur Sullivan, minaude-t-elle.

— Je trouve aussi. Et si on partait maintenant, en fait ?

— Si tu t'échappes avant le dessert, Abuelita va te pourchasser et te frapper. Que tu oses dénigrer ses plats la mettrait très en colère.

— Ah, quel malheur ! Il va falloir faire honneur à Maria, alors, avant de te faire…

Je me tais, mes lèvres se posant dans son cou et glissant lentement vers sa mâchoire, puis sa bouche. Mes mains, fermement nouées autour de sa taille, remontent lentement vers sa poitrine, lorsqu'une toux sévère s'élève près de nous.

Les trois frères de Siana, et son papa, nous observent avec agacement.

— Pas de sexe avant le mariage ! grommelle monsieur Pérez.

— Bien sûr, déclaré-je en essayant d'avoir l'air sincère.

— Parce que tu crois qu'il a déjà attendu ? glousse sa femme.

— Cet homme regarde Siana comme si elle était faite de sucre, et qu'il était affamé. Si tu veux mon avis…

— On ne veut pas de ton avis, Abuelita ! couine Siana.

Cette dernière se met à rire, et ordonne ensuite à tout le monde de passer à table. Le repas est fastueux. Tout le monde parle, tout le monde boit, tout le monde finit par chanter. Dès qu'ils peuvent avoir un instant libre avec Siana, ses proches lui demandent si elle va bien, si elle va mieux, parce qu'ils étaient vraiment bouleversés de la voir pleurer, hier. Et ça me réconforte de savoir que si un jour je la blesse trop — et j'espère sincèrement que ça n'arrivera jamais — elle aura au moins tous ces gens pour la réconforter. Quand Abuelita apporte le dessert après des heures de joie, ce sont de nouveaux rires qui l'accompagnent. De nouvelles heures de bavardages, de plaisir et d'amour.

Lorsque la nuit tombe, et que je ramène Siana chez elle, je n'ai qu'une envie, c'est de l'avoir contre moi. Je la touche, je l'embrasse, je la presse contre mon sexe dur à peine enfermés dans l'ascenseur. Sa façon de glisser les mains dans mes cheveux, de gémir mon prénom avec sensualité me rend dingue.

Dès que la porte de son appartement claque, je la prends dans mes bras et l'emmène dans la chambre où la nuit se fond en jour en un instant. Instant durant lequel je ne fais que la découvrir, l'embrasser, la regarder. Même épuisée, même éreintée, elle reste la plus belle femme que je n'aie jamais vue, et putain, elle est aussi la raison de chaque battement de mon cœur dans ma poitrine.

Mon cadeau à moi.

Le plus beau Noël de toute ma vie.

Épilogue — Knox

Assis sur le canapé de l'appartement des filles, les rétines heurtées par cette overdose de décorations censées rester jusqu'au quatorze février, je caresse les cheveux de Siana, allongée, la tête sur mes cuisses.

Un grognement de zombie lui échappe, et elle redresse un peu la tête.

— Je me sens comme une petite mamie, Knox.

— Tu es la plus jolie de toutes les mamies, dans ce cas.

— Non, franchement, tu as vu mes cernes ? Elles descendent jusqu'à mes fesses. Je n'ai plus l'âge pour enchaîner les fêtes de Noël. Ou pour les nuits blanches à faire du sexe…

Elle fait la moue, ce qui me fait rire.

— Bonjour l'hypocrisie. Je te signale que la moitié de toutes les fois où nous l'avons fait, c'est toi qui as initié la chose, ma belle.

— J'ai une bonne excuse, tu es irrésistible ! Toi, en revanche, tu aurais pu m'ordonner de dormir.

— D'une, tu n'obéis jamais à mes ordres et de deux, bordel, comment est-ce que je suis censé te résister ? Tu es une foutue addiction, Siana, et comme toutes les addictions, il me faut ma dose ou j'ai l'impression que je vais crever.

Elle se redresse, soudain sérieuse, et je me tourne vers elle pour l'enlacer.

— Je t'aime, Siana. Et quand j'aime, je n'ai aucune limite. Surtout pas une nuit blanche alors que je peux passer des heures à goûter chaque parcelle de ton corps. Tu sais à quoi servent les vacances ?

— Non.

— À dormir toute la journée après avoir fait des folies de ton corps.

— Je ne suis pas certaine que les vacances aient été inventées pour ça, glousse-t-elle.

— Tu as sûrement raison, mais c'est à ça qu'elles me servent, à moi. Maintenant, si on se préparait ?

— Oh oui ! Je suis tout excitée !

— Pourquoi ?

— Parce que ce sera notre première fois, Knox. Notre premier Nouvel An.

Elle rougit. Comment est-ce qu'elle fait pour être aussi belle juste comme ça ? sans le vouloir, sans le chercher ? Je suis à ses pieds à longueur de journée, merde. Elle me fait tomber pour elle, pour chaque mot doux, pour chaque sourire. Je. Suis. À. Ses. Pieds.

Siana glisse la main dans la mienne et nous nous levons.

J'ai mis l'un de mes costumes de luxe, et elle porte une sublime robe noire qui met en valeur son teint et son maquillage smoky censé cacher ses cernes. Je ne sais pas où elle a vu la moindre trace de cerne. Elle est aussi belle qu'à son habitude.

Nous nous tournons l'un vers l'autre tandis qu'à la télé, les caméras sont fixées sur Times Square où le décompte avant le Nouvel An a démarré.

Dix, neuf, huit, sept, six…

Je la regarde. Elle compte les secondes, elle aussi. Elles sont un symbole, à ses yeux. Démarrer une année avec quelqu'un qu'on aime est censé porter bonheur. Personnellement, chaque minute que je passe avec elle suffit au mien.

Je l'ai invitée à dîner dans un restaurant étoilé, je l'ai fait danser au milieu des rues de New York et nous sommes à présent rentrés. Elle a dormi au moins une heure sur moi avant que je ne la réveille, un peu avant minuit. Oui, bon, c'est vrai qu'elle est une petite mamie, mais c'est *ma* mamie.

— Cinq, quatre, trois… continué-je.

Deux, un…

— Bonne année, Knox, souffle-t-elle, les larmes aux yeux, un sourire sublime sur le visage.

— Je te souhaite également une merveilleuse année, miss Grenouille.

Je me penche pour l'embrasser, mais elle me frappe au torse.

— Hé ! Tes premiers mots pour moi et ce sont des insultes ! C'est horrible !

J'éclate de rire en la serrant plus fort pour qu'elle ne m'échappe pas.

— Excuse-moi. Mais ce n'est pas une insulte. Tu sais que j'adore quand toutes tes émotions brillent au fond de tes yeux.

— Oh…

Et c'est là que j'ai enfin droit à mon baiser de la nouvelle année.

Sa langue caresse la mienne, ses mains griffent délicatement mon torse, me faisant frémir de toute mon âme.

— Tu n'imagines pas à quel point je t'aime, Siana, murmuré-je contre ses lèvres.

— Je t'aime aussi, Knox. Mais ne m'appelle plus jamais miss Grenouille, bon sang ! grogne-t-elle.

— D'accord, mais alors comment est-ce que je vais te nommer ? la taquiné-je. Mon petit crapaud ?

— Non !

— Mademoiselle Sublime.

— Ça fait un peu prétentieux, glousse-t-elle.

— Et que penses-tu de Miss Sullivan, alors ?

Siana se fige entre mes bras, ses mains tremblent à présent tout contre le col de ma chemise.

— Knox… Est-ce que tu es en train de…

Je pose un doigt sur sa bouche, un grand sourire aux lèvres.

— Tu sais quoi ? Je n'ai rien dit. Rien du tout. N'en reparlons plus tant que je n'ai pas trouvé la bague idéale.

— Tu plaisantes ou quoi ? bafouille-t-elle contre mon doigt.

Je la libère.

— On doit en parler ! Il faut qu'on en parle, parce que c'est… Oh mon Dieu ! Je suis en train de me retransformer en Miss Grenouille, se lamente-t-elle.

— Pas grave, j'adore ma Miss Grenouille. J'adore tout chez toi, Siana. Et je sais que je t'ai dit que nous n'allions plus en parler, mais pitié, donne-moi ta réponse. Maintenant ! ordonné-je en nous faisant chuter dans le canapé.

— Quoi ? Tu me parles ? Je n'entends rien, c'est étrange.

— Siana !

— Quoi ?

— Ta réponse ! Arrête de me torturer, par pitié !

— Tu es sûr que tu veux l'entendre ?

— Absolument, grogné-je. Dis-moi. Dis-moi si ça te plairait d'être ma compagne.

— Oui, Knox. Oui, je le veux.

Elle sourit, faisant battre mon cœur à mille à l'heure. Et même s'il fait nuit, et même si elle est crevée, elle n'a jamais été plus rayonnante qu'à cet instant. Mon soleil. Mon univers. Ma femme.